ひとりぼっちの異世界攻略
life.6
御土産屋
孤児院支店の
王都奪還
五示正司
author Shoji Goji
イラスト 榎丸さく
illustrator Saku Enomaru

「よいではないか
よいではないかー♥」
シャリセレス Shariceres

バレー部っ娘A
Barebukko A
「そこやばい所！ そこは駄目なの――！」
セレス
Ceres

遥
Haruka
アンジェリカ
Angelica
奇妙奇天烈千変万化の
吃驚連続攻撃の乱舞から、
一瞬だけの――『虚実』。
いきなり無軌道に稼働する身体を
強制的に支配し一切の無駄の無い
ただ斬るだけの動きに変換する……
目が合った甲冑委員長さんの
驚いた顔と斬り結ぶ。
うん、甲冑委員長さんの動きを
一瞬でも止めたのは初めてだ。
きっと合格点だろう。

ひとりぼっちの異世界攻略

life.6 御土産屋孤児院支店の王都奪還

Lonely Attack
on the Different World
life.6 Recapture of the Royal Capital
by the Souvenir Shop Orphanage Branch

五示正司
author — Shoji Goji
イラスト — 榎丸さく
illustrator — Saku Enomaru

CHARACTER

委員長
Iincyo

遥のクラスの学級委員長。集団を率いる才能がある。遥とは小学校からの知り合い。

遥
Haruka

異世界召喚された高校生。クラスで唯一、神様に"チートスキル"を貰えなかった。

アンジェリカ
Angelica

「最果ての迷宮」の元迷宮皇。遥のスキルで『使役』された。別名・甲冑委員長。

副委員長A
FukuiincyoA

クラスメイト。馬鹿な事をする男子たちに睨みをきかせるクールビューティー。

副委員長B
FukuiincyoB

クラスメイト。校内の「良い人ランキング」1位のほんわか系女子。職業は『大賢者』。

副委員長C
FukuiincyoC

クラスメイト。大人の女性に憧れる元気なちびっこ。クラスのマスコット的存在。

STORY

クラスごと異世界に召喚された〝ぼっち〟の高校生・遥。

クラスメイトの教官役を引き受けた遥は、彼らに迷宮のチート級装備を提供。クラスメイトはLv100へ至る条件とされる「Lv100迷宮王の撃破」を達成し、〝超越者〟の境地へ導かれる。

その一方で王国から辺境に次々と刺客が差し向けられていた。遥の前に現れたのは王女シャリセレスを奪還しにきたメイドのセレス。諜報を得意とする彼女は遥の暗殺を試みるが、あえなく失敗。しかし遥は罪を許し、セレスを味方に付けた。

すでに取り返しがつかなくなった王国と辺境の関係。王女として戦争を止めるべく王都へ戻ろうとするシャリセレスに、遥は護衛として同行する。最凶の刺客・殺人剣士ダジマカムも退けた遥は王都への道を急ぐが、何者かに襲撃される王弟と鉢合わせになり……!?

ビッチリーダー
Bitch Leader
クラスメイト。ギャル５人組のリーダー。元読者モデルでファッション通。

図書委員
Toshoiin
クラスメイト。文化部組に所属するクールな策略家。遥とは小学校からの知り合い。

盾っ娘
Tatekko
クラスメイト。大盾で皆を守る真面目っ子。攻撃を受けてよく吹っ飛ばされている。

裸族っ娘
Razokukko
クラスメイト。元水泳の五輪強化選手。水泳部だったギョギョっ娘と仲良し。

ギョギョっ娘
Gyogyokko
クラスメイト。異世界で男子に追い掛け回されて男性不信気味。遥のことは平気。

新体操部っ娘
Shintaisobukko
クラスメイト。元新体操の五輪強化選手。新体操用具に変形する錬金武器の使い手。

シャリセレス
Shariceres
ディオレール王国王女。偽迷宮の罠による“半裸ワッショイ”がトラウマになる。別名・王女っ娘。

スライム・エンペラー
Slime Emperor
元迷宮王。『捕食』した敵のスキルを習得できる。遥のスキルで『使役』された。

尾行っ娘
Bikokko
調査や偵察を家業とするシノー族の長の娘。「絶対不可視」と称される一流の密偵。

セレス
Ceres
シャリセレス王女の専属メイド。幼い頃から王女の影武者として修練を積んできた。

メロトーサム
Merotosam
辺境オムイの領主。「辺境王」「軍神」などの異名を持つ英雄にして無敗の剣士。

メリエール
Meriel
辺境オムイの領主の娘。遥に名前を覚えてもらえず「メリメリ」という渾名が定着。

土煙を巻き上げお馬さんが疾走《はし》る。そして騒いでる……反抗期？

「王女っ娘《こ》、馬が来るけど馬に知り合いとかいる？　なんかこっち目指して走ってるって言うか駆けてるけど、砂埃《すなぼこり》が見えるから結構疾走中な感じ？　うん、もしかしたら失踪中かもしれないんだけど、馬に乗って全力で失踪してるけど、捜さないで下さいみたいな感じだったら見なかった事にする？」

ただ、こっちに来る。うん、エロい事してお馬に蹴られるなら納得もできるけど、おっさんばっかりで馬にまで蹴られたら蹴られ損なんだよ！

「馬？　人は騎乗していませんか？　旗か鎧《よろい》に印の様な物は……セリス、私の武装を！」

何か馬らしきもの達《たち》が走って来るのは分かるけど旗って？　赤菱《あかびし》……って信玄《しんげん》さん!?

「旗みたいなものに白地に赤の菱が入ってるみたいな？　でも風林火山の旗は無いみたいなんだけど……こっちも対抗して毘沙門天《びしゃもんてん》の兜《かぶと》でも作ろうか？」

うん、だって少数で奇襲とか一騎駆けとかしちゃうのは毘沙門天さんの方で、赤菱さんは駆け回らないんじゃないかな？

「赤菱《レッドロンブス》、王弟閣下が何故《なぜ》辺境に！　何処《どこ》ですか、すぐにお助けせねば、追われているのですか！」

「王弟閣下は現在国王の代行です、王都を離れる事なんて有り得ないのですが、何故」

まあ、それが敵でも味方でも国王の代行が襲われるようでは、この国ってもう駄目なんじゃないかな？　なにせ国王は皇太子を決めないまま急な病で倒れて意識不明、その国王の代行が襲われるようだと完全に謀反か内乱かどちらかだ。どう考えても辺境を攻めてる場合ではないんだけど、魔石が無ければ王国は滅びる。だから辺境を目指すしかないのか。

「後ろに旗は無いんだけど緑っぽい鎧に白い線。う～ん、追われてるっぽいけど、どっちもおっさんの気配が濃厚だから纏《まと》めて焼いちゃう？」

「深緑に白いライン……教国の傭兵《ようへい》団が何故王国に！　それは教国の対獣人の傭兵部隊です。何故王国に入って来て、ましてや王弟殿下に攻撃を！　それではもう……戦争ではないですか」

教国、爺《かみ》の所の奴等《やつら》だ。なら王弟が味方かどうかは知らないが教会は敵。辺境を汚れた地と呼び、一切の援助もせずに魔石の加工を「神の浄化」なんてふざけた名前で独占する公正取引法違反の独占禁止法違反者共だ。

そして大迷宮の底へ神に逆らった悪女を封印したと公言する俺の敵だ。そんなにとっても神の正義を名乗るのが大好きなら、清く正しく平等に皆殺しにして纏めてみんな大好きな神の白い部屋に宅配してあげよう。あの地の底で永遠の時をたった一人で闇と戦い、最後の時まで抗《あらが》ったアンジェリカさんが悪だと言うなら、俺は悪の味方だよ？

うん、そんな正義《ゴミ》は焼却処分にでもして、白い部屋に不法投棄で爺《かみ》ごと埋め立ててやればいい。他人が片っ端から不満で神が大好きなんだったら、さっさと神の下でもどこにでも行けば良いんだよ……此《こ》の世の邪魔だから。

「ああ、オタ達も呼んでやれば良かったよ」

獣人は汚れた生き物と決めつけて、奴隷にして売り飛ばす素敵な正義《しゅうきょう》様の対獣人部隊の傭兵団らしい。きっと殺し尽くしても許さないだろう、あいつ等はケモミミ大好きで、迫害者や虐待者が大嫌いなんだから。

まあ残してやれそうに無いから念入りに爺の所へ強制送還してあげよう。送料はプライスレスだよ？　着払いだ！

アレな方でまあアレでその他すべてがアレな方ですってドレ？

62日目　昼　荒れ地

部隊は崩れ、ただ辺境に向かってひたすらに駆ける。まさか国王の代行の部隊に強襲を掛けて来るとは、これは完全に王国を教国の属国に取り込み、王家を傀儡《かいらい》にして辺境を奴隷化し、魔石を一手に支配する気なのだろう。そこまで落ちたか。

王国は獣人の連合国を認め、獣人の人権を認める数少ない国。だからこそ教会からは目の敵にされている。

そして教会に取り込まれた貴族たちはその法自体を変えようとしているが、建国の盟約である以上決して変える事は許されないし、変える気も無い。

どれほど教国が強く出ようとも決して王国に敵対は出来ない。教国は王国の魔石が無ければ教会の権力を維持できなくなる、教会は魔石の加工を独占し「神の浄化」以外は汚れた悪魔の技と呼び、他の魔石を加工する者を魔女と呼び捕まえて見せしめに拷問にかけて拡大してきたのだから。

隠れても一族ごと狩り、殺し尽くし、滅ぼして魔石の加工技術を独占し、その富を独占した。その魔道具や魔具によって大陸に教会を広げ侵略して行く。そして魔石加工の全てを独占されてしまい、国家ですら安易に逆らえない程の力を持ってしまった。

そして多くの貴族が買収されて教国に付き、いつの間にか第一王子まで取り込まれていたとは世も末。それは即《すなわ》ち王国の諜報部《ちょうほうぶ》までが教会側だったと言う事なのだから、笑い話にしても笑えんだろう。

王家は何も知らず嘘《うそ》の情報で騙《だま》され動かされていたと言う証明なのだから。

「これは辺境まで辿《たど》り着けないようだな」

敵の深緑の鎧に白線と言えば森林戦を得意とする傭兵部隊と聞いていたが、自国の森で襲われ、急いで平地に出ても既にこちらは壊滅に近い状態。これでは立て直せないし、それ以上に敵が強い。そして完全に情報が教国側に流れている……と言うより教国と内通した情報部の策案した罠《わな》に自ら飛び込んだのか。

「オムイ伯にこの首を差し出す前に討たれるとは無様極まりないが、これはもう既に命運が尽きてしまったようだな」

「我らが盾となりまする、どうか御身は……がはあっ！」

くっ――兄の代理も果たせず、オムイ伯に詫《わ》びる事も出来なかったか。ただ辺境に向かって遮二無二駆ける、せめて教会の軍まで動いている事を知らせねば。せめて。

「前方に人！　一人、武装無しの一般人です」

「可哀想《かわいそう》だが避けきれん、突っ切れ！」

悪く思うな等《など》とは言わない。突っ切らせてもらう。せめて辺境の近くで討たれれば辺境軍が教会の動きに気付くかも知れん、もうそのくらいしか私の命には使い道が残されていないのだ。そして、それだけが王国に希望を残せる、だから……消えたっ。

前方にいた黒いマント姿の人影は目視出来ていた。それが忽然《こつぜん》と消えた。

「罠か？」

「いえ、ですが……消えました」

もう罠でも突き進む以外に道はない。ただ、一歩でも辺境の傍《そば》で果てる以外に道はもう何も残ってはいない。

「後方で戦闘！　先程の黒マントが敵軍と交戦中、敵は……停止!?」

何が起こった。反撃に出る好機なのか、逃げる好機なのか。いや。何を置いても辺境に行かなければならない。

「前方に旗です。白地に赤、剣にハート。シャリセレス様です、単独ですが武装されておられます！」

剣の王女の旗が上がり、劣勢のままなのに味方が俄《にわ》かに活気づく。これこそが王子共がシャリセレスを恐れ、弑《しい》そうとする最大の理由。最強ゆえのカリスマだ。

たった一人、騎乗もせずに剣を持って立っているだけで兵が纏まり集う。王としての覇気を持つ真の王族の血統、あれこそが姫騎士シャリセレスだ。

そしてシャリセレスが指揮を執れば、烏合《うごう》の衆の弱兵が10倍の敵を打ち破る。だからこそ兵が慕い命を預ける。

「シャリセレス、無事だったか！　だが敵に喰《く》い付かれた」

「王弟閣下、先へお進みください！　殿《しんがり》はお任せを。まあ、必要ないみたいですが」

　振り返ると後ろは静かな地獄だった。そこでは黒衣の死神が一方的に圧倒的な大軍の命を無音で刈り取っていた。消える様に舞い、駆け抜けて消え、現れては傭兵たちを消し去って行く。残るのは屍《しかばね》と静寂のみ。

　あの強兵が脅《おび》え混乱し瓦解して行く、たった一人に蹂躙《じゅうりん》されている。百騎に近い敵が振り向くまでに半壊し、振り向いてからの僅かな間に殲滅《せんめつ》されて行く。あれは地獄だ、此の世の悪夢だ。

「王弟閣下、何故辺境へ？　王都で何かありましたか」

　あれを見て平然としている。シャリセレスが連れて来た者なのか。

「あれは一体何なんだ、あれは……人なのか？」

「あれは……護衛です？　たったの一度も守らずに敵を殲滅しているんですが、多分護衛のはずです？」

　あれが護衛、オムイ伯が付けてくれたのか。だが、あれは……あれが何かすら分からない。戦いと呼ぶにはあまりにも違う何かだ。

　戦慄《わなな》き暴れ回る軍馬の狂乱の中を歩く。静かにすり抜ける様に消えては現れて消し去り悲鳴も怒号も叫び声すらも静寂に変えていく。混乱し恐怖に暴れ回る騎馬の群れの中をすり抜ける様に進む黒衣の影。幻影の様に瞬きながら、舞うように進む。気が付くと騎手がいない、死体も無くただ消え去る。

あの屈強な傭兵達が逃げようとしている様にも見えるが、まるで囚《とら》われた檻《おり》の中を逃げ惑うが如く駆け廻《まわ》り、そして……馬だけが逃げていく。騎手は消え去り、ただ馬だけが遠く逃げ去っていく。

まるで人などいなかったかのように無人。馬は逃げ、死体の一つも無いただの荒れ地にたった独り黒マントの男だけがいる。まるで何も無かったかのように全て消し去った。

歩いて近づいて来る。未《ま》だ少年のような幼さの残る顔立ちだ。

「遥《はるか》様、ありがとうございました。国王代理で在られる王弟閣下の身に大事無く済みました事を感謝させて頂きます」

「ああ、いや関係ないし、お礼なんか良いんだよ？　どうせあいつ等は宅配《じじいおくり》決定だったんだから。それに、あれはちゃんと念入りに梱包《ボコ》してちゃんと宅配《じじいおくり》しとかないとオタ達が煩《うるさ》そうだから良いんだよ？　うん、殺《や》っちゃった。テヘペロって感じ？　みたいな？」

その黒い影は、ただの無礼な餓鬼だった。叱りつけたいが、あれを見た後にそんな事が出来る訳も無く、そしてシャリセレスが何の問題も無いように会話をし、あの口煩い影《メイド》が何も言わない。そう、何者かが全く分からない。

「王弟閣下、こちらは遥様とおっしゃいまして遠方から参られたオムイ家の御客人と言うか、アレな方で言葉……は問題ない事も無いのですが、まあアレで礼儀作法や常識……と、その他すべてがアレな方ですが御容赦下さい」

全てがアレってどれなんだ。だが、オムイ家の客人なれば無下な扱いは出来ん、無礼極まりない相手でも恩人には違いない。だが見ればまだ子供じみた少年でＬｖも21しか無い小僧に過ぎない、さっきのあれは何かの魔道具だったのだろう。だが危険には違いない、あれは恐ろしいものだった。

「助けてもらいシャリセレスまで世話になった、礼を言うぞ。してオムイ伯は来られているのか、もしくはメロトーサム卿《きょう》から何か指示を受けているか？　こちらには敵意は無い、ただ伯に話があるのだ。辺境軍の本陣はどこにある」

……聞いていない。代理とは言え国王の前で膝も突かぬ無礼を許してまで、礼をしたと言うのに聞いていないだと。オムイ伯の客人でなければ無礼討ちだが、この小僧は得体が知れない。だが……王国でその国王の地位を侮辱して許すと言う訳には決していかぬ。

「丁重に捕らえて簡易牢《ろう》に入れろ、怪我《けが》は決してさせるな」

「お待ちください！　その方は……！」

是《これ》ばかりはシャリセレスがいかに庇《かば》おうと許す訳にはいかない。私は国王である兄の名代だ、王の権威だけは汚させられない。そうでなければ、この首に何の価値も無くなってしまう。辺境にまで代王としてこの首を運んできたのだ。そうでなくてオムイ伯に、メロトーサム卿に何を持って詫びろと言うのか。

だから、この首が胴から離れるその時までは王であらねばならん。王族にとってオムイとはそれ程までのものなのだ。王として頭を下げて首を落とされねば謝罪にすらなりはしないのだから。この先が辺境、最果てのオムイ領。私の死に場所だ。

揉んでいるんなら手伝うんだが 揉めているんなら手伝いの必要も必然性も無いだろう。

62日目　昼過ぎ　荒れ地

遂《つい》に異世界でここまでたどり着いたんだ。長い長い旅だったような気がするよ。

永い永い異世界の旅の果てでようやく巡り会えたんだね。

もう諦めかけていたけど、やっと出会えたよ。

長い長い間に何もかも信じられなくなっていた。

何度となく希望はついえ、夢見る事も忘れそうだった。

毎夜、星空を見上げながらその姿を夜空に思い浮かべた。

長い夜だった。だけど明けない夜なんて無かったんだ。

だって――やっと今、巡り会えたんだから。

「女騎士さんだああああああっ！　うん、おっさんじゃないんだよ――!!」

そう、この煉獄《れんごく》の様なおっさん地獄の異世界で、寄って来るのが全部おっさんと言う名の試練の中で遂に出会えた……マジ女騎士さんだよ！　甲冑《かっちゅう》着てるけど真っ赤な髪にキツイ美人顔の西洋美人な女騎士さんがこの世界に存在したのだ!!　もう、おっさんしかいないから焼き払おうかと思ってたんだよ……この世界？

だが長い間耐え抜いた意味は有った。だって美人女騎士さんだー！　盗賊も全部おっさんでついに美人女盗賊さんは出なかった、街でずっと募集していても美人女暗殺者さんも美人女情報員さんも来なかった。だけど、ついに美人女騎士さんだあああっ！

「丁重に捕らえて簡易牢に入れろ、怪我は決してさせるな」

何かおっさんが喋《しゃべ》ってるけどそんな場合じゃないよ、空気読めよ！　今其《そ》れ処《どころ》じゃないんだよ、全くおっさんなんて構っている暇はないというのに的確な状況把握も出来ない無能なおっさんだ。

「お待ちください！　その方は……なんで喜んでるの!?」

な、なんだと～！　美人女騎士さんが追加された。こっちはブルネットな黒っぽい褐色の髪をした、これまた美人な騎士さんだ。うん、顔立ちは彫刻の様に整い、無表情だがそこが良い！　しかも二人がこっちに来る。わっ、両側から腕組まれた!!　ついにモテ期なの？　ついに来たの、来ちゃったの!?

「うん、16年分くらい貯《た》まってたんだよ俺のモテ期さん！」

しかもエスコートだよ。両側から腕なんか組まれて超積極的な肉食系の美人女騎士さんなの？　マジ、食べられちゃうの？　いただかれます？　みたいな？

そしてエスコートされて連れ込まれた馬車には小さな木の寝台だけがぽつんとある。

そう、ベッドオンリーなお部屋！　連れ込まれちゃったんだよ！

「でも寝台小さくない？　二人相手どころか一人でも狭いって言うか俺一人？」

あれっ、出て行っちゃったんだけど。ああ……お着替えだ！　そうだよ、甲冑じゃ駄目なんだよ。うん、当たり前じゃん。

「言ってくれればエロドレスなんてすぐに用意するのに奥ゆかしい女騎士さん達《たち》だな？」

まあ会えない時間がエロを育むという名言もあるし、待てば過エロの日和在りとも伝え聞く。そう、過エロは過激そうなんだよ！

「駄目です、全く話は聞いていません。不敬です、刺しますか？」

「えっと……委員長様がいないと、これもう無理ですね」

中々帰って来ない？――だが、まだ焦る時間じゃない、そう、女性とは身支度に時間が掛かるものなんだよ。ふっ、この余裕こそが好感度さん復活の狼煙《のろし》。狼煙まで上げても好感度さんが来なかったら……何処《どこ》まで異世界転移してるんだろう？

「しかし、せっかく辺境から出て来たのに辺境へと向かってるって、まだ村なんかに買い付けにも仕入れにも行ってないのにもう帰っちゃうの？」

だが俺はここで美人女騎士さん達を待たなければならないのだ、遂にやっと異世界で男子高校生的な異世界体験で大人な異世界に旅立つんだ――……ってここが異世界なんだけどめくるめく異世界な体験はきっと良い世界なものに違いないんだよ！

だが、しかし美人女騎士さんを二人もお迎えすると言うのに寝台が狭すぎる。まして木だよ木？

「ベッドを広げて……って言うか狭いんだから、もう全部ベッドにしちゃおう！」

そう、この気遣いこそが好感度さん復活の鍵を握るんだよ！　うん、鍵で開けてもなかったらどうしよう!!

「大体、壁も木って駄目駄目じゃん、ムードが大切なんだよ」

とりま壁を白く……暗い色の木では圧迫感があって、狭い部屋でぎゅうぎゅう詰めに密着って言うのも決して全く嫌いではないって言うか、それはそれで大好きなんだけど取り敢《あ》えず狭いから馬車ごと大きくしてと。

「うん、馬車に揺られながら激しく揺れるのも決して嫌いじゃないんだけど、ちょっとサスペンションくらいは入れて、あと白いシーツに……あっ、お花飾ろう！　そうだよ、こういう細やかさこそがRe：異性の好感度さんなんだよ。そしてそして………？

「まあ何という事でしょう？　って、これお馬さん牽《ひ》けるかなー？　ちょっとだけだけどやり過ぎて大き過ぎ？　まあ、お馬さんも逞《たくま》しいから良いか？　みたいな？」

うん、お馬さんには頑張って貰《もら》おう。ちゃんと車軸は摩擦抵抗の小さいベアリング式に変えたから抵抗は下がった筈《はず》だし、大きくはなっても重量自体に大差は無いし、見た目はちょっとゴージャスになってしまったけど美人女騎士さんを二人もお迎えするのだからこのくらいの装飾は必要だろう！

「うん、中には巨大なベッドとシャンデリアに、壁面はアールデコな感じで纏《まと》めてみたんだよ？　あと、扉って言うか丸見えの檻みたいな格子扉もプライベートって言うか、見られちゃったら女子的にあれかなって豪華な扉に作り替えたし、あとは御迎えするだけなんだよ……来ないな？」

　外装はメルヘンチックな小さな可愛《かわい》い一軒家風で、内装はバロック浪漫《ロマン》の溢《あふ》れる素敵馬車さんに改装済み。これでおもてなしは完璧と言えるだろう。

　ひとまず完成、さて中に戻ろう。何か注目を浴びてるけど素敵馬車さんが大人気のようだ？　うん、めっちゃ見られてるんだよ？

「これなら第三第四の美人女騎士さんが遊びに来る可能性が無限大？　みたいな!?」

　そして馬車の中で巨大ベッドに転がりながら男子高校生的な妄想力《イマジネーション》で、美人女騎士さんとのベッドの上での組《く》んず解《ほぐ》れつの集団戦の格闘近接戦計画《イメージトレーニング》をしながらコロコロと転がり回ってライク・ア・ローリングストーンって燥《はしゃ》いでいるとジトられた？

「…………」

　ジトられている！　ってメイドっ娘《こ》だよ、何でいちいち影からジトるの？

「うん、普通にジトろうよ。基本って大事で今日はギルドに行けなかったし、甲冑委員長さんもお使い中で深刻なジト不足に見舞われてるんだからちゃんとジトろうよ？」

　取り敢えずお茶を出してみる。ちゃんと室内には小さなカウンターも完備されているのだ。我がお持て成しに死角はない！

「なんで影ジトなのかな？　はい、お茶。あっ、お菓子も有るって言うかお饅頭《まんじゅう》って言って甘くてお茶にベストマッチで大儲《おおもう》けな予感の新製品？　みたいな？」

「姫様から様子を見て来る様に言いつかって来たのですが……随分と豪華で快適な旅をお楽しみ中みたいですね！」

いや、お楽しみ中はこれからで、昨晩はお楽しみでしたねって言われるためにも明日に向かってメロスがインノケンティウスに向かって走ってグーパンな勢いでお楽しむんだよ？　それはもう、とてもとても楽しみにお楽しみをお愉《たの》しむんだ！　みたいなー!!

あれこれとメイドっ娘と駄弁《だべ》りながらお茶を飲む。お茶とお饅頭で影から引っ張り出してエロメイド服観賞中なのは言うまでもないだろう。

そして説明では何があったか分からないが、王女っ娘が王弟と揉《も》めているらしい。揉んでいるんなら手伝うんだけど、揉めているんなら手伝いの必要も必然性も無いだろう。だが何で揉めているのかが分からなくて、どうやら王弟の命令が納得出来なくて囚われの身の誰かを助け出そうとしているんだけど、その誰かが悠々自適に快適生活を送っているんだそうだ？　うん、その誰かさんは一体なにをどうやったら囚われの身で華美で優雅な囚人生活を送っているのかが疑問らしい。うん、何だか分からないが大変そうだ？

「まあ、大脱出くらいなら手伝うんだけど？」

「必要ないようですよ、既に脱出して改装して戻って、中で御寛《くつろ》ぎ中ですから！」

「まあ世の中には変わり者っているから、刑務所に入りたくてわざわざ罪を犯す為《ため》に刑務所を脱獄しちゃう人だっているかも知れないんだよ……人とは難しいものだみたいな？」

ジトだった。でも手伝う事も無いみたいだし、この後どうするのかを尋ねると「姫様に確認してまいります」と言い残して影に消えて行った。うん、普通に歩いて行ったらいけないんだろうか？

「メイドも大変そうだ……って、そう言えば異世界でメイドさんに会った事無かったんだけどみんな影の中にいるの？　うん、今度から探してみよう？」（ポヨポヨ）

そうしてまた廃墟《はいきよ》な隣街まで戻って来てしまった。うん、女騎士さん達はまだ帰って来ないだよ？

暇だからスライムさんと二人でベッドでぽよぽよと転がって遊ぶ。スライムさんが楽しそうに転がっているから、やってみたら思いの外に楽しかったんだよ？

偶《たま》に外に出て馬車の上から辺りを『千里眼』で見まわしてみるが何事も無さそうだ。美人女騎士さん達もまだ帰って来ない。きっとお洋服が決まらなくてお悩み中なんだろう、着てなくても良いんだけど裸族っ娘ではない様だ。だって甲冑だったし？

そして、このままだと偽迷宮に入ってしまうけど、俺がいるから罠《わな》は作動しないし王女っ娘には仮社員証を渡してあるから問題なく通れる。問題は中で甲冑委員長さんと委員長達も待っていることだ。美人女騎士さん達と縺《もつ》れて絡まって遊んでいたら滅茶怒られそうだ！

62日目　夕方　ムリムリ城

身なりの良い精鋭級の騎士の一団は、その整然とした行動に高い練度が窺《うかが》える。そして掲げているのは王弟旗と国王旗。それは国王代理の一行と言う証《あかし》。

その全員が立派な装備を身に纏い、中には目を引く程の豪奢《ごうしゃ》な出《い》で立《た》ちの者もいる。完全装備した軍隊特有の威容と畏怖を振り撒《ま》くような迫力、高価な全身甲冑を揃《そろ》えられた騎士団には人の目を釘付《くぎづ》けにする迫力がある。

だが、一際目を引くのは王国では見た事も無い豪華絢爛《けんらん》な造りの馬車。それは馬車というのが憚《はばか》れるほど麗麗とした邸宅の様な姿だ。しかも巨体からは想像も出来ない程の軽やかさで、滑らかに流れるように馬に牽かれる姿には微塵《みじん》も揺れている様子が無い。

その前を艶絶極美な甲冑姿の姫騎士達が、絶美な姿で先導して守るように進み付き従う。其処《そこ》だけがまるで夢物語のように美しく輝いて見えるほどだ。大陸中の王と言う王が頭を垂れるほどの圧倒的な権威と風格、何人も畏敬の念に平伏しそうなまでの威風凜凜《りんりん》とした威容。ただ進むだけで制圧する程の威風凜然と威厳に満ち溢れている。

「あちらは囚人です。檻《おり》に閉じ込めたら勝手に豪華な生活を始めて、時々気ままに出歩いては普通に帰って来ますが囚人です」

疲れたように前触れの兵が告げる。あの見る者全てを魅了し、跪《ひざまず》かせる絢爛豪華な馬車は簡易牢《ろう》だったらしい。まあ、意味が分からないが毎度の事だからもう慣れた。そして、この世に起きる意味不明な出来事は数多いが、訳が分からない程意味不明なのは大体いつも少年絡みだ。荘厳華麗な馬車の豪奢な扉が開かれると、逍遥《しょうよう》自在と捕らわれの囚人が歩み出る。

黒マント姿の少年が平然と扉から降り立ち、姫騎士を傍らに美騎達を引き連れて歩み出す。騎士たちは慌てて道を開け、その眼前を悠然と進む。国王の代理である王族の王弟に一瞥《いちべつ》もくれずにただ歩む。

格が違うのだ。それは覇者の格。貴族だ領主だ王族だ王だと喚《わめ》いた所で、意にも介さない別格。権威も威光も威勢も権勢も霞《かす》ませる圧倒的な格。

地位も身分も立場や分際や身の丈等《など》も歯牙にもかけず、ただ身の程を思い知らせるような圧倒的な格。王家伝来の甲冑《かっちゅう》に身を包んだ国王代理の王弟が有象無象の群衆扱いだ。

なのに、その力を威張る事も無く、煌《きら》びやかに着飾る事も無く、いつも一竿風月《いっかんふうげつ》にただ過ごす少年の威に誰もが呑《の》まれている。そして何時《いつ》ものように悠悠閑閑《ゆうゆうかんかん》と歩いて来る。一国の権威に道を開けさせ、王を退けて姫を従え歩いて来る。

「ただいまー、って出て行ったのに連れて帰られたんだけど俺は何しに行ったのかな？　っうん、まだ御土産屋さんの営業準備しか出来てないのにお帰りなんだよ。みたいな？　ってメリ父さん何してんの？　はっ、ムリムリさんに謝りに来て追い出され中!?　うん、夫痛いんだよ？　的な？」婦喧嘩《げんか》はコボも食わないけど、ビッチなら何でも齧《かじ》りそうだから貸そうか？　齧られる？

笑って少年を出迎える。笑うしかない、これは格が違い過ぎるのだから。人が山や海に挑む様なものだ。いくら権威に固執しようと気にもされていないのだよ。

「やあ遥《はるか》君、王女様がお世話を掛けたね。まあ、外じゃなんだしムリムリ城の中でゆっくり話そう……って、いつの間にか辺境中でムリムリ城の名前が普通に定着してるんだけど、何でなんだい？　あと別に出迎えに来ただけで夫婦喧嘩で追い出されてないから、齧らせないでほしいんだがね？　寧《むし》ろ夫婦喧嘩で追い出された可哀想《かわいそう》な人を齧らせたら可哀想過ぎるから止《や》めてくれると助かるんだが、追い出されてはいないからね？」

側近に遥君達を案内させて王弟閣下に挨拶に向かう、圧倒され過ぎて茫然《ぼうぜん》自失のまま固まっている様だから出迎えてあげよう。

全く子供の頃から頭が固かった。その頃は未《ま》だ王太子だった兄に、弟《あいつ》はそのうち山に向かって「王の御前だ、頭を下げろ」と言いかねないと言われていたが、どうやら正しかったようだ。礼儀正しく真面目で兄思いで努力家だったが融通が利かない。そして正直で素直過ぎる。

この状況下で国王の代理につくなんて気が休まる暇が無いほどに苦悩し続けていたのだろう、げっそりと顔は窶《やつ》れ目に隈《くま》をつくり、疲れ切った表情が顔にへばり付いている様だ。王で在る兄の病を心配している間に任された国が壊れて行ったのだ、気が狂いそうなほど自らを責め苛《さいな》み、そして決意し覚悟を持って此処《ここ》に来たのだろう。

　後ろからは囚人の筈の少年たちの笑い声が絶えないと言うのに、前には王国の代王が言葉もなく悲壮な顔で震えている。己の責任感に苦しみ過ぎたのだ。

「ようこそおいでになりました。王弟殿下御自らがこの最果ての辺境にまで御出で頂き恐悦至極にございます。オムイ家の当主として歓待させて頂きます、狭苦しい……（チラッ）えーっと、ちゃんと立派で素晴らしい良いお城ですが中にお入りください、せめてもの御持て成しでお迎えさせて頂きます」

「その様な過分な礼は不要ですメロトーサム卿《きょう》。この地、辺境に至ったからには頭を下げるはディオレールの王族の方なのです。我等《ら》ディオレールの者にとって辺境とは頭を下げるべき地であり、頭を下げられるような資格は無いのですから。メロトーサム卿……メロトーサム様、すみません……すみません」

　今にも泣きだしそうな沈痛な顔だ、子供の頃から全く変わっていない。自由奔放な兄とは真逆で権威と礼儀と保守的な責任感とを固めて作った堅物のままだ。王家は何もしていないし、常に辺境を守り続けようとしていた事くらいシャリセレス様に聞いているというのに……代王として全ての責任を被《かぶ》りに来たのだろう。

　全く勘違いも甚だしいが、辺境の滅亡に対して謝罪と贖罪《しょくざい》に来た心算《つもり》なのだろう。王国と教国に、最悪大陸の国家全てが敵に回ったからと言って、滅びてやる気などこの辺境には欠片《かけら》も無いと言うのに。

そう、勝てない等《など》もはや我等にはどうでも良い事だ。我らは負けてやる気も無いし、滅びてやる気も無い。我等は既に諦め嘆くなど許されない。我らはそれほどまでのものを後ろで笑っている少年から受け取っている、それ程までの素晴らしきものを、あの少年から渡されたのだ。

しかし、いつか山に頭を下げさせるとは言われていたが、まさか大迷宮を落とし、魔の森を殺す少年を捕らえて来たという偉業には未《いま》だ気づいていないのだろう。まあ、遥君も気付いてない様な気がするんだが、きっと説明は聞かない方が良いだろう。うむ、今度通訳委員長さんに聞いてみよう。

そして未だ深々と頭を下げ続ける王弟は、これから起こる辺境の悲劇に苦悩し、代王自らが泣きそうな顔で贖罪に此処まで来たのだろう。

だから小声で王弟……ムスジクスに話しかける。「話は中で良いだろう。それに代理でも王が家臣の前で頭を下げるな。王ならば胸を張れ、ムスジクス」そう言って背を叩《たた》くと、漸《よう》く疲れ切った顔を上げた。暫《しばら》く逢《あ》わなかっただけなのに痩せて老けたものだ、美味《うま》いものでも食わせてやろう……遥君に頼んで。

積もる話も、聞きたい事も有るが先《ま》ずは休ませよう。全員が疲れ切って装備も汚れているし、王の一行にしては異常に人数が少なすぎる。王弟までが襲われたか——やはり裏がいるか。

だから戦乱と悲劇が起きると伝えに来たのだろう。それを王として詫《わ》びに来たのか——

これから起こる辺境の戦乱と悲劇と滅び。それを王として、その首を携えて贖罪に来たか。しかし悲劇が来ると言われても、正直この辺境を落とす手段が全く思いつかない。軍事の基礎だが、守る時はそこをどう攻めるかを考える。だから辺境軍の幹部も軍師も考えに考え抜いた。この辺境を攻め落とす方法を全て並べ、精査し練り上げて思案して検討した。落とせないんだよ——消耗戦で擦り減らすしかないと結論に達しても、消耗戦でも如何《いか》な大軍を以《もっ》てしても先に擦り減って消滅してしまうのだ。うん、どうやるんだろう？

しかも辺境にあの少年がいる状況で戦いを挑むなんて狂気の沙汰としか思えない。そもそも最強の近衛《このえ》を揃えた剣の王女が率いても戦う事すら出来なかったのだ。軍事以前の問題で、それこそが大問題なはずなのだが？

あの少年は軍事に精通し、軍略も戦略も戦術も策略も権威と言って良いだろう。あの少年から渡された「オモなんとか、って言うかまあ辺境？　の防衛白書だけどちゃんと書いたから白書じゃないんだよ文書？」と言う本には、今まで考え及びもしなかった軍事の全てが詰まっていた。それは全ての戦術研究がなされ、その結果が探求し尽くされて洗練された戦闘の芸術とすら言える恐ろしい本だった、そして……やはりまだ街の名前も憶《おぼ》えていなかった。

だが、そんな驚異の戦術を極めた少年は事も無げに言い切った。「戦わずに勝つのが一番だよ？　って言うか戦わせたら負け？　みたいな？」と。そして、それは恐ろしい迄《まで》に真実だ。どう考えても辺境よりもあの少年達《たち》こそが落とせない。あれがどうにか出来るんなら、さっさと大迷宮でも魔の森でも何とかして、どうにかしている事だろう。

その少年達が笑っているのに、これで滅びろと言われても「どうやって？」と聞き返したくなるくらいだ。うむ、後学の為にどうやるか聞きに行ってみようかな？

きっと多分恐らく間違いなくここが花いっぱいの観光名所として親しまれる事は無い。

62日目　昼過ぎ　偽迷宮

遥君を迎えに行くと……嘗《かつ》て最古の迷宮と呼ばれ、最強最悪の迷宮と恐れられた大迷宮があった。限界層とまで呼ばれる最下層、地下第100階層にまで到達した最恐の大迷宮。其処には誰にも知られる事無く、あらゆる迷宮の頂点に立つ迷宮の王すら従える迷宮皇がいた。その伝説の迷宮皇が……偽迷宮で御土産屋さんを作ってるの。うん、何をしているの!?
「えっと、遥君が『だって大軍が来るらしいけど、もう隣街って満足に食料も無いんだし、ここなら独占でぼったくり価格で大儲《おおもう》けだ！　みたいな？』と？」（ウンウン）
そう言って建築を始めたらしい。その遥君は護衛……する気は怪しいけど、王女様に付いて行っちゃって、作業するストーン・ゴーレムさんの監督にアンジェリカさんが残ったらしくて、図面を片手にストーン・ゴーレムさん達にウンウンイヤイヤと指図している。うん、もうすっかり馴染《なじ》んでるね。

「「「なんで元迷宮皇さんに偽迷宮で御土産屋さんを作らせちゃうの！」」」「うん、凄《すご》く方向性が間違ってるよね！」

そしてお饅頭《まんじゆう》の販売はまだだって。うん、売って貰《もら》えなかったの？

そして……待っていたらしい。

「私達を待っていたの？」「何で敵地に赴いて危ない王女様に、脆《もろ》い遥君が護衛に就いて、最強の人にお使いさせちゃうの!?」「まあ、スライムさんがいれば大体世の中の思い付く限りの最悪な敵や魔物でも、ぽよぽよと殺《や》っちゃう様な気がするけど」「うん、その未来しか思いつかないくらい安心なんだけど……」「「「良いのかな？」」」

取り敢《あ》えずの計画では、隣街で「うろうろして敵を釣ってみながら盗賊退治？　みたいな？」という計画らしい。そう、これを計画だと言い張る所が遥君の凄い所で、だって全部疑問符の計画ってそれは絶対に無計画なの！　それって絶対に適当に思い付いて行動しているだけで、実は例の如《ごと》く全く計画性の欠片も無いんだよね！

「ですが陽動作戦だと下手に合流できませんね」「隣街から出ないなら急ぐ必要も無いかも」「だけど計画性が全く無いのに、その計画すら守る気が無い人の計画は信用できないよ？」「「「うん、先ず絶対護衛していない気しかしないもんね！」」」

御土産屋さんの建築を手伝いながら斥候を出し、情報収集だけはしておく。そして、その建築のお手伝いの報酬はお饅頭だから此処からは決して動けない！　みんなでペナントや通行手形を飾り付けて行く。

「ああー、通行手形は御土産屋さんで売るから『社員証』だったんだ？」「「「うん、つまり御土産屋さんは計画犯罪だったんだね！」」」

そして悪辣な事にこの通行手形を買うと、金額に応じて一定時間ストーン・ゴーレムさんに襲われないらしい。でも罠《わな》が待っているから、どうせ通り抜けられない悪逆な商売だった。そして突破されたときの対処としてラフレシアさん達が配備されてしまったらしい。『ラフレシアの花　ラフレシア作成　操作支配』で臭くなくて動けるラフレシアさん達を育成してしまった様で、勿論《もちろん》『触手』に『腐食』に『装備破壊』の3点セット付きらしい！

「「「乙女は立ち入り禁止な危険な迷宮だった!?」」」「まあ、誰も通れないだろうけどね？」「うん、ストーン・ゴーレムだけ一定時間止めたって、罠に嵌《はま》ってラフレシアさん達に襲われている間に時間切れって……酷《ひど》い詐欺商売だよね！」「「「うん、動けないふりするゴーレムさんが大変だよね!!」」」

そして純粋な御土産のペナントは基本の三角旗から茸型《きのこ》までいろいろあるんだけど、みんな「辺境」って書いてあるの。何でオムイの名前覚えてない人が御土産作っちゃうんだろう？　でも茸型ペナントは売れないと思うの。だって、なんか凄《すさ》まじく……卑猥《ひわい》だし？

「しかも武器や装備が壊れた人用に、安い武器装備まで売ってるんだ」「「「うん、破壊した張本人だよね!!」」」「だけど、一つたりとも耐性効果は付けていないよ？」」「「「うん、絶対また溶かして売りつける気なんだね！」」」

　だから溶解液や腐食の罠が増えていた。しかも更にラフレシアさんの腐食と装備破壊攻撃が加わっているから物凄く売れちゃいそうだ。

「おう、無事だったぞ」「「「ああ、全く護衛はしてなかったけどな！」」」

　斥候に出ていた、手伝いの邪魔になる柿崎《かきざき》君達が尾行っ娘《こ》一族の人から情報を貰って来た。何でも街をうろうろしては盗賊や傭兵《ようへい》を誘い出して、人気のない所に連れ込んでカツアゲしている様だ。うん、多分きっと本人は襲われたと言い張るし、一応実際襲われているんだけど、完全にやっている事はカツアゲ。だってどう聞いても狙ってやっているし、寧ろそれより質《たち》が悪い王女様で美人局《つつもたせ》してカツアゲして廻《まわ》って盗賊団を壊滅させているの。

「ただ、なんか戻って来てるらしいんだが」「意味不明です？」

　ただ、それからが良く分からない。王弟軍を救出して、合流してこっちに向かっているらしいけど豪華な馬車に捕まって、勝手に出歩いては優雅に帰って来てるらしい。

　まあ、捕まえられる心当たりは山ほど有るんだけど、遥君を捕まえるのって不可能って言うか非現実的だし、捕まえられたとしても転移しちゃうから拘束できないと思うんだけど、そもそも勝手に出歩いている時点で捕まってないし？　うん、帰って来るんだから問題も無さそうなんだけど……何で王族二人を馬に乗せて、自分だけ豪華な馬車で帰って来ちゃうんだろう？

そして合流すると……うん、ちゃんと意味不明だった。

「いや違うんだって、ちゃんと異世界にも美人女騎士さんがいて、しかも二人に増えて肉食系でエスコートな馬車の旅？　いや一人で乗ってたんだよ？　だから俺は悪くないんだよ？　ちゃんと馬車も綺麗《きれい》にしたし、お菓子も用意してたんだけどメイドっ娘が食べたんだよ？　そうそう、食べてたよ御饅頭。いや違うってば！　だって俺悪くないじゃん？　美人女騎士さんのエスコートなんだよ？　うん、帰って来るんだよ？　だって、ちゃんとお持て成し準備ばっちりなんだよ！　うん、ちゃんと乗って帰って来たけど、お持て成しが未《ま》だなんだよ？」

いつもどおり遥《はるか》君の証言は無視して、王女様とメイドさんの話によると王弟様に不敬罪で捕まったらしい。それを私達に必死で頭を下げているんだけど……遥君が不敬罪で捕まるのは至極当然で、何なら不経済も付けたいくらいに不敬罪常習犯だから別に誰も怒ったりしないんだけど？　ましてや王女様に頭なんか下げられても困るの。それこそ不敬罪ものだよね？

そしてやっぱり本人は気付いてもいない。本人が理解しているのは美人女騎士さんが二人いた事だけみたいで、そもそも不敬罪どころか王弟様の存在自体に気付いていないから逮捕されたとも思っていない。うん、みっちりお説教が必要みたい。だって捕まえられたと気付いてないのにほいほいと美人女騎士さん二人に付いて行ったって、それは絶対ギルティーだから！　後からお説教と言う名の牢獄《ろうごく》入りだからね？

結局、王国軍も捕まえてはみたものの、オムイ様の客人だと聞かされて下手な事も出来ず、しかも追っ手の教会軍を殲滅《せんめつ》させたのを見ちゃってるから恐ろしくもあったらしい。

なのに捕まった本人は簡易牢を豪華絢爛《けんらん》に改造して、気軽に出歩いて外装まで優雅に改装して楽しく快適に旅行中で、偶《たま》にどっかに遊びに行っても気が向いたら帰って来るからどうして良いか大混乱のまま連れて来たそうなの。うん、可哀想《かわいそう》に牢獄にも常識にも物理法則にも囚われない非常識な放蕩《ほうとう》自由人を捕らえてしまって、とっても気苦労したみたいなの。

そしてゾロゾロと豪華な馬車の周りから懇々とお説教しながらムリムリ城へ向かう。柿崎君達と小田《おだ》君達には殿《しんがり》を頼んだ。だって、あっちも結構な不敬罪候補者だから離しておかないと危ないの。

ちゃんとみんなが「社員証」を持っているから、大量の重武装ストーン・ゴーレムたちに整列されて敬礼されながらその間を通る王国軍の人達は死んだように大人しくなっていた。本当に怖いのはラフレシアさん達なんだけど可哀想だから黙っててあげよう。特に女騎士さんは危険だからね？　あれはとっても危険な魔物さんなの！

そして、長い緊張に耐えた王国軍の人達がホッとしている。偽迷宮の出口まで来て、ようやく緊張が解けたんだろう。でも、本当ならここで油断すると滑り台で入口に戻っちゃうから気を抜いちゃ駄目な所なんだけど、なんだか可哀想だから黙っていよう。

そしてムリムリ城には使者を送っていたら、オムイ様が王弟様をお出迎えに出て来ている。辺境軍が整然と整列して一行を迎える。

「う～ん、オムイ様に何て言ってこの囚人の事を説明しようか～？」

うん、残念ながら無罪を申し立ててくれる人は誰もいないだろう。だって不敬で不埒《ふらち》で悪行三昧で、王弟様が初対面で不敬罪なら、オムイ様なんて恒久不敬罪の常連さんなのに全く気にした様子が無いし、王女様だって……不敬罪どころじゃない半裸ワッショイからエロドレスまで巨悪犯罪目白押しなの？　うん、釈放不可能？

「ただいまー、って出て行ったのに連れて帰られたんだけど俺は何しに行ったのかな？　うん、まだ御土産屋さんの営業準備しか出来てないのにお帰りなんだよ。みたいな？　ってメリ父さん何してんの？　はっ、ムリムリさんに謝りに来て追い出され中!?　うん、夫婦喧嘩《げんか》はコボも食わないけどビッチなら何でも齧《かじ》りそうだから貸そうか？　齧られる？　痛いんだよ？　的な？」

一応建前上どうやってもそう見えなくても牢獄なんだけど、犯人は普通に扉を開けて出て行ってしまった。それを見てオムイ様も笑っている。

目の前を悠然と進み行く遥君を、王弟様と王国軍の人達が呆然《ぼうぜん》と見つめ固まっている。

「「「うわー、新鮮だね」」」「うん、辺境軍はリアクション無いもんね！」

そう、もう辺境の人達では見られないくらいの新鮮な普通のリアクション。とっても久しぶりにまともな反応を見た気がする。だって、もう辺境の人達は朱に交わり過ぎてみんな赤々と染まっちゃってるから、このリアクションが新鮮に見えるの。だって辺境では遥君にオムイ様がぺこぺこしてても、伯爵家のお姫様にエロい恰好《かっこう》させてても、「あー、またやってる」くらいの反応でリアクションも何も無いの。最近では王女様苛《いじ》めていてもみんな笑って見ているし……毒され過ぎちゃってるよね？

「うん、偶には怒られた方が良いんだけどねえ？」「「「効果は無いけどね？」」」

だって毎日お説教しても、やっぱりいつも通りで結局当然不敬罪で捕まっている。あれだけ今迄《まで》捕まってないのがおかしいくらいだってみんなでお説教してるのに、それで捕まっちゃったのに……勝手に出て来て王弟様達《たち》ガン無視で伯爵様と普通に駄弁《だべ》ってる。

そして、すっかり毒されちゃった王女様が普通に付いて行ってしまって、何で護衛してるはずの人が王女様を付き添わせているの！　まあ文句言いながら私達も付いて行っていて、結局みんなでゾロゾロとお城に入って行く。

そっかー……結局本当に御土産屋さん造りに行っただけだったんだ！

見た事も無い美味な異国の菓子でお説教を誤魔化していると言うのが正しいらしい。

62日目　夜　ムリムリ城

威圧され身が縮む。国王の代理たる代王が無様だが、相手は英雄の一族オムイ家の当主、しかも軍神メロトーサム卿《きょう》だ。ただ王家に生まれ付いただけの私などとは格と言うものが違うのだ。しかも通されたこの会議室と言う部屋の荘厳な迫力に、王国の文官どころか武官までも気圧《けお》されて圧倒されている。これが辺境の王オムイ。

だが脅《おび》え竦《すく》もうとも、もうこの身とこの命は捨てた。私はこの首をここに届けに来たのだ。ただ、この首で取引をする為《ため》に来たのだ。

「私の、代王の首と引き換えでも無理だとおっしゃるのですか。もうそれしか貴族達と話し合いに持ち込む余地はないのです。戦乱で辺境は滅び、王国は教国の属国に落ちるでしょう。それでも一介の冒険者をお庇《かば》いになって戦争を始めるおつもりですか！　もう……それしか残されていないのです」

頑《かたく》な過ぎる。何故《なぜ》そこまで訳の分からない無礼者を庇う必要があるのか全く理解が出来ない。辺境に謝罪するにはこの首では軽すぎても、小僧一人とも釣り合わないと言うのだろうか。領地と国をたった一人の命と引き換える気なのだろうか。

「まず出来る出来ないではなく、何の権利もないのですよ。何と言って捕らえ没収するおつもりですか王弟閣下。是非お聞きしたい、少年がたった一人で戦い、我らは平和と富を齎《もたら》されただけで、少年にも宝にも何の権利も有していないのですよ」

何という事か！　辺境の王とまで呼ばれたメロトーサム卿が誑《たぶら》かされているとは。確かに辺境の豊かさには驚いた。王都より豊かなのかも知れない。だが、それは結果論だ。異国の餓鬼が勝手にやった事に、何故そこまで義理立てをして領地と王国まで天秤《てんびん》に掛けてまで守らねばならないのか。

メロトーサム卿もだが、オムイ家自体が金や力では転ばない。不撓不屈《ふとうふくつ》の独立独歩こそがオムイ家の生き方だ。それが否であれば王家の威にも背いてみせるのがオムイ家、だからこそ辺境の王とまで呼ばれている……だがこれでは。

「王国と辺境領を守る為に、捕縛する理由や大義名分が必要ですか。あの少年の首と我が首で手打ちする以外何の手立ても残されていないのです。教国が引かねば貴族たちは引きませぬ、交渉に持ち込むしか道は無く、その道には首が要るのです。それさえ呑《の》んで頂けるなら私の首は辺境に頭を下げたまま此処《ここ》に置いて行きましょう、どうか御決断くださいメロトーサム様！」

少年。そう、迷宮で崩落事故に遭い幸運にも巨万の富と迷宮王の宝を手に入れた者はあの小僧だった。あの無礼者の不気味な黒マントこそが件《くだん》の迷宮殺しだった。

あの教国の傭兵団を皆殺しにした不気味な技こそが迷宮王の宝なのだろう。だが、それさえ無ければＬｖ21の小僧に過ぎない。罠にかけ捕らえて宝具を取り上げたうえで貴族たちに渡すだけで良い。それこそが交渉の場を作る事になる。

正直メロトーサム様もシャリセレスも『魅了』か『傀儡《かいらい》』にでも掛けられているのかと訝《いぶか》しんだが、探っても異常状態ではなかった。ならばあの意味不明な軽佻《けいちょう》な口調で誑《たぶら》かされ、口八丁手八丁で取りこまれているのであろう。たちが悪い、金とコネで辺境に寄生してしまっているのか。

「ならば、あれは王家として捕らえた者です、あの少年をお引き渡し願いたい」

「出来ませんな。それに捕らえているも何も、自分の足で歩いて来たように見えましたよ。まさか王弟閣下はあれを虜囚だと言い張るおつもりですか？　それに王国の命令だとしても、あの少年はオムイ家が保護している大切なお客人です。たとえ如何《いか》なる理由が在れどお渡しは出来ません」

　手詰まりだ。直接お会いして頭を下げ、首を差し出して取引しようと算段していたのに、全く以《もっ》て交渉に応じる気が無い。

　そして休憩となり豪華な客室に通された。確かに辺境は生まれ変わっている。このような豪奢《ごうしゃ》で華麗な客間など、如何なる大国ですら用意できないだろう。だが、そのせっかく生まれ変わり好景気に沸く辺境が滅ぼされれば意味が無いだろうに。確かにあの小僧のおかげで平和になったのだろうし、小僧の放蕩三昧で街も豊かになったのだろう。だが、運が良かっただけの餓鬼の為に何故王国が滅びねばならん！

「くっ、頑なだ。あまりにも頑なだ。何故あそこまで庇われるのか」

「オムイ家は忠誠と共に恩義に厚い事で有名です。恐らく例の少年に恩義を感じているのでしょう。あの最古の迷宮の制覇はオムイ家歴代の悲願だったのですから」

　だが高々Ｌｖ21の小僧に何か出来る訳が無い。崩落事故で起こった迷宮王の死の手柄を漁夫の利で拾っただけの無礼な餓鬼に過ぎないではないか。何故に無敗の剣士とまで呼ばれたメロトーサム卿や、剣の女王の異名を持つシャリセレスまでもが持て囃《はや》すのかが分からない。

「情報は入ったか。今は未確認でも噂《うわさ》でもとにかく情報だ！」

ここまで分からないと言う事は、情報に何か抜けが在るはずだ。あの小僧に何か価値が在るのか……何か、あの小僧がいなければならない理由が在るのか。

「現在の情報では、見た事も無い美味な異国の菓子で女に取り入っている、と言うのが街で話されているようです」

菓子？　確かに20人の美姫《びき》を噂通りに誑《たぶら》かして侍《はべ》らせていた。女殺《ジゴロ》か？　あのシャリセレスが籠絡されたのか？　だがメロトーサム卿まで何故……そうか、メリエール嬢が籠絡されて家族ぐるみで誑《ろく》かされたのか！

是《これ》だから女子供は碌な事を仕出かさない。たかが菓子に誘い込まれて女殺《ジゴロ》に騙《だま》されてしまうとは。

「しかし、まさかあの堅物のシャリセレスがこうも簡単に籠絡されるものだろうか、ましてやあの口煩《くちうるさ》いメイドまでが」

だが生かしておけば障害にしかならないだろう。そして殺してしまえば、その首になど用は無いはずだ。責は私の首で払うしかないが、どうせ詫《わ》びに置いて行く気だった首だ。

道連れがあの無礼極まりない異国の餓鬼と言うのが業腹だが、其《そ》れでも王国と辺境を救うにはあの首が必要なのだ。

コンコンと軽いノックの後にメロトーサム様が一人で現れた。それは内密の話。

「失礼。王弟閣下、本当にあの少年を貴族軍に引き渡すのかい？　間違いはないのだろうか？」

「メロトーサム様。我ら王族がオムイ家に嘘偽《うそ》りなど申す訳が無いでしょう。ましてや私がメロトーサム様を騙すなどすれば、死しても兄に顔向け出来ません。真実のみで偽りなど在りませぬ」

メロトーサム様が一人で来られたと言う事は、そういう事なのだろう。やはりメリエール嬢が籠絡されて公《おおやけ》の席では引き渡すと言えなかったのであろう。私は未《いま》だ独身《ひとりみ》だと言うのに、見せ付けるように20名もぞろぞろと黒髪の美少女を引き連れやがってむかつく餓鬼だったが、するに事欠いて伯爵の令嬢にまで甘言を吐き、遂《つい》には王女までその毒牙に掛ける気か！

軍でもシャリセレスの破廉恥な軍装に驚きを隠せていなかった。しかし王国秘蔵級かそれ以上の装備だった為に皆納得したのだが、聞けばあれもあの小僧の仕業らしい。教国共に国を明け渡す気は無いが、女誑《おんなたら》しの小僧にのさばらせる気も毛頭ない。やはり暗殺……。

「オムイ家としても、私個人としても引き渡しなど出来ないんだけどね……なんか本人が乗り気みたいなんだよ。いや、止めてるんだけどね？　何か行く気満々？」

本人が……いや騙されんぞ。自らを犠牲にして貴族軍に引き渡されようとしてみせる事で媚《こ》びを売り、実際は口だけに決まっておる。そうやって女を騙し誑かしているのか。まるで芝居の様に悲劇の主人公ぶっているのだろう。考えただけで虫唾《むしず》が走る。

下種《げす》な小僧の小芝居であろうとも、行くと口にした以上はもう後戻りはさせはせん。首根っこを押さえて引き摺《ず》って行くぞ。

これで交渉《スタートライン》に立てる、王国の命運をかけた交渉《せんそう》に。

マッサージ機シリーズは売れ線だと思うのだが禁止らしいのは差別なのだろうか？

62日目　夜　ムリムリ城

貴族軍への訪問販売は反対多数だった？　でも旅費はおっさん持ちで案内付き、尚且《なおか》つ美人女騎士さん二人付きの豪華ラインナップなのに駄目みたいだ？

「いや、だって貴族軍が来るの待ってたら、まだ10日とか掛かるんだよ？　うん、もう戦争とか多分あと3日くらいで忘れちゃうよ？　せっかく送ってくれるって言うし旅費も向こう持ちみたいだし、一寸《ちょっと》馬車の中で用事も有るんだよ……うん、真の戦いはこれからなんだ——！　的な？」

なんか美人女騎士さんが来られない様に馬車の周りを女子達に囲まれて連れて帰られてしまった。だが、今度は貴族軍の方に向かって行くらしい。そしておっさんが俺に「一緒に行かない？」って誘っているらしい？　まあ、本来ならばおっさんに誘われた時点で焼き払って逃亡するのだけど、どうやらそのおっさんは美人女騎士さん二人のエスコートを命令してくれたおっさんのようなのだ！　そう、なんと異世界にも気の利くおっさんが存在したらしい！　そして、そのおっさんが気を利かして美人女騎士さん達とエスコートの先のエスカレート目指してエスカレーションな旅に誘ってくれたらしいから、行かねばなるまい！　うん、男子高校生的な理由で!!

「だって遥《はるか》さんを引き渡すなんて……」「「「うん、迷惑だよね!!」」」「そっち!?」

　ただし、せっかく作った御土産屋さんが開けない。そうなるとお饅頭《まんじゆう》も売れないし、辺境ペナントだって売れないから作り損だ。だけど行商と言う手も残されている、来るのが待てないなら売りに行けば良いじゃないのとペンネームMさんも言っていた。

　だが行き先は教会と仲良しな貴族さん達の軍らしいから爺《かみ》部屋送り決定だろう。異世界の汚物は爺《かみ》の白部屋に不法投棄の着払い強制宅配で一掃しよう。ただ、そうすると売る前にいなくなりそうで、そうなると一生懸命造ったお持て成し用偽迷宮も御土産屋さんもムリムリ城も意味がなくなる。うん、無駄働きだ。

　それでも、たとえどれほどの損失が見込まれようとも行かなければならない理由《ワケ》が在る。そこに可能性《美人女騎士》がある限り可能性《美人女騎士》を追い求め可能性《美人女騎士》を脱がして可能性《美人女騎士》にあんな事やこんな事をしちゃって可能性《美人女騎士》への飽くなき挑戦なのだ！

　と言うか動かないと不味《まず》い、手詰まりになってしまう。だって21人のジト目封鎖戦の包囲網で美人女騎士さんの所に遊びにも行けないのだ！　ここは地の利が無い。時も常時良くないし、人の輪は包囲網で俺を囲んでジトっている!!　そう、ここを離れなければお説教と言う負け戦に、訓練と言う名のボコも漏れなく付いて来るだろう。

「だって防衛戦の方が有利だし、準備も万端なのにわざわざ出向くの？」「だよね、偽迷宮まで引き込んで、残党はムリムリ城で殲滅《せんめつ》戦が確実だよ」「打って出るだけリスキーな気はするよねー？　せっかく防備を整えたんだし」（ポヨポヨ）

説得したいんだけれど、その通りだったりするのが問題で、実際出て行く方が損だ。だが美人女騎士さん達《たち》も行ってしまうのだ！　置いて行ってくれるんなら残っても良いけど、俺が肉食系美人女騎士さん達に男子高校生的に食べられちゃうと言う素敵イベントが旅立ってしまう！　行かせはせん、行かせはせんぞ――！

「って言う訳で俺が行こうかと思ったら反対多数、って言うか全員反対だったりする？」

「「「うん、心の声がダダ漏れで、ガッツポーズが怪しさ満点なのよ!!」」」

まあ確かにメリットは無い、お饅頭が売れないしペナントだって売れない。だが男子高校生にはそれでも行かなければならない時がある！　でも正直に肉食系な美人女騎士さん二人のエスコートなエスカレートな予定だと言うと大変な事が起り得る、分かり易《やす》く一般的によく使われる言葉に変換するとお説教だ。何か理由が必要だ。そして無くはない。

まず長距離兵器の有無だろう。向こうが長距離兵器か長距離攻撃手段を持っているならば近付けさせれば手遅れになる。それも含めた偵察。敵陣に侵入できるならこれ以上の情報収集は無い。何せこっちは『羅神眼』持ちだし、ちらりとでも目に映れば『至考』さんが解析してくれる。

次は偽迷宮越えの装備の有無だろう。空か地底か空間かを越えて来るのならば危険だ。だが、あの大軍となればその装備は隠せない筈《はず》で、見に行けば手の内が分かる。

そして最後はいまだ起きていないもう一つの可能性。王が臥《ふ》せて不在の状況で第一王子は軍を率いて辺境に向かっているのに、するに事欠いて代王である王弟が辺境に先回りしてしまっている。うん、王都がら空きなんだよ……出来すぎなくらいにがら空きでほったらかしだ。

待てば楽そうだけど後手を踏む。その間に誰かが好き勝手する可能性がある。そういう策略の可能性が有りすぎる。そう、楽するのも楽しいのも大好きだけど、他人が好き勝手するとか他人の策略に乗せられるとかは大嫌いでまじムカで、俺は道徳の授業で習った「他人の嫌がる事を進んでやりましょう」と言う教訓を座右の銘にしているくらいに他人の嫌がる事が大好きで、他人に嫌がられるのも大得意だ。そして自分がされるのが何よりも嫌いな道徳的な男子高校生なのだから後手は美味《おい》しくない。

ならば強攻偵察でも意味は有るし、行った序《つい》でに罠《わな》を仕掛けるのもゲリラ戦で削るのも有りだろう。何より王弟のおっさんが敵軍にまで侵入させてくれるかもしれないのだし、美味しい話だ。だって肉食系美人女騎士さん達と侵入して、肉食系美人女騎士さん達にも侵入するのだ！　うん、とっても美味しそうだ。

ならば御土産屋さんは延期してでも、行商で此方《こちら》から売りに出る！　御土産屋《ディフェンス》ではなく行商《オフェンス》、攻撃こそが最大のぼったくりだと昔の人も言っていたかも知れない様な気がしなくもないと言う話だったりするらしいから行商だ！　豪華ベッド馬車に行商御土産屋も作って接続しよう。強襲《おしうり》専用移動型御土産屋さんこそが今異世界に求められている要求《ニーズ》なのだ！　って説得してみた？

「強襲《おしうり》してもあのペナントは売れないからね！」「うん、なんで『辺境』なの、何で地名覚えてないのに御土産作っちゃうの!!」「「「そして何で茸《きのこ》型を作っちゃったの!?」」」「土地の名前が無い御土産って、御土産効果が無いんじゃないかなー？」「まあ、でも辺境で分かるらしいんだけど」「でもお饅頭は売れるよ！　って言うか付いて行ってでも買う、買い占める!!」「あの『辺境』って彫ってある木刀さんも、地味に効果付きだったよね～？」「「「うん、あれって元はゴブリンの棍棒《こんぼう》だよね？」」」

そう、御土産屋には木刀が必要なのではないかとの意見を組み入れた新製品、その名も「辺境木刀」。辺境名物の有り余ったゴブリンの棍棒を『掌握』して『木魔法』と『錬金術』で加工しただけの材料費0エレで、効果付きの御土産だ。安くて軽くて壊れても薪になるから超安心で経済的な新商品なんだよ！　うん、棍棒のままのほうが強いけど？

「「「でも、あの茸マッサージ人形だけはギルティーだから販売禁止！」」」

何故《なぜ》か販売禁止の発禁処分を受けてしまった、1分の1スケールで体力茸の逞《たくま》しい型を精密に写し取った精巧な出来の茸人形。何と振動魔法でマッサージ機能付きの、天才的な俺の発明さんが駄目出しだった!?　でも実際にマッサージチェアーの売り上げは凄《すさ》まじく、辺境で大人気で領館も宿屋も武器屋や雑貨屋までフル稼働で小銭を稼ぎ続けている。うん、マッサージシリーズは売れ線だと思うのだが禁止らしい？　魔石型《まるがた》は良いらしいのに何が違うのだろう……茸差別なの？

因《ちな》みに「辺♥境」Tシャツも「私♥辺境」Tシャツも女子さん達や兵隊さん達相手に完売していた。うん、新作も考えよう。思わぬ売れ線だった。

「『私♥辺境』の布バッグやタオルも作ってみようかな？　定番シリーズ化？」「「「うん……私、何で買っちゃったんだろう!?」」」

そうして会議と言う名のお説教は晩御飯まで続いた。って言うか、「遥君、お代は充分に払うからもし良かったら晩御飯を頼めないかなー」とメリ父さんが来たんで付いて逃げて、食堂で大量の中華料理を並べて回る。炒飯《チャーハン》に餃子《ギョーザ》に蟹《かに》無し蟹玉に鶏《とり》のから揚げに八宝菜擬《もど》きと、安い中華っぽいラーメン屋さんの人気メニューのラーメン抜きだ。

王弟のおっさん御持て成し用らしいから炒飯だけにしようかとも思ったけど、肉食系美人女騎士さん達もお食事会にいるらしいから餃子や鶏のから揚げも付けてみた。うん、おっさんはともかく美人さんには美味しい物を食べて貰《もら》うべきだろう。たった50人前くらいなら5分も掛からないんだし？

結局は王女っ娘次第《こ》になりそうだが展開がややこしい、いっそ攻める方が確かに簡単なのかも知れない。待てば有利で楽だけど、ここからは背水の陣で下がれない。だが攻めに行けば攻撃してみてヤバければ撤退戦で削りながらここまで下がればいい。何しろ相手の隠し玉が分からない以上、予測の立てようもないのだから。
委員長さん達は戦争用の布陣を見直し戦術と戦略を立て直していた。でも、あっちは受けて立てば良いけど、俺は受けちゃうと死んじゃうから難しい。だから攻めに行って殺して回った方が簡単で安全、それで隠し玉が分かれば言う事無し。だからこそ行くべきだろう――そう、肉食系美人女騎士さん達と！

各自にお部屋が割り当てられているのでお部屋に向かう。甲冑《かっちゅう》委員長さんも女子会が終わったら帰って来るだろうから、それまでに方針を決めたい所なんだけどメリ父さん達もお食事会議らしいから方針が決まるのは夜だろう。とりあえずやれる事を済ませて行こう。まあ内職とか？　あと大体内職とか？　まあ、はっきり言うと今日もブラ作製はちゃんとあるらしい。

御土産屋さんのお客さんにプレッシャーを掛けないでほしいな？

62日目　夜　ムリムリ城　女子会

ムリムリ城にはちゃんと女子用の大風呂が作られていた。そう、何故か何を作ってもお風呂が全てにおいて最優先なんだろう。そして合流した尾行っ娘ちゃんから大凡《おおよそ》の情報を聞いて、今日の遥君の動きが大体は分かった。

そう、最悪だった。対人戦と、そのスキルにこそ弱い遥君は、よりにもよって対人戦最強の殺人鬼と戦っていた。それは人体の動きを知り尽くし、人の思考を読み尽くした殺人技術の専門家で、王国の闇。

そして対人技術の専門家さんは意味不明なまま、きっと何も理解すらできずに理不尽極まりない一撃で昏倒《こんとう》して倒されちゃったみたい。うん、やっぱり遥君は人じゃなかったみたいだね？

「「「ああー、読んだり見極めちゃったりしたら駄目だよね、あの乱撃？」」」

対人戦では対峙《たいじ》すらできずに、人外に退治されちゃって大事に至ったらしい。うん、あれは人間の動きじゃないし、技ですらないとは何となくは思っていたんだけど……対人戦闘の専門家の殺人鬼さんからも駄目出しだった様なの。やっぱり人族は詐称だったみたい。

「結局また危ない事をして……」「一番危険な相手を釣り出していたなんて」

だって盗賊は全員捕らえているのに、その殺人鬼だ《や》けは殺していた──つまり、とっても危険な相手だった。生かしておけば私達が殺られる危険性が高いと判断した、だから……殺した。

もう、躊躇《ためら》いは無いんだろう。あの滅びた村から遥君が帰って来た時の顔を見てみんな覚悟していた、もう遥君は覚悟が出来ている。それまで遥君は戦う力《ステータス》も守る能力《スキル》も無い、だから殺す事しか出来ないのだと巫山戯《ふざけ》ながら嘯《うそぶ》いていた。

でも覚悟した。殺す事しか出来ないから殺す覚悟を。村から戻った遥君は能力《ステータス》とかじゃない強さを身に付けていた。そして最強の人斬りを殺し、教会の獣人狩り部隊を殺し尽くした。誰も殺させないために殺し尽くした。そして攻めに出ようとしている。

「どうも私達に偽迷宮で防衛《ディフェンス》させて……自分は攪乱《ゲリラ》戦に持ち込みたいみたいですね」

一瞬全員が言葉を失ってしまった。だって、思わず想像してしまい戦慄した……脳裏に浮かぶ光景は地獄。だって、これ程までに悪辣な攪乱《ゲリラ》戦に最悪に最適な人っていないだろう。だって、こんな大迷惑なゲリラさんが来たら地獄だ。辺境まで延々と最悪な罠の道を作り上げて、ちょこちょこと隠れて隙をついて凶悪な嫌がらせをして、ちょいちょいと強襲して戦闘力を破壊して行くんだ……想像しただけで相手がとっても可哀想《かわいそう》でみんなが涙目なの！

「でもでも、危険な事に変わりはないよ」「うん、ゲリラ戦は見つからないで戦えば良い戦法だけど、見つかれば包囲されて敵中で孤立無援になるよ！」「えっと、遥君とアンジェリカさんとスライムさんが敵のど真ん中でたった三人で孤立するって……」「「想像しただけで相手がとっても悲惨な事になりそうだね!?」」

確かにゲリラ戦に私達は足手《あしで》纏《まと》い。そして遥君は防衛戦が不得意。まあ不得意と言うか、殺し尽くすだけで攻撃による防衛線を敷けるけど、それはそれで突破され易い。

「数で飽和状態に持ち込まれちゃうと、殺しきれずに逃げられるかも？」「数の差だけは如何《いかん》ともし難いですよ」「「うーん、でも……突破するまでに被害甚大ではあるんだけどねー」」」「「「まあね？」」」

だから確かに適材適所、しかも愉快適悦《ゆかいてきえつ》にゲリラしちゃいそうだ！

「離れると心配だけど……危ない所も想像できないね」「寧《むし》ろ敵軍の可哀想な姿が目に浮かぶんだけど」「う～ん、確かに遥君なら、ゲリラ戦の方が安全に戦えそうな気はするんだけれど～……ちゃんとコソコソ出来るかな～？」「「「あっ、隠密《おんみつ》系の能力構成なのに、全くこっそり感がないよね！」」」「ゲリラさんが普通に正面から中央突破とかしてそうだ！」「うわっ、なんか万の敵を三人で包囲殲滅《せんめつ》戦とかやっちゃいそうだよ!?」

異世界なのが問題なの。だって、まだ私たちの知らない何かがあった時が怖い。魔法でもスキルでも、そして魔道具でも。敵に教会が付いていると言う事は教会秘蔵の「聖具」、つまり取って置きの魔道具が出てくる可能性がある。そして情報が無い新兵器こそが何よりも怖い。

遥君《はるか》は動きを止められると死ぬ。防御力も耐久力も無く、回避以外の戦闘手段を持っていない。あれは殺される前に殺しているだけで、決して打ち合いでは勝てないんだから。

つまり「瞬間地面トリモチ化」なんてアイテムが有ると危ない。そしてそれはアンジェリカさんすら危ない。超遠距離狙撃だって危ないだろうし、範囲物理攻撃なんかあったらそれも危ない。遥君は何だかんだと如何様《いかさま》して何とかしているだけで、実は弱点は多いまま。

「まあ、聖具だからもっと直接攻撃系や防御的なものだとは思うんだけど……」「それでも心配だよねえ？」

私達なら攻撃を受けても耐えられる、だから盾でも良いから傍《そば》にいたい。だけど足手纏い。だってあの三人の移動速度は尋常じゃないから。あの機動力でゲリラ戦なんてされたら、それってもう異世界軍隊苛《いじ》め問題だと思うの。だって絶対に気配が捉えられないし、速度でも追い付けない嫌がらせの天災。

「何人かゲリラ戦向きの護衛を付けるとか？」「それとも離れた位置で帯同するなら」「問題は王弟です、あれは遥君を貴族に差し出して交渉に持ち込もうとしています。寧ろあれが敵なんですよ！」「でも……遥君が理解してないし、理解してくれそうにないし」「それに……あの三人を敵中に送り込むって……それってもう最強の攻撃だよね？」

あの三人を引き渡すって、それって中央突破されて本陣が崩壊したところから戦争を始める様なもの。既に命令系統は壊滅し、防衛線は無力化されて、攻撃陣は裏を取られた状態から戦いが始まるって……それ、完全に終わっている。

「遥君なら敵に何もさせずに一方的に叩《たた》く気のはずだよね」「だとすると戦争の準備自体が無意味かも？」「「ああー、嫌がらせで戦争虐《いじ》めて世界平和しちゃいそうだね」」

そう、戦う気なんて無い。ただ壊滅させるだけ、虐めて崩壊させる気だけなの。

「本当にスライムさんが来てくれて良かったよね」「うん、攻めのアンジェリカさんがいて、守りにスライムさんが回ってくれれば安心感がちがうよね？」「「だね、あれは崩せない！」」

スライムさんは攻撃力と回避力、そして多彩な攻撃に目が行きがちだけど、実は防御力も防衛能力も凄まじく高い。攻撃特化の中で唯一の防御役もできて絶対の護衛さんだったりするの。

「私達《たち》全員で掛かっても打ち負けるもんね？」「だって攻撃が通っていないもん！」

そう、アンジェリカさんもウンウンしている迷宮皇公認の防衛能力だったりするの。

「まあ、止めても行っちゃうんだしねー」「うん、いつもいつも行っちゃうんだよ」

そう、また置いて行かれる。

今度こそってＬｖ１００を超えたのに、また付いて行けない。でも辺境を無防備になんて出来ないから誰かが残るしかなくて、この国の戦争の当事者であるオムイ様が付いて行ってしまえば私達が残る以外の選択肢は無くなる。そして私は偽迷宮への指揮権も持っている……持たされている。

だけどオムイ様が残れば、私達が付いて行っても問題は無くなる。ゲリラ戦には参加できなくても警護くらいは出来る。退路の確保だけでも、それだけでも良い。

未《ま》だオムイ様と王弟様が協議している。それが決まらないと作戦も何も無いんだけれど、それでも案を出し纏めておかないと急な対応が出来なくなる。すぐに動かないようなら訓練か近場のダンジョンの踏破も考えないといけないし、予定が立たないのが一番困る。

そしてお風呂から上がるや否やみんなで走る、緊急事態だった！

ま、まさかムリムリ城で……油断していた。まさか御土産屋さんムリムリ支店が開かれてお饅頭《まんじゅう》が発売されるなんて！　売り子さんは尾行っ娘ちゃんで、王都の兵隊さん達で大賑《にぎ》わいだった。そしてもうお饅頭は売り切れだった……（泣）

うん、在庫整理して行く気満々だったの。だったら私達にも売ってくれればいいのに！

貴重な試験の結果によって試作され完成されたが失敗作にだって価値は在る。

62日目　夜　ムリムリ城

戦争になるなら、命を預ける装備にやり過ぎて無駄なんて事は無い。それが僅かな差でも命運を分けるなら、その可能性が僅かにでも在るのなら注文は受けよう。でも、それ絶対関係無いよね、戦争には？

「だから無理だから！　何でブラに水陸両用の機能が必要とされるの！」って、それビキニじゃん!!　何で下着1枚で水陸両用で生きて行く気満々なの？　両生類なの？　でもギョギョっ娘のご両親はお魚君で魚類なんだけどギョギョっ娘って陸にあげて大丈夫だったのかな……まあ人類だってお魚が陸に上がって進化したんだから頑張って？　みたいな？」「普通に陸上生物だよー！」

だってビキニって今度は水の抵抗まで計算に入れなければならないが、濡《ぬ》れ濡れ生下着女子高生のブラを補正する男子高校生って絶対にヤバい！　しかも水の抵抗ってポロリも有るよ？　ポロリも不味《まず》いけど「濡れ濡れ生下着」の所で既に深刻な事案だろう。

　そう、たとえそれがビキニの開発だと言っても、女子高生を二人濡れ濡れ生下着にしている時点でもう駄目な気がするんだよ？　うん、好感度さんが涙で溺死しちゃうんだよ？

　しかも裸族っ娘はまだ良いとしてもギョギョっ娘は結構大きい、つまり水の抵抗も大きい。試作は困難を極めるだろうが、大きい濡れ濡れ生下着女子高生に男子高校生もきっと混乱を極めるんだよ！　まあ、とにかく寸法を取ってブラとショーツを揃《そろ》えてからのお話だ。だっていきなり水陸両用とか無理だから!?

「泳げると便利なのに」「うん、異世界って川に魔物とか居そうだから、気軽に下着で飛び込むと危ないいし、全裸だと危ない人で魔物さんもお困りなんだよ？」

　まあこの二人にはいつか水着を作ってあげようとは思っていた。思ってはいたけど未だプールも海も無いいし、川は魔の森に近いから危ない。ゴブ達は川には寄ってこないし、Lv100なら森の浅い所のLv10くらいまでなら素手でも勝てそうな気はする。だが無防備過ぎる、そしてポロリも危ない！　だって、きっとポロリしたら俺がお説教される!!　それって絶対ゴブのせいなのに俺がお説教されるんだよ？

「いや、実際に水着の素材って結構謎なんだよ？」「「あぁー、素材はわかんない」」

　あれは作りも分からないけど、素材が全く分からない。防水でも撥水《はっすい》性でも無かった様な気がするけど、何の目的で選ばれた素材なのだろう？

「えっと水を吸わないで、速乾性が高いの」「競技用は浮く感じがあったかも」

確かに水を含んで衣服が重くなるのが溺れる原因だと聞いた事がある。だから撥水性はいるのかも？　そして素早く乾き、冷えを軽減する保温性も必要かもしれない。

「あとは透けなきゃ良いのか……あとはストレッチ性？」

これは甲冑委員長さんにも試作と試験と試用を使用してしよう。うん、するんだよ？

ただ綿に魔石粉でコーティングして『防水』とか『撥水』とか付ければ良いだけなら直《す》ぐにできる。だけど伸縮性も重要だろう。ブカブカすると水流で脱げそうだ。まあ、デザインはこの二人はマジで泳ぐから競泳型かスク水型。普通に考えれば競泳型で問題無いはずなんだけど裸族っ娘《こ》から来ている注文はスク水型だった？

「まあオタ達ならスク水にだけは拘《こだわ》ってそうだけど、意見を聞くと3日くらいしゃべり続けるから聞かなくて良いか？」「「なんでだか製法知ってそうだね!?」」

だって普段空気の癖に縞《しま》ニーソの時は7日くらいしゃべり続けたんだよ？

そんな事を考えて、集中しながらも『魔手』さんから送られてくる情報から意識を遠ざける。だって、男子高校生にとって情報と言う名の感触は結構ヤバい。そして『至考』さんが『空間把握』で立体的に形状を描き出すのがまたヤバくって、きっと今夜はヤバさ大爆発で男子高校生が大噴火だと予言されちゃっているだろう。うん、観測史上最大かどうかは観測していないから分からないけど、きっとそろそろ『性豪』とかがLvアップしそうだからずっと最大化していきそうだ。

「寄せて上げてとかの機能は無いの？　空気で膨らむとか？」「って言うか魔動ブラとか強そうだよね！」「男子高校生は寄せて上げるまでは許すんだけど、空気とか魔動とかは許しません！　あれは男子高校生達の淡い夢を踏み躙《にじ》る極悪非道な偽装工作な欺瞞《ぎまん》活動なんだよ！　みたいなー!!」

って言うか魔動ブラって……変形とか合体とかしそうだな！

「でも五人分のブラが合体して大きくなっても、残りの四人はノーブラになっちゃうんだけど、それ戦闘中にやられると男子高校生たちみんな戦闘不能になるからね？　うん、危険だから禁止しよう！」

さて、流石《さすが》にもう既に五人。これで七人目だ。だから、もう慣れたものだと言っても過言ではないだろう。もう今では採寸中に「あっ」とか「ひゃっ」とか「きゃっ」とか「うぅ」とか「ああ……」とか「うあぁ……」とか「んっ！」とか「あうっ!!」とか「あ、あ、あぁ」とか「きゃうん！」とか言われても慣れたもんだよ……って慣れられるか――！　うん、「きゃうん！」もあれなんだけど、「あ、あ、あぁ」とか「ううぅ……」とかが妙に気になるんだよ！　あと甲冑《かっちゅう》委員長さんもそのタイミングで目隠しの指広げないでね？　なんかもう絶対にワザとだよね？　だって毎回指に隙間空くのがタイミングが良過ぎるんだよ。これは絶対にお説教の罠《わな》だ！

そして毎度の如《ごと》く下の採寸では「きゃうん！」では済まない色々な苦難を乗り越えて、補正にまで辿《たど》り着いたが、もう裸族っ娘もギョギョっ娘も顔も体も真っ赤で、湯気も出かかっていそうだな？　うん、蒸気機関なんだろうか？

「これで補正して修正で問題無かったらこの型で仕上げるよ。そしてもう型が分かったから試作品で良いなら水着のサンプルも作れるんだけど……いる？　競泳型かスク水型しか無理だけど、デザインとか分からないから説明してね？」「「本当に!?」」

下着よりも嬉《うれ》しそうだ。もう力尽きて床にへたり込んで息を荒らげていたのに、水着の一言で一発で回復だ。やっぱりずっと泳ぎたかったんだろう、こんなに長く泳がなかったのなんて初めてなんだろう。ずっとずっと毎日水の中にいたのだから――お父さんとお母さんもおさかな君なのだから。

「イイハナシ風に堂々と嘘《うそ》がたりしないで――！」

取り敢《あ》えず描かせたデザインで試作してみる。背中の空いたスク水なのか競泳水着なのか分からないが作ってみる。やはり緩めの莫大小《メリヤス》編みでは伸縮性が足りないし伸びてしまう。もうちょっとキツイ編み方で……ってこんなもんかな？　何となく水着っぽくはある？

「ちょっと試着して、あと桶《おけ》と水を出すから濡らしてみて感想を聞かせてくれるかな？　作った事無いから全く感じが分からないんだよ？　って言うか男子高校生がスク水作りの経験者だったら通報した方が良いんだよ、って経験者になってるよ!?」

早速水着を着てみる二人。ちゃんと『魔手』さんで補正と計測中だ。水着だから目隠し解除中なので見て確認してみると縮力が一寸《ちょっと》きつ過ぎたかも？　身体《からだ》の凹凸が……生地が薄かったかも？　これは不味いかも知れないが目隠し係さんはスルーだよ？

「サイズはピッタリです。デザインもオーダー通りだし泳ぎやすそうかな？」「良い感じ、もうこれで泳ぎに行きたい！　もうこれで良いんじゃない。ちゃんと出来てるよ？」

良いのかなー……何かが間違ってる気がする。二人が横になれるくらいの直径が3メートルちょいくらいは有る桶《おけ》を作って、水を張る。手を伸ばすには厳しいけど、これで部屋いっぱいだからしょうがない。

「「プールだー！」」「いや、プールは無理です。お部屋の広さ的に無理なんだよ？」

まだ水が30センチも溜《た》まっていないのに、二人共チャプチャプと入って行き寝転んで動いてみている。水着だしもう目隠ししてなかったんだけど……考えが全く足りていなかった。そう、水着と言う物を舐《な》めていた。だって水着だから水に浸《つ》かるのだった！　有り体に結論だけを簡素に纏《まと》めてみると……透けて縮みました。滅茶食い込んで締め付け中です。うん、濡れると縮んで、繊維が縮むと生地って……透けるんだ。うん、勉強になったけど、なんか大変な事になっているんだよ？　取り敢えず目隠し係さんを呼び戻そう。きっとこれは18禁だから男子高校生的に危険なものなんだよ？　うん、何で指に隙間空けちゃうかな？　まあ、手遅れなんだけど？

「「きゃあああああああ――っ！　#%&”！」」（叱られ中です）

超ジトられ中です。ジトられながら経験を活《い》かし再挑戦。ギョギョっ娘は超涙目のジト睨《にら》みだけど、試作試験で経験を積み改良型の再挑戦だ。だって泣きジトだ！

繊維が水を吸って縮小して細くなり、更に縦にも縮む事によって、あのけしからん女子高生濡れ濡れ透け透け食い込み事件が発生したのだろう。ならば繊維自体に防水性と撥水性をつけて、伸縮力《フィット》を残しつつ水で縮まない編み方が必要とされる。だから数を作って試すしかない。

透けは生地を二重にして対応させる。その両面の編み方を数種類試しては、水に浸けて透過率と収縮率を『至考』さんに記憶させて演算させていく。実はスク水って物凄《ものすご》くハイテク技術だったんではないだろうか？　うん、複数の伸縮性の編み糸を組み合わせて『至考』さんで試行して作り上げ、最適値を探し快適な着心地と使用感を探す。

これが最高かな……前後5パターンくらいを布地にして水に浸けて引っ張ったりしながら試してみたが、現在最も水着に適した生地はこれだろう。それを、また水着に裁断して縫製して行く。

そして試着。今度は万が一の失敗に備えて事前に目隠し委員長さんを標準装備だ。だが今度は大丈夫なはず。目隠し係は全く大丈夫な気がしないけど、水着はちゃんと演算結果でもかなり良い数字をはじき出している。なにせ魔力コーティング技術まで駆使しているのだから、元の世界の水着にもそれ程は劣らない出来なのではないだろうか？

（ちゃぷちゃぷ。ちゃぷちゃぷ）「これは凄く良い！　水の中でも全然いい感じです」「これ元の世界でも売れるよ！　スイマーさん御用達《ごようたし》になれるよ!!」

スイマーさん御用達って採寸大変なんだよ？　身を以《もっ》て経験してへたり込んでいたよ

ね？　あと男子スイマーさんは絶対に嫌だ、断固お断りだ！　だって真っ裸の採寸で男が来たら抉《えぐ》る!!

「うん、これは凄いかも！」「動き易《やす》いし、水を含んでいる重い感じが無い？」「これって競技用の素材よりも凄いものかも」

まあ、だってきっと……競技用の素材って、魔法やスキルは禁止だろう。だが、この生地なら水の中でも重くならず、水流に引っ張られて動きを阻害される事も無いはず。よし、次は深夜のスイム用に甲冑委員長さんのを作ろう。勿論《もちろん》、最初の試作品の生地で作るんだよ！　そう、あれは別の意味って言うか、男子高校生的な意味でとても凄い失敗は性幸の母だったんだよ!!　うん、せっかく巨大な桶《おけ》も有るし、ここはやはり男子高校生的にローションの出番がついにやって来たのだろう……そう、桶狭間《おけはざま》は此処《ここ》に在る！

まあ、裸族っ娘もギョギョっ娘も気に入ったみたいで良かった。これでやっと泳げるから嬉しくて仕方ないみたいだが、男子高校生の前で濡《ぬ》れ濡れスク水で大はしゃぎしないでね？

うん、かなり緻密に張り付くから結構ヤバいんだよ？　だって男子高校生ってマジ大変なんだよ、割とマジで。まあ、大喜びで着たまま帰って行ったけど、お城の中って濡れ濡れスク水でＪＫが歩き回って良いのだろうか？

そして深夜のぬるぬる桶狭間の戦いは、縮んで透ける競泳水着にヌルヌルのローションのプールで大変素晴らしいものだった。そう、天獄とは此処だった！　そしてやはり事前に予測されていた通り滅茶怒られたました。だが、この戦いは心に刻み、この桶狭間《おけ》は次回の為《ため》に大事にしまっておこう！

桶狭間の戦いを戦い抜き勝利したのに桶は没収されて狭間ってしまった。

63日目　朝　ムリムリ城

桶狭間《ローションプール》の戦いを、それはもうネチョネチョネチョと戦い抜き、濡れ滴る激戦に勝利した後の目覚めは日常《おせっきょう》だった。うん、今日も良いジトだ。

さて、せっかくのジト日和だと言うのにおっさんだ。まあ、メリ父さんの側近さんが言《こと》伝《づて》に来た。内容は無い様だ、つまり会議中《まだやってる》。

「おっさん達《たち》はまた会議中でまだ会議室の中らしいけど、王族とか貴族とかは会議室が好きなのかな……住んじゃうの？」（ポヨポヨ？）

まあ好きだったら好きなだけ会議してくれて良いんだけど、結論だけ先に出して欲しいものだ。うん、結論だけ先に出してくれれば、その後は延々と好きなだけ会議してくれて良いんだよ？　うん、どうするの？

取り敢えず今日は動かない事だけは決定したらしい。これを後10回くらい繰り返すと会議の結果を待たなくても敵軍が到着することだろう。会議の意味が無くなるな？

そして女子さん達は、もう集まって会議中。何故《なぜ》かみんな会議が大好きだが、何故だかいつも俺は会議に呼ばれていない気がするんだけど何故《なにゆえ》なんだろう？

「近くに未踏破ダンジョンが結構あったし踏破兼訓練で良いんじゃない？」「「「賛成～！」」」

まあムリムリ城ではする事も無いし、ダンジョンアイテムはいくつ有っても足りないくらいだ。

「遥君《はるか》はお留守番だよ？　領主様からもお話があるらしいし、王女様も呼んでるみたいだからお留守番」「えっ、お留守番って俺って除け者《の》でハブで探検に置いて行かれる無職なぼっちで、お城でにーとなの？　うん、何か称号的には合ってるんだけど、それが余計に心の大ダメージさんなんだよ？　みたいな？」（プルプル）

確かにムリムリ城ではお金を使う事が無い。だからと言って儲《もう》かって出物も有り、スライムさんの食費も助かるダンジョンは出来るだけ行っておきたいし、何よりおっさんとお話ししても楽しくない！　そう今このムリムリ城はかつてない程おっさんだらけの状況で、もう各室におっさん満載でおっさん城になりそうなほどのおっさん率を誇っている状況だったりする。うん、きっと王女っ娘《こ》達や美人女騎士さん達がいなければ城ごと焼かれていたことだろう……もう準備も出来てるし？

「領主様から言われてるんだから、ちゃんといないと駄目だからね」「お留守番って言ってもお城だから番しなくて良いんだし」「「「うん、じっとしててね!!」」」

しかし、王女っ娘は何の用だろう？　また盗賊狩りのお誘いだろうか？　あれは結構面倒だが小銭稼ぎにはなる、だけど迷宮の方が儲かる。だって盗賊ってお金持ってないし、装備も武器もしょぼくて魔石にもならないと言う使えないおっさん達だった。しかも何と宝箱すら持っていないと言う駄目駄目なおっさん集団。あれならダンジョンの方が良い。

「私達も1階層からだからあんまり儲からないよ～？」「うん、辺境Tシャツをコンプしちゃって稼ぎたいのに」「「「だから製品を増やさないで!!」」」

リストバンドも完売。辺境♥シリーズ愛用者さんだったようだ、あざっす。

「近場3ヶ所を2パーティーずつで攻略だから中層まで行けるかな？」「まあ訓練中心だし良いんじゃない」「慣らしだけでもしておきたいもんね」

新武装の確認と連携の見直し。各パーティーのリーダーに強力な武器が揃《そろ》ったが、そのせいで連携がやり直しになっていたりする。特に委員長の『豪雷鎖鞭《ごうらいさべん》』は鞭《むち》と言う特性上、連携がかなりややこしい事になっていた。莫迦《ばか》達は五人全員に『鬼神のツヴァイヘンダー』を持たせたが、こいつ等《ら》は新武器とか全く関係ない。それ以前に剣の使い方すら理解していないかも知れない。まあ2メートルを超える大剣だから投げないだろう。重いし。

「夕方までに戻るから明日は暇だったら隠し部屋探しお願いね？」「まあ、中層だと期待は出来ないんだけれど勿体《もったい》ないいしね～」

確かに装備系のグローブとブーツとマント、あとアクセサリー系なんかも不足しているから中層アイテムだって充分に役に立つ。それに出物が一つ有るだけで戦況が変わる事だってある。強くなる事と安全性を考えるならばやはりダンジョンは最優先だろう。

みんなが次々に「いってきます」って言うから、「いってらっしゃい？」ってその都度答えると満面の笑みで出かけて行った？　何なんだろう？

「っていう事はお呼びがかかるまでする事も無いんだし、巨大な桶《おけ》で……いえ、何でもありません。違うんだよ？　ほら、お洗濯とか？　うん、今日は天気も良い感じで曇ってるし？　うん、何て言うか大きい方が沢山お洗濯できるんだよ？　えっ！　ああ……服って村人装備1枚だったよ。うん、まあ、そういう感じ？　みたいな？」

怒られてジトられて桶を没収された！　俺のヌルヌルなローション生活《ライフ》が奪われた!!

まあ、一応あと4つ作ってあるけど一つ目が奪われてしまった？

だが、それだけの価値はあった。あのベトベトでヌルヌルな透明な粘液《ローション》の中で透けて縮んだスク水《スイミング》でヌルヌルとネトネトと大暴走だったのだから！

それはもう、あの肌理細《きめ》やかな純白の肌がねっとりと濡れて、ぴっちり張り付き、その素敵な膨らみまでヌルヌルにテラテラで、夢も希望も男子高校生的な物も膨らんでネトネトに大変な大事件が大展開だった。うん、あのヌルンヌルンのプルンプルンの素敵身体《セクシーバディー》は全世界の男子高校生の夢と希望と冒険だったのだ、堪能させて頂きました！

だけど睨まれてるから続きは駄目みたいだし、内職でもしようかと思っていたらメイドっ娘が現れた。

勿論、非常事態に備えて効果付与されたエロメイド服着用だ！　この透けて隙間空き空きなメイド服はローションにとっても合いそうだが、後ろから鉄球を取り出した気配がするから忘れよう。うん、モーニングスターは室内で振り回さないでね？　室外でも怖いからやめてくれると嬉《うれ》しいんだけど？　どうも甲冑《かっちゅう》委員長さんは天剣なのにモーニングスターがお気に入りのようだ。そろそろスキルも取れちゃいそうだ。

「遥様、王女様がお呼びです、御同道願えますか？　嫌って言ったら刺します、不敬罪です」「いや……じゃなくて嫌って言わないけど、嫌って言ったら刺す気満々な時点で全く全然気持ちすらも同道をお願いしてないよね？　それ行くか刺されるかの2択しか与えられてないから質問になってないんだよ。もう、普通に『来ないと刺す』で良くない？　それも全然良くないんだけど、然《しか》らずんばエロいメイド服だから付いて行く訳じゃないんだからね！　みたいな？」

デレてみた。ツンは剣で刺《ツン》されそうだから付いて行こう。何故ならばこのエロメイド服の真のすばらしさは後ろ姿に有るんだよ！　背中完全開放万歳《エロりたいです》！

背後からの鉄球攻撃を華麗に躱《かわ》し、颯爽《さっそう》とゴロゴロと転がりながらエロメイド服って言うか、メイドっ娘に付いて行く。うん、狭い廊下でモーニングスターの乱舞は一見危なそうだけど、ちゃんと俺にしか当たらない安心設定みたいだ！

「って、それって俺だけが安全に安泰に安心出来ないんだよ!?」

そして、メイドっ娘が睨《にら》んでる。どうせ、ちゃんと敬語を使えと言いたいのだろう。まあ現代人は一般人でもちゃんと教育を受けているから教養が有る。だから敬語くらい普通に使えるんだよ？　まったく心配性なメイドっ娘だ。

「拝啓お呼びで在らせられ奉り候なお呼びで呼んでますか王女っ子様、本日はお呼び頂いて晴天で呼ばれて飛び出て恐悦至極もお喜びのことと仰せ奉りますです？　うん、そんな貴女《あなた》にスペシャルプライスで今ならなんと『辺境名物、辺境木刀』を3秒以内に申し込まれた貴方《あなた》には、なんともう1本お付けして二刀流なの？　みたいな？」

売れた。儲かった。なのに何故かジトられている？　いや、王女っ娘も喜んでるじゃん!?　うん、本当は3秒過ぎてたのに、ちゃんともう1本付けてあげたんだよ、超サービスなぼったくりなんだよ？　解せぬ。

「遥様はご自分の身柄を貴族軍に引き渡されるおつもりなのですか。何故ご自身の身まで辺境の為に捧《ささ》げようとされるのですか。これは王族が治めるべき問題で王弟閣下や私の身ならばともかくも、遥様には何一つ責任も落度も無いのです。御考え直し下さい」

えっと、貴族軍に行商に行くなと言う事だろうか。でも自分だって木刀買ってたのに貴族だけぼったくって貰《もら》えないなんて貴族差別な王族の横暴と言えるだろう。普《あまね》く天下に法の平等を齎《もたら》すのが為政者の責務だと言うのに困ったものだ。

「王女っ娘はどうする気なの？　王弟のおっさんは貴族の軍相手に未《いま》だ交渉に行く気なんだよ、王女っ娘が行けば王位継承者が揃って敵前に並ぶんだよ？　うん、あの王弟のおっさんは未だ交渉でけりを付けたいみたいだけれど、それが本当に出来ると王女っ娘は思っているのかな？」「さ、策はあります！」

　まあ、俺に来るなって言うくらいなんだから思ってないんだろう。

「敵陣に入り込んで第一王子でも狙う気なのか、大貴族の首を取るのか知らないんだけど……それって死にに行くのと何が変わったのかな？」「……（汗）」

　やっぱり脳筋だった！

「それに第一王子や大貴族の首を取れたって、何も変わらない事くらい本当は気付いてるんだよね？　それって死んで償うんじゃなくて何なの、死に損で無意味で無責任で無駄なんだよ？」「だって……だって……それでも、たとえ無駄であっても私は王女であり、王族なのです。無駄で在ろうとも無意味で在ろうとも、可能性が僅かでもあるならば命を懸けるのが責務であり責任なのです。その結果が死に損で無意味で無責任で無駄なんだとしても、王族が責を果たさずに無関係な遥様に敵地に赴けなどと言えるわけがないではないですか！　それこそ無責任どころか王族の誇りすらも無にする行為です、己《おの》が誇りすら貫けぬ王家など……それこそが無意味です」

　泣いてる王女っ娘はメイドっ娘に任せて部屋を出る。今は話し合いなんて出来る状態ではないだろう。誇りが有ろうが高かろうが積もっていようが死を覚悟して平静でいられるわけなんて無い。王女っ娘だろうが、剣の王女だろうが、姫騎士だろうが、半裸ワッショイっ娘だろうが18歳の女の子が死に向かうのが怖くない訳が無いんだよ……それでも止まらない。何を言ったって突き進み続けるのだろう。

「結局王女っ娘はこうなるんだよ……やれやれ？」（ポヨポヨ？）

あの王弟のおっさんだって、あれは自分の命を懸けて何とかしようと七転八倒で醜く足《あ》掻《が》いて、這《は》い摺《す》ってでも泥を啜《すす》ってでも足掻き回っているんだよ……まあ、多分それで事態が悪化してるんだけど？

なのに、もうその首すら落とされて終わり程度の価値しか残ってない事にも気付いていない。足掻く哀れな王族。惨めな王家。その通りだ、全く以《もっ》て誇りだけの無能な王家だ。ただ、その誇りだけで泥を啜って足掻き回る程の誇り高き王家様だ。だからメリ父さんが動く気になっている。辺境を守るべき辺境軍が動けば騒乱の幕開けしかないとしても、メリ父さんは王家の為《ため》に戦うのだろう。

たとえそれが辺境の滅びになるとしても、どちらかなんて選べないんだろう。だから会議が終わらない。だって解決策なんて無いんだよ？　今、会議で話し合っている最悪の事態より、きっとまだ悪くなるんだから。

実は辺境の山はゴーレムさんだからお辞儀も出来るけど土砂崩れが危険だよ？

63日目　昼　ムリムリ城　会議室

想定された最悪は更なる最悪で屠《ほふ》られた。よもや、もうこれ以上悪い状況は無い程に考え尽くした展開の全て。それが伝令のたった一言で引っ繰り返され、今までの会議は無駄になった。

「王都で反乱在り！　第二王子が王位に就くと宣言、王都は城壁を閉ざしました」

辺境軍は最も兵力が少ない。較《くら》べるのが間違いな程度の少数戦力だ。敵一軍には当たれても、とてもではないが分散して戦うような兵力は無い。辺境軍には突撃して敵将の首を取る以外の勝ち筋が最初から無いのだ。

「王の御身は」「まだ情報がありません」

正面から討ち取る、それが出来なくなれば我らは辺境から動けない。これこそが辺境軍の弱さ。今はその少数の辺境軍で防衛戦は可能だ。だがそれは偽迷宮とムリムリ城、そして辺境領の自給能力が揃って初めて辺境に攻める以外に守る選択肢が出来ただけだ。二手の敵とは戦えない、それだけの兵力は……辺境には無い。

王国の兵力の3分の1は第一王子と共に辺境を目指し、第二王子が籠った王都にも兵力は近隣の軍を併せれば3分の1は残っているはずだ。残るは国境警備の師団と各地の貴族軍の兵。そして貴族軍は敵と思ったほうが良いのだろう。

ディオレール王国の10万の兵などと謳《うた》っているが実際は正規の軍が5万、あとは兵と呼ぶには苦しい文官から街の門番から衛兵まで入れても2万といった所。残りは徴兵された村人や傭兵《ようへい》団をかき集めた最大限の数字。実質、王国軍自体は3万だけで、後の2万は各貴族の軍。そして……その王国軍までが割れている。

対して辺境軍は正規兵2千500だ、桁から違う。だが戦えば負けん、戦いに持ち込めれば打ち倒す。

だが分散は決して出来ない。分散させられた時点で負けだ。圧倒的少数が集中できなければ圧倒的兵力差に磨《す》り潰されて終わる。そして迷宮がある以上、冒険者達《たち》は無駄な戦いに巻き込めん。

「唯一の救いは、最強の近衛《このえ》師団はシャリセレス王女と共に偽迷宮を攻めていた為に、王都にまで戻っていないことだ。そして最大戦力の第一師団も国境に展開している」

第三師団は第一王子と貴族の軍に加わっている。だが王都の防衛部隊である第二師団が第二王子に付いているのだろうか。名目上だけの第四師団は工兵や補給専門の部隊で、どちらにも取り込まれずに第一師団に合流した様だが……数こそが如何《いかん》ともし難い。

「王弟閣下がお連れになった軍は王宮の警備に残っていた近衛が中心ですが、殆《ほとん》どは警備兵で合わせても2千、シャリセレス王女が率いていた近衛は全て回収できても3千。辺境軍2千500と全て合わせても1万にもまったく届きません」

「さらに向こうは傭兵も掻《か》き集めているとも。それに加え教国が軍を出しているのであれば……3万は優に超えるかと」

教会派の貴族軍と、第一王子の派閥の王国軍の第三師団の連合軍が「辺境地平定軍」。そして数ならば2万にも及ばないはずだが、王都ディオレールに籠城し、王都の守備専門の第二師団が付いたのならば第二王子の「反乱軍」は脅威だ。

後の貴族達はどう動くかも分からぬし、第一師団は国境から動けないはずだ。

「三竦《すく》みには違いないが、戦力比が違いすぎる。だが、これで拠点の無い第一王子の軍は余裕が無くなっているはず」

「第一王子の背後にいる大侯爵家と教会の力は侮れませんが、その兵力が大きければ大きいほど維持と補給が膨大になっていくはずです」

ならば短期決戦で予定通り辺境に来るのか、翻って王都へ戻るのか？

「第二王子は一体何を考えている！　王は、兄はどうなっているのだ!!　これは簒奪《さんだつ》だ、謀反だぞ!!」

王弟は混乱しているが、代王である王弟閣下が此処《ここ》にいること自体が第二王子派の手引きだろう。第一王子と貴族の軍が王都から離れ、代王がいない今こそが唯一の時期《タイミング》だったはず。これは狙ってこの状況を作った節が在る。

「第一王子と教会と教会派の貴族が辺境を落とせば王国の覇者は第一王子だ、そうなれば第二王子は命を取られる。動く時を待っていたのか、動くしかなかったのか」

「この絶妙さは待っていたのでしょう。これが偶然ならば出来過ぎています」

第二王子との交渉は必要だろうが、協調は絶望的。何せこちらは代王に王女と継承権持ちが二人、そして最も兵力が少ない。最も危険な位置にいるのは此方《こちら》の方だ。

「王弟閣下、情報を待つしか在りません。この状況では動けば隙になります。こうなれば先手が取れても無意味、待ちましょう。王はきっと御無事ですよ」

「くっ、私の無能さで国が……」

王国《なか》はそれで良いとしても、待つ方が有利だとしても外国《そと》が動けば今ほど危機的状況は無い。王子達や貴族達にとって目障りな第一師団が国境に追いやられたのは王国にとっては幸運だったのだろう。だが長期は保《も》たない。第一師団は精鋭なれど、援軍の無い戦いはいつか負けるものだから。

無為な会議を終わらせると外には遥《はるか》君がいた、急報と現在分かっているだけの情報を伝えると驚きもせずに只《ただ》「ベタだな?」と呟《つぶや》いていた。つまり予測していた。誰もが気付かなかった第三の勢力の出現を予想していた、だから「ベタ」。やっぱりかと。

そして、ぶつぶつと呟きながら確かにこう言ったのだ、「次はどっちだろう?」と。未《ま》だ次が在るのか……時間だけを費やした会議に意味は無かったようだ。次も有るならば、もう手の打ちようが無い。情報を待つしか出来る事は無くなった。

その呟きも「問題は第二王子の背後か」と、「第一が教国と教会なら第二は?」と……その問いが答えだったのだろう。後ろ盾無しなら良い。だが分からずに手出しすれば表面上潰せても根が残る。

「っ……商業連合国家か」

正確には国家ではない、だが実体は国家をなしている商業連合。複数の商業組合が集まり形成された商業特区が軍を持ち、土地を所有すればそれはもう国家。

教会と反目しながらも奴隷売買では手を組み、莫大《ばくだい》な利権を得る巨大商業組合国家。国ではない国——商国。

「確かに魔石と魔道具の教会の独占には公然と刃向かい反目しているが、奴隷売買では教国と組んで獣人の国を襲い奴隷にして売買しているのに……敵対するのか」

「王国を取れたなら儲《もう》け物と言うだけなのだとか、『別に第二王子を教国に売り渡せばそれも儲けで、どっちにしても儲かるんだよ？』と」

つまり辺境の魔石と教会の魔道具作成の知識が一体化するのを嫌う国。それが第二王子を担ぎ出し国を乗っ取らせて、教国が権益を独占するのを妨害している。そして失敗なら条件を付けて教国に売り渡して恩を売って利益を得ると。

「どちらも王国とは奴隷制度で反目している国ではあるが……」

そう、奴隷制度自体は王国にも有る。だが、それはあくまで金額に応じた期間の奉公。

「王国の法は捕らえて永久に働かせ、殺しても罪にならないなどと言う野蛮な制度とは別物。まして王国とは友好国であり、建国から同胞として尊ぶ獣人差別に加担などするはずも無いのだが……」

「それが第二王子についたのならば、密約を交わし王国の法と王家の盟約を反故《ほご》にする気なのかと」

それとも、やはり第二王子は取引用の使い捨ての餌なのか。だが、あの王都を取られたなら落とすのは至難、あの都は王都でありながら国の最前線にある要塞。

「こうも最悪が足並みを揃《そろ》えるか」

予想を超え、最悪の予測よりもなお悪い。そして少年、遥君は何処《どこ》まで知り、何処まで読み、何処まで策を持っているのか。少年達が辺境に残ってくれるのならば、軍は出られる。だが、この状況で出て行ってしまえば辺境軍は何処かで動けなくなる。

「だから出ようとしているのか……」

第一王子軍の中にまで行って。其処《そこ》までさせられる訳が無い。これは王国と王国の貴族の問題。ただ打開しようにも既に事態は泥沼。だがその泥を少年に啜らせよう等《など》赦《ゆる》されざる行い――だが行く気みたいなのだ。

「王弟閣下に、ムスジクスに言っても無駄なのだろうな」

「頑《かたく》なで御座いました。あれは命を捨てて覚悟されていました」

あれには無礼な少年にしか見えていない。その目の前に居る少年が見て分かるような当たり前のものではないと理解できていない。

強さなんて言うものは可能性だ。そして、その少年は弱くても大陸を滅ぼすと言われた大迷宮を殺してみせたのだ。何故に、その少年の持つ可能性は王国どころか大陸さえも滅ぼし得るという事が理解出来ないのであろう。その可能性が在ると言う事自体、それこそが恐ろしさであり強さだと言うのに。


仕方ないと言えば仕方無くはある。まあ確かにその少年を理解するくらいなら、山にお辞儀させる方が随分と簡単なのだろう。

乙女の秘密と王家の内緒の戦いが始まるらしい？

63日目　昼　ムリムリ城

大混乱だ。王女っ娘《こ》は突撃で、第一王子派はこっちに向かってて、第二王子派が王都で引き籠もりで、メリ父さんも突撃する気満々？

「人間関係とか国際情勢とか理念とか関係なく……第一王子派はお金がないから辺境に来るしかないし。そして何もしなければ大損だから、商国は動くしかないから第二王子派で王都を押さえたんだよ？　簡単だよね？」（ポヨポヨ）

だから教会派貴族の領軍と第一王子の派閥の王国軍第三師団の連合軍「辺境地平定軍」が引き返すわけがない。

「全く『平定』って言う物は従わないものを圧倒して平和を齎《もたら》す事なのに、大迷宮も魔の森も平定しなかった奴《やつ》らが軍隊を率いて平和を齎しに来てくれるらしいんだよ？　うん、是非お出迎えして大好きな平《たいら》になれるまで念入りに潰してあげようね？」（プルプル♪）

普通なら王都で謀反となれば貴族達は王都に向かいたいはず。だけど教会は辺境以外に用は無い。だから辺境に向かわせようとするだろう。それでどちらが頭《リーダー》かわかる。

「それで割れれば儲けものだけど、どちらが頭かで行き先が変わるんだよ？」（ポヨポヨ）

そして、どっちに動こうと王女っ娘は突撃する。この絶望的状況でも、未《いま》だに王国を諦めていない。王家の誇りは王国の民の安寧だと言い切った、王家が滅びようとも王国だけは守ると……だから戦乱すらも許さない気だ。

「もう、そんな状況じゃないと思うんだけど諦めないいんだよ？」（プルプル）

だって覚悟が出来てしまっている。あれは戦う事しか出来ないから、最期の時まで戦う気なんだろう。戦う力しかない……か。

「って言う訳で訓練です、ドンドンパフパフ？　まあ襲われたことは有るけど、あれはエロドレスが素晴らしすぎて戦うところとは違うところを見てたから、実はガチで戦う所をちゃんと見た事も無いし、武装だって試運転すらしてないし、あとエロドレスだってじっくりと見たいんだよ？」

そう、王女っ娘＋メイドっ娘ＶＳ甲冑《かっちゅう》委員長さんだ。

「な、なにを？」

「試験的な意味で、問題が有れば改良するし強化も出来るし？　そうだよ、決して疾《やま》しい気持ちなんて無いとは言わないけど疾《やま》しい気持ちよりもやらしい気持ちが強大で優しい気持ちで見守っているから大丈夫って言う話なんだよ。って言う訳で模擬戦《ボコ》なんだよ？」

結果は見なくても分かっているけど、エロドレスとそのスリットから覗《のぞ》く大迫力《ダイナマイト》素敵肢体《バディー》は見なければならないのだ！　そう、『羅神眼』さん宜《よろ》しくお願いします。そして、やはり強い。そしてエロい!!

「か、掠《かす》りもしないなんて！」

正統派。奇を衒《てら》わず、確実さを追求した実戦の剣。故に無駄無く簡素《シンプル》に鍛え上げられている。これこそが王道だろう……王女だし？

そして影からは奇を衒う気満々のメイドっ娘で、絶妙にして以心伝心で情意投合の連携同調攻撃。崩されても即時即応に対応して援護して、揺さぶられても当意即妙に応戦する。戦乱の剣――軍として戦い、個人として軍に対し、対人であっても隙も外連味《けれんみ》も無い武骨なまでの強さ。だから剣の王女。

まあ、相手が甲冑委員長さんなんだよ。だから当然剣の王女の剣は当たらず、影から奇を衒っても、出てきた瞬間に叩《たた》かれる。うん、モグラ叩きのメイドバージョン？

「「ぜー、ぜー、ぜー。何この強さ！」」「委員長さん達《たち》と模擬戦させるとちょうど良いくらいかな？　武装を同レベルに合わせれば結構いい戦いになるだろうし？」（ウンウン）

こっちは対人戦と戦争特化、だけどあっちはLv100超えのチートさん達だ。

懸命に甲冑委員長さんの動きを追い、ひたすらに剣を受け遮二無二攻撃を繰り返す最適最良の稽古。

まあ、結果は稽古《ボコ》だけど、実はダイエット効果も抜群でどちらも引き締まったナイスなダイナマイトバディーで引き締まった括《くび》れからの丸いヒップがダイナマイトで大爆発な……って、うぐわわっとおおっ！

「ちょ、違うんだって、ちゃんと剣技の解説なんだよ？　うん、描写だって必要って言うか何で剣で稽古中にモーニングスターの二刀流で、解説者に鉄球《モーニングスター》攻撃は禁止事項で、ちょっとだけお口が滑ったっていうか喋《しゃべ》ったっていうか……えっ、喋ってた？　ガッツポーズで？　ああー、『あの丸い膨らみにヌルヌルのローションが濡《ぬ》れ濡れでねっとりと』の所から？　っていう事は『ぬちゅぬちゅとあの素敵な脚を割り裂いてー！』の所まで言ってたの？　うん、それはあれだよ……マジごめんなさい！」（鉄球攻撃中《おせっきょう》です）

王女っ娘とメイドっ娘の稽古だったのに俺まで稽古《ボコ》られた。言うまでもないだろうが、俺のは勿論《もちろん》もはや欠片《かけら》も稽古する余地の無い凄惨な稽古《ボコ》だった。

「お姉さま、凄《すご》いです、最強です、素敵です。弟子にして下さい！」

王女っ娘は壊れていた時から甲冑委員長さんに妙に懐いていたが、稽古《ボコ》られてから更に甲冑委員長さんにべったりで……なんか腕を組み、しな垂れかかり、常にボディータッチしながら付いて回っている。俺もしたいが危険そうだ……うん、そろそろモーニングスターは仕舞わない？

「まあ仲良きことは美女二人だから良いんだけど、でも俺に鉄球向けてる場合じゃなくてその王女っ娘の目がヤバいんだよ？　うん、それはエロい意味のお姉さまな目で甲冑委員長さん最大の危機が迫ってるって言うか触ってるって言うかエロってる？」

そう、お風呂も一緒に入ろうとか言い出しているし危険そうだ！　百合《ゆり》の危機だ!!　それはもう是非危険をしっかり見守らなければ。ローションとかいるかな？

「でもメイドっ娘さん、あれスルーで良いの？　うん、王家がどうたらこうたらでエロい事禁止だったんじゃなかったっけ？」

うわー、滅茶目を逸《そ》らしているよ！　もう、あれ絶対常習犯な百合な人だよ！　うん、王家の秘密《ないしょ》らしい。

「もうマリア様もガン見しちゃうくらいの百合っ娘王女だった！　俺もガン見しに行《エ》こ《ロ》う《ボ》!!《コ》」

だけど甲冑委員長さんが例の如《ごと》く木の棒を持って手招きしているから、百合より稽古らしい。

構えながらゆっくりと対峙《たいじ》して間合いを狭め、間隙を潰し合って行く。王女っ娘もガン見しているけど、目がエロいから見学ではなくて天獄《ユリユリ》の様だ。うん、目が逝ってるな？

来る——その先手を潰す。動き出しの前に速く、ただ最速で真っすぐに斬り込む。なのに斬撃は右から飛び、身体《からだ》は左に跳ぶ。

「うん、相変わらず意味不明だな？」

そんな意味不明な斬撃も軽く揺れる様に躱《かわ》されて、間合いを一歩で詰められる。左上——だが動かない。未来視で先に動けば後の先で斬られる。甲冑委員長さんの力の流れと魔力の流れを視切《みき》り……右上に木の棒を払う。

滑るようにお互いの木の棒が重なり合い、離れて行く。斬り返す、どうやっているのか転移する木の棒の攻撃を視切り、躱しながら斬りつけて来る。

まあ俺にも分からないんだから、俺が読まれている訳ではないはず。そして、俺が消失《バニッシュ》する瞬間《タイミング》まで見切られ対応されている。

空花乱墜《くうげらんつい》さながらの見えない攻撃を見切り、雲散霧消に消える移動を見斬る。何かもう倒す方法無いよねって言うくらいの無敵な剣技だ。これを奪おうって言う王子や貴族軍に教会って無謀な迄《まで》に勇気有り過ぎだろよね?

纏《まと》う——纏える物はすべて纏いきり、使える技《スキル》も全部発動中だ。身体が破壊と再生を繰り返され、攻撃と移動と消失と転移をただ繰り返す。

「くっ……!」

もう、無茶苦茶。ただ有らん限りの魔法もスキルも混ぜこぜで、何が起こるかも分からない意味不明の狂気乱舞。それが読まれて、見切られ返される。やってる本人が予測も予知もできず、未来視すら見えない動きと斬撃を……斬り払って、斬り落とし、斬り裂いて来る。

奇妙奇天烈《きてれつ》千変万化の吃驚《びっくり》連続攻撃の乱舞から、一瞬だけの——『虚実』。いきなり無軌道に稼働する身体を強制的に支配し一切の無駄の無いただ斬るだけの動きに変換する……目が合った甲冑委員長さんの驚いた顔と斬り結ぶ。うん、甲冑委員長さんの動きを一瞬でも止めたのは初めてだ。きっと合格点だろう。でも……やっぱり身体がぶっ壊れた(グシャ)。

「ああー……マジ痛かったよ! 全身激痛全身骨折に全身筋肉断裂で全身疲労困憊《こんぱい》でMPまでごっそり減ってるって、これは駄目な奴だよ? うん、やっぱり一発で身体ぶっ壊れるか、その後が動けないまま殺されちゃうパターンだよ」

だが、ただの斬撃で甲冑委員長さんが斬り結んだ。あの瞬閃《しゅんせん》の斬撃を止められた。だから意味は有ったのかも知れない。ただし使い道は無いだろう。これって戦闘中に自殺するようなもので、その一撃で自分の身体が完全に破壊される。

そしてエロイ目だった王女っ娘も真剣に見入っているから、ちゃんと見学は出来たみたいだ。身体の再生と修復をしながら身体の感覚の調整《アジャスト》して、今度は限界まで抑え込んで『転移』抜きの真面《まとも》な剣技。こっちなら見学の意味もあるし、『虚実』の造り直しも必要みたいだ。そうして稽古と言う名のボコを繰り返し、鍛錬と言う名のボコを繰り返される……絶対、今晩も桶狭間《おけはざま》の復讐《ふくしゅう》で沈没戦の再開希望だ！

しかし……やっぱり誰かがこっそり悪さしているみたいだな。うん、また、何かが交じっている。

「さて、王女っ娘とメイドっ娘の戦い方も動きも覚えたし、装備を手直しして強化もしてあげよう！　そう、エロさも勿論だが絶賛増量計画中《パワーアップ》だ!!」（ポヨポヨ！）

水着の製作の試行錯誤で透けたり縮んだりは極めたと言って良いだろう。だから、食い込んじゃうくらいのフィット感と張り付き感で行ってみよう！　もれなく透け感も増量大サービスだ！

王女っ娘達はまたボコられるみたいだ。ついに王女っ娘とメイドっ娘も目が×《バッテン》を初体験するんだろう。計画も作戦も無いいし、予定も未定。動くのが王女っ娘と第一王子派だけなら付いて行けば良い。どうせ其処が戦場《いくさば》だ。

そう、王女っ娘は近衛《このえ》の騎士団長の権限を持っている。そして近衛騎士団には女性の王侯貴族の護衛を専門とする女性騎士団がある――つまりあの美人女騎士さん達も王女っ娘の部下さんのはずだ！

ならば姫騎士《エロバディー》と従者《エロメイド》に美人女騎士団《エロリスト》が勢揃《せいぞろ》いで戦闘《ポロリ》も有り得るのだ！　良し行こう。それは見守りに行かないと男子高校生の名が廃るの!!　何故《なぜ》ならば元の世界の男子高校生達に「ポロリも有るよ」と一言いえば一騎当千の天下無双で突撃突破の獅子《しし》奮迅《ふんじん》に蹂躙《じゅうりん》虐殺くらいは他愛無くやる事だろう。何故なら其れ《ポロリ》こそが男子高校生の性《さが》なのだからだ！

だとすると女性騎士団の装備も見直さなければならないだろうか？　うん、これは遂《つい》に異世界に超軽装甲《ビキニアーマー》女性騎士団誕生？　オタ莫迦《ばか》達相手なら固まっている間に瞬殺できそうだな？

仲間たち誰もが追い求め手を伸ばし続けて捕まって押し競饅頭で潰されてるんだよ？

63日目　昼過ぎ　ムリムリ城

化け物と化け物の壮絶な戦い。それは静謐《せいひつ》で整然とした無音の静寂の中で、音すら立てず踊る演舞。美しく流れるが如く地を滑り、舞の廻《まわ》る輪舞の戦慄《いくさ》。

お互いに木の棒を持ち片や無造作に歩み寄り片や構えもせずに立ち、何事も無いように一閃《いっせん》するや否や狂気の乱舞が静かに激しく繰り広げられる。

これが化け物だ。これこそが化け物だ。ぬるりとした水の中を泳ぐように身を捌《さば》き緩やかに踊る。不気味な速度差が其処《そこ》には在る。速いのに速く見えず、遅いのに目で追えない、遅延したかの様な重い時の流れの中を泳ぐ。

「これは……」

人斬り専門の最強の殺人鬼が何も出来ない筈《はず》だ。この舞に一歩踏み入れれば、瞬く間に斬り刻まれてしまうだろう。人を殺す為《ため》に極められた技なんて、ただのカクカクと動く人形劇みたいなものだった。これは違うもの、これはただの斬。

人だとか人体だとか魔物だとか魔法だとか、その全てと全く以《もっ》て関係の無いただの斬。戦うとか殺すとか守るとか、そんな理屈も理路も一切合切剝《む》ぎ取られた剝き出しの斬。ただ斬る為の技。身体を動かして斬る剣技とは別の物。斬る為だけに身体を動かしている。斬ると言う結果だけを求めている。

あの少年は迷宮殺し、化け物だ。ではあの美女は何者なのか？　迷宮殺しより強い迷宮殺しの従者。先ほど王女様と訓練を受けたが強さが分からなかった。只《ただ》強いとしか分からなかった。

そして化け物と戦い分かった事は、化け物と戦える化け物だと言う事だった。

強いと言うには弱い、巧《うま》いと言うには雑だ。速いと言うには遅い、極みと呼ぶには単純。だけど、これは化け物だ。私は暗殺者の訓練を受けているからこそ、この恐ろしさが分かる。これは殺せない、私の剣は届かない。

あの時、腕一本で済めば運が良かった。剣を奪われただけなんて、遊ばれたに等しい。だって、これは死ぬ。無駄を極限まで削《そ》ぎ落とした動作《モーション》で、無意味極まりない奇怪で奇天烈な挙動で動く。

人の動きではない何か。あれは目の前で見て理解する前に皆殺しにされる。それを美しく的確に、適切に躱し掃い避ける。これはもう決められた振り付けの演武でなければ在り得ない、互いに見もせず切り弾《はじ》く奇術のような奇跡が舞う。

そう、この二人の世界は狂っている。これは狂気の世界の中でしか起こり得ない、常識も摂理も真理も無意味に斬り捨て斬り回る悪夢。まるで2本の剣。斬る為だけに作り上げられ鍛え抜かれ研ぎ澄まされた斬る為だけの剣《いきもの》、それは化け物だ。

だから残酷な迄に美しく、冷酷な迄に無駄が無く、過酷な迄に静やか。

「怖くて美しい……これは私達に見せてくれているのですね。戦うのなら勝てと、万の敵でも斬れと……なんて残酷な剣舞」「そうでしょうね。先ほどまでの意味不明な戦いではなく、私達の戦い方に合わせて演舞の様に見せているんでしょう」

姫様の盾となるなら斬り掃えと、姫様の剣となるなら斬り散らせと、身を捨てるなら殺す為に捨てろと。命を懸けるのならば盾ではなく剣を掲げよと。今から私達がやろうとしている事は、人に出来る事ではないと分かっていた……だから人で在らざる化け物になれば良いと見せ付けられている。

姫様は諦めないと言い切った。だからもう諦める事すらも許されないらしい。本当に諦めないとはこういう事だと、命を懸けたり捨てたりは言い訳でしかないのだと、それは諦めと同じだと。これは死ぬ事すら許されず、諦める事も許されない、戦い勝つ事以外の全てを許されざる者の戦い。それこそが戦いなのだと。

そう、たったＬｖ21の少年にこれほどまでのものを見せられ、教えられ伝えられた。お前らのＬｖで出来ないとは言わせないと、弱くても殺せば勝てると。

ああ、何て化け物なんだろう。どれ程苦しめばこんな技が振るえるのか。

どんなに危険極まりない目に遭えば、あんな精密な動作が身に付くのか。

過酷や峻烈《しゅんれつ》や苛烈なんて温《ぬる》いのだと、そんなものの先に在る物では届かないと。この化け物たちなら地獄より惨憺《さんたん》たる死地をも超え、凄惨たる絶望の底より最悪な戦場ですら諦めなどしないのだろう。

諦める己を許さずに地獄より凄惨なる死地をずっと歩み続けて来たのだろう。たったＬｖ20程度の身体能力《ステータス》で、地獄よりも辛《つら》い悪夢の中で戦い抗《あらが》ってきた——それが化け物の正体。弱いままの力で生き延び戦い抜いた力、諦める事無く死地を殺し尽くしてきた強さ。そう、その弱くても強くある意思《おもい》こそが化け物だった。

「強く……なりたい」「はい、お供します」

この少年《ばけもの》に何かを言い返すなんて出来ない。言い訳も弱音も許されない、この少年は地獄を平然と生き延びてみせたのだから。英雄や勇者の様な仲間に囲まれて、それでも焦がれる様な目で見詰められる最弱の少年。

村人程度の力しか持たないのに英雄や勇者も辺境の王も剣の王女も圧倒してみせる狂気《つよさ》。一人で万の敵と相対しても諦めさせては貰《もら》えないらしい。ならば一人で1万人殺せばいいと、殺される前に全員殺せば勝ちだと……これは、そう教えられている。

出来ない、不可能だ、在り得ないと叫び出しそうな心の絶叫にも、魂の悲鳴にも意味はない。目の前に答えが在る。姫様が強く強く剣を握り直す。見てしまった、見付けてしまった。目標を、目的を果たす為の目標《みちしるべ》を。

そして私の手もいつの間にか強く剣を握りしめていた。誰も彼も守ろうと狂った様に戦い、地獄で生き抜いた化け物達《たち》に見惚《みと》れ魅入られながら。

剣が舞う、語られている。姫を守ると覚悟したならば全てを殺せと、身を捨てて盾になるなんて無駄だと。その身で殺し尽くすのだと――それが守ると言う事だと。

「狂っている」

そう、狂わなければ化け物になんてなれない。本当に諦めないと言う事の、その本当の意味は狂ってでも成し遂げ、化け物になる事だった。

誰かの為に、何かを、誰かを……守ろうとした。負けも死も許されない戦いを強いられ、その果てにこの二人の化け物がいるのならば……私達はまだ何も抗っていない。まだ抗い始めてもいなかった。

命を懸けるなんて無意味で、命になんて何の意味も価値も含まれていなかった。やり遂げてこそ意味になり、価値になるのだから死はただの無意味。

だから剣を手に立ち上がる。私達はまだ何も成し遂げていないし、成し遂げる力も持っていないから。

死も許されないのなら力が必要だ、そしてその力は目の前にある。

届かない程遠く高くても、諦める事はもう許されない。もう許せない。

その生き様に手を伸ばし這《は》いずり回りのたうち回ってでも届かせる。

この手は、もう下ろせない、きっと一生この手を下ろせる事なんてもう無いのだろう。だって、もう……私は少年《ばけもの》に手を伸ばしてしまったのだから。

「「お願いします！」」

生涯をかけて届かないなら、生涯追い求め手を伸ばし続けるしかない。その先にしかあの少年《ばけもの》はいない。だから、英雄や勇者の様な少年の仲間達があんなにも焦がれているんだ……誰もが追い求め、手を伸ばし続けて焦がれている。

たった二人ぼっちの化け物の傍《そば》に立ちたいと。孤独に死地に赴かせまいと。きっと誰もが、ずっと手を伸ばし続けている。

参加した覚えも無く開催すら聞かされていないのに勝手にPart2に巻き込まれて敗者扱いだ!

63日目　夕方　ムリムリ城前

2パーティー一組の3ユニオンに分かれて、様子見の訓練を兼ねた軽い迷宮探索。その3ユニオン全てが50階層の迷宮王を倒し迷宮を殺してしまった。後は隠し部屋探しだけ。みんな啞然《あぜん》とし、呆然《ぼうぜん》として……全然実感がないまま帰って来ちゃったみたい。そう、私達もそうだった。

迷宮王を倒せるようになるまでが長かったから。触手に捕まり、乙女の危機でギブアップし、やっと倒せたと思ってもお鍋をつついて不合格になった事も有った。やっとこの間6パーティー全員での集団《レギオン》で勝利して合格点を貰った。

それが2パーティー一組で圧倒出来てしまったから……みんなが迷宮の王を圧殺して帰って来られちゃったから。

「「「なんなの、これ!?」」」

そう、全パーティーに配られて配備された新武器が凄《すご》すぎて強過ぎた。だって圧倒的だった。全体の火力が上がり、戦闘時間が短縮された結果、2パーティーだけのユニオンでたったの半日で迷宮が死んだ。あれほどまでに苦労した迷宮の王まで圧殺した。

「強くなれてる？」「なってるんだよね！」「だよね、私達強くなれてるよね？」「2パーティーで迷宮王を押し込み切って勝ってんだろ」「普通に充分凄いですよ」

　誰もが目標が遠すぎて、追いかけても追いかけても高速で遠のいて、最近では転移までしちゃう超高速移動目標さんのせいで……ちょっと自信喪失で、意気消沈気味だったけど。だけど、ちょっとだけ自信が付いた。まあ、夜の訓練でまた粉々に砕かれるんだけど、今くらい喜んでも良いよね。だって、すぐに絶望《ばってん》するんだし。

「火力が上がって戦闘時間が短くなるとここまで違うんだね～」「まあ、全員が一撃必殺の高速強襲極悪三人組《はるかくんたち》と比べると遅いんだけど……」

　あれと比べちゃ駄目だからね？　あれは迷宮を踏破してるんじゃなくて、迷宮王を虐殺しに行ってるの。あれは良い娘《こ》も普通の娘も悪い娘すらも真似《まね》したらいけません。あれは極悪非道な迷宮虐待です。

　そして柿崎《かきざき》君達も興奮状態で、もしかしたら異常状態なのか同じ台詞《せりふ》の繰り返し。

「「「この剣すげえええっ！　まじすげえええっ!!」」」「ああ、何か凄くてヤバかった！」

　大剣《ツヴァイヘンダー》の破壊力も凄かったみたいだけど、言語破壊能力も凄かったみたいなの。うん、効果に－《マイナス》ＩｎＴがあるらしいけど、さっきからずっと大剣《ツヴァイヘンダー》の威力を語っているのに「凄い」と「ヤバい」しか形容詞が使われていないの。うん、もう駄目みたい？

　でも一撃で倒せると言う事の意味も意義も途方もなく大きかった。瞬く間に敵が減り、圧倒的に数の差が作り易《やす》い。実際全員がＭＰを大量に残していて、未《ま》だ戦える状態のままなの。

「装備も充実しちゃって中層でも殆《ほとん》どダメージ無しだったよ！」「「「うん、何と言ってもブラが動き易い！」」」

大きい娘はとっても悩んでいた。大きくない娘は……悩みは尽きないらしい。とにかく動き易い。邪魔にならなくて疲れないし、擦れや蒸れなんかの不快さも無い。そう、戦闘中に意識する事すらない程すごかったの。これは三千世界最強で、きっと未来世界《SF》ですら敵《かな》わないだろう。下のヒップアップ効果も期待大だね！

そして防御力も地味に底上げされて、スキルも効果も満載だから全員がほぼノーダメージで終わった。終始安全を維持したままで圧倒して戦い切った。これこそが最大の成果、みんな唖然としているけどちゃんと強くなれたんだよね——これが遥《はるか》君がくれたもの、これが遥君が目指したもの。命を守る安全《あんしん》の強さ。

「やっとLv100を超えて、ちゃんと装備の力に追い付けたんだ」「うん、ちゃんと発揮できてたよね！」「うん、やっとだね」

遥君が探し、作ってくれたもの。やっと使いこなして戦えた、だから強かった。だって此処《ここ》までして貰って、ずっと守られて……これで強くなれていなかったら、そんなの惨めだから。そんなの絶対に許されないから。だから……ちゃんと強くなれていた。それがすごく嬉《うれ》しいの。

ムリムリ城に戻ると城の中は騒然としざわついている。そしてその原因はすぐに教えて貰えた。

「「「第二王子の王都での謀反!?」」」「うわー、敵の敵も敵だったみたいだね?」

王国の兵隊さん達は家族の身を案じ、辺境の兵は敵だらけの状況への対応に追われている。王国が混乱し、崩壊し始めている。

「でも分裂したなら有利なんじゃない」「えっと……兵力の文さん?」「「「文さんって誰!?」」」

えっと、兵力の分散は確かに有利な点ではあるけど、文さんが何者で何をしているかは分からないって言うか……誰!?

「でも敵が2つに増えたとも言えるんだよね」「えっと、二正面作戦だったっけ?」「王弟さん……備えもしていなかったの?」「それで王都から出て来ちゃったって……」

三竦《すく》みになるには状況が悪い。どちらにとっても辺境は落とさなければならない、そして兵力が段違いだから交渉に出てくる可能性は著しく低い。

「まあ、私達に決定権が有る訳でもないし、お風呂と晩御飯だー!」「「「おおー♪」」」

そう、私達は付いて行くだけ。あの非運と悲劇が大っ嫌いで、嫌い過ぎて出会い頭に非運とか悲劇を悲惨に斬殺して廻《まわ》る我儘《わがまま》な有るがままの誰かさんに付いて行くだけ。

そして、その訓練所に遥君を捜しに行くと……王女とメイドさんが目が×《バッテン》で倒れている。先客だったみたい。それは訓練だったのか、お饅頭《まんじゅう》を食べ過ぎてワンモアセットだったのか？

「「「アンジェリカさーん。迷宮王倒して来たよ！」」」「「「うん、ちゃんと強くなったんだよ！」」」

その一言にアンジェリカさんの顔が綻ぶ、大輪の花が綻ぶような笑顔ってこういう事なんだっていうくらいに笑みが零《こぼ》れ落ちそうだ。

そして、「「「ぎゃあああああっ……ギブ」」」「「「ぐわあああああっ！　もう駄目ぽ！」」」

――うん、容赦はなかった。

寧《むし》ろ武器や装備に頼って隙が増えていた。調子に乗って戦い方が崩れてしまっていた。だからボコボコの×娘《バツテン》の山が積まれて行く。ちょっとだけ付いた自信さんは恋する乙女より短命で、また粉々に砕かれてお亡くなりになってしまった。うん、みんなで御目々絶望《ばってん》中なの。

「くう、大火力に魅せられちゃってたんだ」「うん、武器任せに突っ込み過ぎだったね」「ああ……雑に一気に決めようとしちゃってたんだ」「「「うん、反省！」」」

反省会。今日は反省点が多い、強くなったと思ったぶん余計に思い知らされて、その心の緩みごと叩《たた》きのめされた。そう、叩きのめしてくれた、危険を先に教えて貰えた。

「一撃狙いはカウンターの餌食なんだね」「何だか迷宮王が弱く感じたけどさ？」「「「うん、迷宮皇さんが強すぎて、慣れちゃってたんだね」」」

いつの間にか武器に頼り、装備で誤魔化そうとしていた。武装とＬｖの強さで、自分の強さを見失っていた。だからボコボコだった。勢いと慎重さのどちらも無くしてはいけないと、強くするのは武器ではなく、それを操る自分自身なのだとわかった。

最強の最高の指導者さんの稽古は最恐に過酷で、だからきっとまた強くなれた。だって諦める事なんて出来ないから、だから強くなる。

それでもアンジェリカさんは、どんなにボコボコにしても本当に強いのは遥君だと言っていた。強い相手に勝つには相手より強くなるしかない、だったら最強はアンジェリカさんなんだけど……ただの強さに意味は無いと言う。誰にも殺せない者を殺せるのは遥君だけだと。

あれこそが本当の強さだって。きっとアンジェリカさんがあんなに強くなっても手に入れられなかったもの、それこそが弱くても強い者に勝つ別次元の強さ。

「まあ、そういう意味なら遥君は最強最悪最狂最大級の最有力候補だね？」「でも、その最凶最盛最恐最高峰有力候補は、女子高生の水着の注文と言う名の押《お》し競《くら》饅頭《まんじゅう》大会Part2で敗退の危機ですよ？」

うん、危機って言うか……もう駄目かも？

「むぎゅうー、って水際で食い止められない怒濤《どとう》の水着注文！」「「「下着もね♪」」」

むぎゅむぎゅと押し潰されてもにゅもにゅに叩きのめされ、女子高生達に沈没中《おおうなばら》なの。

きっとお風呂に行こうとして装備を外していたみたいだけど、その軽装でLv100超えの女子高生押し競饅頭大会を生き延びる事は出来ないからね？　もう天に伸ばした腕しか見えないのに、遂《つい》にその手も見えなくなった。沈んじゃった……『不沈』のスキルは取れていなかったみたいだね？

「だって前《あっ》の世界《ち》では照れも有ったし？」「うん、人目も世間体も気になっちゃうよね」「「「でも、ここは異世界！」」」「そう、知り合いは仲間だけ!!」「「「ビキニデビューだー!!」」」「「「きゃ――♪」」」（プルプル♪）

そして、遥君の屍《はいしゃ》の上《しかばね》には大量の注文票が積まれている……うん、私は黒ビキニ！　ってマルチカラーだから無地のビキニをお願いね？

「柄物は可愛《かわい》いけどパターンオーダーなんだよね」「それがマルチカラーに柄を転写する技術があるんだって！」「「「マジ!?」」」

その転写技術はまた例の如《ごと》く遥君しか出来ないから、水着の注文も熾烈《しれつ》だった。って言うか水着さんを甘く見ていたね。注文が殺到すると思ってもいなかったから装備を外して油断していたんだね……うん、甘いよ？

「「「ついにビキニデビュー！」」」「うん、何処《どこ》で泳ごう？」「先《ま》ず、水中の魔物を殲滅《せんめつ》戦？」「浮き輪は見なかったけど、機雷は売ってたよね」

現在女子一同で花柄《フラワートーン》の原板を作成中で、花柄ワンピも夢では無くなった。ただ楽しみだけど転写が高価そうだからお金も貯《た》めないといけないし、でも水着も欲しいし。

「花柄《フラワートーン》の次は格子柄《チェック》の製作中なんでしょ？」「それも欲しい！」「「「うん、早く転写設備も作ってもらわないと」」」

そう、遥君が自分だけ千鳥格子柄のワークパンツをはいてるのが見つかって、自白させられて柄物計画が露見したの。だから自業自得で、それからもうみんなワクワクしている。現在は島崎《しまざき》さん達《たち》が柄のデザインを出して、服飾部の天羽《あもう》さんを中心に文化部が総力を挙げて柄のトーンを作成中。今も水玉やストライプは既にかなりの原板が出来ているし、後は転写機の完成待ちだったのに……今度は水着が出て来てしまったから大騒ぎで、連夜の女子会なの。

うん、私も注文票を置いてみたんだけど返事は無いからただの屍《はるかくん》のようだった。女子もお風呂前で装備は外していたから怪我《けが》は無さそう——だって幸せそうな顔の屍さんだったから。

さあ、お風呂女子会！　戦争の行方も気になるし乙女戦争《バーゲン》の開催日も気になる。次は柄物計画の試作品が放出されると在る筋からの情報が届いてるの。そう、柄物の新作を着て深夜の戦いに挑んだ、毎晩泣かされる最強の人からの情報だから間違いないの！

寂しそうな良い理由を考えて美化しても多分違うんだよ？

63日目　夜　ムリムリ城　女子風呂

サプライズゲストさんだった。お風呂女子会にお客様、アンジェリカさんが王女様を連れてやって来た。私達真っ裸なんだけど……って王女様もぱっぱと脱いで入って来られた、お入りになった？　入ってきちゃった？

「改めましてシャリセレス・ディー・ディオレールです、仲良くしてくださいね？」

王女様だ。姫様のお風呂乱入だった。王族さんは超肉感的《ダイナマイト》な御姿でお越しになってしまったんだけど、なんだかアンジェリカさんに懐いている、しかも「お姉さま」になったらしいの？　そう、何故《なぜ》か超御機嫌の王女様と、何とも言えない顔のメイドさん。何なのかな？

「「「きゃあー、リアル王女様だ！」」」「お姫様だ！　セレブリティな乱入さんだ!!」

「シャーリーで良いですよ？　今は肩書無しのシャリセレスですから。でも、こっちはただのセレスなんです」「「「シャーリーさんフレンドリー！」」」

王女様大人気。みんなに囲まれて何だかすっごく嬉しそう。そしてメイドさんはセレスさんで、遥君は王女っ娘の影で結構強いと言っていたけど、名前まで影っぽかった。シャリセレスさんの影のセレスさん。うん、覚えやすいような紛らわしい様な？

そして長いプラチナブロンドの王女様と短めのダークブロンドのメイドさんが裸でお風呂にいると、双子みたいに体形から肉付き、骨格まで瓜二《うりふた》つだった。うわっ、西洋人美女《グラマラス》って感じで、まさに超肉感的身体《ダイナマイトバディー》って感じなの！

「良いですね皆さん綺麗《きれい》な黒髪で、しかもお肌が綺麗でツルツル。良い手触り」

そして王女様は洗いっこにまで乱入して、みんなを洗って回り、泡沫《あわあわ》ボディーソープに感動したみたい？　うん、洗って擦《こす》って撫《な》でて抱き着き回っているの、嬉しそうで楽しそうで幸せでたまらないような笑顔。

「泡沫すごい」「うん、バージョンアップが止まらないもんね！」「「「でも、買っちゃうんだよねえ……」」」「「「うん（泣）」」」

まあ、王女様に身体《からだ》を洗って貰《もら》うなんて不敬な気もするんだけど、メイドのセレスさんも何も言わないし良いのかな。王族で王様の娘さん、そんな最上位の身分だからこそ友達と戯れたりふざけ合ったり馴《な》れ馴れしく遊んだり出来なかったのかも知れない。ましてや、みんなでお風呂で洗いっこなんてきっと出来なかったのかも。だから嬉しそうに泡沫でじゃれ合って、楽しそうに抱き付いて洗い合いっこして幸せでたまらないような笑顔なんだ。

「結構鍛えてますね（……さわ♥……さわ♥）」「「きゃあああっ！　くすぐったい！」」

きっと王都ではこんな事出来ないんだろう。そもそも周りに若い娘なんて貴族か家臣しかいないなら、身分から言って絶対に出来ない。だから無礼講で乱入して来た。きっと友達と遊んでみたかったから。誰でもできる事なのに、みんなしてる事なのに王女様だけが出来なかったから。

「筋肉も柔らかいですねえ（……すり♥……すり♥）」「「って、ちょっとそこ駄目！」」「バレー部コンビにロックオン？」「「見てないで助けてー！」」「ファイト？」「「「うん、ガンバ？」」」「「裏切り者――……ひゃう！」」

もう女子23名が沫《あわ》の塊になって押し競饅頭状態って言うか、押し競饅頭女体洗いっこ合戦が開催中で、今遥君がいたらきっと死んでいる。うん、この泡沫裸体女子高生集団押し競饅頭は屍くらいでは済まない破壊力があるの。でも、きっとその死に顔は笑顔だろう。

「よいではないかよいではないかー♥」

そして現在はロックオンされちゃったバレー部コンビが狙い洗われて、その引き締まった肢体を撫でられて、濡《ぬ》れた裸体を泡塗《まみ》れにして大はしゃぎの泡々が揉《も》み合って悲鳴を上げて、縺《もつ》れ抱き合っては黄色い嬌声《きょうせい》を上げる……あれっ、嬌声？　何で女の子同士のお風呂で嬌声？

「ちょっと！　きゃっ、駄目だってばっ」「そこやばい所！　そこは駄目なのー！」

やっぱり、ちょぃちょぃ変な声が上がってる？　うん、女子会なんだよね？　何でバレー部コンビさんは赤面して息が荒いのかな？

「まあ、スタイル良いもんねー」「一番引き締まってるもん」「鍛えてたもんねー」「しかも胸も……」「「「うん、助けは人の為《ため》に不成《ならず》だね」」」「「きゃあああああ——、裏切り者ぉ……んあぁぁ」」

まあ、一部で怪しい件は有ったけれど、みんなでさっぱりすべすべと綺麗になって湯船に浸《つ》かっていく。やっぱりダンジョンの後のお風呂は格別♪

「あの石鹸《せっけん》凄《すご》いんですね。皆さんお肌がすべすべで、しっとりとして肌理《きめ》細やかで綺麗です」「「「うん、あれは良いものだよね！」」」

泡沫ボディーソープは王女様のお墨付きになったみたい。そして、みんなの肌を撫でてはきゃっきゃっと喜んでいる。王族さんと言えどもあの泡沫ボディーソープは究極の絶品さんだから驚くのも仕方無いし、触りっこもお気に召したみたいで触り合いっこで忙しそう。あれっ、息の荒い赤面っ娘《こ》が増えている？

「まあ、すべすべ（……すり♥……すり♥）」「「「きゃあああああああ――！」」」

あの後、王女様とも模擬戦をしたんだけど本当に強かったの。あれは王道の剣、打ち合い押し勝ち、叩き合い捻《ね》じ伏せる強さ。王家の対人護身の剣術と、王軍の対人攻撃の剣術を身に付けた姫騎士シャリセレス、剣の女王。

そして1対1も強かったけれど、2対2のセレスさんとの連携攻撃防御《コンビネーション》は完璧と言える完成度で、付け入る隙がない強さだった。

そして今は、お部屋で遥君《はるか》が装備を強化している。王女とは言えこんな楽しそうに笑い嬉《うれ》しそうに戯れる女の子が戦場に立とうとしている。王国と王家をたった一人で背負い、孤立無援で戦争に立ち向かおうとしている。歳《とし》だって2つお姉さんなだけの女の子、楽しそうに笑っているのが似合う女の子なのに……王家だから、王族だからと自ら死地に向かおうとしている。辺境《ここ》へ命を懸けてきた王女様が、また戦場へ。

「あぁぁ、気持ちいい……幸せです♪」「「「ううううぅ、なんか洗われ方が」」」「うん、エロかったね！」

まあ、きっと遥君は何だかんだと理由を付けて付いて行く気に違いない。だって、こんな女の子がたった一人で孤立無援のまま戦場に立てば……結果なんて見なくても聞かなくても分かる、分かり切っている。

セレスさんも付いて行くそうだけど、それでもたったの二人ぼっち。万の敵軍にたった二人ぼっちで立ち向かおうとする女の子達。

だから行く。そして遥君が行けばお供の二人も漏れなく付いて来るの。そう、二人ぼっちが、たった三人ぼっちに増えるだけなんだけれど……その付いて行く三人ぼっちは史上最強最悪決定戦の競技会《グランプリ》で、殿堂入り確定間違い無しの太鼓判付きの三人ぼっち。だって、その三人ぼっちと軍隊と魔物3万のどれかと戦えって言われたら、絶対みんな迷わず3万の方を選んじゃう孤高《ぼっち》だから。それはもう軍隊と魔物のバリューなセット6万でも迷わずに選んじゃう。だってあの三人ぼっちからすれば……それこそ軍隊も魔物もたった3万ぼっちもいい所なんだから。

「本当に往《い》くの？」「ええ、王女ですから」

ただ第二王子まで動くかもしれない。そうなれば二手に分かれる必要が出てくる。でも、それでもしも遥君が付いて行けないのなら——私達が付けば良い。だってお友達になったんだから。お風呂まで一緒した裸の付き合いを水に流して見捨てたら女が廃るし、そんなの遥君に顔向けが出来ない。

でも万の数の軍隊との対人戦。未経験だし、予測不能な部分はある。だから集団《レギオン》は崩せない。分かれての二正面作戦はできない。

うん、女子会である程度の戦略と戦術を組み立てておこう。王女様、シャーリーさんは軍事の専門家で将軍さんだし詳しく教えて貰おう――戦争と言うものを、人同士の殺し合いと言うものを。

そして今日は島崎さんと剣菱《けんびし》さんの使役コンビがブラ作成の試練に立ち向かうから……帰って来るまでが長いだろうし、きっと帰って来ても会議に参加できる余力は残ってないんだろう。うん、あれは乙女虐殺《もんぜつ》されちゃうからね？

それに島崎さん達使役組の五人は、遥君への忠誠心が凄い。あれはもう崇《あが》めていると言って良い。そして、それ故に遥君に対して緊張しちゃうみたいなんだけど……大丈夫なんだろうか？

「って言うか～、使役されてるから遥君に命令されたら逆らえないんだよね～？」「「「そう言えば！」」」「で、その遥君の前で裸になっちゃうんだよ～、Hな命令されちゃうよ～？『ご主人様～』とかしちゃうのかな～？　『メ・イ・レ・イ』っとか言われて、あ～れ～ってされちゃって、あ～んってしちゃうのかな～♥」「「「…………」」」

顔を真っ赤にして湯船に沈んでいく二人。だから想像しちゃったら駄目だって。

だって、あれは余計な雑念を祓《はら》い切ってっても危ないの。あの『魔手《フィッティング》』さんの蠢《うごめ》きに肌を撫でられる採寸《サイジング》と、触れられて捏《こ》ねられ回されて揺さぶられる調整に撫で上げられて、巧みな強弱で揉み回される補正《アジャスティング》の連続攻撃は乙女破壊能力が高すぎるの！　そして……下も有るの、下は、下は……（チャポン）。

【沈没中です】

「「「ああー、むっつり委員長が回想シーンに！」」」

遥君はビッチとか酷《ひど》い名前で呼んでいるけど、超純情な乙女さん達《たち》だから過激な刺激は止《や》めてあげてね。そして自分達の過去の行い、特に私達や小田《おだ》君達の件を未《いま》だに気に病み責任を感じている真面目でまっすぐな娘達なの。

だから自分達は「ビッチ」で充分だと、ビッチ組と名乗るくらいの真面目でまっすぐな娘達。うん、可哀想《かわいそう》だから早く名前を覚えてあげてね、でも私のも覚えてね？

ラメで駄目なのはラメが駄目なのか駄目がラメなのか？

63日目　夜　ムリムリ城

まさかのむにゅむにゅ監獄《プリズン》。それは、ぽよんぽよん圧縮《プレス》Ｐａｒｔ２！　Ｌｖ１００生女子高生押《お》し競饅頭《くらまんじゅう》の逆襲？

「いや、何で襲ってもないのに、毎回一方的に逆襲されちゃうの！　って言うか水着需要を舐《な》めていたんだけど泳ぐ所も無いのに何で水着だけあんなに必要なんだろう？」

しかも注文票のビキニ率の高さ！　まさかの委員長までビキニさん！　ついに『性豪』と『絶倫』が発動しちゃったのだろうか？　肉食系委員長で女王様なＭっ娘で大変に御多忙なご様子だ。

「まあ、全員に下着の採寸するんなら、確かに水着は作れるんだけれど」(プルプル)

まさか、運河で水中戦か海上戦を見越して図書委員が計画している？

「いや、でも運河まで行ったらもう王都だよ？　しかも微妙に行き過ぎてるよ！」

もう、服なら何でも欲しいだけなのかも。だって注文が尽きないんだよ？　既に工房から一般品の販売も始まってるんだけど、安価な服飾工房の平面裁断では駄目なの？

スライムさんとチャプチャプとお風呂で戯れながら体力を回復する。マジでＶｉＴかＰｏＷは何とかしないと死ぬ、受け流せずに直撃だとＬｖ30の魔物くらいで限界。それ以上だと装備でも誤魔化しきれず圧殺される。

「転移さえ少しでも使えれば圧殺や飽和攻撃を凌《しの》げるのけど不発が怖いし、制御出来てないから自分がどのタイミングでどの位置にどっち向きのどんな方向にどんな感じで跳ぶのかが分からないんだよ？」(ポヨポヨ)

ついでに好感度さんの行方も分からないんだけど転移中なのだろうか？　うん、ずっと消滅《バニッシュ》したままで出て来ない転移って何なんだろう？

まあ、『転移』なんて使いこなせれば無敵チート確定の超大技、みんな大好きな必殺チート技だ。だから、きっと使いこなせるようなものではない。だけど尾行っ娘の時は飛べた……かなりひどい有様だったけど成功はした。なのに何故かあれ以来一度も成功しない。うん、跳べないし、好感度さんも出てこないんだよ？

湯船でゆったりとスライムさんと話し合い語り合って意見を交わし、親交を深めてぽよぽよしてみた。言うまでもなくぷるぷるもぷゆぷゆも楽しんだ。可愛《かわい》い。

「ちゃんと温《ぬく》もった？　ってスライムって温めて良い物なのかも、冷やしたらいけないのかも分からないんだけど、お風呂好きだから温もるのは良いのだろう的な？　まあ風邪もひかなさそうだし、ふやけたりもしないみたいだし、温もって気持ち良いんならきっと良いんだよ。って言う訳でそろそろ上がるよ？」（プルプル♪）

よく考えると、人間用の泡沫《あわあわ》ボディーソープで洗ってるけど、スライムのお肌的には良いのだろうか？　まあ、完全耐性持ちさんだからダメージにはならないだろう。そう考えてみると、問題が耐性で凌げるとしたら異世界ならお肌トラブルもスキルとＬｖでみんな解決なんだろうか？　うん、老化も防げるらしいし、侮れないんだよ……異世界スキルって。

さて、先に王女っ娘とメイドっ娘の装備を強化して、一気にミスリル化までやっておこう。だって、あれは全然諦める気なんてないんだから。

「王女っ娘は受ける剣技だから装甲厚めで、肩から腕に当てて流せるようにっと……逆に回避暗殺型のメイドっ娘は動きの邪魔になる装甲は削って、あとは効果付与《スキル》を増やしてっと……こんな感じかな？　うん、エロいし強いし、戦って良し、眺めて良し、作って楽しいと言う事無しなんだよ。まあ、見せたら怒られるんだけど？」

おバカ娘な王女っ娘さんは単独で万の兵に向かう気満々の大バカ娘さんで、挙句の果てにメリ父さんの弟子《ひがいしゃ》だった。我が身を顧みず剣を取り、ただ敵を討つ。それは敵軍に飛び込み、敵将を討つためだけの剣。うん、討つ事すら困難過ぎて混迷してるのに、討った後も敵中に孤立する危険を全く顧みてもいない。

だから、訓練を兼ねて現実を凝視させた。討つと言うなら戦うと言うだけの力が有るのかと。ただ命を懸けると言う言葉に逃げているだけではないのかと。だって、ただの自滅に意味なんて無いんだから。

なのに圧倒的な力の差を見せつけられ、体力ごと叩《たた》きのめされて、気力も圧《へ》し折られ、その全ての技を潰して見せられ……無力にボコられて目が×《バッテン》になっても、それでも立ち上がった。最後まで挑み、足掻《あが》く様に強さを求めて戦い続け、ちゃんと見苦しく無様に戦い抜いた。うん、あれは諦める気なんて全くない。

「まったく、未だに王弟のおっさんはパニック状態で、無駄な会議も空転で方針も決定できないらしいし？」（ポヨポヨ？）

まあ、本人が王の器ではないと自ら継承順位を最下位に下げているらしい、確かに向いていないのだろう。だが代王である以上向き不向きは関係なく決断を迫られる、そして無能だから誤り、故に方針も決断も結果に簡単に引っ繰り返される。

「今日はビッチリーダーにビッチAか……うーん、びっちーずは何か怖いんだよ？」

そう、ふと視線を感じると囓《かじ》り付きそうな目で後ろから見詰めてる。うん、ブラを作りながらガジガジと頭まる囓りとか嫌なんだよ！　でも、至近距離からお胸様をガン見してたら頭って丁度囓られそうな位置に在りそうだ!?

「って、ガン見してないし、しないいんだよ？　見たいなと言えば見たいんだけど、あくまでもみたいななんだよ、みたいな？」

　ビッチーズ。ビッチリーダーにビッチA～Dまで揃《そろ》って長身で手足の長いモデル体形さんで、まあ副委員長Aさんのスーパーモデル体形で霞《かす》んでいるが胸は勝っている。

「って言うかビッチリーダーとビッチA～Dの五人って、背格好も似ていて体形も近いし全員髪形がコロコロ変わるから凄《すさ》まじく把握しづらいんだよ？」

　コンコン――だが、時間《とき》が来た。

「どうぞー、って言うか入っても良いから囓らないでね？　マジ囓られながらブラ作製とか事案じゃなくて普通に事件だからね？　傷害致囓事件？　みたいな？」「囓らないって言ってるでしょう！」「って、何で会う度に囓られるのを心配しているのよ！」

　甲冑《かっちゅう》委員長さんがビッチリーダーにビッチAを連れて来た。まあ来る予定だから来るんだけれど、どうもビッチーズは苦手なんだよ。

　ただ最近は下着でも服でも水着でも絵コンテを作ってくれるんで助かってはいるし、ビッチーズのデザインした服は雑貨屋さんでメガヒット商品だったりする。そう、既に服飾工場のパターンもビッチーズが差配して、右肩上がりの大成長中のアパレルブランドだ。うん、密《ひそ》かな金蔓《かねづる》さんだったりする？

「ちょ、目を瞑《つぶ》るけど囓ったらわかるんだよ？」「「囓らないって言ってるでしょ！」」

　毎晩の当てにならない甲冑委員長さんのお手々目隠しをして採寸を始める。男子高校生的にはこの服を脱ぐときの静寂と、衣擦《きぬず》れの音が毎回辛《つら》いんだよ？　うん、絶妙なタイミングで指に隙間も空くし？

「いや、でも造形はどうにかするけどブラのデザインとかわからないんだよ？」「あれ以上の凝ったデザインなんて無いわよ！」「あれ、どんだけフリルのレースがゴージャスなのよ！」

いや、あれって補強なんだよ？　まあ、無言はキツいけど、ビッチたちと会話って……服？　そう言えば注文オシオシだった。

「そう言えば柄パターンの原板は進んでるのかな。なんか凄《すご》い数が必要になりそうだけど？　って言うかリクエストに唐草模様とか有ったけど、あれって本当に必要な物なの？うん、風呂敷くらいしか聞いた事無いんだけど、ほっかむって囓るの？」

某女子高生20人達から強制な、押し付け販売強要《マーケティング》な脅迫状《アンケート》には花柄、ドット、ボーダーにストライプ、そしてチェックがリクエスト上位だったので優先されて作成されている。あとはアニマルや迷彩、植物系にバンダナ柄やペイズリーが疎《まば》らに有ったんだけど、ネイティブアメリカン系とかの民族調もちらほらとある中で……唐草模様までリクエストに入っていた。誰が着るんだろう？

「後回しになるけど作るわよ」「唐草模様ってイメージがアレなだけで、蔦《つた》柄はすっごく綺麗《きれい》で可愛いのよ？」「うん、異世界《トライバル》なら変な先入観も無いし絶対人気商品だから」

ああ、唐草模様かと思ったら蔦柄、確かに中世っぽいな？

「唐草文《からくさもん》って、葉と茎と蔓《つる》で植物が伸びたり絡んだりした形を図案化した植物文様の日本呼称だから、ヨーロッパ系の蔦柄と大差ないんだからね」

実は唐草さんはお洒落《しやれ》だったらしい？

「つまりほっ被《かぶ》ってほっ囀らないと？」「被らないし、ほっ囀らないのよ!!」

確かにヨーロッパ系の蔦柄ならデザインでも家具でも超定番の人気商品。どうも唐草模様って言われると風呂敷柄しか想像が出来なかったけど、思っていたよりも奥が深い様だ。

「今は服飾部の天羽《あもう》ちゃん中心に文化部総出で原板作りしてるわよ」「作画は美術部の小《こ》花衣《はない》さんだし、超豪華だよね」「柄入れも文化部系は手先も器用でデザインに強いし順調みたい」「イラスト原板でデザインが出来たら、布で生地原板も作るって言う話だから、もう大分出来ているみたい」「ただデザインは大きさも形もパターンにキリが無いからねえ」

早口だな？　まあ、服飾部と手芸部は元々型紙を作ってくれたり服作りの基本を教えてくれたりしたお洋服の専門家コンビ。それと料理部っ娘《こ》は調味料のレシピを習ったから知っている。そして図書委員はずっと図書委員だったから当然知っていたけど、ずっと謎だったもう一人《 美術部っ娘 》はちゃんと美術部だったらしい。そう言えば新白い変人の本館の美術品を眺めていたけど専門さんだったみたいだ。駄目だしされてそうだな！

「ああ、そう言えば有名なんだっけ、美術部っ娘？」「「なんで知らないのよ！」」

しかし会話は普通なんだよ？　うん、妙に早口で声は硬いけどいつものビッチーズだ。ただ『空間把握』ではもじもじしているんだよ？　うん、動かれると採寸しにくいし、余計に生々しい感触が伝わってくるんだけど……もじもじしている？　でも喋《しゃべ》ると普通？

「いや、絵を描いてるのは見掛けてたし、新聞に載ってるのも見たけど何の犯罪かは確認してなかったんだよ？」「入賞したから載ってたのよ！」「しかも何で犯罪だと思っても興味すら示さないのよ!!」「いや、莫迦《ばか》達も莫迦罪でよく載ってたし？」「「何で新聞に載ると全部犯罪だと信じてるのよ!?」」

うん、普通。つまり恥ずかしいのに強がって普通に振舞っているんだろう……うん、委員長さんからもビッチーズは口や態度はきついけど普通の良い子だと散々言い含められた。美人で目立っていて、読者モデルまでしていたのだからやっかまれて意地悪や苛《いじ》めも有ったらしい。それに負けるのが嫌で虚勢を張り、ずっと強がって生きて来たんだそうだ。

「いつか服をデザインしてみたかったけど」「まさか異世界で夢がかなっちゃうとはね」

たしかに以前と変わった気はする。でも直《す》ぐ怒鳴るのだけは相変わらずなんだけど……因《ちな》みに俺しか怒鳴られていないらしい。うん、使役者って何なんだろう？

「うん、あの文化部の子たち本当に凄いから」

ようやく仮型が出来て、張り合わせ縫い合わせて調整しているけど、震えが伝わって来る。まあ、裸で男がいる部屋にいればこれが普通の反応で、声だけは一生懸命に普通に装っているけれど、怖かったり恥ずかしかったりが当たり前なんだよ……うん、副Bさんだけは終始普通だったけど！

多分女子で一番負けん気が強く、必死に懸命に生きているのはこいつ等《ら》だろう。そして一番普通で、だから一番弱い。異世界転移したこのクラスは、他のクラスや他学年からも「美少女クラス」だとか「芸能学級」だとか呼ばれていたくらい極端に偏った美人クラスだった。要は委員長様の下に問題になりそうな生徒を集めた、目立ってやっかまれたり苛め問題になったりすると困る美人が集められてしまったクラスだった。だから男子もなんちゃって不良に、虐《いじ》められっ子のオタ達《たち》、学校の有名人な部活連中まで一緒くたに一クラスに集められていた。あのクラスに何で普通の俺が入れられたのかが最大の謎だ？

だが他の女子は虚勢を張る事も無く、強がって見せる事も無く普通にしていた。つまり、あっちが強い。やっかまれようが意地悪されようが、普通に出来るくらいに強い他の女子と比べてビッチーズは精神的に弱い。今だって強がって見せるほどに弱い、弱い所を見せられないくらいに弱い。

「そう言えばまだ『使役』解かないの？　男子高校生に使役されてるって世間体が悪いし変な噂《うわさ》とかされちゃうんだよ？　うん、それ以上に俺の好感度さんへの攻撃力もとっても強力なんだよ！　うん、あまりの強力さに好感度さん逃げたまま帰って来ないんだけど、『捜してます』とかビラ張った方が良いのかな？　何処《どこ》に貼ろう？」

怖いはずなのに解きたがらない男子に命令されても逆らえないなんて、それこそ恐怖の筈《はず》なのに頑《かたく》なに使役を解かせない。

「「絶対に駄目！　嫌!!」」「ちゃんと借りも返してないし……まだ……って言うかまだ名前も覚えられてないのよー！」「そう、まず名前を覚えてからの話でしょ!!」

恥ずかしさと『魔手』さんの触手攻撃《フィッティング》で顔も全身も真っ赤にしながら、それでも強がっている。強がって、そう在ろうと……強く有ろうとして、強さを身に付けようとしている。うん、やっぱり弱いのに負けん気だけは最強さん達だ。

でも……今から下なんだよ……うん、精神最強で傲岸不遜な天上天下女子高生独尊の委員長様が腰砕《ヘタレ》てたから、多分凄いんだよ？　うん、強く有って欲しいものだ……。がんばってね？

「「ひゃうううううぅ……ううっ……駄目《らめ》～♥」」

無理でした。

「うん、死んでる？」（ポヨポヨ）

しかしまさかの出来事だった。まさかビッチ達の口から「駄目《らめ》～」が出るとは！　この驚愕《きょうがく》は、かの「らっ、らめ～」の専門家《マニア》であるオタさん達も予測していなかっただろう。らめらしい？　とっても凄く駄目《らめ》らったようら？　死んでるし？　そう、お返事はないからビッチ達は屍《しかばね》になって……痙攣《けいれん》中？

「ヤバい！　この状況って『Ｔｈｅ密室。連続女子高生全裸殺人事件、密室の中に男子高校生入り』って犯人分かっちゃったよ！　もう入ってるよ!?　入ってる時点で密室って何の意味も無いんだよ!!」

そう、犯人の証拠を探す前に、そこに犯人いるんだよって言うくらいに犯人確定な現行犯的状況だった！

うん、いそいそと深夜に全裸で気絶《ノックダウン》中の女子高生に服を着せている男子高校生って、親切に良い事をしている筈なのに事案にしか聞こえないのは何故《なぜ》なんだろう？

「いや着せてるんだよ？　脱がしてたら事案だけど着せてるんだよ？　みたいな？」

いや、見ちゃ駄目だってば！　って言うか甲冑委員長さんもう目隠しがパーになってて目隠し機能が全く機能性を発揮していないのは気のせいなの！　目を瞑ったまま服を着せて、お部屋まで運ぶ送迎付きの働き者の男子高校生だからきっと無罪だろう。

しかしまさかの駄目《らめ》だった。うん、ラメドレスも素敵そうだ！　ラメドレスのセクシー甲冑委員長さんに「駄目《らめ》～！」と叫ぶくらいに駄目《らめ》な所に駄目《らめ》な事を駄目《らめ》な風に駄目《らめ》駄目《らめ》になるまでラメで駄目《らめ》ってみよう！　うん、素敵そうだ!!


そして意地っ張りさん達は無理しすぎでした？　未《いま》だ湯気が出てます。うん、みんな頑張り過ぎで、無理し過ぎな相変わらずな今日この頃な異世界だ。

お話し合いでお口を塞ぐってお話しする気もさせる気も無いお話し合いだった。

64日目　朝　ムリムリ城

全体会議。各派閥の代表全員が出席して方針を出し合い、全体の行動を決めて各自擦り合わせる協議。ただ約1名だけ全く擦り合わせる気が無いどころか、勝手に磨《す》り潰す気満々な問題児が参加しているけど、喋らせると会議が狂戯にかわって崩壊するからアンジェリカさんが後ろからお口を塞いでるの。だって何時《いつ》も何時《なんどき》でも何処でも彼処《かしこ》でも会議破壊者《クラッシャー》で議論爆砕者《デストロイヤー》で参加者全滅《ジェノサイダー》だから……うん、お口ばってんなの！

そして各自から議案が出され、議論が始まり、議会が白熱し、遥《はるか》君は寝てる！　うん、聞く気すら無いのに、お口まで塞ぐと会議に出ている意味は無かったね……うん、寝かせておこう。起きると碌《ろく》な事しないし！

A　辺境軍で第一を撃破して王都へ。オムイ様の案だ。私達はムリムリ城で守備。3千の兵で3万の軍を討ち、王都で2万で守る城を攻め落とす。絶望的だよね？

B　王弟軍で第一と交渉、王都へ。王弟様の案。遥君を差し出して第一と和解して王を助けに向かう。和解できる可能性が低すぎるし、差し出される人に和解能力が欠片《かけら》も無い。破壊能力の権化な三人組放り込む恐るべき破壊作戦案。

C　王弟軍と辺境軍で王都へ行き第二と交渉、駄目なら撃破して第一と交渉。これも王弟様の案、だからその人を差し出したら和解じゃなくて破壊なの！　それって核兵器担いで話し合いに行く様なもので交渉には絶対ならないの。

D　ムリムリ城で守備、迎撃。私達の案。安全確実、だけど……王国の人達は見捨てられる。私達は辺境しか、辺境の人達しか知らない。でも、他の人達は……特に王国軍の人達は王都に家族も友達も恋人だっているかも知れない。

E　全員で王都解放。守備は……遥君だけ。当然非難囂々《ひなんごうごう》の遥君の案。しかも王都まで付いて来て、引き返して叩《たた》くとか言う無茶苦茶な案。だけどアンジェリカさんがウンウンしている、スライムさんもプルプルしている。

Fだけは即却下された。そのシャリセレス様の案は、シャリセレス様が第一王子の軍を止め、他の全員で辺境を守りつつ、王都を取り戻す案。二人では足止めは無謀で絶対却下、行くなら絶対に一人でなんか行かせない！

そうして誰もが納得せず、誰もが説得できずにいる。Aは無謀で勝ち目が無いけど、私達が辺境軍に付けば出来なくは無い。ただし、それだと辺境が完全に無防備。Fは無謀だけど死ぬ気は無いみたい。でも、普通に死んじゃうから論外なんだけれど……遥君が付けばゲリラ戦で足止めと遅延くらいは軽く出来そう。足止めで壊滅とか殲滅《せんめつ》とかも有りそうなの？

そしてBとCは……違う意味で凄《すご》い事になりそうな気がする。だって、それは絶対に差し出しちゃ駄目な物で、受け取ったら悲惨な未来しかない迷惑な贈り物さん達。

そしてDでは説得できない。それはわかっていた。絶対の安全策だけど、その安全は辺境だけの安全だから、王都に家族も友達も恋人も残してきた人を説得できるはずも無い。私達だって自分だったら認めないから。

で……E。

「いや、って言うかだってアレじゃん？　ほら、ほっといても第一はこっち来るんだから、来るしかないんだから待ってれば良いんだよ？　みたいな？　でも、足が遅いんだから先に王都行っちゃって、殺《や》っちゃって、帰って来たら良いんだよ？　だって、どうせ未《ま》だ有るんだし？　あっ、でもこっちが本命じゃない可能性も有るから、オタ莫迦にスライムさん付けてちょっとお使いに出す感じになりそう？　みたいな感じで行けば良いんじゃない？　みたいな？」

　想像していた通りに誰にも意味が分からない。だけど第一王子軍は「来るしかない」らしい。そして第二王子を倒して王都を取り戻し、第一王子軍を迎撃で落としても……「どうせ未だ有る」らしい。そして「こっちが本命じゃない可能性」まで有るみたいだ。

　私達は王都で圧力をかけて、搦《から》め手《て》を潰して待てば良いらしい。攻城戦に見せかけた持久戦で……勝手に落ちるの？

　そしてムリムリ城の守備は遥君一人で問題無いって、アンジェリカさんを尾行っ娘《こ》ちゃん達に付け、スライムさんまで小田《おだ》君達に付けて別行動の護衛も無しのたった一人。この城でたった一人で戦うつもりらしい。

　王弟様は「逃げるか」とか「捕まえろ」と喚《わめ》いているけど、他は全員黙ってしまった。どう考えてもEは有り得ない。だけど戦争の裏やその裏まで読んでいる案はEだけ。そして実は心配性で超過保護で離れるのをすっごく嫌がるアンジェリカさんがウンウンしている。スライムさんまでもがプルプルしている。

「一人って言うか、一人の方が早いみたいな感じ？　だって隠し玉持ってるけど、持ってないみたいなんだよ？　だから隠せない様に引き込んで、出したら潰すんだよ。まあ、出さなくても潰れるし、潰しちゃうから人が沢山いると逆に困る？　あと、生えるから邪魔だし？　みたいな？」

策は有るらしい。だけど意味はやっぱりさっぱり分からないし、無謀にしか聞こえない。ただ分かる事は第一王子の軍3万を警戒していない、寧《むし》ろもう滅びて終わっているかのように語っている。これは……きっと、その後の話をしているんだ。

物別れ。これは決まらないし決められない。遥君は小田君達と話し込んでいる。一緒にいるけれど柿崎《かきざき》君達は話を聞いてもいない。もしかして、「お使い」のお話だろうか？そして、珍しく小田君達の顔付きが険しく鋭い。

「委員長、女子会だけでも総意を決めない？」「うん、動きが急だから指針だけは決めとこうよ」「「「賛成、多分ばらけそうだし？」」」

各自がバラバラに動くのが最悪。最も数が少ない辺境側が割れれば戦いにすら持ち込めなくなってしまう。王弟様はオムイ様が説得して下さっている、だから私達は王女様を止める。最も暴走の危険が有るのは王女様、そして王弟さん。

「シャリセレス様、女子会会議《サミット》を開くんですがご一緒しませんか？」「「「お茶とお菓子も用意していますよ」」」

これで王女様は大丈夫。もう既にお菓子の一言で悲壮な顔付きが笑顔になっている。前に遥君に言われたんだそうだ、死んだらお菓子が食べられないって……うん、ある意味凄く名言。

まあ、普段は迷言どころか妄言が迷宮入りの戯言騙《たわごとだま》しの狂言回しだけれど、その巫山戯《ふざけ》ておちゃらけた言葉には、誰にも何も言い返せない物が極稀《ごくまれ》に希少にだけど入っているから。

「尾行っ娘ちゃん、遥君要注意で。報酬はお菓子10個で」「任せて下さい、甘美味《おい》しいのを希望します！」

よし、遥君の首に鈴は付けた。今回はアンジェリカさんやスライムさんまで遥君の案に賛同している。だから動きが読み切れない。そして動く前じゃないと間に合わない。

大部屋に移動してお菓子付き女子会会議だ。

「遥君が一人で良いって言うなら策は有りそうだし」「うん、遥君が策《おもてなし》を用意して待っている所にのこのこ来たら……普通に全滅しない？」「うん、遥君が一人って言うのが不安ではあるけど、偽迷宮とムリムリ城に仕掛けしてお出迎えだし」「しかも出迎えるのが遥君って……」「「「歓迎《じごくに》ようこそって感じ？」」」

でもその後が有るらしい。寧ろ一緒に王都に行って、帰って来て第一をお出迎えしてまでは良いとしよう。その次に私達《たち》は間に合うんだろうか？　王都がそんな短期間で落とせるの？　それも策が有るのだろうか。待っているだけで落ちると言い切っていたけど。

「なんか、本番はその後って感じだったよね？」「うん、小田君達のお使いも重要そう」

「うん、顔が本気《マジ》っぽかったね」「アンジェリカさんが、尾行っ娘ちゃん達と別動するのが心配だよ」「遥君に誰も付いてないって……」「誰か護衛に残す？　盾委員長とか新体操部っ娘ちゃんとかなら……」

護衛がいれば安心感は上がる。回避不能なスキル攻撃なら盾委員長《盾っ娘ちゃん》、暗殺者か殺し屋なら新体操部っ娘ちゃんだろう。でも集団《レギオン》も余裕があるとは言えないし、何より遥君なら大丈夫でも、盾委員長《盾っ娘ちゃん》や新体操部っ娘ちゃんが危険すぎる。

きっと一番傍《そば》にいたい島崎《しまざき》さん達は何も言わない。使役組は集団《レギオン》から絶対に外せないから。特に柿崎君達と小田君達が外れるのなら絶対。だから何も言わずに我慢してくれている。

「小田君達と柿崎君達が外れるなら、集団《レギオン》は外せないの。20人でギリギリだと思ってね」「ですね、数の不利は必至なのですから」

とにかく遥君の説明が分かり難い。あれは何か誤魔化している時の話し方だと思う。なんだか危ない事をしそうだけど、それならアンジェリカさん達は絶対傍を離れないはず。だけど、大丈夫なんだろうか。

「あの、私も集団《レギオン》に入れませんか。一緒にいる間だけでも役に立ちたいのです」「「「本当に？　大賛成で大歓迎～！」」」「お姫様集団《レギオン》誕生だね!!」

お姫様は一人だけで集団ではないんだけど、まあメリエール様も呼んだら二人？　うん、声かけてみようかな？　集団かどうかは微妙だけれど複数形にはなるかも。

「集団《レギオン》訓練しよーよ？　王女様も一緒に！」「「「うん、いいね」」」

集団戦闘訓練は王女様に軍事戦闘のレクチャーを受けながら、集団行動を王女様が学ぶ勉強会な訓練になった。それは指揮官としても勉強になった。複雑な軍事行動や命令は出さないけど、鋭く的確に指示を出す。陣形や作戦は単純だけど効率的で、状況判断よりも危機察知と好機を逃さない判断力が凄い。正に将軍《ジェネラル》。

「皆さん強いです！　個々の力も圧倒的なのに集団になると桁違いの戦力!!　これって20人で万の軍とも戦える戦力ですよ！」「「「万は無理だよね!?」」」

逆に私には戦術から連携まで、スキルの合わせ方や攻防の手順まで質問攻めだった。すごい勉強家さんでメモまで取っていた。

「えっと、一人五百くらい？」「「「あれ、そう言われるとできそう!?」」」

そして22人のお姫様集団《レギオン》は良く纏《まと》まっていたし、ちゃんと連携も布陣も機能していた。

だって、二人共お姫様なのに前衛職で壁も近接攻撃もこなし、当たりも強く崩されない。

これが王国軍の象徴《カリスマ》、王国《ディオレール》の姫将軍《プリンセス》。

これが、ずっと王国の為《ため》に戦ってきた強さ。これは、ずっと王国の民を守ってきた強さ。

だから、今度は——私達が、そのお姫様を守る。

おっさんって長生きした分無駄に色々背負い込むから高速移動が出来ないみたいだ。

64日目　昼前　ムリムリ城

恐らく時間は1週間より短くなる。王都を押さえられて焦って動き出してるはず。7日間の予定を……4日は無理で5日くらい、いや6日だと意味無くない？　でも、あのトロさで3日は無理そうだ……邪魔するし？

現在、王子と第三師団は離れているらしい、貴族達もだ。数千単位で分かれて、分散しながら進んでいる。王子に付いているのは大侯爵家直轄の貴族軍。王子とは言っても大侯爵家の出の母親と二人で大侯爵家にべったりの馬鹿王子らしい。だって、それだけ癒着すれば、長子でも王太子には選ばれないよね……まじ、馬鹿だな？

その第一王子軍が急いで来ても、そのくらいだろう。強行軍に切り替えても尾行っ娘一族には強攻偵察用遠隔有線操作ゴーレム君を渡してあるから、嫌がらせされる度に足が止まっているはず。そして強攻偵察させても、結局第一王子軍には隠し玉が無さそうだった。少なくとも隠し戦力は出て来なかった。

「何考えて攻めて来たんだろう？」

まあ、考えていないっぽい。つまり操られている。囮《おとり》なのか、使い捨ての強攻偵察か……まあ両方なんだろう。だから偽迷宮対策は分からないけど、軍事力だけで来るならば鴨《かも》。グズでのろまな鍋の材料にもならない駄目鴨だ。葱《ねぎ》も鍋も無しで手ぶらで来る上に、食べられない駄目鴨なんて用は無いから平らに磨《す》り潰そう。

「最短だと俺が王都まで移動を1日で済ませても、正味5日で王都の第二王子軍を崩さないと間に合わないいな？」

しかし『ひきこもり』の称号持ちを前に、王都に引き籠るとか『ひきこもり』さん舐《な》めてんのだろうか？　時間がオシオシでマキマキなのに、おっさんたちがまた会議《むだばなし》しているんだよ？　俺達なら1日かからない。委員長達も2日有れば余裕で着くだろう。だけど軍は遅い。精鋭だけの強行軍でギリギリ2日と言った所だろう。

行きは良いが戻りは間に合わない。尾行っ娘一族の情報では、偽迷宮で追い払われた王女っ娘直下の近衛《このえ》師団が途中の街で再編制中らしい。合流して再装備も考えれば2日でもキツイだろう。うん、時間が無いからさっさと動いて欲しいんだけれど？

「全く、あんな良い案が出てるっていうのに」

そう、みんなが大反対な王弟案で、第一王子の所に送って貰《もら》えば、第一を軽く叩《たた》いて一気に王都に行けて2日で集合できる。で、軽く叩かれて足が遅くなった第一が辺境に辿《たど》り着くまでなら1週間以上かかる可能性も出て来る。あまり遅くなると隠れている本命さん達が動き出してしまうだろうから、これが最速かな？

「面倒でややこしくなって計算が狂うから、変に足止めされるくらいなら早い方が良いか……うん、あっちこっちで小細工される方が怖いんだよ」

ささっと計画書を書き上げる。E＋B＋A案として側近の人に渡しておいた。あとは返事待ち。おっさんたちの案は両方含んでいる形にして見せてあるし、落し所はこれだろう。

尾行っ娘一族からの情報でも、どうも王子自体が碌《ろく》でもない様だ。出向いた方が良いみたいだから、ちょうど良い。

「だけど、あっちも未だ出て来ないなら、こっちじゃない可能性があるのか？」

オタ莫迦《ばか》達だけでもと先に行かせたけど、順序が狂うと困るんだけど……まあ、あいつらに指示出すってどうせ無駄だし、スライムさんに言い含めてあるからほっとこう。

後は奥の手が出てくる迄《まで》に戦力を再集中できるかどうかの勝負だ。あっちが7日間で終わらなければヤバくなる。こっちは三《み》つ巴《どもえ》で連戦は不利。

「うん、10日以上過ぎると恐らく間に合わなくなるんだよ……小細工の内容がわからないけど、最悪の展開に持ち込まれたら負けなんだから」

それまでに、こっちにも出て来るんだろう。だったら、それこそがお持て成しの本番だ。あっちもこっちも好き勝手にやっちゃうんだから、こっちが好き放題したってきっと文句は無いよね？

「奥の手は予想がついても、取って置きが気になるな……まさかとは思うんだけど」

大した事が無いんなら、ゆっくりで良い。だけど舐めて滅びるとか愚か過ぎる。準備はしてあるけど、準備なんてどれだけしても完全には程遠いし、結局完全になんて出来はしない。だから奥の手を使わせる前に終わらせないと負け。

「戦争なんかに勝ったって負けと同じなんだよ」

だって、俺だったらやる。

「うん、やっぱやられた時の対策と、やらせてやらない為の嫌がらせは必要だよね？」

（ウンウン）

地図上の戦争。図書委員だけは戦争を読み、行動に織り込んでいたのに……俺が出遅れるとか完全な失態だ。そう、好感度さんも失踪しているのに、失態まで犯し失策で失敗までするって……きっと俺の好感度さんは失念されてしまうんだよ！

「筍《たけのこ》に全てをかけるしかないか。やっと茸《きのこ》の森から出て来たら、まさか我が手で筍の里を生み出さねばならないとは……世の中も分からなかったけど、異世界も分からないものだな？」（ポヨポヨ）

王国の茶番劇の裏の戦争。それでも卓袱台《ちゃぶだい》の上には沢山の人が暮らしていて、卓袱台返しはさせてやらないんだよ。

「って言う訳で筍って来るから、お返事来たら『すぐ出る準備してね』って伝えといてね？　じゃあ行ってくるよ、2時間も掛からないと思うけど後はよろ？」（ウンウン）

城の周りだから護衛も要らないし、仕掛けは簡単。後は御覧《ごろう》じろなんだからサクサク済ませよう。委員長さん達は王女っ娘《こ》とメリメリさんまで誘ってダンジョン踏破に行ったから後で隠し部屋探しも行かないといけないし、とにかくやっておく事は多い。うん、なのにおっさん待ちって言うのがなんかムカつく！

「まさかの異世界農業生活？　でも収穫じゃなくて放穫、田植えじゃなくて筍植えって、ある意味食べ物の無駄遣いと言うか省エネ省コスト兵器なのかな？」

第一王子軍の主力は王国第三師団と貴族軍。重装のスキル付き甲冑《かっちゅう》を纏い、大盾と3メートル以上の長槍《ながやり》の重装歩兵。その後衛に魔術師部隊を配した軍。だから遅い、マジ遅い。それはもう亀さんだってぶっちぎって、ドリフトかまして追い抜いて行くくらい遅い。もう、兎《うさぎ》さんなんて待っている時間が永過ぎて、そのまま永眠してしまうくらいの遅さと言っても良いだろう！

うん、無視した方が早いけど、王弟が未《いま》だ交渉に拘《こだわ》っている。メリ父さんも素通りさせることに不安を抱いている。だから、おちょくるだけでも意味は有る。

「まったく、おっさんって言うものは長生きした分だけ無駄に色々背負い込むから高速移動が出来なくなっちゃうんだよ」

どんなに背負い込んで重くなっても、動きがその分遅ければ結局軽くて速いのと破壊力は変わらない。速さは力だ、だって先に殺せば勝ち。そして速ければ次々に殺せる、戦争《ころしあい》は重く守るより速く殺す方が強い。

どうせ出来る事しか出来ない。だから守れないから殺して回る。殺しながら悪さしない様に最悪で脅すゲリラ役こそが最強戦力。

「お持て成しの準備も大変なんだよ……筍植えとか？　うん、筍ご飯にしようと思っていたのに、まさかの栽培育成計画だよ……美味しそうなのに？」

読めない手札を揃《そろ》え合う。後は手札の質と数。

「遥《はるか》様、オムイ様がお話を聞かせて欲しいとの事ですが、お時間は宜《よろ》しいでしょうか？

何なら連れて来るか、どっかで待たせておきますが」

側近さんだ。なんだか会う度にメリ父さんの扱いが悪くなっている様な気がするのは気のせいだろうか？　まあ無駄な会議してるだけなんだから暇なんだろう、こっちは一生懸命に汗水たらして筍植えに勤《いそ》しんでいると言うのに……『魔手』さん達が？

「もう終わりだから良いよ。決まったの？　おっさんとおっさんの無駄会議？」「決定したようです。本当に良いのですか……王弟閣下は……」「別に向こうがしたい事と、こっちがしたい事が一緒なんだから良いんじゃない？　って言うかあれで必死で懸命で全力の最良の心算なんだよ。もう、あれしか残らなかったんだよ。きっと」「メロトーサム様は王国も、御友人であられる王も、その弟君である王弟様も見捨てられないでしょう。ですが遥様が救う理由がお在りになるのですか、あのような無意味な行いに……いっそ……」

なる程、メリ父さんにではなく王弟のおっさんに不満が有り、その王弟のおっさんを庇《かば》うメリ父さんに対して不機嫌だった。あとメリ父さんが働かないのも不満なんだろう。だって、いつ領館に行ってもずっとマッサージチェアに座ってるんだよ？

「まあ、なんか誰に聞いたってあの王弟のおっさんは不人気で、みんな不満で不快みたいだけど、あれは王国を救う事に必死な真面目で無能で無力な何も出来ない哀れな英雄さんなんだよ……多分？」

英雄になる力も能力も才能も無い、駄目駄目な志だけの英雄さんだ。ただひたすら「何とかしよう」って「何とかしなければ」って足掻《あが》いて、それでも何も出来ない。自分にその力も能力も無いと知っていても、差し出せる唯一の物である無価値な自分の首を持って迂路迂路《うろうろ》と手探りで彷徨《さまよ》い迷う愚かな英雄さんだ。

「あの方の考えは無意味すぎます」「うん、意味は無いけど意義はあったみたいだよ？」

誰からも当てにされず、誰からも見捨てられ、誰もが見放し、誰も味方がいないのに、それでも王国の為にと無駄に悩み、無意味に苦しみ、無能に足掻き続け、無力に打ちのめされても……諦めない。きっと何一つ出来ないし、なにも報われないのに、莫迦みたいに独りで戦いにも為《な》らない戦いを無意味に続ける無能な英雄さんだ。

「無意味で無駄でも無力で無能でも、誇りだけは有った？　みたいな？」

動けば動く程に事態を悪化させて、自らの首が絞まって行く無能な足掻き。それでも、その首を捨ててでも諦めきれないのだろう。代理の王は、代役の役立たずでやればやる程泥沼でも王で在ろうとしている。もう首も捨てて這《は》いずって、為せる訳も無いのに成し遂げようとして、行き先も見えないまま這いずっている脳無しの上に首なしの無能な王だ。

無駄で無意味で無価値で無力、だがそれでもあの哀れなあれこそが王なんだろう。

「無力で無能で無駄どころか災いみたいな無謀さだけど、誰にも認められず何の意味も無くても……あれが英雄《おう》なんだよ」「あれがですか」

誰からも認められず、馬鹿にされ蔑まれて見捨てられた。嘲笑《あざわら》われて無視されて罵られて、もう忘れられていることだろう。きっと何もできない無意味な英雄さんだ。何も出来ないどころか、寧《むし》ろ邪魔で厄介者で、やらない方がましなのに戦っている。何一つ持たずに、誰にも認められずに、無駄に無意味に未《ま》だ戦っているんだよ。

「うん、きっとああいうのが英雄なんだよ？」

だから王国は救われる。正直どうでも良いし潰した方が早い。王女っ娘も王位には興味が無さそうだし、残す価値が欠片《かけら》も無い終わった王国なんだから終わらせた方が早くて簡単ですっきりだろう。だけど、何も持たなくても何かが在ったみたいだ。

王女っ娘も言っていたし、無駄な英雄さんも言い切った。できるわけがないのに「民の為《ため》に騒乱は起こさせない」と、手遅れ処《どころ》かもう武器を持った軍が迫っているのに飛び込み止めようとしている。

そう、吃驚《びっくり》仰天の無能無意味の無駄無策な無力に無知蒙昧《もうまい》な王族さん達《たち》だ。だから最もその無能さに苦しめられ、王の無力さのせいで滅びかけている辺境の領主メリ父さんまでが王家の為に戦おうとしている。素敵な迄に無限に無謀な王侯貴族さん達だ。

「無能過ぎて外国の圧力に負けて、貴族に裏切られて国の予算も牛耳られて、それでも王家の伝統の私財を売り払いながら援助し続けたんだって？　だったらしょうがないんだよ、投資《おん》を受けたら配当《おんがえし》が有るのがお約束？　的な？」

だから王国は救われるみたいだ。無能無意味無駄無策無力無知蒙昧にも無謀に無力な身で内戦を無くそうとした。だから無理なんて返事は無い。だから王国は救われる。無駄で無意味な厄介者の、きっと後世にも無能で無力と罵られる愚王な代王が誰にも知られずに自らも知らずに名も無い英雄として王国を救う。

だって、もうそれってどうしようもなくメリ父さんと同レベルだから。だったら、どっちでも変わらないなら王家だって良い。能力も才能も引き継がれなくても、その志が引き継がれているならば無力で無能で無駄な王家でも無意味の中に意義だけは見せた。無価値の中に無駄《さいこう》な価値を見せたんだから。

だから。もう内戦なんて無いんだよ。だって戦ってなんかやらないよ？

こんな哀れな何の力も無い無能で無知蒙昧に戦う莫迦な英雄が、必死に無意味に這いずっているんなら……そこに通り縋《すが》りの殺す事しか出来ない脇役《モブ》が通っても良いよね。もう何もかも無意味なんだから。うん、通り掛けの行きがけの駄賃は殲滅《ぼったくり》で決定なんだよ？

無駄で無意味な最期なのに無駄な抵抗も邪魔だった。

64日目　ディオレール王国　街道

ようやく「辺境地平定軍」と名乗る、第一王子率いる軍に使者を出し繋《つな》ぎを付けた。こちらの言い分は、教会と貴族に逆らった罪は小僧に在り辺境には咎《とが》は無い。小僧と迷宮王の宝は引き渡す代わりに辺境から手を引く事を条件に調印の段まで取り付けた。

やっとだ、やっとここまで……いや。

「此処《ここ》からだ、此処からが交渉《せんそう》だ」

代王として第一王子に王権を譲らせる心算だろうが、そうはさせん。そもそも王都は第二王子が謀反を起こし乗っ取っているのだから、正式な手続きなど出来ぬと突っぱねて第一王子に王都を解放させたうえで、真っ当な摂政を付けて権限を制限して教会や大侯爵家の傀儡《かいらい》に出来ぬように手を打つしかない。

そして一度矛《ほこ》さえ収めさせれば、一般の兵は王家や王族、ましてや王女《シャリセレス》に剣を向ける事は無い。その隙に軍を解体し再編して王軍を立て直し、貴族と共に改めて王家に忠誠を誓わせる。

兄が臥《ふ》してから私が何もかも駄目にしてしまったのだ。だから、せめて元にまで戻さねば兄に顔向けが出来ない。気に入らぬ小僧とは言え異国の若者、ましてやメロトーサム卿《きょう》が目を掛ける者を差し出すのだ――事さえ済めば無能な我が首で償おう。

知っておる。こんな無能な代王の首など誰も喜ばぬであろうが、代王でもなく、王族でもないただの私の首にはもう価値がなくとも他に償えるものが何もない。

無力で無能で無才な、ただ王家に生まれ付いただけの身に差し出せるものは我が首しか残ってないのだ。赦《ゆる》せとも言わぬし、決して口が裂けようとも言えぬ。恨まれ憎まれ罵られ貶《けな》され罵倒されて当然なのだ。

「だが、それでも王国の為には小僧の首が必要なのだ。許しなど乞えなくとも、後で我が首で詫《わ》びる」

まるで状況が分からぬのだろう、小僧が茫洋《ぼうよう》と立ち竦《すく》んでいる。

運が良いだけで良い暮らしに身分まで手に入れた、無礼でムカつく生意気な小僧だ。その秘宝のせいで王国が乱れ、割れて苦しめられている。この小僧こそが厄介者の災厄だったのだ。

だがメロトーサム卿の言が正しいのも事実。何の罪も無いのに死なねばならない、それは無能な私の業だ。気に入らんし不快な小僧だが、その死は私の無能さの罪だ。

その傍らには白銀の豪奢《ごうしゃ》な甲冑が置かれている。あれこそが迷宮王の秘宝、この争いの原因。これを教会に渡すのは口惜しいが、王国の民に、そして辺境に血は流させない。

その思いだけで此処まで来た、やっと此処まで辿《たど》り着いたのだ。だが——すべてが無駄だった。小僧と甲冑を出すや否や囲まれた。交渉も調印も偽りだった。伏せられていた兵に囲まれて一網打尽にされてしまった。

「卑怯《ひきょう》な」

「愚かすぎますな、相も変わらず叔父上は」

最初から交渉する気すら無かったと言う事。そして、わずか数十の手兵に対して大仰にも数百……いや、千はいるか。いきなり現れた千の兵、教会の魔道具の力で姿や気配を隠していたのか。

分かった処《ところ》でもう意味も無い。全てが最初から手遅れで、私は自ら王国に止《とど》めを刺されに来た道化師《わらわれもの》だったのだ。最期まで無意味どころか無能さで無駄に被害を広げ、恩を仇《あだ》で返し無駄死にして恥だけを晒《さら》すか……無能な代王には似合いの喜劇《わらいぐさ》だ。

「小僧！　逃げろ……すまなかった」

メロトーサム卿の反対まで押しきり、小僧を連れて此処まで来た。これでやっと交渉《スタート》に立てたと思っていた。だが小僧と美しい白銀の甲冑を確認すると、王子の対応は「殺せ」の一言だった。端《はな》から交渉《スタート》など無かったのだ。自ら死《ゴール》にのこのことやって来ただけの愚か者の笑い物だった。手土産にメロトーサム卿が恩人とする小僧の首まで巻き添えにし、わざわざ敵に迷宮王の武具を渡しにやって来た馬鹿な愚者だ。第一王子のグヴァデーイは顔に侮蔑を浮かべて見下ろしている……お前だって無能で豚みたいな顔した駄目王子だろうが！

「早く行け！」

無才な身で王家に生まれるのは悲劇だ。豊かな暮らしと立派な教育の場を与えられて、最高の指導と教育を受けたからこそ分かる無才さと無能さと無力さ。だからせめて王になる兄の道具で在《そ》ろうとしてきた、優秀な道具にはなれなくても便利で使いやすい道具で良い。せめて其れくらいしか役には立たない身だからこそ、ただ忠誠を誓い忠義を貫き、ただ真面目に仕事をこなし、せめて王家の一員として恥をかかせないように生きて来た。

だが第一王子グヴァデーイは母方の大侯爵家の威を借り、無能な自覚も無く権力を求めたのだ。

「ふん、王家の誇りすら持ち合わせなかったか」

だが結局は私こそが無能で、恥を晒し王の権威に泥を塗り付けてしまった。無能だからと何も考えずに従い、無才だからと余計な事をすまいと何もしなかった。だから代王など務められる器ではなかった。分かっていた、嫌と言うほど知っていた……それでも兄が回復するまでと足掻き、結果掻《か》き乱して最悪の結末を選んで飛び込んだ。

私の愚かさが王国を終わらせるのか……傀儡の王国が残っても、この豚王子が王では王家の誇りは終わりだ。民の為の政などする訳が無い。

「民と臣下に支えられ、民の為に建てられた王家の長きに亘《わた》る伝統が、私の無能さで終わるか――」

民に支えられ、家臣に助けられてきた王家が恩義を仇で返す事になる。全てが終わった、最後の愚王が滅ぼしてしまった。もはや悔しがるのも馬鹿馬鹿しいが、無駄で無意味な最期なら無駄な抵抗の一つもしてみようか。

「早く逃げろ。すまぬが、我が身では大した盾にもならぬ」

王国最後の愚王として、最後の馬鹿は生意気で無礼な餓鬼の盾になる事の様だ。私が連れて来なければ死なずに済んだはずの小僧だ。もはや助かる事は無いだろうが、せめて盾となって先に死ぬ事くらいしか出来ぬ！

私は剣も才能なくスキルも満足に取れなかった駄目騎士だ、たったＬｖ20の小僧も守れない貧弱な役立たずの名だけの騎士では時間稼ぎにもならないだろう。だが、それでも私が後に死ぬわけにはいかん。って、おい!?

「えっと、代理おっさんな王さん？　いや代理しなくても本人がもう既に充分おっさんなんだけど、おっさんの代理のおっさんなおっさん？　って言うかおっさん、邪魔したら駄目なんだよ？　うん、もう差し出しちゃったんだから手遅れなんだよ。もう宅配済みで受け取りされちゃったんだから、返送不可《リーチ》で代金《いのち》は着払いであちらから請求でぼったくり？みたいな？」

小僧が前に出る。もう差し出したから手遅れだと言い捨てて。罵られて当たり前だ、詫びる言葉も無いし、今更盾になって先に死んでも助ける事など出来はしないのだから。

王国を救えず王国の民も救えないで、無関係な異国の小僧まで巻き込んで無駄死にしに来た哀れな愚王など、罵られ貶され恨まれるのが当然だ。だが、なぜ前に出る！

「馬鹿過ぎ？　うん、何で非武装の使者を襲うのに、馬鹿正直に重装歩兵に大槍《やり》まで完全装備で来ちゃうの？　で、何で前もって斥候出して地形くらい確かめないの？　うん、こんな所に平地なんて無いんだよ？　まったく地図も持たずに戦争しようとか、もう馬鹿過ぎてまじで嫌だ！」

放たれた矢は落ちる。遊ぶようにクルクルと回す棒に弾《はじ》かれる。

「なんか、もう今まで張り切ってやった準備って何って言うくらいに無駄に馬鹿だし、王子は豚だし？　って、何で豚を王子にしちゃったの⁉　でも前にもオークを領主にしてたけど人材不足で王子まで豚？　ちょ、せめてオークはいなかったの！　うん、あれは未だ人型してる分だけ豚よりは……何かどっちでも良い様な気がする？　みたいな？」

「その目付きの悪い餓鬼を八つ裂きにしろ！　手足だけ落とせ、王になる高貴な我を豚呼ばわりしたのだ、楽には死なせん。嬲《なぶ》り殺しにして苦しめて『殺して楽にしてください』と泣くまで拷問してやるわ！」

　小僧は最後まで王家に無礼だが、王族とは言えあの豚《グヴァデーイ》はそれくらいでちょうど良い。あれは許す！

「良く言った！　寧《むし》ろ豚でも生温《なまぬる》いくらいだ」

　王家の恥晒しはお互い様だが、王家の誇りすらも持たぬなら只《ただ》の豚で充分だ。だが、その小僧に苦しい思いなどさせる訳にはいかない。貴様らの相手は先《ま》ず私だ……相手？　相手は何処《どこ》に行った――下。地面の中に、地面に沈み、溺れている……何なんだ？

「ぎゃああああっ、助け、助けて……」「た、た、たすけ、助けてくれ……」「ぐわああ、出られない！　出られない！」「引き上げてくれ！　沈む！　早く……」

　幾重にも取り囲んだ重甲冑《かっちゅう》で全身を固めた重装歩兵達が、為《な》す術《すべ》も無く沼に沈み溺れて行く。そして悲鳴。

「ぎゃああっ！　息が息がああぁっ」「誰か、誰か助けて！　くそっ、引っ張るなよ！」

「何で！　さっきまで沼なんて無かった……」「鎧《よろい》が脱げない！　脱がしてくれ、頼む！

助けて……」「あ、ああ、があ。ぐおっぼぐうぅぶわう……」

寧ろ自慢の重装甲の重荷で、脱ぐ事もできずに逃れられぬままに埋まっていく。先ほどまで大地だった交渉の地は突如として泥濘《でいねい》の沼地に変わっていた、そして沼地は……重装備の兵達にとっては地獄。

「助けて？　助けたの？　民を助けるのが軍の務めなんだけど、お前らが襲った村の人が『助けて』って言って助けたの？」

此処だけが崩れていないが、さっきまで立っていた大地の下は泥沼だった。そう、よくよく考えればここは沼地で平地など無かったはず。

「うん、助けてないし、助ける処《どころ》か殺しておいて助けてなんて言って、まさか助けて貰《もら》えるなんて本気で思ってるのかな？　もう、軍人として落ちぶれ過ぎて盗賊並みなんだから落ちた序《つい》でに沈むと良いよ。だって埋める手間が省けてみんな大喜びだよ？　まさか自分達《たち》が死んで悲しんでもらえるなんて思ってないよね？　人を殺せば惨めに殺されても文句なんか言っちゃ駄目なんだよ。嫌ならちゃんと軍人してれば良かったんだけど、もう手遅れだから……うん助けないよ？」

小僧が語り掛けている。だが、もう聞く者も答える者もいない。そんな余裕などない。悲痛な悲鳴を上げながら悲惨に大地に埋まっていく――溺れて行く、沈んでいく。

泥濘《ぬかるみ》に呑《の》み込まれ、身体《からだ》が沈み埋もれて行く兵士たち。恐怖に泣き喚《わめ》き叫び暴れ回りながら沈んでいく。戦いすら出来ないまま、自慢の重装甲の鎧の重みで逃れる事も出来ずに沈んで消えていく。

「何なんだ！　何なんだこれは！　何をした、貴様何をしたのだあああああっ！　ぐばあっ！」

軍隊が全て地に沈む、沈んでいく。小僧だけが黒マント姿で沼地の上に茫洋と立っている。何事も無かったように、最初からずっと同じ姿で立っている。

「いや、最初から沼なんだよ？　表面を固めてただけの沼地の上に重装甲の甲冑で飛び込むと大体沈むんだよ？　うん、もう地面を固めてないから暴れるほど沈むし、暴れなくても沈むし、沈まなくても沈めるし？　まあ、沈むんだよ？　って言うか……沈んでろ」

静けさが訪れた。もう悲鳴も絶叫も無くなった。静かな沼の上に我らと第一王子のみ。

「豚《おうじ》が恐怖に耐えきれず気を失ってるけど、未《ま》だ首までしか埋まっていないけど……これっているのかな？」

埋もれたまま頭を焼かれている。何が起き、何が起こされ、何がどうなったかは分からないが……生き延びた事と、第一王子を捕らえられた事と………メロトーサム卿の言っていた意味だけが分かった。

最後に語られたのは、「どうしてもお連れになるならば、これだけは覚えておいて下さい。本物の恐ろしさとは分からない事です。理解すら出来ない出来事を出来ると言う事が最も恐ろしいのです。ただの強さならば測れますが、真の強さは恐ろしいだけなのです。そして測れず恐ろしいとは分からない事こそが恐ろしいのです。お気を付け下さい。御武運を」。それが出発前に掛けられたメロトーサム卿の言葉だった。

分からなかったが、今も訳が分からないが――分からない事が分かった。そして、これこそが軍神を恐れさせる程に恐ろしいものだったと。だが、この小僧は危険だ。これは国すら殺しかねない。

飽和現象で許容限界を超え飽和して溢れ出る危機的な状況だから消去しよう。

64日目　昼前　ムリムリ城

時間が無くなったから、甲冑委員長さんにも先に出て貰った。

(イヤイヤ)

滅茶嫌がっていた。行くのは良いけど衣装《よろい》が御不満らしい。尾行っ娘《こ》一族に先導して貰い町や村を防衛するゲリラをして貰う。第一王子の仲間の貴族の領地内だからと無警戒だったのが裏目に出た。

第一王子軍が村を襲ったらしい。しかも末端の暴走ではなく、第一王子軍の部隊がだ。不穏を感じた尾行っ娘一族が村人たちの避難はさせていたけど、時間を稼ぐと残った村長と村の農作業で離れられなかった男衆が殺され、食料と金品を奪い去って行ったらしい。

しかも目当ては女だったようで、このままだと辺境に来るまでに間の村や町が蹂躙《じゅうりん》されかねない。仲間の貴族の領地でもお構いなしとか……盗賊紛《まが》いで碌《ろく》でもないとは聞いていたけど、もう立派に盗賊で良いレベルだったよ。

「甲冑委員長さんの『白銀《しろがね》の甲冑』で釣るから必要で、ちゃんと代わりに迷宮装備の売れ残りの『スパイク・メイル』を渡したのに滅茶嫌がっていたんだけど……着せたら凄《すご》かったな？」

そう、真摯に「いや、ほら？　悪逆非道そうな凶悪な鎧の方が効果あるから、何て言うか脅しって言うかこれ着て『わるいごはいねぇ～かぁ～？』って言いながらモーニングスター持ってたら普通逃げるからばっちりなんだよ？　うん、大丈夫、誰でも迷わず逃げるから……うわあああ……って、いやなんでもないんだよ？　うん似合って……似合って良いんだろうか？　まあいい感じだからガンバだよ！　気を付けてね、頼むね？　行ってらっしゃい？」と送り出したけど涙目だった。

そう、涙目の甲冑委員長さんの黒に真紅があしらわれた甲冑は棘々《スパイク》だらけの世紀末の覇王な人もドン引きするぐらいに凶悪で、何処かに魔王が出現しても出会ったらすぐ引っ込んで引き籠もりそうな悪逆さだった。まあ、防御力はガタ落ちだけど甲冑委員長さんに攻撃を当てられる相手はいないだろうし……あれ見たら戦わないで逃げる。うん怖かったよ！

「迷宮皇さんよりも鎧の方が迫力あって怖いよアレ!!　どうりで、あれだけ売れないと思ったんだよ？」

高速移動できる近衛《このえ》師団の人と、メリ父さんの所のスキル持ちの馬を借りて準備する。豪華絢爛《けんらん》美人女騎士さん御招き用のベッド馬車も準備は整った。あとは王弟のおっさんをどうでも良い方の改造済み高速馬車に乗せて一気に行こう。敵はばらけているみたいだけど、最悪な部隊が王子のいる部隊らしいし。先ずはそれだけ叩《たた》けば後は教会の意を汲んで真っすぐ辺境に向かうだろう。

「もう、さっさと終わらせないとおっさんばかりで、またおっさん王子とかもうおっさん飽和現象で異世界のおっさん許容限界を超えて無限に溢《あふ》れ出して来る危機的な状況そうだから消去《そうじ》だな！」

そう、女や金目当てで村を襲う軍なんて、ただの盗賊だから軍事法廷も必要ない。民を守るのが軍だから守らないならいらない物だし、逆に民を襲うなんて物は消してしまった方が世の為《ため》俺の為。だって、どうせおっさんの集まりだ。

やっと王弟のおっさんがメリ父さんに馬車に押し込まれている。急な事に動揺して慌てふためいているけど、その目付きが据わっている。この交渉で王国を救う気なんだろう、そして覚悟は決まっているんだろう……まあ、交渉できる可能性なんて莫迦《ばか》達の知能の存在と同じくらい絶無なんだけど？　うん、皆無？　そして一気に駆け抜ける。

「こんな事なら最初から攻めに出れば良かったんだよ、後手後手だよ」

馬には全て『加速』効果《スキル》付きの襷《たすき》を掛けさせている。お馬さん的にはぶっつけ本番だけど、平地をまっすぐ行くだけだから問題は無いはずだ。1時間も有れば行ける、そして其《そ》処《こ》が場所的に一番良い。深く深く底の底まで深い無駄な議論と泥沼な交渉が出来る絶好の立地条件だ。先に着いて準備もしたいし、急ごう。

「全く美人女騎士さん達が委員長達と一緒にダンジョンに行ってるって何なの!?　メリメリさんまで連れて行ったって、残り全部おっさんじゃん！　何でおっさん１００％の状態にしちゃうの。俺までおっさんが感染《うつ》ったらどうするんだよ!?」

何、この高濃度おっさん化現象？

「おっさん濃縮され過ぎておっさん融合とか起こしたらどうするの？　その先のおっさん臨界を超えて分裂が起こったら異世界はおっさんで滅びるよ！　間違いなくあれは分裂させちゃ駄目なんだよ。だっておっさんだよ？」

ぼやいても、おっさんしかいないから誰も相手してくれない。一人で馬車で独りごと。甲冑委員長さんとスライムさんいないのって結構寂しいものが有る。ずっと独りだったのに、いつの間にか異世界で賑《にぎ》やかで騒々しいのに毒されてたみたいだ。

そして気配。やっと第一王子軍に辿《たど》り着いた。って言うかやっと着いたんだけど、また駄弁《だべ》ってる。王弟のおっさんは延々と交渉の為の交渉をして、約束事だ条件だと話し合っている。

まあ良いけどね？　もう地の利は得た。天の時も人の和も無いけど、兵法的に敵と一緒に天の時と人の和も沈めてしまえば問題ないだろう。なのに、何かおっさんたちが延々と長々と喋《しゃべ》ってる。

　そして王子に引き渡された。『白銀《しろがね》の甲冑』付きだけど、中身の迷宮皇《ナイスバディー》が入ってないから普通の形。だって、入れとくとエロいんだよ？　いや、マジであの曲線のエロさは多感な男子高校生的な嗜好《しこう》の新たな扉が開きそうになるくらいにマジなんだよ！

「殺せ」

　やっと無意味で無駄な交渉《ごっこ》は終わったみたいだ。って言うか待ちくたびれたよ……とっくの昔に莫迦《王弟》のおっさんを馬鹿にしていた馬鹿達が囲んで来た時から、もう終わってるって言うのに無駄に長いんだよ？　そう、もう女子会に参加しちゃうのって言うくらい話が長い。だが、あっちはＪＫだが、こっちはおっさんだから沈めよう。汚物《おっさん》は水洗だ！

「小僧！　逃げろ……すまなかった」

「いやいや、おっさん邪魔だから動かないでね？　動いて落ちると沈んじゃうよ？　おっさんだから助けないよ？　マジで」

　もう、終わってるんだよ。長かったけど、もしこの『白銀の甲冑』が中身入りだったら、始まりすらしないで終わってるんだよ？　まあ、差し出されたんだから、しっかり受け取って貰おう。心ばかりのお持て成《みなごろ》しだ。

　だって戦いにおいて事前に地図も確認していない。つまり戦いだという覚悟すら無い。

「終わってる前に馬鹿過ぎだったたっていうか、馬鹿どころか豚だった？」

　うん、異世界の人材不足問題は根深い様だ。ブヒブヒと鳴いてるんだけど……目付きがなんだって？　俺の優しく慈愛に満ちた目に文句が有るとか、きっと豚さんの目が曇っているに違いないのだから、泥沼でどっぷりたっぷりと泥水で洗ってあげよう。

　地面を覆って『掌握』していた『土魔法』を解く、それで終わり。だって固めとかないと……ここ沼だし？　みたいな？

「うげぇ、ぼへえっ！　なんなのだぁ！　ごうぇっ」

　何か喚いてるんだけど？　まあ話し合いとは大事な事だ、きっと何かの言い分が有るのだろうから聞いてあげよう。豚さんがまだブヒブヒと鳴いてるし？　まあ、豚さんは王子な豚らしいし？　まあ、王子な豚って珍しそうだから、絶滅危愚種で保護動豚対象だったら困るし生かしておこう。あとは王弟のおっさんが決めるだろう。

「何なんだ、何なんだこれは！　何をした、貴様何をしたのだあああっ！　ぐばあっ！」

　ウザいので頭を焼いてみた。もう、お前の毛根は死んでいるって言うか死んだんだよ？　しかしオタ達の頭は中々焼けないと言うのに、何かこれだけ手軽に焼けると張り合いが無くは有る。

「いや、何もしなくっても最初から沼なんだよ？」

　何をしたって言われても何もしてないって言うか、何かしてるの止めただけなのに俺のせいにするとかとんでもない豚だった。そう、こう言う何でもかんでも俺に冤罪《えんざい》を被《かぶ》せる奴《やつ》がいるから、俺って悪くないのに誤解されてお説教が毎日更新《エンドレス》で長々説教《エターナル》なんだよ！

そう、つまり俺が怒られるのはこの豚のせいに違いない！

ようやく豚さん軍が静かになったのに、こっちも無言？　王弟のおっさんは固まってるからメリ父さんの所まで送らせよう。もう、メリ父さん達も王都への出立準備を終えているはずだし。

しかし、固まって動かない方が面倒が無いんだけど、おっさんにじっと見つめられるとか気持ち悪いし需要無いんだよ？　うん、異世界おっさんＢＬ展開なんて絶対に許さない！

「って言うか全員おっさんなこの状況が許せないんだよ！　さっさと甲冑《かっちゅう》委員長さんと合流してジト目成分と男子高校生的な情熱《エロ》を補給しよう！　だって、おっさんのガン見とか誰得だよ？」

忘れたら激オコされるから、しっかりと『白銀《しろがね》の甲冑』を仕舞う序《つい》でに第一王子軍の金目なスキル付きのめぼしい武器だけ集める。ずっと『掌握』で沈まない様に握ってるから、３秒たったし俺のだから一緒に収納する。沈んだおっさん着用の鎧《よろい》とか沼の泥水に加齢臭付きだからＪＫもいらないだろう。捨て置こう。

そして王弟のおっさんは……まだ固まったまま馬車に放り込まれている。何か近衛の人も乱暴なんだけど……無能だけど、代理だけど、一応それ王様だからね？　まあ、おっさんだから良いんだけど。

「後よろしくって言うか、お届け宜《よろ》しくって言うかおっさん宜しく？　いや、おっさんは宜しくしなくて良いんだけど？　的な？」

まだ見てる？　だからおっさんは需要無いんだよ。焼くよ？　ただ呆然《ぼうぜん》としている。きっと分かってない、このおっさんは何も分からずに駆け回り、掻《か》き乱すだけの能無しだ。何も出来ないで悪化させるだけの、無駄に足掻《あが》いて足掻いて足掻き続けるだけのおっさんだ。だから、きっと自分が王国を救ったのも分からないだろう。

その見苦しい足掻きにこそ、誇りがあったなんて気付いてもないいんだろう。そのくだらなくてみっともない、見苦しい哀れな足掻きこそが王家の意味だなんて気付きもしていないいんだろうから。

「王家なんて誇りを失えば埃《ほこり》の様に吹き飛ぶもんだけど、自分で無脳で無才で無知で無力だと知りながら這《は》いずり回るしか出来なかった惨めな代王が誇りを見せたんだよ。誰からも煙たがられて、嫌われて馬鹿にされて罵られながら……それが、ちゃんと王家に伝わっていることを見せたんだよ」

だって無能なら有能な側近でも付ければ良い。メリ父さん方式だ。無才なら才の有る者を募ればいい。俺は美人女暗殺者さんを募ってるんだけどまだ応募が無いって言うか襲われない？　無知で無力なら家臣と貴族を鍛えれば良い。大体、強制的に稽古と言う名のボコを受ければいやでも強くなってダイエット効果も抜群なんだよ？

うん、王は民を思う事を誇るだけで良い。有能で博識でも、思いが無いとお話にもならないんだから。その誇りこそを伝えるのが伝統だ。途絶えて伝わらなければ王家が途絶えるだけ。惨めに哀れに這いずっても民を忘れなかった。無能にそれが当たり前だとしか思っていなかった。無駄で愚かな誇りだ、だから王国は残る。

「まあ、メリ父さんも王女っ娘も見捨てていないし、諦めてもいなかったし？」

そして愚弟ですら誇りを見せるほどの王家なら、きっと売国貴族さえいなくなれば立て直せるんだろう。内憂外患の直し方はガンガン殺《や》ろうぜなんだよ？

「まあ、駄目だったら潰せば良いんだけど、未《ま》だ名前も知らない名も無き王国が滅びて、また新しい名前の国とか出てきたらとても困るから残しておいた方が良いかも？」

うん、これ以上また名前増えるとか大迷惑だよ？　何ちゃら王国だけでも覚えられないのに？

限界を超え続け手に入れた真の力が試される時が来てないらしい？

64日目　夕方　ディオレール王国　街道

「おーい、尾行っ娘《こ》やーい？　うん、貴族軍はどうしてる？　甲冑委員長さんの『恐怖の大王』作戦は上手《うま》くいってるのかな？」「あっ、順調ですよ……一応？」

まあ、実はよく考えたら全然作戦じゃなくて、普通に恐怖の大王よりヤバい迷宮皇さんなんだよ？

「って言うか、一応って戦闘になるの、あれって？　うん、普通にあれが現れたら、見た瞬間に逃げるよね？　もう、あの鎧を量産しとけば無敵の軍隊だよ！　うん、絶対悪役だけど？」

　頭《トップ》の第一王子は潰したけど……あれは傀儡《かいらい》、神輿《みこし》の豚頭《トップ》だろう。だとすれば担いでいる方が真の頭《リーダー》で、それは大侯爵家か教会のどっちか……まあ、どう考えたって教会だろう。

　王子が捕らえられても未だ辺境を目指すなら教会で間違い無しだ。まったく偽迷宮で魔石を差し止めて王国と交渉させようと思っていたら、実は王国は実権なんて何も持ってなくて、買い叩いていた真の犯人は教会だったと言う事らしい。つまり背後《バック》は教国だ。まったく碌《ろく》でもない背後《バック》が出て来やがったもんだよ。

「うん、勘違いされると困るんだけど、俺は教会と教国が嫌いなんであって、背後《バック》も立ち背後《バック》も崇《あが》め奉るくらいに大好きなんだよ？　嫌いなのは教会と教国と爺《かみ》の3点セットで背後《バック》さんに罪は無いんだよ？」

　だがしかし、あれはある意味罪深い！

「そう、あの白く艶《なま》めかしいうなじから肩のラインとそこから続く滑らかな白い背中の曲線美とその下の丸い可愛《かわい》いお尻までを眺めながらの背後《バック》も立ち背後《バック》もそれはもう凄《すご》い罪深さで背徳な背後《バック》が背後《バック》で背後《バック》しながら背後攻撃《バックアタック》が背後《バック》で無限輪廻《バグ》ってるんだよ。って……わぁ！　どぅるゅゅっせえるうぅぅわあぁぁ!!」

　恐怖の大王様がお帰りになられたようだ。まあノックは無かったけど鉄球攻撃《ノック》は有ったって言うか、当たったたって言うか、痛かったたって言うか……有ったんだよ？　鉄球攻撃《ノック》でした！

「お帰りなさいませ甲冑大王様？　みたいな？　って言うか魔人甲冑大魔王様に見えるんだけど、もう大丈夫そうなら着替える？　うん、ちゃんとお気に入りの『白銀《しろがね》の甲冑』もちゃんと持って帰って来たからね？　とにかくその『スパイク・メイル』とモーニングスターのコンビネーションからの、『わるいごはいねぇ～かぁ～？』アタックは危険だから止《や》めようね？　いや、あれは貴族軍のが背後《バック》の話で決して昨夜のヌルヌル桶狭間《おけはざま》の啄木鳥《きつつき》の計からの背後攻撃《バックアタック》の事じゃないんだって言う言い伝えがこの辺りには有るかも知れないから、きっと多分違うんだよ？　みたいな？」

　お帰りになられるのに先んじて鉄球が帰って来たが、後から甲冑委員長《ほんにん》さんもちゃんと帰って来た。って言うかそのモーニングスターって遠距離攻撃できたの！

「って言うか何で普通にいつも常備してるの！」

　うん、怒られてるが、ちゃんとジト成分も補給中だ！

「貴族軍のはぐれ兵の狼藉《ろうぜき》は、恐怖の大王作戦で完全に収まりました。もう貴族軍の間では魔の街道って噂《うわさ》になってて、本隊から離れると『悪い子はいねーかー！』って魔人が現れるってビビって大人しくしています。はい、あれは怖いです、うちの一族も半泣きでした。勿論《もちろん》町や村を襲う気だった兵はギャン泣きで逃げ回っていました。アンジェリカさんも涙目でへこんでいました。以上です」

　みんなの心に恐怖が刻まれたようだ。うん、甲冑委員長さんもダメージを受けたみたいだ？　まあ悪い事をすると罰が当たるって言うのは昔からの道徳教育で、罰《ボコ》が当たると罰《ボコ》にされるんで道徳関係なく暴力で教育されるんだけど、あれは怖いから良い子になるんだし問題は無いだろう？　よかった、悪い子は消滅《いない》らしい。

「これって、もうあんまり手を出さずに攻撃《ゲリラ》も控えて、さっさと辺境に引き込んだ方が良さそうな感じ？」「手を出そうにも恐怖で潰走してますよ？」

　後ろから強襲偵察で焼き払い、食料の備蓄と金目のものだけ奪って逃げようと思ってたんだけど……下手に手を出すと村や町が被害に遭いそうだ？　もう、あれって軍って言うより盗賊団で良いんじゃないの？　マジで？

「あれは盗賊団で全然良いんです。でも、その軍な盗賊団を後ろから襲って焼き払い食料と金品を奪って逃げる気だったって、どんな悪党《はるかさん》なんですかその極悪人《はるかさん》は!?」

　補給線を断つ食料狙いは鉄板のお約束で、更に売り捌《さば》けばお大尽様が降臨されるんだけど御不満なようだ？　だけど確かに下手に食料を奪うと村を襲いそうで、せっかくゲリラで食料の備蓄と金目のものを奪って相手に被害を与えながら俺にお大尽様も与えられる二兎《と》追う者は二度美味《おい》しいと言う格言にちなんだ作戦が颯爽《さっそう》と策動出来ないんだよ？

「だったら強襲偵察用凶行型ゴーレム君は置いて行くから、村と町の防衛だけ頼むんだよ。ゴーレムは使い捨てで良いからね、自爆するし？　うん、自分がヤバい時はちゃんと逃げるんだよ？　魔石閃光《せんこう》爆音粘着状態異常付き爆発手榴弾《しゅりゅうだん》は足りてる？」「充分過ぎるほど足りてますけど、閃光と爆音で戦闘不能になったまま粘着で接着されて状態異常になって倒れてるのに、とどめに爆発してましたけど、あれ過剰加害《オーバーボコ》ですよね？　何か足止めに投げたら壊滅してましたけど、爆破したらもうそれだけで足は永遠に止まってるのに、閃光と爆音で戦闘不能で粘着な状態異常は何だったんでしょう？」

うん、大丈夫そうだ。魔石閃光爆音粘着状態異常付き爆発手榴弾は魔石が使い捨てで勿《もっ》体《たい》ないけど、それで最低限の安全だけは確保できるのだから必要経費。まあ、あれだけ有れば普通は追って来ないだろうし、足止めだけでも充分に意味は有る。そう、安全第一、敵の安全は……神《じじい》に祈れ？

「いや、古来から念には念を入れて懇ろに根絶やしすれば安心安全って、ご利益の有りそうな第六天魔王さんが言ってた気がするんだよ？」「それ、どんな神様なんですか⁉」

甲冑委員長さんには恐怖の大王作戦で町や村を守って貰《もら》おうかと思っていたら、既に効果が十分すぎて悪い子はいなくなったみたいだ。まあ中世って迷信とか信じてそうだし、恐怖の大王作戦が効果的に効いたのだろう。

でも中の人って恐怖の大王とか雑魚っちゃう迷宮皇さんなんだけど良いのだろうか？　寧《むし》ろ恐怖感をソフトにしちゃってる気もするんだけど、あの見た目のインパクトは……あれ？　何で俺あの鎧みんなから勧められてたの？　何でだろう…………うん、王都に向かおう（泣）

これで俺と甲冑委員長さん。スライムさんは間に合うか分からない、王都から戻って来てお迎えになるんだろうけど、そこからが本番だとすると俺がお持て成しなら、後の通せんぼはいくついるんだろう……。

「うーん、情報は無しか」「すみません、見張ってはいるんですが何してるのかが」

冒険者ギルドで確認はしてある。多分3つは確実だろう、恐らく5つ。9つまでの4つは遠すぎるはずで、5つだと1つは甲冑委員長さんで後4つ。スライムさんが間に合えば3つか……委員長さん達《たち》で1つ行けるのだろうか？　だけど、スライムさんが間に合うならオタ莫迦《ばか》も間に合うはずだ、全員いれば1つは確実に行けるはず。それでも2つ残る。

辺境軍と王女っ娘の近衛《このえ》では……危険すぎる。

「やっぱ、諦めるべきかなー……まあ、帰ってから考えよう」

うん、どうせ分からない。って言うかスライムさんが間に合わなくても、6つ目や7つ目が有っても諦めるしかない。出たとこ勝負で出来るならやる、出来ない事は……させられない。

委員長さん達は今晩出立して高速先行部隊を出しても到着は明日予定だが、揃《そろ》って来れば明日の夜でもキツいだろう。メリ父さん達はもっと時間が掛かるはずだし、支度はこっちでやっておこう。着いてからがこっちの本番になるんだから、仕込みして支度して仕組んでおけばいい。戦いには準備が大切だけど、戦わないのにはもっと準備が重要。だって、それこそが戦いなんだよ。

「結構、王都側には町とか村がいっぱい有るんだね……あの辺境の貧しさは何だったのって言うくらいには豊かっぽい？」「王国は危険域と呼ばれていますが、辺境の外は圧倒的に安全ですから」「まあ、隣街ですら廃墟《はいきょ》になる前は辺境より豊かだったし、こっちが普通なのか……」

うん、なら最初はこっちに転移しろよ！　あの苦労の殆《ほとん》どって転移先の問題だったんじゃん、俺の森生活関係無かったんじゃん!!

「うん、こっちだったら普通の異世界ライフだったんだよ？　普通、辺境《あっち》は最後だよ、辺境《あそこ》はラストステージだよ！　だってラスボスだらけだったよ!?」

こっちならラノベの異世界冒険ライフが出来そうだ。だって普通に近くに村や町が有って、冒険者ギルドに行って森や迷宮で鍛えて行くんだろう……なのに俺って何でいきなり森!?　しかもラスボスのゴブリンエンペラー付きの異常発生《スタンピード》寸前の魔の森からスタートで、洞窟《おうち》の奥はラスボスさんって……!?

「ちょ、こっちなら普通の宿で暮らして、普通の冒険者ギルドで仕事を貰って、普通の武器屋で装備を整えて、普通に強くなっていく超普通展開だったんだよ！　あっちは迷宮入っただけで、いきなり迷宮皇だったのに!?」

しかも、辺境《あっち》は街の武器屋に鉄すら無くって武器が無い、冒険者ギルドは仕事が変わらない、宿は白い変人で女子高生押《お》し競饅頭《くらまんじゅう》も開催中。そして迷宮に行けばいきなり迷宮皇……どう考えたって展開がおかしいと思ったら、辺境《あっち》は初心者禁止《ハードモード》だったらしい！

そして王都が近づいて来る。

「ふっ、遂《つい》に俺の真の力が試される時が来てしまったか。きっと異世界でずっとずっと鍛

えられたこの力は、ここで使われるためだったのかも知れないんだよ？」（イヤイヤ）

違うらしい？　でも、ずっとずっと鍛えられた真の力さんが大活躍ってここなんだよ？何が違うのかは謎に包まれているが、包んでいるものを剝ぎ取りながら隙間から手を差し込んで、あんな所をぷるんぷるんと揉《も》み撫《な》で擦《さす》って、その先の時代の最先端な先鋭的な先端の…………わあっ、ぶうわあああるうぶわあああろおおいっ!?

「しーっ。お忍び王都な旅、旅情編《進撃》なんだからモーニングスターは禁止にしようよ？ちょ、そんなこっそりと目立たない様にモーニングスター振り回しても駄目なんだよって……って言うか、なんで目立たないのっ!?　いや、なんかこっそりモーニングスターで暗殺できそうなところが逆に怖いんだよ!?　それはモーニングスターの使い方として大きく間違った超高等技術だから、未《いま》だ嘗《かつ》てモーニングスターで暗殺された人って聞いた事無いから絶対に間違ってると思うよ？　マジで!!」

無音で振られる鉄球の乱舞っておかしいと思うんだよ、滅茶避けにくいし！

「何で音も無く、気配まで消してモーニングスターで攻撃できちゃうの！」

どうやら甲冑《かっちゅう》委員長さんはお忍びの正しい姿を理解していないようだ。うん、美人くノ一さん役は無理らしい……お風呂シーンに期待してたのに？

うっかりしてるとポックリされそうな鉄球の静かな乱打乱撃《サイレントキリング》から逃げ回り、高速移動で王都を目指す。最高速だ！　だって急いでないけど、後ろから鉄球が追って来る!!

そして、遠いけど見えて来た。

「この距離で見えるって、でかくない？　あれが王都で出っ張ってるのが王宮なら、あの出っ張ってるのを押し込んで引っ込めたら解決しないかな？」

そんな素敵な解決方法を模索しながら、近付きつつ周囲を回ってみる。これ以上近付くと気付かれる恐れも有るし、速度を落として道なりに近付いて行く。ここが王都。日帰りは無理だけど高速移動使い切れば1日の旅。うん、有り難みがあんまりない。

「しかし思っていたより、ずっと王都でかいな？」

この巨大さは住人の多さを表しているはずだから、大量の王都の住民全員に辺境木刀と茸《きのこ》ペナント売れば大儲《おおもう》けできる！　すぐに準備に掛かろう!!

「こういうコツコツとした小さな苦労の積み重ねこそが大事なんだよ？　うん、すぐ楽して儲けようとか言う人っているけれど、見えないところでコツコツと働くこの姿が勤労なんだよ」

見えない所でコツコツと仕入れ、コツコツと並べ、コツコツとまた仕入れる。異世界に来てからずっと自らの限界を超え続け手に入れた真の力、遂に俺の内職力《ちから》が試される時が来たのだ！　そう、王都からぼったくる!!

うん、『御土産屋　王都前支店　みたいな？』——店頭の商品も豊富で、在庫も充分な量が有る。特に食料と武具は大量入荷だ。だって、さっき王城からコツコツとパクって来た。そう、大儲けだ！

王城からパクる↓王城の物資不足↓売ってぼったくる↓売ったら城からまたパクる。完璧な永久機関《おだいじんさま》商法だ！　遂に俺のお大尽様力は質量保存の法則に至った！　これは経営コンサルタントのMさんからの「商品が無いならパクってくればいいじゃないの」と言うお告げだから俺は悪くない。そして売ったら回収するんだから、御土産屋の商品量は恒久的だ。

　新製品も御土産も豊富で、実演販売用の櫓《やぐら》ステージも建てた。明日が営業《しんりやく》だ、今晩はこの王都前支店の素敵な寝室で御休憩で御宿泊な就寝《しんりやく》を頑張ろう！

深夜に爆走する16歳の乙女の集団は御土産屋さんの硝子を割りに来たんだろうか？

64日目　夕方　ムリムリ城

新たに2つ迷宮を踏破して、遥《はるか》君に隠し部屋探しを頼もうと思ってムリムリ城まで帰ると……遥君は大急ぎで第一王子軍に差し出されに行ったらしい？

「「「どうして普通に急いで差し出されに行くの!?」」」「だって、あの王弟様の案って」「どうしたって、絶対に碌《ろく》な事にはならない筈《はず》だよね！」

　そう、そして差し出されに行った本人はもっと碌な事をしない！　あれはパンドラの箱（希望抜き）で災厄100％の混じりっ気無しを超高濃度濃縮済みくらいに碌でもないものなんだから！

「差し出させる方もあれだけど？」「差し出す方もあれだし？」「「「うん、差し出される気満々なアレが3種混合の三《み》つ巴《どもえ》で超混ぜるな危険状態になってるんだね！」」」

あの王弟様は碌な事をしない、だって遥君を敵に引き渡すなんて！

「大丈夫かな……まあ、絶対に大丈夫じゃないんだけど」「敵に身柄を引き渡されるなんて……敵さん災難だよね？」「「「うん、あれはねー？」」」

絶対、碌でもない事になっている。もう少し味方とか敵さんとかの迷惑を考えて欲しい、だって、あんなもの渡して話し合いなんて出来る訳が無いんだから。

「あれを渡されて、話し合いするなんて余裕が敵さんに有る訳が無いよね？」「「「いっそ、爆発物のほうがマシだよ！」」」「先《ま》ず話しても意味わからないしね？」

そう、絶対にやる前から計画段階で交渉失敗決定なの。きっと渡されちゃった敵さんは、交渉まで生き延びられる可能性すら僅かだから。

「遥様から伝言です、『委員長さん達に王都集合、先着30名様に新作粒餡《つぶあん》お饅頭《まんじゆう》プレゼント？　みたいな？　って伝えてね？　的な感じ？　なんだよ？』なんだそうです」

メリエールさんが側近さんから詳しい情報を聞いて来てくれたみたい。そして王都に向かっている？

「何で第一王子に差し出されながら、第二王子のいる王都に向かっちゃうの？」「うん、あと伝言の後ろ半分は全く必要ないよね！」「何で側近さんも律儀に覚えて、伝えているんだろうね～？」

謎だらけの伝言だった。

「まあ、行くしかないよね！」「「「うん、行かないと意味分かんないし、粒餡だし！」」」

「心配しているくらいなら行こうよ、王都《つぶあん》に！」「何故《なぜ》行くのかって、そこに粒餡が有るからだね!!」

行く事に誰も異存は無くて、そこに粒餡が有る。でも戦争中に粒餡を目標に作戦が決定されるのってきっと珍しい事なんだろう……姫様コンビが固まっちゃってるし？　でも新作お饅頭には乗り気みたいで、粒餡の素晴らしさを知らないから、みんなのテンションに固まってただけだった。

「地図だと真っすぐに王都を目指すと……遥君の差し出され事件の現場を通れないけど直線で行く？　事件現場回りで行く？」

遥君は高速で移動できる近衛達だけで出て行っている。だから、もう事件は終わっている可能性が高い。だったら急いで王都《つぶあん》に向かった方が良い。最短距離を高速移動すれば明日の夜中には着ける。

「領主様達はもう出立しているらしいよ」「「「うん、先着30名の危機だね！」」」

大急ぎで晩御飯を食べて、お風呂に飛び込み仮眠をとる。４時間後の深夜に出発決定で、安全面的には早朝でも良いかなとも思ったけど、Ｌｖ１００超えの集団だし、どのみち夜中に出るか夜中に走るかの違いだけ。だから結局一緒ならさっさと行こうと決定された。

お姫様コンビも参加する気みたいで絶賛交渉中みたい。

「「「ご飯ご飯ご飯ご飯ご飯！」」」「「「お風呂お風呂お風呂お風呂お風呂夜食？」」」

いや、夜食は食べ過ぎだからね？　今日はブートなキャンプは無いからね？　うん、焦っても仕方が無いけど、遥君がいないと落ち着かない。だって、行きは行ってらっしゃいって見送ってくれたのに、帰ったらお帰りなさいがないなんて職務怠慢だよね！

「先行部隊出す？」「私どっち、先着30名様は譲れないよ！」

王都方面は土地勘のない知らない場所。魔物も伏兵なんかも居ないだろうけど、用心だけはしたい。

「偵察を兼ねた先行だけ定期的に出すけど……基本、本隊はばらけずにみんなで行こう」

「うん、よく考えたら30名以下だから大丈夫！」「「「うん、友達だもんね」」」

うん、なんとか粒餡で危機的だった友情は復活したみたい。

「粒餡だー！」「「「おおおおおおおおっ！」」」

盛り上がってるし気合も入ってる。いや、早く寝ようね？

「目指すは王国の首都、粒餡だね！」「「「うおおおおおおおおっ！」」」

おおー、って違うからね？　目指すのは粒餡だけど、首都の名前を勝手に変えたら怒られるよ。そこの王女様も来るんだからね？

なんだか大騒ぎで寝たから寝不足だけど、でもこの世界はＬｖさえ上がれば身体《からだ》が強くなる。Ｌｖ１００なんて1週間寝なくたって大丈夫っていうお話も聞いた。まあ、お肌に悪そうだし、疲れそうだからしないけど、眠い気がするだけで支障は無いはず。

「行くよ！」「「「おお――っ!!」」」

暗闇の中ムリムリ城を出て駆ける。馬か馬車も借りられるんだけど、御者とかできないし、1日くらいなら走った方が早い。それほどまでにＬｖ１００の高速移動力は圧倒的なんだから。まあ、何故かＬｖ21の人に置いて行かれるけど、あれが可笑《おか》しいんであってちゃんと私達《たち》は速い――はず？

お姫様コンビにメイドさん付きの23名。お姫様コンビはＬｖは１００も無いんだけれど、後衛職よりは移動速度が速い。かなりの高Ｌｖなんだろう。だから行こう。みんなで、そこで待ってるんだから――粒餡のお饅頭が！

「報告、前方に敵影無し」「町と村は結構あったけど問題は無さそうだったよ」

前方のバレー部コンビに追いついて状況を確認する。1パーティーずつ交代で先行偵察に出てるんだけど、街道沿いは魔物もいないし、敵兵にも会わなかった。だけど結構遠い。何せスタート地点が最果ての辺境だから。

「了解、合流したら次は委員会で先行するから、指揮は図書委員ちゃんか王女様に任せるね」「はい、お任せを」「ええ、任されました」

空もすっかり明るくなり、太陽も高くなってきた。

「思っていたよりも順調だね」「辺境の外は本当に魔物少ないんだ」「これなら夜までに着

けるかな？」」「「「うん、粒餡《つぶあん》だもんね！」」」

　遥君が全員の装備に『加速』と『SpEアップ』を付けていてくれたから、移動が思いの外に速い。まあ、遥君は逃げる事と守ることに主眼を置いて装備を作ってくれているから、何気にみんな足が速い。ブーツにもアンクレットにも高速系が付与されているし、ちゃんと王女様達にも装備を渡していたみたい。

「前方異常無し、先行の交代は島崎《しまざき》さん達で良い」「行けるわよ、そろそろ王都の勢力圏だけど分散偵察はいらないの？」

　ここから先は貴族の領地が密になる。発見されても通り過ぎてしまえば追い付かれる事は先ず無いと思うんだけど……行こう。

「前だけお願い。発見されて追われても無視で良いよ。行っちゃおう」「了解、出るわね」

「「「気を付けてね」」」

　使役組が出た。朝は高速移動しながら遥君が用意してくれた携帯食《ハンバーガー》を食べたんだけど
……お昼はどうしよう？

　急遽《きゆうきよ》、高速移動女子会が招集された。おむすびと唐揚げさんなら移動しながらでも食べられるけれど……何で遥君は牛丼を用意して行ったんだろう？　うん、牛丼を頰張りながら高速移動で駆け抜ける乙女って、女子力とか風評が危ない気がするの。もしかして遥君的には牛丼は携帯食だったの？　まあ、牛丼さんもファストフードだけど、それは高速で走りながら食べる意味とは違うからね？

そして女子会の結果、話し合いは難航して小腹が空《す》いて牛丼を頬張りながら高速移動で駆け抜けた。風評は誰も見てないから大丈夫だとしても、乙女としては牛丼立ち食いまでならギリなんだけど、駆けてるからかなり女子力が危ない気がするの！

「前方に王都、見えたよ」「うん、でっかいからまだ遠いけど王都発見」「遥君の気配を探す？」「まだ、遠いよ」

夜になり、深夜も近付いて来た頃に、やっと遠目に王都の姿を捉えた。だってテントで野営するよりも、遥君の所に行った方がきっと快適な生活のはずだから。あの大きさ自由自在のテントも有るし、アイテム袋に家具まで入れてある常時引っ越し可能状態の快適生活常習犯だから。だってお風呂も持ち歩いてるの、3種類も。

「近くに気配なし！」「散らばる？」「時間が掛かっても良いから、パーティーであんまり離れずに王都の周りを遠巻きで1周してみよう」「「「了解《ヤー》！」」」

みんな遥君が絡むとテンションが上がってる。快適な生活と美味《おい》しいご飯と素敵な洋服で、乙女心と衣食住を一手に握られてしまっているの。うん、そろそろ本気で使役が危ない気がしていて、粒餡が使役者限定だとみんな申し込んじゃう気しかしないの。

そして王都の門前に聳《そび》え立つ城塞、掲げられし看板には『御土産屋　王都前支店　みたいな？』！　そう、犯人はこの中にいる。うん間違いない!!

「一応確認」「「「了解《ヤー》！」」」「まあ、間違えようはないんだけどね～？」

そして、中を気配探知した娘達が顔から湯気を噴き出して倒れて行く。ああ……深夜だから……良い娘は真似《まね》しないでね？
「おいでませー的な？　って言うか滅茶早くない、丸1日でって平均時速だと100km
オーバーで走り出す16の夜？　みたいな？　でも、御土産屋の窓ガラスは割らないでね？
まあまあ中へどうぞ、みたいな？」
中ではアンジェリカさんが……疲れ切って、疲弊しつつ……蕩《とろ》けたような淫靡《いんび》で妖艶な
笑顔で出迎えてくれた。うん、蕩け中だったみたい。今日は透け透けの黒いミニドレス
だったみたいで、もちろんエロだった！
でもアンジェリカさんがおいでおいでって手招きしてるけれど、そこは乙女の危機だか
ら行かないからね？　だって、そのお部屋って巨大なベッドしか無いよね？　床一面ベッ
ドオンリーで、そのベッドは上がると危険な乙女の殺戮地帯《キルゾーン》だから呼ばないでね？　うん、
乙女にそこは無理なの！

異世界貴族の社交はお嬢さん僕と地団駄踏みませんかが浪漫展開？

？日　オムイの街　領館

降り注ぐような日差しの中を黄金色の髪をなびかせて、姫様が輝く笑顔でお出掛けにな
られる。沢山の御友人に囲まれて嬉《うれ》しそうに幸せそうな微笑《ほほえ》みで——きっとあれは未来の

英雄譚《たん》の後ろ姿、あれが姫様の目指された夢の果て。

姫様の幼き頃からの夢、それは絶対の目標《ムリムールさま》でした。それは憧れと呼ぶにはあまりにも悲壮で哀《かな》しい決意にしか思えませんでした、そして幼い少女には辛い厳しすぎる道にしか思えませんでした。

それがあんなに嬉しそうに、幸せそうに御友人に囲まれて……それを一番に喜ばれているのはきっとムリムール様なのでしょう。

ずっと必死でした、身命を賭した壮絶な決意でした。その姫様があんなに嬉しそうに、心のままに軽やかに……地団駄をお踏みになられて？

かつて私が幼い頃に憧れたのは当代の姫騎士ムリムール様でした、王国でも辺境でも美しき姫騎士様の英雄譚はどれだけ語られてきたことでしょう。歌に謳《うた》われお芝居が上演されて当時はまだ跡継ぎだったメロトーサムと並び語られる活躍に幼き胸を踊らせたものでした、その何もかもが子供の頃から身体が弱かった私の憧れだったのです。

そして、その姫騎士様が辺境へと嫁がれて来られると決まった時は誰もが大喜びし、お祭り騒ぎでした。それは優しかった先代の領主様が小数の兵だけを連れて魔物に襲われた村を救《たす》けに向かわれ、身を張って魔物を食い止め村人を逃して……そして命を落とされた悲劇の後にようやく訪れた幸せな話題。誰もが嘆き悲しみ悲嘆に暮れていた辺境にようやく齎《もたら》された幸せな知らせだったのですから。

そして王国の剣と湛《たた》えられたメロトーサム様が領主を継がれ、姫騎士を廃されたムリムール様が嫁いできた時は辺境中がお祭り騒ぎでお迎えをしました。貧しかったけれど、命を捨てて領民を護《まも》って下さった先代様の為《ため》にもってみんなが燃えていました……だけど、それこそが破滅への始まりだったのです。

王国の剣メロトーサム様と姫騎士ムリムール様が辺境軍を率いる、それは魔物たちと戦う強い力になるはずでした、実際ご結婚されてからは一気に平和になりつつあったのです。だからこそその強さを恐れられた、今まで辺境への支援を掠《かす》め取っていた貴族たちの疑心暗鬼な怯《おび》えが膨らみ、そして王都で影響力を持たれていたお二人は共に辺境にいらっしゃる……徐々に辺境への支援物資が途絶えたのです、それは戦う力である武器装備とその材料。

辺境が王国から孤立したのです。多くの英雄たちが尽くした辺境は王国から裏切られ、辺境は力を失い貧しくなっていく日々が始まりました。それはどれだけメロトーサム様が王都で粉骨砕身に働き掛けて下さっていたのかという事の一端……王都との繋《つな》がりが途絶え、メロトーサム様のご友人でもあらせられる国王様が倒れて状況は一気に悪化し、ついには辺境は王国からの支援を断たれたのです。

そして、悲劇は止まらずムリムール様が出産後に病に罹《かか》り剣を置かれたのです。それは悲嘆と安堵《あんど》で迎えられました、日に日に拡大する魔の森に怯え被害を受けながら、満足な武具もない状況でムリムール様やメロトーサム様に前線に出て欲しくなかったからこその皮肉な安堵。

ですが、その事実にもっとも苦しんだのは幼きメリエール様でした。物心つく頃には自分が生まれたせいで姫騎士だったムリムール様が体を壊したのだと自らを責め、幼いうちから小さな手で剣を握りしめて母の代わりに辺境を護ると必至に強くなろうとしておられました。ムリムール様の分までご自分が戦おうと自らの小さな体を痛めつけるように鍛え、昼夜を問わずに修練に励まれていました。

今でこそ双剣姫などと称賛されていますが、いつかきっとムリムール様のようにとそれだけを目指しておられ、身体が小さくムリムール様のように大剣を振れないと知ると三日三晩泣きはらし、その翌日には細剣や小剣の鍛錬をされ始めたのです。

決して諦めずに直向《ひたむ》きに努力を続けられ、ある日の朝の鍛錬のご様子を見に行くと二刀流の訓練を始められていました。夢が絶たれても諦めず、ムリムール様の代わりに戦えればそれでいいと……小さな手で剣を振る小さな小さな必死の後姿でした。

でも、それは自らを虐《いじ》めるように、自身を呪われたように強さを求めていた姫様が――ある日、夢から覚めたように毒気が消え、悲壮感漂っていたはずのお顔は憑《つ》き物が落ちたように変わられていました。

その御様子を不思議に思っていると不思議なものを見られたのだそうです、それは空を駆ける黒髪の少年……そして本物の強さを見られたのだと。

「男の方でしたが屈強な体軀《たいく》の盗賊達《たち》と比べれば細すぎる御身体でした、それがまるで風《ふ》が流れるようにふらりと、流れる水のようにゆらりと躱《かわ》してしまうんです！　男の子が巫山戯《ざけ》てただ遊んでるみたいに……Lvなんてたった9で、外に出るのすら危険なはずなのに……本人のほうが危険極まりないんです！　あと、名前覚えてくれません！」

おとなしく真面目でひたむき、それは裏返せば御自分を責める呵責《かしゃく》が子供らしさを許さなかった……そのお嬢様が感情も露《あら》わに地団駄を踏まれている。それが私めは嬉しゅうございました、その顔は初めて見る感情がむき出しの女の子の顔で、その姿は年相応の少女のようでした。

年頃の姫君なのに着るものは質素で動きやすいものを好み、領主の娘としての最低限の装いしか求めないし、それしか自らに許さない。あの頑《かたく》なだったお嬢様がドレスを着て……心を隠さず想《おも》いを乗せて、地団駄を踏まれているのを見た時は扉の影から涙したものです。

その姫様が二振りの大剣を腰に佩《は》き、ドレス姿で笑って手を振られてお出掛けになられる。

それは姫騎士ムリムール様の伝説すら凌駕《りょうが》する〝迷宮殺し（女子会）〟。なんでも女子力なるものを極めて研鑽《けんさん》し、あらゆる魔物を葬り去る恐るべき異国の力なのだそうです。目も眩《くら》むような黒髪の美姫《びき》に囲まれても見劣りせずに輝く迄《まで》に美しくなられたメリエール様、その美姫たちに囲まれて逃げ回るのが黒い瞳の災厄、遥《はるか》様。

ええ、災厄様がまた領館を改造しちゃったようですね？　まず探索隊に地図を作らせて、お掃除の部隊編成を組み替えないと……また、館内で行方不明者が出ないと良いのですが。

また地下も広がっていそうですねー……探索隊には非常食を持たせ、捜索隊の準備もしておきましょう。

ため息とともに窓の外を眺め、黒髪の一団の中で長い金色の髪をなびかせながら全身で幸せを語るお嬢様の後ろ姿へ呟《つぶや》く――もう、ずっとずっと追い求めた夢よりもはるかに高いところにいらっしゃるのですよ、今お嬢様がいらっしゃるのは既に前人未到の伝説の領域なのです。それなのにまだ目指されるのですか、その黒い髪をなびかせる誰も辿《たど》り着けない果てしなき高みにいらっしゃる少年の後ろ姿を追い求めて。

ですが……その少年は私が手招きすると毎回ホイホイ寄って来てましたから、年上好きみたいですよ？

本日のみのスペシャルが本日のみだった事は滅多に無いらしい。

65日目　朝　御土産屋　王都前支店

昨日は一昼夜駆け続けて疲れたし、夜も遅かったからお風呂に入ってすぐに寝ちゃった……そう、やっぱり女子用の豪華な大浴場は用意されていたの。

そして勿論《もちろん》、あの危険な巨大なベッドしか無い床一面ベッドオンリーで、そのベッドは上がると危険なお部屋じゃない極普通のお部屋で普通に寝ました。乙女です。

「おはよう遥君《はるか》。そして自然過ぎて流しちゃって聞くの忘れてたんだけど……この城塞何!?」「王都の目の前に城塞作って城VS城の白兵戦でもするの?」「何でお城同士で接近戦しちゃうの!?」「「「あと『御土産屋　王都前支店　みたいな?』って知らない人が見たら『みたいな?』が名前だと思うからね!」」」

うん、深夜の刺激が強すぎて忘れていたけど、王都の目の前に要塞って……平和的に考えても、普通に宣戦布告に等しいよね?

「あっ、おはよう委員長、今日も委員長だね。うん、朝ご飯出来てるし食後に先着30名様の粒餡饅頭も用意してあるんだけど、ブートにキャンプしてくれる人は予約受付中で八つ当たり《わんもあせっと》相手募集なご様子だったんだよ。って言うかすぐ閉店するから名前いらなくない?」「「「昨日作ったのにすぐ閉店しちゃうの?」」」

確かに本命は辺境に引き込む計画。そして、それは遥君一人でお迎えする気だから遥君だけは戻る気で、そして……自分で作ったお店すら、名前覚える気が無いんだ!

「いきなり軍を出しては来ないでしょうが、見には来ますよ」「「「うん、軍で来たほうが良いんじゃないかな?」」」

眼前には王都が有り、その門は全て閉められて守りに入っている。その中の第二王子と王国軍の第二師団を排除か説得しないといけないのだろう。こっちもいきなり攻める訳にはいかないけれど、だけどこっちには王女様がいる。交渉は出来るんだけど、オムイ様を待たずに勝手に動くわけにもいかない。でも、その場合……あの王弟様も来るから面倒そうなの。

　そして、朝起きたら目の前に城塞が出来ていると、大体普通の人は何事かと見に来るし、聞きに来る。って言うかちゃんと来た、軍人さん達に守られてお役人さんがやって来た。

「こちらが代王で在る王弟閣下の直筆の許可証になります。王都で不足する魔石の流通を目的に作られたお店ですので、商団を迎える為《ため》に造りが大きいですし、魔石を大量に売買しますから盗賊への安全面から防御壁も備えております。勿論新王に即位される第二王子のクザリュスヴェリ様が許可できないと仰せならば、店を畳み辺境に引き上げますが？我々は王都に適正な価格での魔石や商い品の販売を任されただけですから」

　完璧な台本だった。王都だって魔石が欲しくてたまらないし、即位式もできない状況で現代王の許可証に文句も付けられないんだろう。そして何より食料や武具防具が緊急で必要らしい、だから怪しい店でも潰すに潰せない。仮に略奪してもそれっきりで次の入荷は永遠に無くなってしまう、ならば取引に応じた方が得――と言うより、それしか無い。

「こ、これは」「確かに王印！」「すぐに連絡を」

　急いで来て良かった。だって凄《すご》く完璧な台本だったけど、恐ろしいことにこの交渉役を遥君がやる気だったの。うん、それって絶対意味が通じなくって、きっと結局ボコって王都からの使者さんは死者になっていたよね？

「どうして、あの言語理論破壊能力で交渉しようと思えるんだろうね！」「これだけ完璧な台本が書けるのに……なんで喋《しゃべ》るとああなの!?」「「間に合って良かったね」」

そしてお役人さん達の検査と言うか、交渉が終わった頃に遥君達仕入れ班が帰って来た。もうすでに確実で手堅い仕入れルートを確保しているらしい。だけど仕入れのお手伝いに付いて行った娘達の目がジト……そう、あれはドン引きのジト目だ。

「いや、だって折角鍵が掛かってるんだから開けたいじゃん？　うん、しかも魔法で完全侵入防御に無限の罠《わな》作成装置だよ？　此処《ここ》で行かないとマジ出番ないまま終わる気がしたんだよ……うん、鍵穴出て来たから鍵開けるよね？」

不法侵入。

「ほら、俺は悪くないんだよ？　だって、そこに在庫が有るんだから仕入れるんだよ！　みたいな？　違うって、だって入って持って来て売るだけで極普通の商売の基本じゃん。それにちゃんと鍵開けて出入りしてるんだから、鍵で開くっていう事は入って持ってってい良いよって言う意味に違いないんだよ？」

窃盗現行犯。

「だって開くんだから開けるし、開いたら入るし、有ったら持って帰るんだから俺は悪くないんだよ？　これは自然な経済活動で、仕入れて売って無くなったら仕入れるんだよ？　だって売ったんだから持ってるよ絶対？　いや、鍵有るからご自由にお持ちくださいって言う事に間違いない様な違いが違わない互い違い？　的な？」

そう、王都攻めの最大の難関にして難問、決して落とせない王都ディオレールとディオレール王宮。

その理由こそが魔法守護、王国の最高の秘宝にして王家の至上の宝具『究極の錠前《プロテクション》：【指定範囲の完全封鎖】　完全防御　完全侵入禁止』と『千古不易の罠：【無限に指定範囲に罠が作成され続ける】』の究極の2つの防衛システム。

だから封鎖されると王都に侵入も出来ず、破壊も出来ない。中に潜り込んでも罠が無限に続き突破出来ない。その『究極の錠前《プロテクション》』の鍵を持たなければ手の打ちようが無い、完璧な引き籠もり作戦。だからみんな悩んで、長期戦による兵糧攻めしか手は無いはずだったのに……入れたんだ？

「で、入って行って、食料や武具防具を持って帰って来たと？」「ああーっ……あの、大迷宮で手に入れたまま使い道が無いってぼやいてた『マジックキー　LvMaX：【LvMaX以下の鍵を開ける事が出来る】』が使いたかったと？」

そう、大迷宮の最下層クラスの迷宮アイテムで、最高の秘宝にして至上の宝具『究極の錠前《プロテクション》』を開けて入って仕入れしてたらしい。

「うん、凄いファンタジー展開で、なんと大迷宮の最下層で出た最上級迷宮アイテムは、迷宮の探索で使うものかと思っていたら御土産屋さんの商品の仕入れ用だったんだよ？」

そう、仕入れと言う名の強奪だったらしいの。

「無許可の者を決して通さない、王城一帯に張り巡らされた『千古不易の罠』で無限に作成される永劫《えいごう》の罠が……」「うん、『トラップリング：【罠を自動的に解除する】』をしてるから発動しなくて……まっすぐ倉庫に」

そう、侵入阻止不可能で通行禁止不可能な秘宝と、相性最悪の強襲御土産屋仕入れ担当者だったの！

「なんか普通に入って行って、普通に鍵開けて、普通に持ち出してたから……普通に手伝ってたんだけど？」「「「うん、よく考えたら普通に犯罪行為だったよ！」」」

王都の周りの魔法結界に近付くと鍵穴が現れる。それを解除しない限りは入れないのだからと警備していなかったんだろう。解除できるのも、出入りの許可が出来るのも鍵の持ち主ただ一人。だって、信じていたんだろう……伝説に謳《うた》われ、王族に代々引き継がれてきた王国の守りの要、大陸屈指の伝説級の秘宝なのだから……うん、大迷宮アイテムだと簡単に開いて、気楽に素通りだったらしい。

「まあ、常識的に考えて誰も外から入ってこないんだろうけど、世の中って非常識な仕入れ担当が来る事も有るんだから、警備くらいはしておかないと不用心過ぎるよね？」「まあ、いたらいたで警備の人が可哀想《かわいそう》な未来しか無いけれど……誰もいないのは怠慢だね」

そして要所や出入り口に罠を配置していた『千古不易の罠：【無限に指定範囲に罠が作成され続ける】』の下まで何事もなく辿《たど》り着き、その罠にいっさい掛かる事も無く普通に歩いて行って、「偶然にも拾った？　みたいな？」と必然の様に貰《もら》って帰って来たらしい。うん、王国の最高の秘宝にして、王家の至上の宝具は強行突破で強引に拾われてしまったの。もし、これが強奪でないのなら、きっと世界って全て落とし物なんだと思うの？

「難攻不落、前人未到の王都ディオレールが……」「「「大丈夫、常識人には入れないから」」」「うん、地図《マップ》スキルが無いとヤバい通路だったよね」

　そうしてディオレール王宮の中を出入り自由に、好き放題で強奪して回って来たらしい。そう、確実な仕入れルートを確保していると言う話は、確実な侵入路《ルート》を確保してると言う意味だったらしいの。あれ、合ってる？

「だって簒奪《さんだつ》したんだから簒奪品だよ？　奪ったんだから、これは第二王子の物じゃないんだよ？　だから簒奪禁止で没収して貰ってきたんだし、額に汗水垂らしてコツコツと運んだんだよ。うん、これが悪事なら働き蟻《あり》さんはみんな国際犯罪者集団だよ、だって一生懸命に運んだんだよ？　ほら、俺は悪くないじゃん、地道な勤労男子高校生な運送業？」

　遥君は犯罪者に厳しく見えるけど、やってる事はだいたい犯罪者に犯罪行為をしてるだけだったりする。

　そう、何故《なぜ》だか一見悪を倒しているようにも見えるんだけど、あれは詐欺師を騙《だま》してお金巻き上げる様なもので、実は全く以《もっ》て良い事はしていなかったりするんだけれど……その儲《もう》けで良い事してるから、何だか良い事に見えてしまうと言う恐ろしい心理錯覚現象だったりするの。

　そして悪事の反対は正義だから悪事に悪事は正義で良いことだと、未《ま》だ免疫ができていないシャリセレスさん達《たち》が騙されていく……うん、真面目に聴いたら駄目だからね？

　そして――凄い人集《ひとだか》りの中で営業が開始された。女子は全員日払い制のお洋服とお菓子の現物支給で雇われた。だってクレープを作ってたんだよ！　生クリーム無しの試作品らしいんだけれど、従業員契約した人限定だったの!!　で、みんな雇われちゃったけど……その内みんな使役されちゃうよね？　うん、だってブルーベリージャムのクレープはとっても美味しかった。

「「「いらっしゃいませー♪」」」

大繁盛。王都からの大量買い付け品に、御土産品も飛ぶように売れる。侵入禁止の王都から都民も兵も貴族までもわらわらと買い物に出て来て、あれやこれやと買い漁《あさ》って行く。

「お饅頭《まんじゅう》は一人1個だけです！」「買い占めは駄目だですらね！」「はい、辺境木刀5本セットで茸《きのこ》人形プレゼントです。茸人形は全6種でコンプです、頑張って下さい」「お役所の大量買い付けの注文は奥でお願いしまーす。一般でも大量注文は奥のカウンターでお願いしまーす」「お待たせしました。ハンバーガー3、ポテト2です。予約券と引き換えです」「本日のみのスペシャルで～す、薬用ポーション（F）が3千エレですよ～？　普段なら4千エレは間違い無し～……かも？」

もう人が全く切れない。次から次へと並び、どんどん商品を買って行く。

「忙しい！」「「「あ――ん、痩せる思い！」」」

凄く売れるの。だって辺境とは違う、むしろ逆。お金は持っているのに商品が無い、供給が需要に追い付いていない。そして装備品や武器が無駄に死蔵されていて、結構いいものを売りに来る――これが辺境に在ればどれだけの人が救われたか。こうして辺境の商品を買ってくれれば、どれだけ苦しい生活をせずに済んだのか……。

「うん、経済が正しく循環していないんだよ。無駄に貴族達が規制を掛けて、税をかけて流通を殺してしまってるから循環できなくて、結果みんなが苦しむんだよ？　ほら、だから俺が一生懸命働いても一文無しなのはきっと貴族のせいなんだから、王都からパクっても問題無いし、パクっても売るんだから循環して良い事なんだよ？　だってみんな喜んで買ってるし、俺もお大尽様でお喜び申し上げてます？　みたいな？」

　何が怖いって、言ってる事は一瞬だけちょっと良い事を言っているように聞こえるの。真面目に聞くとただの暴論《ぼったくり》なのに、何故だか結局良い事をしているように見えてしまうし、何だか良い結果になったりする所こそが恐ろしい！

「辺境ペナント完売です！　茸型ペナントだけまだ在庫充分です!!」「謎鳥のから揚げさん4パック、コロッケ2パックです。えっと5千2百エレになります」「桶《おけ》、笊《ざる》、盥《たらい》、鍋入荷しましたー。右奥のコーナーに展示中ですよー。現品限りでーす」

　遥君は超高速内職で品薄品を大量生産し、注文を個別生産しながら料理もこなしている。そして手が空くと王都に仕入れに行く……そう、王城の人達が買って行った小麦の大樽《おおだる》が、また戻って来ているの？　だから減らない、って言うか元々は王宮の備蓄品だし？

「多分バックは商国、商業連合なんだよ。じゃなかったら大量の人口を抱えて、食料の生産能力の無い王都が門を閉ざしたらすぐに干上がるんだよ？　つまり商国が密輸して王都の第二王子に支援してて、俺が貰うから俺も喜ぶ？　善き哉《かな》善き哉？」

それだと商国だけが損をする。密輸で援護しても儲かるのは遥君。そして王都も遥君から買うしかない。お金や物が尽きるから、また支援が必要になる。でも、それも遥君が奪う。だから商国は王国から手を引くまで、ずっと延々と商国の資産を遥君に喰《く》われ続ける。

「「「阿漕《あこぎ》だ!?」」」

短期でも王都の維持で大損するし、長期ならば商国の資産が延々と喰い尽くされて行く。商業連合がお金儲けの為に始めた策略で、お金を巻き上げられ続けるのだから質《たち》が悪い。

軍事力で攻めれば殲滅《せんめつ》され、経済力で攻めれば巻き上げられる、政治で圧力なんて無視される。そう、関わると不幸にしかならない、関わらないのが最善だ。だって何をどうしたって損にしかならない、ぼったくり特化の貧乏神さんなお大尽様なんだから。

何故なら何も奪わせずに奪い尽くす。高潔な勇者でも、戦乱の覇者でも、凶悪な魔王でも、悪徳な扇動者でも何でもない。ただのぼったくりさん、だから関わったらぼったくられる。それが嫌だったら……関わらないしか手立ては無いの。

「商国は商業連合だしガンガンに巻き上げても、商国の持つ資産からすれば微々たるもんなんだよ？　でも損をするって言うのが大切で、お金を出して損をするなら誰も出したくないんだよ？」「「「当たり前だよね？」」」「うん、儲かると思ってるからお金を出してるのに、損をしたら出したくなくなるんだよ。そして、お金が集められなくなれば戦う力は無くなるし、まして連合なんだから誰かが命令して損すれば揉《も》めるし割れる？」「商国に圧力をかけるんなら損をさせて儲けさせない事だと！」「それ、ぼったくりの言い訳ですからね？」「まったく商国なんて名前の癖に、商売に政治力を使い過ぎてるから商売にやられるんだよ。だから商売でぼったくられて政治力すら失うんだよよ？　うん、商売を舐《な》め過ぎてるんだよ、お金儲けと商売は別物なんだから」

経済力で傭兵《ようへい》を雇い、軍事力で政治力を持った国、その根幹はただの商売。だから商売で潰せないならば、武力か政治力で潰しに来るしかないんだけど……来たら可哀想な事になるだろう。だって一生懸命袋詰めしている娘さんは迷宮皇さんで、せかせかと商品を運んでいる剣の王女様、そしてハンバーガーを売ってる辺境の姫君、そして大忙しなＬｖ１００超えの売り子達。

きっと大陸最強の御土産屋さんだろう、ここより強い御土産屋さんが有ったら寧《むし》ろそれこそが問題だろう。うん、御土産屋さんがみんな無双だと、御土産屋ウォーズが始まっちゃうよね！

でも、お花とお話しする男子高校生ならメルヘン路線で好感度？

65日目　昼　ディオレール王国　王都　王城　執務室

王都では民衆が騒ぎ始めている。たった数日の経済閉鎖だけで市場は混乱し、物価は高騰している。商国からの援助物資を切り崩して市場に流すが、一度勢いの付いた流れに僅かな物資なんて一瞬で呑《の》み込まれ消えて行く。

だが、門は開けられない。『究極の錠前《プロテクション》』の守り無しに教会の軍は凌《しの》ぎ切れない、内部に入り込まれただけで致命的だ。魔道具の数も質も教会が圧倒しているうえに、軍勢も第一王子軍《あちら》が多いのだから尚更《なおさら》だ。

「王都の前に城塞の様な商店が建ちました。名は『御土産屋　王都前支店　みたいな？』。代王であられる王弟閣下の許可証を持ち、辺境の魔石を王都に流通させる為《ため》の出店だそうです。如何《いかが》なさいますか？」

あの王弟が魔石の流通に成功した――一時凌ぎとは言え、魔石が手に入れば王国の利益になろう。だが買い占められて商国か教会に流されれば交渉のカードを失う。まして辺境が持ち堪《こた》えれば、それこそが第二王子の切り札にも成り兼ねない。誰の得になるのかは分からないが、先に手に入れれば有利には違いない。

「王国府として魔石の確保の交渉を始めろ、他には売らせるな。出来得る限り安く買い占めるんだ……しかし、御土産屋だと？」

「はい、辺境特産の茸や魔石を始め、食料品に雑貨と品揃《しなぞろ》えは王都以上です。品質も高い物ばかりとの事です」

物資不足の助けにはなるかも知れないな。理論とは異なり人の気持ちの流れはコントロールできない、だからこそ新しい店に商品が豊富に有れば気分が変わる。王都の富が喰われるが、今は打つ手が無いし魔石の流通が出来るなら手出しは不要。寧ろ保護すべきか。

「王子はどうしている。ここからは時間の勝負になるぞ」

「はい、王都の貴族達と会合を開き、味方に付けようと手を尽くしておられます」

せめて王国の半分、いや、３割でも取れなければ商国から見捨てられ、捨て石にされて終わりになる……ここが正念場だろう。

小賢《こざか》しいだけの保身で必死なのだろうが、それでもあの第一王子の豚よりはマシと信じるしかない。王弟閣下は心根は未だしも、能力的には悪化させる専門家みたいなものだし、今は他に手立てがない。だが信用は出来ない。その後ろ盾が怪し過ぎる、下手に手を結べば商国の配下にされかねない。だが……王都は守らねばならない、民も王も此処《ここ》に在るのだから。

「確かに教会を牽制《けんせい》できるのは商国のみだが」

教国と商国の狭間《はざま》にしか活路が無い以上、狭くても通り抜けきってみせるしか路《みち》が無い。

「辺境……その土産屋の茸が入荷しているのか！」

「はい、販売されております」

低い等級でも茸が手に入るならば、王の御病気が癒えるかも知れない。最善を求め贅沢《ぜいたく》を言える状況では無くなっている、それが一縷《いちる》の望みでも繋《つな》ぎたい。

「案内しろ、私が出向く。兵は腕のたつもの少数で良い」

「はい、すぐに手配を」

藁《わら》にも縋《すが》るか……王が回復されても後継者問題は残る。だが時が有れば幼く後ろ盾のない第三王子達《たち》も成長し才覚を見せられるかも知れない、少なくとも可能性はある。そして王が完全に回復されれば、事態を覆す事もお出来になるだろう。王一人に頼り過ぎていた結果が今なのに、また王に頼る事になるが致し方無い。

それも奇跡を願うようなもの。だが教会の言う神に等《など》に祈りたくもない。ならば、御土産屋の茸に奇跡を期待する方が余程良い。

「辺境の茸は手に入らないと諦めていたが、この際品質には目を瞑《つぶ》り数で勝負……」

そこまでの数は無くても、せめて注文が出来るなら可能性くらいは残る。だが高価だ。もし等級の高い物が有ったとしても金額が恐ろしい物になる。過度の期待は禁物なんだが……我が家の家宝も持って行こう。希《のぞ》むのも贅沢だが目の前に小さな可能性が現れれば少しは夢見てしまうさ。

「準備が整いました」

「よし、案内を頼む」

一歩、王都から出ると人集《ひとだか》り。活気の消えた王都の外には人の群れ。倦怠《けんたい》していた空気は消え、活気に満ちた群衆が店を囲む。

「王都中の住人が出て来たのか？」

今攻められたら滅びるぞ、これは。

「人払いしますか。並ぶとなると少々では」

「ならん、並ぼう。これで王都の民が安心できるのならば邪魔は無粋だ」

ましてや王国の民ならば心情的には辺境、オムイ家にこそ味方したいに決まっている。最果ての魔と戦い続ける英雄の一族、王国と大陸の剣。かの辺境が魔から王国と大陸を守り抜き戦い続ける真の英雄と誰もが知っている。そして……王国や他国の愚劣な愚鈍さも。

その辺境の御土産屋が開いた。しかも流通に不安が有る時に豊富な物資が運び込まれた。誰もがきっと辺境から救われた気持ちでいる。その気持ちを邪魔するは、それこそ無粋だ。

「辺境の店ならばオムイ様に繋ぎが取れないものだろうか」

いや、夢のような光景に夢を見過ぎて贅沢になっているな。幾ら辺境の店とは言え伯爵にそう簡単に繋がれるはずも無い。長い列に並び長い間待たされたが、中に一歩踏み入れると開いた口が塞がらないと言うのは本当みたいだな。警護の兵たちも口を開けたまま店内を見回して呆然《ぼうぜん》としている。まったく警護でなければ駆けだして買い物を始めそうな顔だ。目が離せない様だし本当に行きたいんだろう。

「あら、テリーセル様、いらっしゃいませ。ハンバーガーはいかがですか？　美味《おい》しいですよ？」

急に店員に声を掛けられたが、辺境に知り合いもいないし、私の顔を知る者なんて……えっ？

「メ、メ、メ、メリエール様で……すよね？　何で伯爵家の令嬢、辺境の姫君メリエール嬢が売り子してるんですか!?　御自分の身分を……えっ？」

軍神の娘、最果ての双剣姫、辺境姫メリエール・シム・オムイ。歌にまで歌われる辺境の姫君が御土産屋で売り子をしているなんてと意見を述べていると、メリエール様がこっそりちょんちょんと指を指す？

思わず指の先を目で追うと……行方が分からないと噂《うわさ》されていた王女シャリセレス・ディー・ディオレール様そっくりの店員が商品を並べている。分かっているんだけどね……ああ、あれは姫様だ。しかし何故に王国きっての最強の美姫《びき》が二人して御土産屋を営業してるんだろうと……そして見回して戦慄する。店員の誰もが絶世の美女ばかり……そして……全員が途轍《とてつ》もなく強い！

これは土産物屋などではなく少数精鋭の軍、一騎当千の騎士団だ。

「まあ、こちらへどうぞ」

通された豪奢《ごうしゃ》な応接室は、王宮の諸国の王族をお招きする応接室が見劣りする絢爛《けんらん》とした装飾に囲まれながら、それでいて華美ではなく調和がとれた気品がある。

そしてメリエール様が売っていたハンバーガーなる料理は美味しかった、強く派手な味だが、それすらも調和のとれた味付けだった。

調和。それこそが深い知性と教育された品性と、積み重ねられた教養が表れる。それを持つ者こそが世界を一つ上から見る事が出来る統率者。個を見て全てを見る者。一体何者が付いている？

「テリーセル卿《きょう》。王都の様子は、父の容態と他国の動き、貴族の陣営と、後は……猿はどうなっている」

「姫様よくぞご無事で！　王都はひとまず平穏ですが、経済流通は商国のものが指図しております、教国と商国は依然探り合いのままですな。王都の貴族は日和見です、猿……王子は貴族と交渉中。そして——王の御容態に変わりは有りません。ここで茸《きのこ》が手に入ると聞き付けまして買い付けに参りました」

「そうか。父の事礼を言う。茸は安心して欲しい、必ず最高級品を用意する」

「はっ」

帰って来られた。姫将軍にして、剣の王女シャリセレス王女閣下が。これで軍は纏《まと》まる。第一第二師団と近衛《このえ》は確実だが、第三師団は貴族派と一般兵で割れる事だろう。そしてメリエール嬢が御一緒と言う事は、軍神メロトーサム様と辺境軍が味方して下さるのか。

夢など、希望など持ってはいけない。軍人として現実だけを見て、最善を選ぶしかないと、考えない様にしていた希望が纏めて土産物屋の中に有った。だがオムイ様が辺境を離れる事はお出来にならないはず。まして第一王子軍は未《いま》だ辺境に兵を進めている。

そして商国から送られてきている特殊部隊と傭兵《ようへい》が王都にいる。此処の事が伝われば御命すら危ないが、さりとて王都や王宮は更に危険。王子に知られれば商国の者に進んで情報を流すだろう。この兵力と城塞の如《ごと》き建築物なら安全だが、暗殺の危険が有るのに売り子って……だからこそ気付かれていないのか。

「いらっしゃいませ的な？　えっと、第二師団の偉い人？　うん、偉い人は話が長くて苦手なんだけど、エロい人となら話が合いそうなんだけど、今まで一番話が合いそうだったのがラフレシア……って人間ですらないじゃん!?　って言うか喋《しゃべ》れないじゃん!!　うん、危うく触手友達でズッ友さんになる所だったけど、なんか触手友達がいる時点で好感度さんがステルス機能全開でお隠れあそばしていらっしゃる？　って言うか、いらっしゃい？みたいな？」

上下関係に煩《うるさ》い貴族社会に係《かか》わり、軍と言う縦社会に身を置いていれば自然と分かる。この少年は偉い人だ。だが、「偉い人は話長くて苦手」と前置きされた……お忍びで身分を隠されている？　だが、王女と姫君を両隣に侍《はべ》らせるかのように真ん中に立ち、平然としてのける貫禄《かんろく》。そして王女と姫君の一歩下がるかのような立ち位置……何者だ。

「始めまして、第二師団の師団長を任されておりますテリーセルと申します。突然伺いましたのに斯様《かよう》なお持て成しを頂き真《まこと》に有り難く、そして軍に身を置く者ゆえ偉い人ではありませんので敬称も硬い言葉も要りません」

辺境の華と謳《うた》われる辺境姫と、王族の姫にして姫将軍の剣の王女すら霞《かす》む格。質素と言えば聞こえは良いが、みすぼらしい黒マントに身を包む黒髪黒目の少年が目の前に座る。

「商国は？　入ってるんでしょ、王都に？　うん、何処《どこ》までやる気か分かる？　目的より目標？　あと取って置きとか、隠し玉とか、金目の物とか分かるかな？」

身分は明かされなかったが姫様達から普通に振舞うよう言われた、やはりお忍びか。そう言えば、あの美姫達も漆黒の烏《からす》の濡《ぬ》れ羽《ば》の様な艶やかな黒髪と、黒曜石の如き黒目をしていた。だが黒髪で黒目の民や国など聞いた事が無い。ただ只者《ただもの》ではない、姫様が横にいてこれだ、王族などと言っても王弟や猿や豚では話にもなるまい圧倒的な格だ。

あくまで謎の少年として、失礼にならない様にだけ気を付け話をする。

「だったら正面からは来ないか？　搦《から》め手《て》で来るなら盗人《ぬすつと》か暗殺者か誘拐も有るのかな？あっ、誘拐とか楽しそう？　うん、まだ1回もされた事無いんだよ、美人女誘拐犯に攫《さら》われて誘われて迫られちゃうの！　ちょっと誘拐されに行ってくるよ!!　何処、美人女誘拐犯は何処にいるの!?　もう身代金はプライスレスなんだよ！」

巫山戯《ふざけ》てみせて道化を演じていても、その英知と鋭利さに怜悧《れいり》さが覗《のぞ》き見える。あの短い話、少ない情報で商国の者の動きを読み切っている。暗殺か誘拐だろう。手勢から見ても、目的から考えてもどちらかだが、情報員が盗みに入る事も充分に考えられる。

かなりの遠方の国、そして所属は「男子高校生」と言われる様だが、だがこの店と商品、そして姫様達のお召し物を見れば分かる。王国よりも上だ。商国や教国でも格で負けかねない。

文化的で知性が高く、教養が有り過ぎる。只者ではないが何者か分からない。何かが動いているのか……途方も無く大きなものが。

肉体労働で運送業で永久機関無限運送重労働なんだけどジトられた。

65日目　昼　御土産屋　王都前支店

王女っ娘《こ》からの頼みに、メリメリさんからのお願いで折れた。第二師団のおっさんはこのまま第二王子の下で王都防衛についてくれるらしい。とっても嫌そうだったが、条件は「民に害を為《な》さない」と聞くと深く考え込みやがて頷《うなず》いた。

これで第二王子も張り切ってくれるだろう。日和見な貴族も第二王子につく。そして、これで商国が動く、釣れる。

「うん、仕入れルートゲットだぜ！」「「「やっぱり、それが目的！」」」

そう、御土産屋さんは大変な仕事だ、今も汗水たらして王宮で仕入れ中。丁度さっき御土産屋さんで売った油やお酒の樽《たる》が運び込まれて来たようだ。うん、売れ筋みたいだし持って帰って売ろう！

「甲冑《かっちゅう》委員長さん、樽全部詰めておいてくれる？　俺はちょっと小麦仕入れて来るよ。さっき売ったから在庫が無くなりそうなんだよ？　売ったから、もう来るはずだし？　いやー、仕事って大変だよね、こういうコツコツとした労働こそが大切なんだよね？」

あれ、返事がジト目だった？　だって肉体労働な運送業御土産屋さんなんだよ？　滅茶働いてて、今日だけでもう3回目の仕入れで全く大変なんだよ？

そう、仕入れても仕入れても、買われて持って帰られてしまう。だからまたコツコツと仕入れに来ないといけない地味で地道なお仕事なんだけど……また持って帰っても、またまた売れて戻って来るから、またまたまた仕入れなんだよ。なんか永久機関無限運送重労働なんだけど？

隠し通路を通って仕入れ商品を持ち帰る。スキル『地図』に隠し通路も記載されていくから、来れば来るほど道も分かって便利になっていく。まあ、隠し通路だけ分かっても、入り口が分かり難いから『空間把握』で見つけてるけど、なかなか中には入れないし大変なんだよ。

そして隠し通路まで響く声。城内では噂で持ち切りのようだ。第二師団のおっさんは「民に害を為さない」と言う約束で第二王子の下で王都防衛の任に就くと宣言した。

これで第二王子と、その後ろが夢を見る。永遠に叶《かな》うことのない夢に希望を持つ。王都の王宮まで仕入れに来た序《つい》でにあれこれ様子を探ってみたが、未だ平穏みたいだ。寧《むし》ろ第二師団が防衛を約束したことで安心した空気が流れている。第二王子派の貴族や役人と、商国の関係者たちが嬉《うれ》しそうに悪だくみをしている。うん、心温まる光景だ。だって俺の懐が温まるから良い事だ！

商国から王国への物流の要は運河。これで商船から大量の荷が王都に運び込まれるだろう。これで王国は膠着《こうちゃく》状態に陥り、そうなれば教国側は出血を強いられ続ける。美味しいのは商国ただ一つ、そんな楽しい夢を見る。その希望こそが第二師団。これで絶対に民に害は為せない。

王都の強固な防衛力に第二師団の兵が付けば、難攻不落の最強の城塞。それに商国が補給を担えば落ちる事は無い……って夢を見て、それが実現する希望が出て来た。

「人は希望に夢見て、だから諦めきれないんだよ。届かない希望なんて、ただの絶望より最悪なんだよ？　うん、ちゃんとパンドラの匣《はこ》に封印しておいて欲しいものだな？」

それこそが餌で、それこそが罠《わな》。だから補給が届く……いただきます？　みたいな？

「海賊です！　運河で海賊が出現、商船が何隻か荷を奪われました」

「凄《すさ》まじく速い鉄の船だったそうです」

始めたみたいだ、パイレーツ・オブ・莫迦《ばか》オタリアン！　なんか名前聞いただけで沈めたくなってきたんだけど、まあスライムさんを付けているから不沈だろう。

「追加の要求を大至急送れ。食料物資優先だ、食べる物が無くなれば王都は落ちるぞ」

「商国に海上戦用の船を要請しろ、海賊をのさばらせると被害が広がる」

そう、諦めないなら追加を出すしかない。勿論《もちろん》、貰《もら》う。いただきます？

あっちも海上戦になった所で蒸気機関と魔石動力のハイブリッド鉄甲船強化型に追い付ける訳も、戦ったところで勝てる訳もない。あれは造ろうと思っても造れない、謎の高性能艦なのだから。うん、もう一隻作れるか試してみたら投石器が出来たらしい。射程が5㎞を超える高性能高速弾頭型カタパルトだったから、船に積んだらしい。うん、いつかオタを打ち出してやろう！

「そして、こっちもお大尽様システムに敵は無い！　だって出入り自由の仕入れ放題、そして仕入れた分は次々に売れてお大尽様だ‼」

そう、売れ線が良くわかって便利なんだよ。そして輸入品も運河で強奪中、完璧な仕入れ納入システムだろう。これをずっと続ければ商国が滅びるだけ、続けられなくなれば王都が奪還される。そうすれば損だけが残り儲《もう》けは無くなる。そして諦めないのなら——また御土産屋さんに買いに来るしかない。販売システムも完璧だ！

「倉庫の備蓄がまた消えました！」「現在捜索中です」「外からは入れんのだ、中を探せ！」「徴収できぬのか」「駄目だ、民に害は絶対に為すな！」「ですが輸送と備蓄が途切れれば、王都の民への配給が滞ります」「ならん。折角第二師団が付いたんだぞ、なんとしても配給は止めるな！」

大騒ぎ、つまり大儲けになる様だ。やはり第二師団の宣言が効いている、これで商国は逃げる手が無くなった。商国はひたすらに送り、王国はひたすらに買い続けるしかない。

王都を維持しなければ利益は出ないから、今までの分が大損。まだ投資分の回収すら出来ていないからと引き延ばせば引き延ばす程に……損害額だけが増え続けて行く。

「つまり、俺がずっと大儲けな素敵なお大尽様でゴージャスざます？　あざっす？」

しかし王宮って隠し通路多いのに、誰も調べに来ないんだけど大丈夫なんだろうか？『空間把握』で入り口さえ見つけてしまえば、自由にどこにでも行けてしまう。うん、諜《ちょう》報《ほう》どころかライブ映像見学歩き旅？　入り口も老朽化していたし、手入れもされていなかったから忘れられた隠し通路なのかも知れない。

「よし、ついでだから地図を作って王女っ娘に売りつけよう！」

未だ商国の人間たちが騒いでいる。だって、補給するしかないんだよ……道は2つしか無いんだから。手を引けばそれで良し、まだ手を出せば頂きます？　そう、運んでも運んでも俺が貰うから運び続けるしかない。

「うん、もう倉庫でずっと次の入荷を待ってるんだから、商人入荷遅いよ何やってんのだよ。もう、直接御土産屋さんに運んでくれないかな？」

そう、商国が滅びるまでずっと終わらない、終わるなら商国だ。だけど商人はあざとい、きっと保険を掛けている。どちらか駄目でも片方だけでも利益をあげる、上手《うま》くいけば両方総取り。金儲けの手を考えさえすれば凄まじく優秀、それで商売していれば問題は無かったのに政治に首を突っ込んだ。権力や利権の方が儲かると、物ではなく権力と力を扱いだした。でもそれは実体のない物なんだよ？

手元には物が無い商人、金と力しか無い商人。だったら物で潰せばいい。物資を巻き上げ金を浪費させ、そうして力を失わせていく。

物を持たない商人なんだから、物も無いまま死んでいけばいい。うん、商う物を持たない商人なんて滅んで当たり前。それは商売ではなく、ただの権力乞食《こじき》みたいなもんだよ。うん、地道にコツコツが大事なんだよ？

だけど、だからこそきっと保険を掛けている。二重三重に儲け、確実に利益を毟《むし》りに来る。目敏《めざと》く気が付いているはずだ。だがそれでは駄目で、儲けられたら負け。

だから、もう勝ち負けは関係無いんだよ。ただ損をさせる事こそが重要で、それこそが商国を割り、力を削《そ》ぎ、王国に手出しを躊躇《ためら》わせる最強の脅迫になる。俺も儲かる！

だから、きっと保険としてこの状況を利とする策が仕込まれている。こっちが駄目でもそっちから確実に利益を得ると踏んでいる。だって条件は揃《そろ》っているのだから、だから保険。そうしてリスクは分散させられるはずだと。王国と教国が釘付《くぎづ》けの今なら……獣人の国は入り込み放題だと。だから運河の流通が潰された。

「運河が海賊に荒らされて、物資まで奪われて、このままなら王都を諦めなければならなくなると……だから絶対に獣人国を攻めて、奴隷を狩る気なんだよ？」

既に動いているだろう。その海賊さんは山賊さんにジョブチェンジするんだよ？　だってその海賊船の持ち主のジョブはオタなんだから。そして大体世の中のオタと呼ばれる奴《やっ》等《ら》って、ケモミミさん大好きって相場が決まってるんだよ。うん、だから森に行く、海賊はついでで、そっちが本命なんだから。行くに決まっている、ケモミミだし？

「狙いは獣人の奴隷。だから獣人の棲《す》み処《か》の村々を襲い抵抗する者を殺して、残った獣人を奴隷にして売り捌《さば》く奴隷狩りだよ……なら潰されると良いんだよ。ケモミミ大好きだけ

ど、別に商人や傭兵《ようへい》やおっさんは誰からも好かれてないからね？」（ウンウン）
うん、密輸強盗な海賊の次は奴隷狩り狩りなんだよ？　だからお使い。そして、だからこそオタ達《たち》に頼んだ。莫迦は……まあ、森に放せば野生化するかも？

そう。ただ、「商国が獣人襲って奴隷狩りするみたいだから、奴隷狩り狩りするんだけど行く？　確実な人と人の殺し合いなんだよ？　行かなくてもスライムさんが行くから大丈夫なんだけど、その後の本命さんにスライムさんが間に合わない可能性が有るから一応お誘い？　っていうか言わなかったら怒るんだよね？　みたいな？」と聞いたら、きっと意味もわかってないだろうに「教えてくれてありがとう。行くよ、行かなかったら異世界に来て強くなった意味が無いから」。

そう言って出て行った。勿論スライムさんを付けて莫迦達も付けてみた。だって獣人さんは個々の戦闘能力は凄まじく高いらしい、それを襲う部隊が弱いなんてことは無い。きっと間違いなく王国軍よりあっちがヤバい。でも、それを説明しても行った。

「だから、もうそっちに行ってるんだよ？　だって怒ってるんだよ……うん、あいつら滅多に怒らないけど怒ってたんだよ」

珍しいにも程が有るくらいの真剣な顔をしていた。だって、あいつ等は虐げられて苦しめられて酷《ひど》い目に遭う事の苦しみを知っている。奪われ壊される悲しさも悔しさも知っている。そして異世界に憧れていた、そして本当に異世界で力を持った。英雄になり得るだけの力を……そして何よりも大切な事は、あいつ等は異世界を目指して生きて来た。

「そう、だってあいつ等ケモミミ大好きなんだよ！　うん、激オコだったんだよ？」

きっと人を殺す事になる、それでも行くと言った。覚悟なんて格好良い物なんかじゃなくて、ただ我慢できなくて、ただ許せないんだろう。だから行った。

ちゃんと、「条件は手加減無しだよ、莫迦達もいるけど隠すの無しで本気出せ？　って言うか異世界行ったら本気出すって言ってたんだから出せ？　みたいな？」と言っておいたら、ちゃんと「わかったよ」とお返事ができた。そう、莫迦達は聞いてなかった！

「あいつ等は単独だと無理しないし、集団だと本気出せないけど……あれは別に防御特化なんかじゃないよね？」（ウンウン）

そう、あれは裏返しだ。だってずっと苛《いじ》められてたんだよ、怒ってない訳無いじゃん？

泣いてない訳無いじゃん？　苦しんでない訳無いじゃん？　悔しくない訳が無いじゃん？

辛《つら》くない訳無いじゃん？　憎んでない訳が無いし、諦められる訳が無いじゃん……そうして本当に異世界にまで来て手に入れた、ずっと求めていた力なんだよ。

それを求めて、マジで異世界まで来ちゃった奴等なんだよ。うん、怒ってるんだって
……本当に心の中は理不尽な苦しみに怒り狂ってるんだって。

「あいつ等がついに怒っちゃうのか……でも、いつかは吐き出さないとね？」（ウンウン）

「うん、もの言わぬは腹ふくるる業なりって、黙って溜《た》め込むとお腹《なか》出ちゃうんだよ？

マジで？　だから、ちゃんと怒った方が良いんだよ、あいつ等は今までずっと我慢し過ぎ

て来たんだから。そして我慢し過ぎて慣れ過ぎちゃってて、もう自分達の事では怒れなくなってるんだよ」

　きっと、あいつ等は他人《ケモミミ》の為《ため》にしか怒れない。

「きっと溜まりすぎてて、怒り狂う事を恐れてるんだよ？　だから怒った方が良いよね？　腹膨《ぽっこり》るるの危機だし？」（ウンウン！）

　しかも、念のために莫迦達も付けといた。あの莫迦達が森に放される、放たれる、放し飼いだ。そして誰も見ていない、誰の目も気にしないでいい。そんな本物の莫迦が野放しだ——だから莫迦な事するに決まっている。だから大丈夫。

　そしてきっと奥の手な物も来てるんだろう。だって獣人族は強い、家族や仲間を守る時の獣人は最恐と言われるほど強いらしい。それを圧倒できる力を持った者が奴隷狩り部隊にいない筈《はず》がない、武器や罠が無いはずが無い。

「うん、でもスライムさんに勝てるはずも無いんだよ？　無理だよね、あれもう何て言うか無理過ぎだよね？　だってあれまじスライムさんなんだよ？」（ウンウン）

　迷宮皇さん公認なんだよ。だから獣人国は任せた、任せたからあっちはもう終わった。だから、こっちはぼったくるだけで良い。諦めるのが先か、お金が尽きるのが先か。それまでは延々とぼったくれば良い。それこそが商人を名乗る拝金守銭奴の泥棒野郎さん達への最大の攻撃だから。

「商っていれば、どうと言う事は無いけど、お金と権力で人を動かすだけで何も作らず何も商わない偽商人から金だけ剝がしちゃえば自滅するだけなんだよ？」

だって何も作らずに悪巧みで儲けようなんて、そんな奴は商人じゃないんだよ？　商ってないから物がない、吸い上げる収入が消えちゃうと何もないんだよ。そして何も作らず何も運ばず何も商わない人間なんて……消えちゃっても誰一人困らないんだよ？

戦争と経済が別とか考えてるから狙われる。自分達がやっている事をやり返されると思ってもいない。戦争を経済で操り、商業を軍事力で威圧して来たのに、全く以《もつ》て自分達は大丈夫で戦争と経済は別と考えていたのだろう。

戦争を始めたんだよ？　だから経済破壊《せんそう》だよ？

少女と銘打ちながら全然幼気のないドロドロのあれと同レベルのドロドロ展開らしい。

65日目　夜　御土産屋　王都前支店　女子会

儲かった、「辺♥境」シリーズなんて作っても作っても売り切れだった。そう、王都は「辺♥境」らしい？

「ラブラブって、でも現在は遠距離恋愛で寂しくて商国と浮気中で、更に辺境には教国が強引に俺様なアプローチってドロドロじゃん！　それって少女と銘打ちながら全然少女じゃないドロドロのあれと同レベルのドロドロ展開だよ!?」

うん、そんな少女は嫌すぎるよね？

「お疲れでしたー？　まあ、超ぼったくりで大儲けな開店初日で大繁盛？　みたいな？うん、お楽しみのお給料は日払いの現物支給で、ボーナスに本日は新作バッグを各種取り揃えております、まあアイテム袋なんだよ？　だからお一人様3個がお給料みたいな早い者勝ちのバトルロワイヤルで、現金かお饅頭《まんじゆう》とかお菓子が良い人は言ってね？　ごう、ふぁいと？　みたいな？」「「「「「きぃやあああああああ――っ！」」」」」

大賑《にぎ》わいで大騒ぎな大商いだった。疲れ果てた営業時間終了の後は現物支給と言う名の乙女戦争《バーゲン》だった！

「リュック、リュックがいるの！　私リュック派なの！　今日決めたの!!」「あっ、それと交換して！　黄色が良いの黄色が、靴とコーデなの」「や～ん、それ私のだよ～？（ぷるんぷるん！）」「ああ、運命がディスティニーで引き合ったのに引き裂かれる!?」

えっと、マルチカラーだから色は変えられるよね？　でも、黄色は私も欲しい！　でも形が大事、だってたったの3個しか選べない！　ハンドバッグとリュックとショルダー、でもトートとワンショルダーも気になるの！　お風呂の前だから武装解除で乙女戦争《バーゲン》、確かに装備していると危ないよね……くっ、リュックが品薄！

「引っ張らないで、私が捕ったの！」「私が先に捕ったもん！」「レジはどこ、遥君《はるか》はどこって言うか遥君《レジ》はどこなの！」

そして嵐の様な争いは終わった、みんなバッグを抱えて倒れている。疲れ果ててたのに本当に疲れ切ったけど、みんなニコニコ顔で疲労困憊《こんぱい》で倒れてる。新作の獲物《バッグ》をみんな抱きしめて。

だって、アイテム袋バッグは製造が物凄《ものすご》く難しいらしい。まして遥君の作るバッグは収納量が桁違いで、新作が出る度に収納量も増えて行き追加効果まで付いている。だから大量生産が出来ない、つまりずっと毎日毎日作り貯めてくれてたんだ。だから嬉《うれ》しい、だからみんなの宝物。

「先にお風呂入っちゃってね？　うん、ご飯は用意しとくから。今日はオムそばにジャンボ餃子《ギョーザ》におむすび、揚げ物サラダ、串ものサラダで海賊記念バイキングなんだよ。お風呂上がりも奪い合い？　みたいな？」

「「「「バイキング！　今日は海賊記念日なの？」」」」

小田《おだ》君達は海賊中らしい？　何で守る方が海賊とか泥棒とか強盗してるんだろう？　普通に話を聞いていると絶対こっちが悪役だよね。

そうして、とっても疲れたけど充実した1日だった。ご褒美の日当のバッグを抱えてみんなご満悦で、きっともう今だけは誰も戦争のことも覚えてないんだろう。まあ、その戦争が完全に異世界御土産屋サクセスストーリーで盛り上がっていて、私達が思ってた戦争と違うからなんだけど……えっ！

「「「売り上げ目標って、毎回ボーナス出るの!?」」」「マジで！」「「「うん、もう戦争なんかしてる場合じゃない！」」」「「「売り切って売り抜こう!!」」」

向こうでは王女様もお姫様もメイドさんもバッグを眺めてにやけている。だって、これは決して一般販売されない秘蔵品、仲間だけが与えられる最上級装備。

その価値は軽く国宝級以上なんだけど、それよりも仲間だけの特別装備を当たり前の様に貰《もら》えたことが嬉しいんだろう。だって三人とも涙目だから。気付いてなかったんだろうけど、とっくに三人の装備だって仲間用の最上級装備と同等品なの……エロいけど。うん、とっくに仲間って思われてたよ？　ずっとずっと認められてたんだから。

でも乙女戦争《バーゲン》はまだ異世界では過酷だったみたいで、王女様達は髪ボロボロで、服もはだけて脱げかかってる。

「良しお風呂タイムだ！」「「「おお――っ!!」」」

我先にと風呂場に飛び込み、身体《からだ》を磨き上げてはお風呂に飛び込む。王女様たちもいるんだからお行儀よく……って、飛び込んでるね？　王女様が？

「「「ぷはぁ――♪」」」「おっきいけど、白い変人やムリムリ城からすると落ちるよね？」

「長期営業予定じゃないみたいだね？」「うん、作り込んではないみたい」

堅牢《けんろう》で頑強だし、装飾も内装も豪華だけど……いつもの偏執的な拘《こだわ》りと、やりすぎ感が感じ取れないの？

「あのー、これって王都で絶対に一番豪華なお風呂ですよ？」「はい、王宮ももっと小さくてしょぼいです」「「「しまったー、常識が毒されてる！」」」

うん、あの普通を普通に思っちゃ駄目なの。あの内職と言う名の創造行為は、文明を破壊するくらいの凄《すさ》まじさなんだから油断すると毒されちゃうの。もう、辺境は既に中世を超えて近代化が始まっている、時代の流れが速すぎる。私達の周りはもう機械化していないだけの魔法版の近代って言うか現代。一部では現代を超え始めている。

そう、ここだけは別世界。遥君の周りだけは違う文明が創り出されている。みんなが失ったものを全て取り返そうとしているけど、容赦なく余分に奪い返してるよね？　だって、みんなこんな豪華な生活していなかったから……一般人なんだよ、王族さんが超えられちゃってイジケてるよ？

「なんか戦争って怖かったけど……いつも通り？」「「「だね？」」」

だけど見えない戦争。辺境が不当に奪われ続けていたものも過剰に取り返した。そして、今度は商国からも奪い返して、暴利も毟《むし》り取る気なんだろう。うん、何もかもを奪い返すぼったくりの王。殺そうとすれば虐殺して、奪おうとすれば強奪し、悪を為そうとすれば凶悪で極悪な悪行三昧が待っているんだから。だって絶対に諦めないぼったくり屋さん、それは商国の天敵。うん、だって逆らったらぼったくられるよ？

「早く上がってバイキングしたいけどお風呂も気持ちいい♪」「「「だよね～♪」」」

一斉に出ないとバイキング戦争が勃発するからタイミングが重要で、未《ま》だ王女様達は乙女の戦いに付いて行けてない。うん、まだこの時代に乙女戦争は早すぎだったの。辺境で普通になっちゃってたから、確かに毒されてるね？

「第二王子を殺《や》っちゃうか、攫《さら》っちゃうかするのかと思ってたら……御土産屋商売バトルだったんだ！」「狙いは第二王子の後ろにいる商国で、経済戦争を仕掛けてるんですよ」「「「ああ、王国にちょっかいかけると潰しちゃうよって警告なんだ」」」

政治、軍事、経済のうち経済特化であるはずの商国。なのに、その弱点は商売だと言い切り、狙い撃ちで攻撃を始めている。商国は政治と軍事で金儲《かねもう》けをしているから、経済が商売に対応できていないらしい。物を売らずに金儲けしている国から金を毟り取れば、それは物を枯渇させ軍事を破壊し政治を崩壊させる。商売に負けて商国が負ける。

「何度聞いても理解できないんですが？」「遥君の説明によると『貨幣経済って言うか信用経済って脆《もろ》いし無理が有るんだよ、便利な代わりに危険も有るんだよ。だってコインで物買えるって言う約束してるだけなんだから、売ってくれなくなればコインは無意味なんだよ。うん、その担保が政治と軍事なんだけど、この3つ交ぜると儲かるけど元には戻らないから、もう商国は商売では戦えないんだよ。だって、作らないし、運ばないし、商わないでお金だけ儲けてるから、もうちゃんと作る人や運ぶ人や商う人がいないんだよ。だから、お金で解決できなくなると後には何も残らないよ』っていう事らしいよ？」「「「うん、長いよね!!」」」「お金を担保できなくする……んだ？」「「「うん？」」」「つまり、実際の商人さんたちが商国を奪い返すようになるの？」「そこまでは商国内部の問題ですから」

「ですが国家としての実権支配は崩れますよね」「商人達《たち》ですら、商国の商売には不満を持っているそうですから」

政治で圧力をかけ、軍事で脅して楽に儲けて来てしまった。だからこそ、真っ当な商売をする力が残っていない。そして、そんな商売で真っ当な商人たちから恨まれているらしい。その状態で唯一持っているお金を毟って、損をすれば商業連合の連立は崩れるらしい。

「儲かるから組んでいる、つまり損をさせれば分解なんだ？」「ああー、損して損しまくって潰れる所まで追い込むんだね」「「「つまり全部パクる気満々なんだ！」」」

だって追い込まれるに決まっている。政治や軍事で儲けようとしても、政治も軍事も潰されるから。そして、もう経済は商売に勝てなくなってる。だから狙い打ち。

「委員長様、お背中をお流ししますね」

えっ!?

「お肌綺麗《きれい》ですよねー、染み一つなくて艶《なま》めかしくて滑らかで♥」「ひゃあっ、あ、ありがとうございます……ってシャーリー様、でもちょっとくすぐったいです、って、そこはいいですからね！」「「「うわー、百合百合《ゆりゆり》しい!?」」」

温《ぬく》もってからまたお肌を磨き上げる。だって、この泡沫《あわあわ》ボディーソープは病み付き間違いなしの茸《きのこ》中毒者御推薦の逸品で、磨けば磨くだけお肌が綺麗になって行く様な気がする。うん、泡沫ボディーローションの開発も待たれているの！

でも、王女様は背中流すのがお気に入りみたいで、お風呂になると大はしゃぎ……きっと、いつも洗われる立場で洗ってあげたり洗いっこしたりなんて出来なかったんだろう。でも……なんだか撫《な》で方《かた》が……微妙って言うか絶妙って言うか、妙に巧《うま》いんだけど妙な感じ？　まあ、まだ慣れてないから……でも何でボディーブラシを使わないで手で洗《な》ってるんだろうね？

「小田君達は大丈夫かなー？」「うん、危ないのはあっちって言う話だったし」「みんなでこっちにいて良いのかなー？」「でもこっちも手が足りてないよ～？　今日だってあの騒ぎだから、明日は～朝から並んでるよ～？」「「「うわー、大繁盛だね」」」

商国の狙いは王都を取り、教国を牽制《けんせい》して魔石の供給を奪って教国と取引する事。その、取引の材料は魔石と王国。だけど、その裏で王国と教国が睨《にら》み合って動けない内に獣人の国を襲う。守るにも王国は動けないし、商売敵の教会も動けない。今こそが好機。だから、どっちも潰して大損させる。そっちが経済特化の商国でも、こっちにはぼったくり極振りのお大尽様がいるんだから。

そして遥君は3日で勝負を決めたいらしい。決まれば商国はもう延々と損をし続けるか、損切で大損したまま資金回収を諦めて逃げるしかない。延々が美味《おい》しいけど、長くは続かない。だから短期営業の決戦型御土産屋さん。そして商国が引けば補給も無くなり王都は干上がる、そこからが王都奪還。

そして、遥君は独り辺境に戻る、まだ誰も知らない次の為《ため》に。

まだ見えない本番に備えて。遥君がたった独りで辺境を守る。
そして、まだ今日のブラは誰かも決まらない。
遥君がたった独りブラを作る……って、いつも通りだね？

衝突安全性能を備えつつ摩擦を起こしてはならない、だって擦れると痛いらしい。

65日目　夜　御土産屋　王都前支店

案外と新体操部っ娘《こ》さんと盾っ娘っていう組み合わせは新鮮だ。いや、何時《いつ》までもその名前で呼ぶと可哀想《かわいそう》だろう。うん、流石《さすが》に名前くらい覚えているんだよ？

「ファブ〇ーズさんと盾委員長って取り合わせが珍しいんだけど、盾委員長に弟子入りして消臭委員長になるの？　うん、全力で応援するよ、是非おっさんたちの加齢臭と戦って臭いの元のおっさんごと殲滅《せんめつ》な消臭で頑張って欲しい次第で在られるんだよ？　えっと、効果『消臭』の武器でも作ろうか？　殴ると臭くなくなる棍棒《こんぼう》とか？　対おっさん戦特化兵器？　うん、目指しちゃうの？」「ファブ〇ーズは忘れてって言ったよね！　って、忘れるも何も私ファ〇リーズって呼ばれてないの、なんで名前も綽名《あだな》も覚えないでファブ〇ーズだけ覚えちゃうの！」「遥さん、本日は宜《よろ》しくお願いします。きっとこのブラでみんなを守ります！　頑張ります!!」

何か温度差が凄《すご》い。でも、ブラじゃ守れないよね!? うん、これって防御装備じゃないし、ブラを持って戦うと結局ノーブラだから作る意味が無くない!?

まあ、敵が男子高校生ならば、手にブラを持ったノーブラＪＫの突撃でも殲滅は充分に可能だろう。きっと男子高校生たちは笑顔で死に逝くことだろう。

でも、これ下着なんだよ。寧《むし》ろブラで型崩れとか、垂れから守るらしいんだけど、そう言えばバストアップ・ブラの要望書まで来てたんだけど、一体昨今のＪＫさん達は男子高校生に何処《どこ》までブラジャー作製技術の向上を求めているんだろう!

「うん、バストアップって効果《スキル》『無重力』とか付ければ良いのかな？ それはとても凄そうだけど、重力から解放されたら……それはそれで凄い事になって、浮き浮きとアゲアゲになりそうなんだけど、アップって何処まで上がれば良いんだろう？」

うん、男子高校生は型崩れとか垂れたりとかした事がないから分からない。だって無いんだよ？ ＴＳな問題が発生するから男子高校生的に転換はしないんだよ？

甲冑《かっちゅう》委員長さんが目隠しを始めてくれている。でも、毎回なんでちゃんとした目隠し作っておいてるのに無くなってるんだろう。あと、甲冑委員長さん……そのテヘペロ誰に習ったの？ うん、それ絶対異世界には無いと思うんだよ？ 女子会は一体何を目指して会合しているんだろう。取り敢《あ》えず会合の決議はバストアップブラらしい!

「そうそう、いつかビーチバレーとかテニスとかは普及させようかと思ってるんだけど、新体操って普及できるものなのかな？ って言うか、やりたいだろうとは思うんだけど競

技としては成立出来そうにないんだよ？　うん、異世界人が今から体操覚えても新体操っ娘に追い付くのは無理だし……いや異世界だし神猿《ハヌマーン》なら出来るのかも！　でも、ゴブとコボとオークならゴロゴロいるんだけど、ハヌマーンは滅多にいないんだよ？　でもライバル的にもレオタード的にもゴブは嫌だよね？」

「なんで私が神猿《ハヌマーン》とライバルで競い合って、新体操競技会を始めないといけないの！　って、ゴブも嫌!!　って言うか新体操で競う前に神猿《ハヌマーン》は魔物なんだから、競い合わずに普通に武器で倒すから！」

神猿《ハヌマーン》でも駄目らしい。でもゴブ鍛えるくらいなら、ゴーレムの方が未だましな気もしないではない。でも、石が新体操って……人気種目は遠そうだった!?

「やりたい訳でも無いのよ。もう子供の頃から強制的にずっとやってたから急に無くなって戸惑ってる感じかな。だから、やりたいかと言われると微妙？　うん、練習が無いってホッとしてるのも大きいしね」

　背負っていた期待の重圧が無くなった。だけれど伸び伸びするには培ったものと鍛え上げたものが大き過ぎる。何せ新体操界の寵児《ちょうじ》、でも一人でやりたいかと言われたら誰でも微妙だろう、それが競技である以上結果を求めてしまうから。だけど競い合う相手がいない——神猿《ハヌマーン》は嫌なんだそうだ？

「いっそ妖精族を大量に捕まえて新体操版虎の穴に放り込めば、1匹か2匹は才能が目覚めて妖精《フェアリー》の舞《ダンス》が……」「だから何で妖精はフェアリーダンスって言えるのに、私だけファ

○リーズなの!?　どんだけ臭うの、私！　って嗅がないで、臭わないから、シッシッ!!」
臭わないらしい。うん、消臭スキルは無しでも良いか？　うん、大きさ的には中の上。

それでこの順番って言う事は……その動きが問題だったパターンだな。

だから盾委員長と新体操部っ娘って言う、なんとなく珍しい組み合わせだったんだろう。直線最速で敵の眼前に盾ごと突っ込み、味方を背にして激突する盾委員長。そして変幻自在に回転と旋回と跳躍を連続で繰り返す新体操部っ娘。つまりブラの設計がややこしいのが二人纏《まと》めて来てしまったらしい！

「う――ん？」

直線で最速からの衝突に適したブラなんて、未《いま》だかって開発自体されていないだろう。きっと多分、自動車の衝突実験設備でもブラは作っていなかったと思う。そしてブラの設計や調整で回転と跳躍の組み合わせなんて考えられてもいないだろう。３６０度に重力が掛かり、遠心力と反動が抑えられる設計なんて誰も試してもない事だろう。

つまり、普通の形状で良いのかすら分からない。作って、動かして試しながら計測するしかないんだけど……動いてるのをリアルタイム3Dで計測しちゃうと、俺の中の眠れる男子高校生的なリアルな衝動がエモいんだよ？　そう、男子高校生の妄想に目隠しなんて意味はない！　だってまた隙間が空いてるし？　うん、偶《たま》には指閉じようね？

「まず普通に1個ずつ作るよ。その後、動いてみて戦闘用のを考えるから、まずは採寸《サイジング》を済ませて半完成まで持って行ってから、物理法則の限界に挑んでブラ作製？　うん、何でブラの作製で物理法則の限界に挑まないといけないのかも、物理法則の限界に挑むブラジャーも意味分からないんだけど、それを男子高校生が悩む意味も分からないから後で考えるって言うか……作った後に考えよう？　みたいな？」

多分不可能だ。だって、それはブラを超えている。まあ、何で男子高校生が物理法則の限界に挑みつつ、ブラの限界まで超えないといけないのかが分からないけど、恐らくそれはもう専用装備になる。完全に包み込む形状で全方向から支えるなら、全方向から包むしかない。まして衝突の衝撃も吸収する構造を組み込み、それでいて飛び出そうとするお胸様を保持するシステムが必要なんだろう。それ、どんなブラなの!?

「ううっ」「っん……」

聞こえない。そう、聞いちゃ駄目だ！　だって聞いちゃって、反応しちゃうとその瞬間に甲冑委員長さんの指が開くんだよ！　そう、流石は元迷宮皇さん、その瞬間を読み切り絶妙な位置に隙間を空けて来るんだよ！

「って、空けちゃ駄目なんだって!?　うん、昨日なんか最後お手々パーだったよね！　もう隠す気無いのを隠す気すら無かったよね!!」「くふぅ」「ひゃあぁ」

これでも各種パターンを演算計測して、各種の差異ごとの最適値は見切っている。特殊な条件さえ加算されなければ、今ある演算データ内で対応できるはず。つまり早く簡単にブラが出来る。ショーツは……あれは、また別の問題で時間が掛かるんだよ？　うん、倒れるとか、へたり込むとか、痙攣《けいれん》を始めるとか？　うん、阿鼻《あび》叫喚《きょうかん》？

そして仮縫いから調整までは上手《うま》くいったから、動かしてみながら補正を入れる。こればっかりは動いてみないと分からない、そして通常の動きは問題なく包んで支えている……恐らく普通の戦闘なら問題は出ない。うん、ひとまず完成だけど、ここからが実験。

「うん、動いてみてくれる？　まあ、下《シヨーツ》を先に作ると動けなくなりそうな気がするから、とりまブラ？」

このブラでも今迄《まで》女子さん達《たち》に作って来たブラと比べても遜色の無い出来だ。寧ろデザイン性を犠牲にして布面積を大きめに取り、しっかりと包み込んで上下左右の動きにも対応させている。だから実験。現状一番安定的なこのブラで、この二人の動きにどこまで対応できて、どこからどう対応できなくなるのか……それが分からないと戦闘用ブラの試作すら出来ないから。

「うわっ、なんか凄く良い？」「これで試作って」

ブラを着けたまま装備を付けてもらい、徐々に急激な運動をして貰《もら》う。うん、ちゃんと目隠し装備中だよ？　だって下着に鎧《よろい》だから見えちゃうんだよ、『魔手』『掌握』で計測しているけど目は瞑《つぶ》ってるし、『至考』さんも既に演算準備は出来ている。

「ふっ、ふうっ」「んんっ……っ、ふぅ」

盾委員長は反復横跳びとストップアンドゴーを徐々に速め、その急停止の時に中で暴れているのが分かる。何がって中身だよ！　うん、中で暴れて揉《も》みくちゃに跳ねまわっている。

「これはエアクッション内蔵で行くしかないな、衝撃は空気圧で逃がそうか？」

空気のパイプで圧力を移動させて形状を変えて包む構造。問題は中で擦れない事だろう。よし設計してみよう。そして、新体操部っ娘は横回転では、まだ包まれているけど……上下の跳躍と縦回転で中身がブラから零《こぼ》れ出している。完全にブラが押さえきれていない。

「これはチューブトップみたいに、全体を包み込んで上下左右から支える形にするしかないよね？」

設計自体はかえって簡単だけど、その調整と補正が至難の業だろう。何せ前例が無いから位置から手探りだ。いや、手で探ったら犯罪だ！

うん、『魔手』さんが探るんだけど、ようは360度全方向から揺らしてみるしかない。大体女子高生の胸を360度全方向から揺らしてみると変質者じゃ済まない何かな気がするのは何故《なぜ》だろう？　でも、だからって手探りで探せば探す程、俺の好感度さんが隠れて行く様な気がする？　うん、好感度さんだけ飛び出さないいんだよ？

「これは痛くないです！　衝撃でも潰されないし、急停止でも引っ張られないし、擦れないです。凄く良いです、これで守れます、これで絶対みんなを守ります！」

うん、盾委員長っ娘は少し乱暴な方法だけど、前後に動く可変型エアクッションブラになった。そのせいで、やや上げ底で大きく見えるけど致し方ない。これは男子高校生を騙《だま》す為《ため》のブラではないから……きっと決して上げ族を許さない、世の男子高校生達も許してくれる事だろう。うん、だって戦闘中でも結構痛かったらしい。

「でも、ブラで守らないで欲しいんだよ？　うん、何かエアクッションとかついて守れそうなんだけど、盾で守ってブラでは守らないでね？　って言うか、それは手に持たないでお胸にしようよ!?」

うん、頑張って作ったんだよ？

「これが一番良いですね。でも、これもうブラじゃないって言うか、この着慣れた感じが……でもこの快適さは新感覚で、下までセットと言うかこれ完全にエロレオタードですよね!?　なんか競技会でも一発退場間違いなしなデザインですけど……性能は物凄く良いです……まあ下着だし？」

うんレオタード型、ボディースーツていうかボディファンデーション。だってチューブトップ式では支えきれず、上下の動きも抑えられなかった。だからチューブトップの横ベルトにベルトをX状に掛けて、一気にホールド力と左右斜め方向の支える力も強化できた。ただ、それでも縦方向が押さえきれずに縦ラインを増やしたら……あら不思議、セクシーストラップレオタードの完成です？

「うん、要はあらゆる角度から支えつつ、引っ張って。その張力と伸縮力で包みこんで逃がさずに、それでいて全方向に引っ張られないように360度支えるストラップの組み合わせで……ほぼレオタード？　うん、理には適《かな》っているんだよ？　エロいけど？」

ある意味全部ストラップって言うか、テープって言うか、紐《ひも》で包んでいるレオタード。つまり隙間が空き空きのボンテージ風で、まあ分かり易《やす》く解説すると、それはもうエロいんだよ！　うん、このデザインは考えた事も無かった。甲冑委員長さんにも作ってあげよう！　きっと、あのセクシーなストラップに包まれてはみ出し溢《あふ》れ出して素敵な事になるのだろう!!

まあ、戦闘用限定の特殊インナーだけど……きっと、これ見つかったらお説教なんだよ。うん、完全な実用本位の計算され尽くしたデザインなんだけど。これを見たならきっと誰も信じないだろう！　うん、俺でも信じない。これは無理だよね？

「うん、柔軟な軟体の伸縮性を考慮するとカッチリ固められないから、各テープ部で保持力を分散させてみたら……エロかった？　うん、エロいな？」「これで良いけど、エロを強調しないでぇ――！」「でも、エロいです！」

そして戦闘用ブラの製作も済んだし、これで終わらせよう。だってショーツ作ると何も出来ないから最後なんだよ？　うん、俺も無理なんだよ。だって色々と男子高校生的に無理なんです！　いや、絶対全異世界中の男子高校生達の誰も、あの感触の刺激を耐え抜くことは不可能なんだよ。うん、あれは男子高校生には無理で……まあ女子高生も無理みたい？

無理でした。盾委員長は頑張りますの両手ガッツポーズのまま倒れて行き、最後の言葉は「きゅう～」だった。

「うん、しかしファブ○ーズさんは……どうやってY字開脚で気絶できたんだろうね？」

うん、ボディースーツ型だったから開いてくれると助かるんだけど、そのポーズは色々問題が多くて、取り敢えず……運びにくいな？（ピクピク♥）

絶対完璧で完全に結果は一緒で労力は無駄にならず安心の環境と俺に優しい見事な行動だった。

66日目　朝　御土産屋　王都前支店

朝――物事とは始まりこそが全てで、始め避ければ逃げて良しという格言も有る。多分？　そう、従業員達の気持ちを引き締め、しっかりとした共通の目標を与え、全体の意思統一を図る朝礼だ！

「うん、今日も今日とてお客様をお招き入れして、超ぼったくって差し上げましょう的な感じ？　まあ、ぼったぼったと働き、ぼったぼったと営業して、ぼったぼった商っちゃって滅茶ぼったくるんだー？　みたいな？」

訓示、それは組《く》んず解《ほぐ》れつな柔らかな夜の後の朝の訓示で、引き締まった柔らかな肉体じゃなくて、引き締める爽やかな朝だ！

「いや、でも夜も超引き締まってて大変だったんだよ。もう触手にキュッキュッ締められちゃって、あらあらまあとあられもない……いえ、何でもないんだよ！」

爽やかな朝にモーニングスター！

「なんだか名前は朝っぽいけど、それは永遠の夜が永眠しに来るから仕舞おうね？　よし、御土産屋さんの店内はモーニングスター攻撃禁止にしよう！　店長特権乱用だ！」

そうしよう、しないと危ない。張り紙しておこう。

「もしかして、まさか今のが朝礼のつもりで、もしかすると訓示のつもりなのかも知れないけど……」「うん、訓示のつもりなもの全部に疑問符が付いててどうするの!?」「まあ、その訓示自体が疑問だからある意味あってるかも?」「でも、もうそれってもう訓示ですらないよね?」

しかも駄目出しだった。要点が短く纏め上げられながら、音と韻を踏んだ美しい訓示が駄目出しだった！　ふっ、やはり今どきJKは難しい話が苦手なようだ。

こっちは営業開始。もう、今頃はパイレーツなオタ莫迦《ばか》リアン達も海賊は廃業して山賊デビューしているだろう。だから商国から密輸品がバンバン入って来る。そう、仕入れて都民な皆さんに分配と言う名の販売をしなければ！　そう、ぼったくるのは王国貴族と商国だけで良い。その為の豪華応接室、ただし利用者料金10倍増し増しの豪華なお持て成しだ。

「今日から炊き出し部隊も出すから忙しいんだよ？　もう炊いて炊いて炊き出しちゃうくらい炊いちゃうんだよ？　だって貧民街にはきっと美少女な孤児だらけで、さらに美人な孤児院のお姉さんとの出会いが俺を待っているって言うか、呼んでいるって言うか……まあ、誰も呼びに来ないから自分で行く？　みたいな？」

でも、おっさんが待ってたら炊かずに焼くんだよ。うん、焼き出しに変更する事に何の躊躇《ためら》いも無いんだよ？

「うん、おっさんのやってる孤児院なんて、絶対孤児までおっさんだらけなんだよ。焼こう！」「「「孤児院の孤児に、おっさんいないから焼いちゃ駄目！」」」「いや、管理がおっさんでも孤児院運営してる良いおっさんだからね、そのおっさん!!」

　そう、比喩論なシャンパンタワー効果では遅い。だって、下に行くには上が満杯で溢れるまで待たなきゃいけない。それが延々と下に届くまでなんて待ってられない。だって、その間に消えるものだってあるんだから……そして、いつだってそれは上にではなく、下にこそいっぱいある。

「だって世の中って上ほどグラスが大きいんだよ？　うん、下の小さなグラスには一滴だって零れはしないんだよ。うん、上ほど強欲で欲深で満杯になる気が全く無くって、下からストロー効果で吸い上げようとするような奴《やつ》ばっかりなんだよ？　うん、上からぼったくって、下にばら撒《ま》くのが循環経済？」「「「何処《どこ》の経済学にぼったくり理論が出てたのよ!?」」」「「「あのぼったくりは経済論より法学論的に大問題だよね！」」」

　確かに直接的な現物支給では無駄が多い、だけど確実。生きる為の最低限の生活の確保無しに真のぼったくりは不可能だ！

「だって、みんなが貧しくなれば誰からもぼったくれないんだよ？　この世にWin-Winなんて有る訳がなくて、富は有限で必ず何処かで何かが奪われていて、いつだって、それは弱い《Lose》者からなんだから不当競争《Win-Win》や談合《Win-Win》なんかに良い事なんて何も有りはしないんだよ？」「合法な悪と、違法な正義ですか」「善なんだよ？　だって富が集約されたら適正に分配されなければならないんだから。それをしないならぼったくって販売でみんな豊かになって、みんなからぼったくれる！　そう、お大尽様ふぉーえばー計画だー！」

それに、きっと今ならもれなく美人な孤児院のお姉さんも付いて来るらしい！　だってテンプレらしいんだよ!!　それに美少女な孤児達だって将来性は……そう、栄養が必要だ！　栄養無くして豊満無しと昔のエロい人も言っていた。そう、栄養を配らねば！

「こちらが第二師団の師団長テリーセル様から頂いた、王都への通行証と炊き出しの許可証になります。お確かめください」

何故かみんな俺に交渉をさせてくれない傾向が見られる……みたいな？　うん、完璧で完全で完結した台本《シナリオ》通りに事が進んでるのに、そこへ華を添える俺の華麗な交渉《アドリブ》の出番が無いんだよ？

「ちょ、俺の演技力の素晴らしさは、前に尾行っ娘《こ》に調査されてた時も、その観客《オーディエンス》を魅了する迫真の迫力の演技で全く何一つ襤褸《ぼろ》を出さなかった件で証明されている筈《はず》なのに……台詞《せりふ》すら無いんだよ？」「「「あれは襤褸を出さなかったんじゃなくて、襤褸襤褸過ぎて意味不明だったんだよね！」」」「ちょ、全く幼少の頃からその演技の才能を見抜かれて小学校で幾度となく『木』の大役に抜擢《ばってき》されて、卒業するまで他の追随を許さずに独占し続け、『お、恐ろしい子！』とまで言われた実力の持ち主になんて扱いだろう？　見たいの？」「見たくないの！　遥《はるか》君は『木』の役めんどくさがって体育館のステージに植林してたよね？　あれ完璧な演技力どころか本物の木だったよね!!　完全に木以外の何物でもない立派な木だったよね!!　おかげでシンデレラの舞踏会でも、人魚姫の海中でも、ずっとステージの真ん中に木があって物凄《ものすご》く邪魔だったんだからね！　なんで毎年毎年植えちゃうの？　何であれがバレてないと思ってたの!?　あれは恐ろしい子過ぎてみんな怯《おび》えてたの!!」

王都での初ジトは、やはりジト委員長さんだったようだ。うん、木だったのもバレていたらしい？

「いや、だって俺の演技力って絶対完璧で、完全に木の役をこなしちゃうんだから……それなら木で良くない？」

うん、ジトられてるけど結局結果は一緒で、俺の労力は無駄にならず更には植林でオゾン層も安心な環境と俺に優しい見事な替え玉だったのに……御不満だった様だ？

しかし王都と言うだけあって、辺境とは違い建物に様式美が有り、全体に統一感すらある。でも、石ばっかり。

「はっ、これは土魔法でストーン・ゴーレム大量生産可能な街づくり？」

強そうだけど、戦うと家がどっか行っちゃうんだけど良いのだろうか？　うん、娘さんが入浴中だったらサービス・ゴーレムさんなの!?　よし、起動しよう、起動式は何処!!

ただ、サービス・ゴーレムさんが、おっさんの入浴シーンで出て来たら王都ごと焼こう。うん、ポロリも要らないよ？

「って、何ポロリする気なんだよおっさん！　もう焼いて捥《も》いで焼き尽くそう!!」「おーい、遥くーん。王都を勝手に改築しちゃ駄目だからねー？」「うん、何だか街並みが波打ってるんだけど、一体何をしようとしているの!?」「あと、何をしようとしているのかは分からないんだけど、独り言で『キャーH♥』って呟《つぶや》いてたからお説教だからね？」

「「「うん、何で敵地潜入で魔力全開放で『キャーH♥』になる展開を目指してるのよ!!」」」

「「「うん、ギルティーだからね！」」」

呟いてた？　でも、「キャーH♥」は国民的な王道なんだけど、あの原作殺害者《おばさまだんたい》が二次元の少女を救えと騒いで禁止令が出たの？　うん、どっちかって言うと三次元《リアル》とか、異世界とか救って欲しいんだよ？

「まあ、あの団体さんが異世界召喚されたら、『攻撃魔法や剣は危険だから禁止！』とか騒ぎながらコボに頭齧《かじ》られて御馳走様《ごちそうさま》だから来なくて良いかも？　うん、全く役に立ちそうにない上に、齧《かじ》るコボさんにも迷惑そうだな!?」

うん、コボも凄く嫌がりそうだ？

「この先が貧民街になるみたい。治安が良くないらしいから、みんな……遥君に気を付けてね！」「「「はーい」」」

何で街の治安が悪いと俺を見張るんだろう？　そうか、ついに俺の善良さが分かって、あまりの善良さで被害に遭わないように見張られているのだろう。でも、さっきからスリ盗《と》らせずにスリ返してるし、強盗も強奪し返してるし、辻斬《つじぎ》りが出たとしても先に辻斬り返すから安心安全で善良な被害者さんだから大丈夫なんだよ？　まあ、唯一の問題点が貧民街だから儲《もう》かりそうにはない……いや、美少女スリ師さんとか？

「はっ、それはもうスリスリしてスリスリされて、とってもスリリングにスリスリな美人女スリ師さんに違いない！　うん、お招きしよう。あとは美人女強盗とか、美人女辻斬りさん？　うん、身包《みぐる》みの剝ぎがいが有りそうだ！　もう、お金持ってなくても剝いで剝いで剝ぎまくろう!!」「「「なんで急にガッツポーズなのよ！」」」

うん、思っていたよりも貧民街は素敵そうだ。細い道を奥へ進むと、建物が石造りから木造に変わり、更に奥に行くほど見窄《みすぼ》らしくなっていく……はあ!?

「って、こら異世界！　お前なに木造建築を舐《な》めてるの？　なに、木造のこの扱い。石造りがそんなに偉いの？　なんで木造が貧民扱いなんだよ！　まったくこれだから異世界は駄目なんだよ東洋の美学と建築技術が分かっていないらしい!!」「「「なんで、今度は急に怒こってるの!?」」」

こんな上手にただ石積みました。みたいな建築物で木造さんに喧嘩《けんか》売るとは少なく見積もっても3千年は早いだろう。うん、5千年は行けるかも？　イヤイヤ歴史的に言っても数百年前は野蛮人だった癖に生意気だ……。

「おーい、遥くーん。王都を勝手に改築しちゃ駄目って言ったよねー？」「何だか街並みが神社仏閣な歴史的建造物になってるんだけど、何をしようとしてるの!?」「「「ああ、仏教伝来？」」」「あと、何をしようとしているのかは分からないんだけど……何で敵地潜入で魔力全開放で五重塔とか建立してるのよ！」「ここ異世界だからね？　京都観光と間違われちゃうんだからね？」

ついカッとなって、やってしまった様だ。まあ、これで野蛮で粗野な異世界如《ごと》きでも東洋の建築美と、木造建築の高度さが理解できるだろう。うん、何か綺麗《きれい》になったし？

「「「貧民街が逆にお大尽様っぽくなってるよ？」」」「修学旅行行けなかったけど……偽京都巡り？」

だって、こんなあばら家が木造建築だとか思われるなんて心外だ。そう、ここはしっかりと木造建築の素晴らしさを見せておかねばならないだろう。でも、残念ながら偽京都では無いんだよ？　うん、だって芸者さんや舞妓《まいこ》さんはいないのだから！

「まったく、男子高校生たちは皆修学旅行で芸者さんや舞妓さんときゃっきゃうふふと戯れる日を信じて高校に通っていると言うのに、修学旅行前に転移とか召喚とかするなよな！　するなら芸者さんや舞妓さんも付けるべきだよ!!　うん、転移して来たら饗《きよう》すんだよ？　おいでやす？　どすえ？」

来なかった。

「なんだか～、貧民街の方が豪華だね～？」「うん、あっちの貴族街がただの石に見えるね？」「木造の温かさで、優しい感じ？」「なんとなくヨーロッパ風とか憧れてたんだけど……こっちが馴染《なじ》んじゃうね」「うん、王宮は頑張ってるんだけど……こっちは東大寺二月堂まで建立されちゃってるからねー？」

勝ったな。

「並べてみると、あっちの方が貧しそう」「ああ、石積みましたって感じに見えて来た！」

「えっと……哀れな貴族さん達《たち》に炊き出しに行くんだっけ？」

うん、現代の女子高生にも好評だ。ただ、平地だと清水寺とかは無理そうで、火災対策に石壁も仕込んではある。まあ、それでも石造りよりは、よっぽど快適な生活が送れるはずだ。うん、異世界如きが現代の東洋を見下すなんてお巫山戯《ふざけ》が過ぎるんだよ？　石建物の中で蒸されて、底冷えしてるが良い！

「「「はあ――っ」」」「それでも、『ああ』じゃないだとおおお――っ!?」

これで中世建造物とか威張ってる貴族街も肩身が狭くなり、こっそりとする事だろう。うん、民に尽くし、貧しければ施す為《ため》の貴族が貧民街の傍《そば》で豪華に暮らしているって言うのがムカつくんだよ？　だが、これで威張れない。

だって、何か言ってきても「ぷぷっ、あいつ石の中に住んでるんだぜ。貧乏ゴーレムなんじゃね？」とか言えば泣いて帰るだろう。まあ、絡まれたら可哀想《かわいそう》だから辺境木刀も配っておこう。大した性能ではないんだけど、強力過ぎてあの棍棒《こんぼう》の街みたいになっても困るんだよ？　うん、きっとあの棍棒の街にはゴブもコボもお困りだろう、あそこだけは襲いたくないものだ。

「誰が勝手に改装して、ついでだからって王都支店の出店の許可まで取っちゃってるの！」

「「「なんであの第二師団の隊長さんって、遥君の言うこと全部聞いちゃうの!?」」」「まあ、お引越しだけど荷物は無いから歩いて行くだけなんだよ?」「一応みんな忘れてるだろうけど敵地だからね? 炊き出しで、乗っ取りじゃないからね! まあ、通行証と営業許可証を全員分貰《もら》ったから問題は無いんだけど……最も問題な大問題が一緒だから気を付け……ても無駄だったけど、全く効果は無かったけど、気を付けようね」「「「は――い!」」」

そして地図にある孤児院を目指す。まあ、異世界の定番では孤児院が貧しくて、助けちゃうと綺麗なお姉さんに感謝されて、あんな感謝やこんなお礼がムチムチプルプルと起きるのはお約束なんだけど……それにしたって襤褸過ぎ? うん、木造廃墟《はいきょ》、襤褸布掛け腐敗老朽で、よくこの状態で崩れずに維持できたものだと逆に感動するくらい奇跡的な残骸住宅?

そして、中からちっこい子供がわらわらと出て来たけど、汚れて痩せ細っていて、血色も悪く、服って言うか……襤褸布? あれ、俺とお揃《そろ》い!? って違うよ。あれは黒いんじゃなくて黒くなってしまってる。擦り切れて穴が空き、解《ほつ》れて……そして真っ黒だ。

「「「遥君、お願い!」」」「お給料引きでお金払うから!」「お願いします、あの子達を……あの子達に……」

委員長達は泣いてしまった。まあ、こっちって西洋風の美形が多いから余計に辛《つら》いんだろう。

だって、ぼさぼさの金髪の汚れた顔の女の子は、絵画の天使のような顔をしている。赤毛が真っ黒になってる男の子なんて、煤《すす》けた顔を洗って髪をとかせばムカつくイケメン顔だ。それが汚れきった酷《ひど》い恰好《かっこう》で、いつ崩れてもおかしくない瓦礫《がれき》の中で暮らしていた。だからショックで泣いている。だって、あの貧しい辺境ですらこんな事は無かった。襤褸で貧乏でも身綺麗《みぎれい》だった、貧しくてもみんなが助け合っていた。そして貧乏だったメリ父さんは、余裕ができると城館よりも先に立派な孤児院を注文して来た。

辺境は孤児だろうと、怪我人《けがにん》だろうと、病人だろうと、みんな貧しくても必死で助け合っていた。だがここは見捨てられている、この子たちは見捨てられていた。

「酷い……」「茸《きのこ》、遥君茸売って、お金全部出すから！」「「「私も!!」」」

王女っ娘は王族が寄付金を出して運営されていると言っていた。うん、一体このどこにお金が使われているのか是非聞いてみたいものだよ。王族が寄付はしているが、ここは貴族街の管轄らしい。

そして貴族街には慣例で王族は立ち入れないらしい。だから王女っ娘も、ここには来た事が無いと地図だけ書いてくれたんだけど……是非見せてあげたいものだ、そして是非その貴族様を紹介して欲しいんだよ？

是非是非この廃墟の残骸と襤褸布の服だった物と、痩せ細って病んだ子達のどこに寄付金を、どういくら使ったか綿密に微細に御教授願おう。

でも、まずは孤児院だ。貴族街を地獄街にするのはその後でいい。このあばら家の廃墟の残骸に寄付されたお金で出来た綺麗で立派な貴族街なんて後で良い。後で良いけど先は無いんだよ。でも、まずは孤児院だ、孤児達が真っ先だ。

「ご褒美が無いならぼったくれば良いじゃないの」と彼女（仮名マリーさん）は言ったとか言わなかったとか。

66日目　昼前　ディオレール王国　王都　貧民街

村が無くなって、お母さんも父さんも死んでしまって、ここに連れて来られました。ここはひもじいです。お湯みたいに薄いスープとカチカチのパンのかけらを分け合って食べるけどお腹《なか》は一杯になりません。ここはさむいんです。ボロボロで、風がぴゅーぴゅー吹き込んで、薄い毛布で震えながらお腹を空《す》かせて眠ります。

ここは貧しいんです。小さい子も大きい子も頑張って働きに行くけど、ご飯も満足に買えません。頑張っても頑張っても貧しいんです。

朝のお仕事が終わって帰って来ました。大きな街だけど帰る所はここしかないんです。お金はちょっとしか貰えなかったけど、これでご飯を買わないと小さい子達がお腹を空かせて待っています。

暗い内から働いても、夜遅くまで働いても、みんなが1日中頑張って働いても、ご飯が足りないんです。みんなお腹をすかせてひもじいんです。

今日は食べ物が買えるだろうか、そんな事を考えながら建物の角を曲がって孤児院に……孤児院に？

孤児院はどこでしょう？　帰る所が無くなってしまいました。他にどこにも行くところが無いのに孤児院が無くなりました。

大きなお屋敷が建っていました、ここにいた小さい子達はどうしたんでしょう、どうなったんでしょう。

どうしようもなくて、どこにも行くところが無くて、どこかに小さい子達がいないかとお屋敷の周りを走って回ってみました。

「お姉ちゃんこっちだよー」「あのね、美味《おい》しいご飯が有るんだよ！」「いっぱい食べても良いんだって」

小さい子達が手を振っていました。お屋敷の中から呼んでいます、あんな立派なお屋敷で勝手に食べ物を食べてしまったらただではすみません。

走って行って謝りました、一生懸命に謝りました。小さい子達を許して下さいって、食べ物はきっと弁償しますって、お金も全部差し出しました。

何度も何度も頭を下げました、ごめんなさいごめんなさいって。

そしたら……抱きしめられました。

真っ黒な髪の、真っ黒な瞳のとってもきれいなお姉さんでした。凄《すご》く柔らかくて、良い匂いがして、ちょっぴりお母さんみたいでした。

「大丈夫だからね、ご飯はみんな食べて良いの」「そう、これはみんなに食べて貰いたくて持って来たんだからね、だからいっぱい食べてね」

連れていかれた所は一面のごちそうでした、見た事も無い美味しそうなご飯が山のように並んでいました。小さい子も大きい子も笑いながらご飯を食べていて、こっちにおいでって呼んでいるんです。

その向こうでは黒い髪に黒い目のお兄さんがご飯を作ってます、どんどんどんどんすごい速さで美味しそうなご飯が並べられていきます。

「たーーんとお食べ、って言うか食べて大きくならないと、大きくならなくて悲しい事が起きる可能性がとても高いんだよ？　でも既に悲しい事が起きてるのに、よく食べるよね……って違うから！　小さいとか言ってないよ、思った事は想《おも》いを乗せて想像《イマジネーション》は無限大だけど可能性はもう駄目かも？　って、いや見てないって、全然可能性も見えないって、まあ無いんだから見えない……ふうんぶうおおおるうっとおおっ！　ちょ、何でモーニングスター持ってるの？　えっ、甲冑《かっちゅう》委員長さんが貸してくれたんだ。いやー、道理で見慣れたモーニングスターだと思ったよ……って、なんで俺攻撃する時はモーニングスターって決められてるの!?」

楽しそうでした。みんな笑ってます、みんなが笑ってます。私も笑ってました。

いっぱい食べました。こんなに沢山食べたのも、こんなに美味しい物を食べたのも初め

てだって言ったら、「まだまだ甘いよ、真の恐怖は甘美味しいお菓子まで食べてから後で後悔してワンモアセットだけど最近お饅頭《まんじゅう》食べ過ぎでワンモアセットじゃ足りなくなってる人がチラホラ……ぐううあふぇえるああってぇえ！　ってだから何でモーニングスターがそんなにぽんぽんシェアリングされてるの？　って言うかなんで常に準備されてるの！　それって、この間ミスリル化しちゃったからまじヤバなんだよ？　だって甲冑委員長さんがナースさんで『ミスリル化してくれたら癒やしてあげる♥』とか言われたら、それはもう男子高校生的にミスリったんだよ！　もう、ミスリきったよ！　だってミニスカナースさんに癒やし♥て貰えるんだよ！　ってぎゃあああぁっ!!」って、すごく賑《にぎ》やかで、すごく楽しくて、すごく美味しくて——そして、すごく優しくされました。

ぎゅって抱かれてうれしかった。何度も手をつないでくれて嬉《うれ》しかった。そして、あたまをいっぱい撫《な》でてもらいました。「頑張ったから良いんだよ」って、「頑張ったのにご褒美が無いなんて嘘《うそ》なんだよ？」って。「うん、無かったらぼったくると解決するんだよ？」って。

だから、これは今までずっと頑張ったご褒美で、今までずっとずっと頑張ったご褒美なんだからこれからもずっとずっとご褒美に決まってるって。

って言うか決めたからぼったくるって、そう言いながら頭を撫でてくれました。

「まあ、大体世の中の困った事は、殴るかぼったくれば解決できると、かの高名な誰かさんも言ってたんだよ？　うん、言ってたかどうかも誰かも知らないんだけど、誰も知らないからどうでも良いよね？　みたいな？」

ご褒美が貰えた。ずっとずっと頑張ったからご褒美だって。そしてあたまを何度も何度も撫でてもらいました。

ずっとずっと頑張って良かった、だってこんなに嬉しい事があった。

ずっとずっと頑張って良かった、だってこんなに楽しい日があった。

これでこれからもずっとずっと頑張れるって思えた。だってずっとずっと頑張ったらまたこんな嬉しい事があるかも知れないから。

もう小さい子も大きい子も笑いながら泣いて、泣きながら笑っています。

嬉し過ぎて、楽し過ぎて、幸せ過ぎて涙が出るんです。びっくりしました。

いつもひもじくて泣いて、寒くて泣いて、さみしくて泣いてたのに、こんなに幸せでも涙が出るんです。辛くて涙が出て、苦しくて涙が出て、悲しくて涙が出てたのに、うれしくて涙が出るんだ。

「着替え着替え！」「足りないなら私の衣服バラして良いから！」「うん、私のも」

そして、おっきなお屋敷の中に案内されました。でも、ここはお屋敷じゃなくて孤児院だから、みんなのお家《うち》だよって言われました。そして、おおきなお風呂が有りました。まき割りに行ってお風呂はみた事があるけど……すごいんです。

すごいです、お風呂に入っています。お姉さんたちに洗って貰ってみんなぴかぴかです、良いお家の子みたいにきれいになってます。

「次は頭を洗うからねー、順番に一人ずつ出て来てね」「「「はーい」」」

まだみんな泣いてます、だって信じられないから。だって美味しい物をお腹いっぱい食べて、お風呂に入ってるんです。こんなに幸せがいっぺんに来ちゃったからどうしようって、明日から……どうしようって。

「大丈夫だからね。もう大丈夫になっちゃったんだから大丈夫よ」「うん、だってさっきの黒いマントのお兄さんが大丈夫って言ったでしょ？」「あのお兄さんは笑ってないと嫌なの、みんなが笑ってないとすっごく嫌なの！」「そうそう、だからもう大丈夫になっちゃったんだから、いっぱい笑える様にしちゃうからね」「「「うん、絶対に幸せにされちゃうんだからね、あきらめてね？　あのお兄さんは……諦めないからね」」」

みんな大泣きでした、小さい子も大きい子も大泣きでした。だって、もうじゅうぶん幸せなんです、もう信じられないんです。

なのに、なのにもっと幸せにしてこれが毎日続くなんて言われて涙が止まらないんです。だってもうじゅうぶん幸せなんです。もう、ずっとずっと忘れないくらいの幸せなのに。

そして看板が付きました。

黒いマントのお兄さんは「のっとったぞー！」って大きな声でさけんで怒られてます？

孤児院は『御土産屋　孤児院支店　みたいな？　感じ？』になりました。

明日からきれいなお洋服を着てお手伝いをしたら、毎日ずっと美味しいご飯が食べられるんです。小さい子も大きい子もお揃《そろ》いのきれいなお洋服でした。制服なのだそうです。

いまは黒いマントのお兄さんが「労働力ゲットだぜー！」って大きい声でさけんで怒られてます？

孤児院の外のひとたちもご飯をたくさんもらって、お家をきれいにしてもらって泣いていました。みんな泣いていました。小さい子も大きい子も、大人の人もみんな大泣きでした。

だって、もうさむくないんです。あたたかいふかふかのお布団です。風もぴゅーぴゅー吹き込んできません。お腹もいっぱいで苦しいくらいです。

眠るときももうだれも泣いていませんでした、ずっとずっと泣いてたのに、今日はだれも泣いていませんでした。

小さい子たちも笑って寝ていました。今日は初めてだれも泣いていませんでした。

ああ、おなかいっぱいであったかいって幸せだ。

永い永い時を戦い抜いて歴戦しちゃった時点でもう違うと思うんだけど怖くて誰も言えない。

66日目　夕方　御土産屋　王都前支店

お引越しが決定した。王都前に来たばかりなのにもうお引越し。何で毎日建築しちゃうんだろう？　そして何故《なぜ》アンジェリカさんはバスガイドさんの格好……まさかの偽京都巡りの旅（バス無し）なのかな？

そして遥君《はるか》が騙《かた》っている。勿論《もちろん》みんな聞いていない。

「古来から敵陣の中に食い込み中から食い破る。そう、弱い内側から破壊して、自陣故に下手に攻撃すら出来ずに食い尽くされる。そう、それこそがお引越しなんだよ！　王都支店へご栄転だー？」

それは絶対お引越しじゃないからね？　お引越ししてきた人は中から食い破って内側から破壊したり、食い尽くしたりしないからね？　うん、いったい遥君はお引越しを何だと思っているんだろう、一度ちゃんとお話を聞いてみ……たくないかな？

だからいきなり閉店セールが開催された。「って言う訳で王都支店が開いたんで王都前店は店仕舞いセールで、今日だけのお買い得かどうかは明日のお楽しみだけど閉店で店仕舞いセールで、あと1時間で閉店のタイムセールで超特価かも知れないみたいな感じで全品1割引きなんだよー！　まあ、実はこっそり値上げしてからの1割引きだけど、1割引きったら1割引きだから、ぼったくりだけどお買い得な気はするんだよー！　気だけなんだけど、みたいなー？」。その一声で世界が震えた！

「「「「きゃあああああああっ！」」」」

異世界で乙女戦争《バーゲン》が開催されてしまった！　遂《つい》に王都の未《いま》だ中世の女性までもが、

乙女戦争《バーゲン》の餌食になった。そう、お得と安売りの甘言に、今だけ限定という殺し文句に抗《あらが》えないんだろう。老若男女が入り乱れ商品を争って奪い合う。だけれど、未だただの争乱。

まだ乙女戦争《バーゲン》までは達していない。まだ臨界点までは余裕がある。だけど必ず噂《うわさ》が流れる。きっと、もう既に口コミネットワークで情報を摑《つか》んでいる筈《はず》。来る、きっと来る！

そして現れた。ついに覇者が現れた。乙女戦争《バーゲン》の脅威にして終焉《しゅうえん》。永い永い時を戦い抜いた歴戦の乙女。人は皆恐れと共にこう呼ぶ「奥様《おばちゃん》」と！

敢然と奥様達《おばちゃんたち》が戦場に躍り込む。惨劇へと変貌した乙女戦争《バーゲン》の戦場を縦横無尽に駆け抜け、轢殺《れきさつ》しながら唯我独尊に奪い尽くし、一騎当千に蹴散らして天下無双の商品強奪。奥様《おばちゃん》達が戦場を疾走し商品を駆逐する。

あれこそが地獄、あれが蹂躙《じゅうりん》。だって元迷宮皇さんが脅《おび》えている！　涙目で怖がっている。うん、この恐怖の光景に元迷宮皇さんが脅え竦《すく》んで涙目だった。うん、あれは乙女じゃ勝てないの？　そして——売りきれました。

「お疲れー。売り切ったからお引越し？　って言うかどうしよう王都前支店。あっ、メリ父さんにあげれば良いか……ちょうど来たし？」

一騎の騎士が駆けて来る。そう、また一騎で来てる。

「やあ、遅くなったね。近衛《このえ》兵の回収と再編制で後続が遅れるから、面倒だし先に来ちゃったのだけど、何で王都の真ん前に城塞作ってるのかな？　まだ王宮は無事なのかい？　まさか、滅ぼしたり崩壊させたりしてないよね？」

　また、オムイ様が単騎駆けでやって来た。きっとあの必死に追っているのが側近さんだろう。あまりにもいつも可哀想《かわいそう》で、思わず遥君が側近さん専用装備を作ってあげたのに、その『加速』付与装備でも追い付けなかったみたいだ。うん、でもよく考えたらオムイ様の装備も遥君作だから追い付けない原因は遥君で、大体いつもよく考えてみると全部遥君が犯人なの？

「何か滅茶ちょうど良いんだよ。丁度たった今、この城塞が空き家になったから引き取り手を探してたんだけど駐屯地にどう？　だって、せっかく建てたのに潰すのって損した気分でぼったくり感が台無しなんだよ。うん、でも第二師団のおっさんに営業許可証貰《もら》ったから中にお引越し？　って言うか無料でお店と格安住み込み従業員付きのお得物件が大泣きしてるから真のお大尽様の力を見せつけて教育しないといけなくなったんだよ……だからあげるよ。いらないし？」

　駐屯地になるみたいだ。勿論オムイ様は理解できていないけど、かなり慣れちゃったようで城塞がもらえる事は分かったみたい。うん、大丈夫かな？　だって遥君の言葉が分かるようになるたびに、自分の言葉が壊れて行くのが分かる。実際みんな結構ヤバいの？　あれは伝染《うつ》っていく、オムイ様もそろそろ……みたいな？

「まあ、よくわからんが助かるよ。できたら通訳もお願いしたいのだが」

　続々と辺境軍と近衛師団が集まり、それに合わせて建物が拡張されて行く。旧御土産屋さんの屋上に図書委員ちゃんが立っていて、だから王都からは辺境軍と近衛師団が見えていない。なにも気付かれていない。

　王都の門前に大軍がこの近さで見つからない。これが『不存在の指輪　強制隠蔽　識別遮断　認識疎外』。遥君や王弟様を襲った千の兵を隠していた教会の魔道具の力、そしてそれが『波及の首飾り』の効果波及浸透で強化増大されていて、レジストも出来ないアンチレジストの効果付きで発動中。これが遥君が戦争の切り札になるとまで言っていた、図書委員ちゃんの専用装備。究極の戦略《ステルス》兵器の一端。

「さあ、こっちは終わったしお引越ししよう」「「「おお――っ」」」「孤児院の子供たちが待ってるよね」

　そう、何故だか相変わらず遥君は子供たちに大人気だった。子供たちへの深刻な悪影響が心配なのに、何故だか絶対に真似《まね》してはいけない究極の悪いお手本のデラックス版なのに……何故だか子供たちに大人気。

「「「うん、真似したら駄目って教えないとね！」」」

　うん、遥君みたいな子供が沢山いる街ってとっても危険過ぎるだろう。誰が考えたって戦場や迷宮の方が平和そうだもんね？

「まあ、どんなにお気に入りで、大好きでも……きっと真似できないよね？」「「「それだけが救いだね！」」」

　きっと誰にも真似なんかできない、あれは無理。だから大丈夫だと信じよう。駄目だったら隔離しよう！

そしてバスガイドさんの案内で孤児院に向かう、もちろん歩きです。居残り組だった娘《こ》達が偽歴史的建造物に啞然《あぜん》とし、呆《あき》れ果てながら孤児院を目指す。そう、もうツッコんだら負けって言う空気に諦めながら、観光巡りなプチ修学旅行。そして――「「「何で平等院鳳凰堂《ほうおうどう》！」」」。良かった、みんながツッコんでくれた。

だってお昼のメンバーはもうみんなツッコみ疲れてツッコみ力が残ってないの。もう、ずっとツッコみ過ぎて、深刻なツッコみ疲れで過労中なの。

だって東大寺造るだけのスペースが無いとか、平地に清水寺は似合わないとか言ってる人の暴走をくい止めるためにツッコんでツッコんでツッコみ続けて力尽きちゃったの。

だって、無理だった。五稜郭《ごりようかく》作って貴族街を焼き払うんだー！とかの騒ぎを止めるので精一杯だったの。だから孤児院が平等院鳳凰堂、但し池無しなのはしょうがなかったの。

だって……一刻も早くあの子達にお家とご飯を用意してあげたかったから。もう安心で温かくて綺麗《きれい》なら、平等院鳳凰堂だろうと江戸城だろうと出雲大社《いずもおおやしろ》だろうと法隆寺だろうと何でも良かったの。うん、全部作られちゃったの？

うん、こうして改めて見ると全然良くないんだけど、あの時は……良かった気がしちゃったの？　うん、ツッコみつかれてたの？

「極楽浄土の姿を写したと言われる平等院鳳凰堂の屋根に……『御土産屋　孤児院支店みたいな？　感じ？』ですか」

うん、あれはきっと良くなかったね。だって……ネオンだし？　何か如何《いかが》わしい？

「「「おかえりなさ〜い」」」

お出迎えだ。笑顔の子供たち。みんな見違えるほど綺麗になって、天使みたいに笑っている。まだ痩せていて、病み疲れが残っているけれど……でもね、みんな笑ってるの。嬉《うれ》しそうに、楽しそうに、幸せそうに。笑って手を振って呼んでくれているの。あの時の疲れ切って諦めきって絶望したような無表情な虚《うつ》ろな顔はもうなくなって、零《こぼ》れるくらいに笑ってる。天使みたいに子供たちが笑っている。

「「「ただいまー」」」

みんな笑顔で合流できた。たった一人を除いて。

そう、ただ一人だけが笑えなかった。

孤児院に着くなり王女様、シャリセレスさんだけが子供たちに向かい跪《ひざまず》き頭を下げた。まるで地面に叩《たた》き付ける様に、ずっと泣きながら頭を下げていた。

ここに着く前に話したから。ここがどんな状態で、子供たちがどんな状況だったか。きちんとお話しした。遥君は何も言わなかった、王女様は何も言って貰えなかった。

言葉が無い事こそが辛《つら》かっただろう、見捨てられたような気分だったんだろう。自らと王国と貴族と王族の全てに絶望しながら、ここまで歩いて来た。誰も助けなかった子供たち、誰からも助けて貰えなかった子供たち、その見捨てた王国の主として贖罪《しょくざい》に来た。

「「「おねえちゃん、なかないで」」」「どこか痛いの?」「うう――っ」

詫《わ》びても意味は無いし、謝っても許されない。

だから何も言ってもらえなかった王女様は、自分自身に刻み込む様に額を地に打ち付けて泣いている。守ろうとした王国の真実の姿を知ってしまった、民を守ると誓った王家は、小さな小さな民が見捨てられている事すら知らなかった。だから、その民である子供たちに頭を下げる事しか出来ない哀れな王族さんだった。

「お姉ちゃんは大丈夫だからね」「「うん、中には入ろうね」」

だけど、これだけは庇《かば》ってあげられない。これだけは私達には許してあげられない。だって、それは民を守ると命まで懸けて来た王女様自身を侮辱する事になるから、代々引き継がれてきた民を守ると言う王家の誓いを馬鹿にすることになるんだから。だからありのままに告げた。孤児は死にかかっていたと、病気が蔓延《まんえん》し体力も無く痩せ細って死にかけていたと。遥君の薬用茸《きのこ》ポーションが無ければ危ない所だった、王都の民の最も弱い孤児たちは王国から見捨てられて死にかかっていたと告げた。そして……裏には小さな小さなお墓が沢山あったと。

知らないと言う事こそが王族の罪、何故ならば民を守ると誓って立った王家なのだから。一杯泣いて一杯悔やんで一杯思い知って、這《は》い蹲《つくば》りながらでも自分で立ち上がるしかない。過ぎた罪はもう許される事が無いから。だったら、今から成し遂げるしかないの。先を目指して立ち上がらないと未来までも許されなくなるよ？

まあ、それでも王女様は昨日の遥君の顔を見なくて済んで運が良かったのかも。あの……静かに静かに貴族街を見つめながら、優しく微笑《ほほえ》む顔を見なくて済んだのだから。

だって優しい微笑だった、まるで死に逝く者たちの命乞いを微笑みながら地獄へ見送る様な、そんな何処《どこ》までも優しい微笑だったから。

建築許可書を貰い忘れたから違法建築なのは内緒だ。

66日目　夕方　ディオレール王国　王都

王都の闇、豪華な貴族街の裏に隠された貧民街。商業区で扱《こ》き使われ、国からの援助は貴族街の華燭《かしょく》に奪われる貧しく弱き民の行きつく場所だ。一度貧民街まで落ちれば商国関連の商業区にしか働きに出られず、生涯を奴隷のように暮らすしかなくなる。そしてそれすらも貴族共の利権だ。

自主と自治を言い分に、王族と貴族を分け隔て互いの居住区の不可侵の約定を盾にした特区。だから立ち入れない。貧民街には誰も手を差し伸べられず、どう援助しようと掠《かす》め取られる。それは王家が奴隷制度を許さないが為《ため》に、富を求める商国からの商人たちが奴隷代わりに搾取する人々の棲《す》み処《か》、貧民街。

そんな貧民街を求められた。大量の食糧の寄付と、数々の好条件過ぎる手土産を付けて黒髪黒目の少年がその地の使用許可を求めて来られた。条件は申し分無く、その意は窺《うかが》い知れないが、あの底が見えない少年の深慮遠謀を覗《のぞ》こうなどと驕《おご》る気も無い。ただ従えばいい。求められたことに最善を尽くすだけで良い。

即座に第二王子と貴族会議の議長から認可を取り付け、貧民街の譲渡と委任状と営業許可証に通行証を発行させた。その好条件に裏金付きの汚い契約だが、私の任はあの方の為に契約を取り付ける事だけだ。

そう、何故《なぜ》だか誰にも手が出せなかったあの貧民街に光を射せるとしたら、あの方だけだろうと期待してしまっている自分がいる。たった一度短い言葉を交わしただけだったが、王都の柵《しがらみ》や貴族達を黙殺し得る人間など他にはいない。そして、全く窺い知れなかったあの黒い瞳の底に夢を見てしまった。

自分でもバカバカしいと思っていると一時《ひととき》も経《た》たないうちに騒ぎは起きた。そして貧民街の報告が入った時には、その貴族達が狂乱の大騒ぎだった。

そう、私などがあの方に期待するなんて烏滸《おこ》がましい事だった。私などが願う想像など遠く及びもしなかったのだから。援助とか保護とか改善など、そんな願いなど及びもしない王都の中央、貴族街の中心を強奪されたのだから。

「混乱状態ですが、貴族が騒ぎを」「ただ、理解が追いつかず混乱しているだけのようですが」

誰にも事態の理解が出来ないのなら、その相手は別格。格が違えば、その考えを窺い知る事も出来ない。それは見ている視点が違い、見ている者の高みが違う証《あかし》。

だからこそ、地を這う我らには見えないものを見て、誰にも理解できない事を目指される。それを知ろうとするのが愚かしい、知って分かるなら最初から理解できる。

だが分からない貴族《ばか》はどこにでもいるし、王都には掃いて捨てる程いる。

「あの建造物は接収せよ。何故に王都にいる事すら汚らわしい乞食《こじき》共に住まわせる、すぐに追い出して明け渡させるのだ！」「あれは貴族街の敷地で貴族領、所有権は貴族に有ることぐらい当たり前だろう！　さっさと軍を出せ!!」「しかも、我ら貴族に向かって立ち入り禁止とは不敬だ、捕らえて財産を没収して謝罪に当てさせてはどうだ」

貴族貴族《バカバカ》と騒がしい。あれが貴族風情にどうにか出来るものかも分からないから手に負えない。その建造物が急に出来ていた意味が分かっていない。既に王都は落ちている、貴族街から王宮へと剣を突き立てられていると言うのに。

「かの地は第二王子と貴族会議の議長からの認可で、辺境の土産屋に貧民街の譲渡と委任状、営業許可証並びに全員の通行証を発行しております。取り上げる謂《いわ》れも無く、立ち入り禁止も当然です。今はもうあの地は辺境の治外法権ですよ。既に受け取った大量の金銭や食糧を返還して、建造物の建設費用をお支払いになるならば正式に交渉されてはいかがですか」

貴族の権威で盗人《ぬすつと》するしか能がない無能が、まともな交渉なんて出来るものか……しかも相手が分かっていない、力不足どころか舞台にも立てないか。

「大量の食糧なら商国からより多く受け取っている。その商国側からの指示が聞けぬと言うのか！」「商国の支援だ援助だと言われても国庫は空ですよ。その商国の支援はどうなったのです、届いたと言う割に御土産屋から買ったものしか無いのですよ。それすらも消えているのですが、商国は運び込んだのですか？　それとも……運び出したのですか？」

空の倉庫。無い物が支援だ援助だと言われてありがたがるとでも思っているのか。盗まれているのか横流しされているのか、それとも最初から無いのかは知らないが、物も無いのに義理も何も無い。

「契約した以上命令に従うのが筋ではないか！」「我等《ら》第二師団の契約は、王都へ侵攻して来るものから王都の城壁を守る事です。王都内のお店はそちらの憲兵のお仕事ですし、そちらから王都の商人に手を出すなとご命令も受けたうえでの契約だったはずですよ。それに王都の民は辺境木刀を装備し『防御マント』も購入していましたから、既に非武装ではないんです。もう民は一般兵士並みかそれ以上の武装。争えば僅かな憲兵と膨大な都民のどちらが勝ちますかね。そして我らは動きません。そして民に害を為《な》せば盟約を反故《ほご》、そうなれば我等は敵となりますよ」

まったく外にはシャリセレス様が戻られて、オムイ様まで来ておられるとも聞くのに、何が悲しくて第二王子なんぞの命で虎の尾を踏まねばならない。

流石《さすが》にオムイ様が辺境軍を率いて来てくださったと知らせを聞いた時は驚いたが、あの貧民街を見た後なら納得できた。あの御身分を隠された謎の少年の下に駆けつけられたのだろう。教国や商国とは別の何かが動き出している。

それに気付かぬから王都の中の狭い隅をつついて騒ぎまわる。所詮、かの少年が立たれている場所の高みとは立つ位置が違い過ぎる。

「ならば憲兵を動かすが、契約通り邪魔はすまいな！」「邪魔しなければ王都が落ちますが邪魔しない方が宜《よろ》しいのですか？」

ここまで状況が変わり、場が移り、展開は大きく動き出していると言うのに……まだ見えていないのか。

「無礼にも脅す気なのか。王都を守ると言う約定を反故にするならば、命の契約に従いその命が『停止』するのだぞ」「ただ事実を述べているだけで、脅してなどいませんよ。それに都民を憲兵で脅し、王都の中で争って民に王都の扉を開かれたら——完全に終わりますよ。外を御覧なさい、辺境の王オムイ様の旗と剣の王女シャリセレス様の旗が並んでいるんです。王都の民であれ、王国の民であれ、あの旗を前に一体誰が第二王子に従うのでしょう。跪くべき旗はどちらでしょうね」

何も考えずにその結果も想像せずに欲に駆られて騒ぐだけ、もう戦うまでもなく誰にでも結果が分かる。目先の金しか見えない貴族達《たち》と、その先の大金を見ている商国、そして——その視線の先が見えない程の遥《はる》か遠くを、何処までも高く果てしなく広く見ている謎の少年。役者が違いすぎて話にもならない。

「そして王都で民が害されれば我らは敵です。そうでなければ城壁は守りましょう。それが契約ですから守りますよ、城壁を」「「「……………」」」

諦められず睨《にら》みつけている所を見ると、よっぽどあれが欲しかったのだろう。それはそうだ、あの素晴らしい木造建築群は大陸に並ぶ物は無いだろう。

そして、そこで暮らすのは貧民街の王都で最も貧しく救われなかった人々だった。そう、それを聞いて笑わずにはいられなかった。

あの身分を隠された謎の少年の素性は、聞くべきではないのだろうし詮索する事でも無い。王女殿下とオムイ様がお認めになっているならば、他に何も必要はない。

敵か味方か何者で何処の者かも分からない身分も明かされなかった少年。たとえ敵でもあの御方を大好きになってしまいそうだ。

愉快だ。王都から見捨てられた貧民たちが、貴族街の貴族達を見下ろしている。それを貴族達がもの欲しそうに見上げているなんて。

痛快だ。最高の光景だ。王都でこんなに気持ちの良い出来事を見たのは初めてだ。これが敵であっても、ならばこそ賞賛し尊敬するし、味方で在られれば私などもう出番もない。

「孤児院は変わりなかったか？」

貧民街を調査しに行っていた部下が戻って来た。

「開店準備を始めていました。身綺麗《みぎれい》になった孤児たちが綺麗な服を着て、笑いながらお手伝いをしていましたよ……貧民街のみなが笑っていました」

今ならば貴族達との不愉快で煩わしい遣《や》り取《と》りですら笑ってあしらえる。そう、たった許可証1枚で、永きあいだ誰にも出来なかった事が出来てしまった。

従えばいい。理解できないが従うだけの価値も意味もお見せになったのだ。私に見える高さでは見えない高みを見て進んでいらっしゃるのだろう、ならば盲信すればいい。

貧民街のみなが笑っていたなら、その価値も意味も、もう充分過ぎる。

判別方法が判明したからと言って判別したら犯罪だった。

66日目　夜　御土産屋　孤児院支店

貴族街から次々と送り込まれた哀れな私兵さん達は、みんな揃《そろ》って行方不明になったらしい。

きっと怖かっただろう、恐ろしかっただろう。あの偽伏見《ふしみ》稲荷《いなり》の永い永い延々と続く鳥居を抜けて貧民街に向かい、細い細い小路《こみち》を進む度に仲間が減って行くんだから。

そして進んでも引き返しても通りから出られずに、延々と続く鳥居の中を……誰もいなくなるまで歩いたんだろう。永劫《えいごう》に続く鳥居の中を。うん、地面がベルトコンベアなんだよ。うん、あれって歩いても歩いても進んでないんだよ？

「まあ幻覚付きだし？　みたいな？」「駄目だ、あのホラー感に騙《だま》されて、全く気付かなかった」「「「私も！」」」

　だから、もうこの貧民街には許可された者しか入れない。貧民街の人達には、ちゃんと入場用の『貧民の指輪』を配ったから入れるけど、他は案内されてくるか許可が無いと御土産屋さん以外には入れない。うん、入れてやらないよ？　もう何も奪わせないし掠め取らせない。ここは今日からぼったくり街なんだから、これからは貧民街《ここ》こそがぼったくる！

　ちなみに『貧民の指輪』はＰｏＷ、ＳｐＥ、ＤｅＸに10％アップ、そして＋ＤＥＦまでつけた大盤振る舞いの魔石指輪だったのに……女子さん達から怒られた？　お説教だった。うん、何が気に入らなかったのだろう？

「しかし……この結界装置は燃費が悪すぎるな？　俺が魔力供給している時はこれでも良いけど、これを魔石で賄うと大赤字だよ？」

　効率化と小型化に省エネ化も必要なようだ。そして指輪無しでこの貧民街に入れる唯一の道は『御土産屋　孤児院支店　みたいな？　感じ？』への一本道。鳥居の続く永い永い道だ、鳥居から出れば行方不明で御土産屋さんにしか向かえない。

　そして営業時間外にいらしたお客様にはお引き取り願おう。だから行方不明の神隠し。勿論《もちろん》の事だけど神隠しだから爺《かみ》の責任で俺は悪くない事が証明されていて、無罪が確定で万々歳で棒棒鶏《バンバンジー》が食べたいんだけど中華素材が不足中なのが悩みどころだ。うん、麻婆豆《マーボー》腐までの道は険しそうだ。

「また来てるね」「あっ、消えた」「今の行方不明ってどこ行くの？」「あそこだと……地下だね」「あの鳥居を夜に潜《くぐ》るとか怖いよね～？」「神隠し感がヤバい！」「でも神隠しって……誰かが罠《わな》作ってなかった？」「うん、せっせとせっせと作ってたね？」「「「壮大な人為的な仕掛けなのに、責任だけ神様なんだ!?」」」

延々と続く鳥居の中に等間隔に配置された荘厳で威圧的な巨大十二羅漢像！　を、警戒させて、見上げた瞬間に落とし穴に落としている。うん、どんどん凄《すご》い勢いで地下におっさんが溜《た》まってるんだけど、処理こそが悩みどころだ。おっさんだから焼却か水洗か不法投棄《しろいへや》か？

「しかし、なんで異世界ってずっとおっさん問題が勃発してるの？　なんで異世界中のおっさんが俺の方に寄って来るの！」

オタ達に聞いても、普通なら異世界は登場人物の殆《ほと》どが美少女と言う話だった。なのに、ここは現れても現れても焼き払っても沈めても、おっさんが寄って来る。

「そろそろキレやすい高校2年な男子高校生問題で、おっさん殲滅《せんめつ》兵器の開発が急がれるんだよ！」

しかし、おっさんの弱点って何だろう……奥様《おばちゃん》？　駄目だ、おっさん殲滅の為《ため》に異世界に奥様《おばちゃん》を大量散布したら、悠久の古強者《ふるつわもの》の乙女戦争が勃発して異世界は滅びるだろう。そう、あれは使ってはいけない世界を滅ぼす最終兵器だ。

「「「お兄ちゃん、お姉ちゃん、おやすみなさーい」」」

パジャマっ子軍団が現れた。まあ、御目目はおねむ？

「うん、お休みって言うか寝る子は育つ？　だから早く寝ろ？　みたいな？　でも、良く寝てる割に育たずに発育が悲劇的な悲しみの小動物にならないようにたくさん寝るんだよ？　おやすみなさい？　的な？」

年長組もお休みする様だ——まあ大きい子組。だって何歳かも分からない子が殆どだった。

「「「おやすみ——」」」

見た感じ大きい子でも10歳過ぎくらいに見えるけど、栄養が全く足りていないから恐らく発育も遅れているだろう。まあ元気だったらそれでいい、元気いっぱいで栄養取り過ぎなのに発育が遅れ過ぎて逆戻り《リバース》してそうなちっこいのもいるんだし何とかなるだろう。

女子さん達は御土産屋さんを営業しながら、子供たちに勉強を教えるそうだ。異世界での教育水準くらいあっと言う間に追い抜ける。この子達が読み書きを覚え、計算が出来て商業知識を身につければ、大きくなってからこの御土産屋も任せられるし、孤児院の運営だってできるだろう。

だから大きくなるまでに片付けを済ませておこう。大きくなった時にがっかりさせない様に、目が覚めてもちゃんと夢が見られるように。

「しかし、日当たりに邪魔な貴族街を焼き払って更地にしてダンジョンでも誘致して貴族投げ込んで蓋しておこうと思ってたんだけど……貴族皆殺しの迷宮入り事件だと商国が逃げちゃうんだよ？　まだダメージが浅いから逃がすには早いんだけど、あの貴族街の貴族がムカつくから素敵な嫌がらせアイデア募集中？　みたいな？　採用された人には豪華お饅頭《まんじゅう》セットが進呈されて、もれなく自動的に自主的なワンモアセットも付いて来る？　って感じ？」「「「おおー―――！　豪華お饅頭セットさまだ！」」」

これで真剣に考えてくれるだろう。なのにワンモアセット問題は真面目に考える気は無い様だ？　寧《むし》ろ考えないようにしている！

何かすると不味《まず》いが、だけど何もしないのもムカつく。だけど貴族って何されると苦しむんだろう？

知っている貴族が少なすぎる上に、貴族としてあてにならない。だって、あのメリメリ一家だよ？　よし、あの王都の偉い人に聞いてみよう。あと王都のエロい店も聞きたいんだけど、何故《なぜ》だか索敵に20個の敵反応が有る。きっとモーニングスター装備だから大人のお店は無理そうだ！

王宮の気配探知で偉いおっさんは……外？　あー、兵舎なんだろうか。偉い割には地味な生活の様だ。

「こんこん？　いや、キツネじゃないし、ごんぎつねだとマジでやばい！　えっと御土産屋で会った好青年な店長と言う名の酷使されるブラック自営業？　あれ、せっかく王都支店開いたのに閉店したくなってきた！　って言うか第二師団の偉い人に聞きたい事があって来たんだけど今良い？　エロい事してるんだったら終わるまで待つよ？　中で見学も歓迎だけどBLだったら王都は灰燼《かいじん》な感じ？」

　まあ気配は独りだからエロい事はしていないだろう。してたら気まずいムードになりそうだ！　って言うか入りたくない!!

「ようこそ、こんなむさ苦しい所へお出《い》でにならなくても、呼ばれればすぐに参上しますよ。まさか危急な事案ですか」

　そして偉いおっさんに貴族が嫌がる事と悔しがることと苦しむことを聞き出すと、何でだか大笑いしていた？　既に充分らしい。いや物足りないし、したりないし、大体まだ何もしてないんだけど？

　なのに、「あの美しくも荘厳な木造建築物を建てられて、侵入禁止の結界まで張られているのでしょう。それこそが最大の嫌がらせですよ、今日も1日中貴族達が大騒ぎで苛立《いらだ》ちに興奮して、喚《わめ》き散らしていましたから効果充分過ぎです」と言われてしまった？　うん、家を改装しただけなんだけど、あばら家ビフォアアフター？　的な？

「貴族たちは、あの自分達よりも高級で華麗な建物に住む貧民街の貧しい人に見下ろされているだけで気が狂いそうなほどに大騒ぎをしているんですよ。馬鹿馬鹿しいとお思いでしょうが、その馬鹿馬鹿しい虚栄心《プライド》だけで威張っている、誇りも無い見栄《みえ》だけの貴族にとって、あれこそが最大の嫌がらせです。もう10人以上の貴族が憤慨し過ぎて興奮のあまり倒れて臥《ふ》したままらしいですよ」

　滅びそうだな。うん、あまりの阿呆《あほ》さに嫌がらせする前に、阿呆さで滅びちゃいそうだった。

だって、貧乏人に見下されて癇癪《かんしゃく》起こして血管切れてバタバタと倒れてるらしい。10人以上は回復もしてない様だ。と言う事は貴族がぼったくり価格でも茸《きのこ》を買いに来る、で治っても見下されたままだからまた癇癪起こして血管切れてバタバタと倒れてまた買いに来る？　そうか……ならば、慣れた頃に清水寺から力一杯見下ろしてやればいい。上からゴミも投げ捨ててやれば、また血管切れてバタバタと倒れて行くだろう。そして茸でぼったくる！　うん、お大尽様だ！

「うん、なんかわからないけどありがとう。はい、お礼のお饅頭」

礼を言ってお饅頭もあげて御土産屋に帰ると、もう女子もお風呂から上がって来ている。

——あとは敵地で深夜に行われる作業。そう、ブラ作製だ！

今日は一挙に三人。ただビッチB、C、Dって……ビッチ達《たち》は本当に見分けにくくて、こっそり入れ替わられてても全く気付かない可能性が高いくらいにややこしい。そのB、C、Dとか判別不可能だから！

このままだと顔を見ても判別できないのに、胸で判別できるようになってしまいそうなんだよ。それは男子高校生の好感度的に未《いま》だ嘗《かつ》てない多大な悪影響を及ぼすに違いない、だって顔見てもわかんないのに胸見たらちゃんと分かるって……好感度が検出可能限界を下回りそうだ！

「始める前にこれだけは言っておくんだけど——頭齧《かじ》らないでね？　歯茎から血が出ない

で俺の頭が出血多量の出血大サービスとかしないんだよ？　普通、頭囓られながらサービスするってそれ只《ただ》の強迫なんだよ？　ガリガリ君？　ガリガリリーダー？」

「「「だから囓《かじ》らないって言ってるでしょう！　それ以前に一回も囓った事無いでしょう!!

あと進化しないし、ビッチじゃないけどガリガリ君でも無いの！」」」

台詞《せりふ》まで判別不可能だった！　全員高めの身長で、手足が長くて顔の小さいお人形体形。そして髪形がコロコロ変わり、服も五人で着回していて、服装のスタイルもがらりと変わる。そして、みんなが囓るってそれ絶対判別できないよ！　うん、分かり難いどころかシャッフルクイズで難問奇問超悪問だよ。これでも化粧しなくなった分見分けやすくなったかと思えば、顔付きまで似てるんだよ!!　しかも未《ま》だコスメが残っているらしくて、うっすらくらいは化粧して来ているから、また見た目の雰囲気が変わってる。もうB、C、Dとか名札着けようよ？

そして——胸のサイズまでそっくりだった！　もうドッペルゲンガーが交じってても、誰の真似《まね》しているのかすら分からなくて、無駄な偽装ドッペルさん苛《いじ》め問題が発生するよ！

だが『魔手』さんの伝えて来る感触は違う……大きさがほぼ同等でも、その硬さや張りまでは一緒じゃないらしい。そして大きさが一緒でも形が違うし、重さまで違う。

うん、どうやらブラ作りとは奥が深いが、その奥は男子高校生が踏み入って良い奥なのだろうか？　って言うか、何で俺は異世界でブラジャー道の神髄を目指して進んじゃってるの？　うん、それ辿《たど》り着いたら何時《いつ》もドン引き？

「きゃ！」「あっ！」「んんっ!!」

　台詞は一緒なのに何でそこだけ個性出しちゃうの！　それって誰か見分ける為に胸を『魔手』さんで採寸しなきゃいけないの!?　それ、訴えられなくても即逮捕間違いなしで、事案とかもうどうでも良いよねって言うくらいに犯罪行為の現行犯なんだよ!?

「はぁ！」「あぁ!!」「ううっ！」

　ビッチDだけ3文字か……ってそんな見分け方役に立たないよ!?　それって試したらその時点でいろいろと駄目過ぎなんだよ！

　もう突っ込み疲れて、俺の突っ込み能力の限界が試されている様だが、敢《あ》えて言っておこう！

「って、甲冑《かっちゅう》委員長さん、指に隙間どころか俺のお口塞いで目がフリーダムにスルーされてるよ！　何で目隠しでお口塞いじゃうの、お口塞いでも見えるよ、見えるに決まってるよ!!　寧ろお口塞がれて見えなくなったら俺が吃驚《びっくり》するよ!?　って、突っ込み疲れたよ!!」

　よし完成したが……先端が擦れて痛い時が有るらしい。頂点部分は編み込みを変更してみたが新素材の開発も必要なようだ。うん、課題は尽きない。でも先端って……尖端《せんたん》だ。

「まあ、今は下《ショーツ》だからお願いだからお目々を隠そうね？　それって鼻だからね？　いや絶対わかってやってるよね、だって鼻と目は間違わないんだよ！　触っただけで分かるよね……って、テヘペロだった！」

流石《さすが》、元迷宮皇は侮れない。まあ、もう今更塞いでも手遅れだけどね、何かピクピクしてるし？　もう下《ショーツ》も出来たから帰って良いんだけど……無理そうだな？　(((ピクピク♥)))

うん、スライムさんは元気にやっているだろうか？

しかしノックダウンの仕方までお揃《そろ》いだった。これはもう、きっと俺には永遠に見分けられないんだろう。

だって、痙攣《けいれん》と震えに僅かな差異が見られるけど、流石にピクピクの仕方の違いで覚えたらまずい気がするんだよ？　うん、まあ……下着と服を着せよう。

抱きつかれてお菓子やお小遣いを貰ってるけどおばちゃんだから羨ましくも無い。

67日目　朝　御土産屋　王都前支店

どうしよう？　難攻不落を如何《いか》に落とすか考案してるうちに……王都内に拠点が出来てしまった。うん、王城も目の前。そう、ただ落とすだけだったらもうする事が無い。

外には城塞が有るけど、守ってるのは第二師団でいつでも開けてくれる。そして辺境軍と近衛《このえ》師団が旧御土産屋さんに詰めているから、いつでも王都も王宮も落とし放題？

「今、落とすと商国からぼったくりきれないな？」

外には軍、中にはLv100超えの女子が20人。って言うか街の中に迷宮皇さんいたら、普通に完全にとっくに終わりだよね？

王国だけ、第二王子だけなら詰んだ。だが商国からのぼったくりは続ける必要があるし、商国が援助を続けられなくなったら、その時は自動的に王都陥落でメリ父さんや王女っ娘《こ》の出番だ。それまでは経済攻撃《ぼったくり》を続行して商国の被害を拡大させておくに越した事は無い。だってぼったくれるんだよ？

「だけど第一王子抜きの第一王子軍って、あれ教会の子分軍とか爺《じじ》フェチ軍で良いよね？　まあ爺フェチ軍の到着までまだ掛かりそうだな？」

最も危険だったのは王都《こっち》だったけど、実際にヤバいのはあっち。

「って言うか爺フェチ軍の到来とか怖すぎる！　なんか辺境中のお爺《じい》さんたち逃げてーって言うくらいに危険そうだ!?　教会子分貴族軍で良いか？」

うん、ヤバそうだ！　さて、教会何とか軍が来るまで予想では最短3日。あと2日くらいは王都にいられるだろうか、これでまた教何とか軍が遅れれば更に余裕が出来る。ただ嫌がらせのゴーレムは、もう尽きたらしい……やっぱりいるのか。

だけど、その本命さんの動きが未だ読み切れていない以上、辺境のムリムリ城を開けっ放しには出来ない。メリ父さんたちも到着した。あとは王都で……何しよう？

「本屋は無かったし、食料も配給制で商店には出回っていないし、寧ろ御土産屋さんで独占販売状態だし？」

良さげな装備なんかは女子さん達が買い漁《あさ》っていたけど、服はしょぼかったらしい。既に辺境に文化レベルで負けているそうだ。しょぼいな？

そして、本日開店セールと言う名の絶賛ぼったくり中な『御土産屋　孤児院支店　みたいな？　感じ？』は、新従業員の孤児っ子達が頑張ってるから大繁盛だが人手が足りていない。

って言うか孤児っ子達が大人気？　どうも王都も貴族や、その周りの商国と繋《つな》がった商人がアレなだけで、一般人は結構辺境に近いノリみたいなんだよ？

「「「ううぅ、こんな可愛《かわい》い子たちが」」」

だから今迄《まで》は貴族に管理されていて入れなかった貧民街に入れると聞いて、大量の支援物資が運び込まれて来た。そして孤児院の孤児っ子達は大人気で、買い物しに来た奥様達《おばちゃん》に泣きながら抱きしめられて、お菓子やお小遣いを貰《もら》って孤児っ子達が困惑していた。

つまり、あの素敵な貴族様達は街の人からの援助物資もポッケナイイしていた様だ。

昨晩は話を聞いた図書委員たち文化部組がブチ切れて、一晩中貴族街に『悪夢』だとか『幻覚』だとか『幻痛』だとか『混乱』だとか『錯乱』だとか『痛痒《全身が超痒い》』だとかを大盤振る舞いでお贈りしていた様だ。うん、怒らせたら怖そうだから気を付けよう、あれってレジスト出来ないとリアル生き地獄なんだよ！

これで敵は分かった。問題は王族だ。だから聞きに来た、だから会議だ。まあ王弟のおっさんは喧《やかま》しいから王都前に隔離中らしい。何故《なぜ》かその扱いにとても共感《シンパシー》を覚えるのは何故なんだろう？

王都の第二王子は商国の言いなりになっているから猿山に返して来るとして、倉庫の第一王子も森の豚さんに仲間入りさせればいいとして……問題はその後も第三王子から第五王子まで居るらしい。やっぱチャラ王はとどめをさしておこう。だって奥さん五人て世の中舐《な》めてるよね？

「全く、こんな格差社会だから好感度も持たない、か弱き男子高校生が綺麗《きれい》なお姉さんに出会えずに毎日毎日おっさんおっさんしなきゃいけなくなるんだよ！　一人で五人とか独占禁止男子高校生法でも処刑決定の惨殺だ、許しがたい悪行だ！」「あれは第一王子、第二王子が大公爵家に取り込まれてね……慌てて三人増えたのだよ」

王女っ娘は良い。何も言わなくても昨日思い知った筈《はず》だ。王国を救うためには王国をぶっ壊さないといけないと、王国が存続できるとしたら王国をぶっ殺すしかないと。

そして覚悟は出来たんだろう、孤児っ子達に懐かれて、泣きながら一緒に遊んで抱きしめて回っていた。何となく女児ばっかり抱きしめていた気がしなくもないが大丈夫だろうか？　通報した方が良いかな？　事案発生？

あとは王弟のおっさんはおっさんだから知らないけど、おっさん繋がりでメリ父さんに任せとけば良いだろう。うん、まだ自分の無価値な首を持って、国を救い王国を守ろうとウロウロしてるんだよ？

「いや、どうしたもんだか？」

尾行っ娘一族の調べたところによると第三王子から第五王子までは外国との繋がりも無く、母親も大貴族の出ではなく、怪しい後ろ盾も無いらしい。

そして王子たちはまだ幼いらしいから、これからの教育次第だろう。それに第五王子は王女っ娘の血の繋がった弟だから、あの脳筋気味な姉の影響を受けていたら突貫突撃王子にはなっても腐敗はしないだろう。うん、心配だからメリ父さんに師事させないようにしよう。きっとそれが元凶だ！　一体これから何を学ぼうと思ったんだろう？

そして最大の問題、それがチャラ王。この王が病気で倒れたから大混乱で他国の良い様にされて滅びかかっていた、つまり倒れるまでは——この最悪な状況でも治めていた。あげぽよなのに！

「私からは頼むことしかできない。それすら身の程知らずだとは重々承知している」

チャラ王を回復させるべきか新王を立てるべきかで道筋が変わる。これで歴史が変わるのだから情に流されて感情で判断は出来ない。客観的観点で積み上げた真実だけを見比べ判断せねばならないだろう。如何にその功績が高く、貴族達と戦い利権を押さえ、民に施し貧民街にも手を入れようとしていた様だし、王国が貧困していたのも教国と商国に真っ向から異を唱え、獣人国を国だと認可し続け、教会の技術独占と商国の悪辣な商法に逆らい、結果経済封鎖されても折れずに王国の誇りを守り抜き、外国と結託した邪魔する拝金貴族達《たち》の力も削《そ》いでいた。そんな状況で辺境への支援金が捻出出来ずに、王家伝来の宝物まで売り払いながら援助し続け……ある日突然病に倒れた。

そして、すべてが最悪になった。

「やってる事は良いんだけど敵をつくり過ぎているし、結局経済封鎖で弱体化させられているのも事実よ。そして何一つ貴族位を剝奪せず誰一人処刑していない甘さが気になるんだよ？　奥さん五人だし？」「いや、王家としては普通なのだがね？」

辛辣な見方かも知れないが、これが公平公正な客観的な事実を見ての判断だろう。だって奥さん五人だよ？　うん、チャラ王だからチャラチャラ揉《も》めて、チャラチャラ戦って、チャラチャラ倒れたんだよ？　きっと回復させたら「あげぽよー、うぇえぇい！」とか言い出すんだよ！

「よし、おっさんな上に奥さん五人なんて碌《ろく》な奴《やつ》じゃない、きっと駄目だ、そう決めた。これが冷静且つ客観的な公正明大な判断だろう。だってチャラいんだよー」

「いや遥君《はるか》、ちょっとあれだけどチャラくはないからね？　ちゃんと王してたんだよ。私も辺境から離れられずにいて、王宮に誰一人味方のないまま、ずっと孤立無援で王家の誇りを守り、民を思い、ちょっと気が短くて大貴族や教国や商国とは揉めてたけど頑張っていたんだよ。才も有り頭も切れる、ちょっとキレやすいが根は優しいし、ちょっとお調子者だけどしっかりと計算も出来るし、まあ……チャラいけど良い奴なんだよ？」

「「「やっぱりチャラいんだ！」」」

よし、あげぽよ貴族とチャラ王は焼こう。しっかり灰燼《かいじん》に帰せばもう発生しないだろう。

「父は、王は立派な方です。お願いします、王をお助けいただけるなら我が身を生涯遥様に捧《ささ》げます。王でなければ王国は救えないのです。そして王ならばきっと古き良き王国を超え、歴代の王が目指した王国を作り上げる事ができるのです。道半ばで臥《ふ》してしまいましたがお願いします遥様……王を、父上をお助け下さい」

「遥君、私からも頼む。私は遥君にものを頼める立場ではないのは分かっている、辺境を滅ぼしかけていた無能な領主の言葉に価値など無い事も分かっている。それでも頼む。私にできる事なら何でもしよう。教国でも商国でも言われるままに突撃しよう。何でも言ってくれ！　だから……頼む遥殿、我が王を……どうか我が友を」

あれチャラ王賛成派多数？　いや民主主義は数が力だ、こっちは21名の女子がいる！

「遥君、こんなにお願いしてるんだから助けてあげようよ？」「「「うん、助けて駄目だったらその時にまた決断すれば良いじゃない」」」（ウンウン）

女子さん達まで向こうサイドだった！　こ、これがチャラ力……恐ろしい力だ。このチャラ王を目覚めさせると危険なあげぽよだ。

だから、ここはきっぱりと問題点を突き付けた方が良い。王女っ娘は娘だし、メリ父さんは友達だ。つまり私情が入っている。女子はそれに同情しているだけで感情抜きの冷徹な判断が出来ていない。だから最大の問題点を見逃して目を瞑《つぶ》り、目が曇ってしまっている。これはもう、そういう個人的感情の問題じゃないんだよ？

「みんな私情が入り過ぎて感情的になってるよ、これは王位と国家が懸かっている事なんだから、為人《ひととなり》ではなく政治的状況と経済的価値と軍事的有利さを鑑みて判断すべきなんだよ？　そこに個人の私情が入り込む余地はないし、私情を挟めば正しい判断なんて出来ないんだよ。うん、この問題の争点からみんな目を逸《そ》らして見逃して目を瞑ろうとしているけど、このおっさんチャラ王で奥さん五人だよ！　まじムカで激おこがプンプンのムカ着火でメテオのレインなんだよ‼　だって五人って、五人だよ⁉」「「「めちゃ私情が入ってた！」」」「「「むしろ私情だけだった‼」」」

怒られた？　うん、お説教まで始まった。何故この国家を揺るがす大問題が分からないのだろう。

「だって、もしもこの王国の国民が全員男子高校生だったら、奥さん五人なんて裁判なしの即処刑でも生温《なまぬる》くて、もう男子高校生たちが目から血の涙流しちゃうくらいの大暴動な大問題だよ？」「「「どんな国なのよ、その国は‼」」」

まさか、ここでオタ莫迦《ばか》をお使いに出した弊害が出るとは。だって男子高校生が俺だけなんだよ！　四面楚歌《しめんそか》だ、締めに蕎麦《そば》も食べたいんだけど、先《ま》ずは乳製品の拡充が先だろう。チーズとか生クリームとか……あっ、ピザが食べたい。ソーセージも欲しいんだよ？　でもサラミってどうやって作るんだろう？　しかし、ソウルフード的には味噌《みそ》と豆腐、そして海産物。醤油《しょうゆ》が有ったのだから味噌だって可能性は在る。そして、そこまで揃っているなら――そこには和食に近い食文化が在るはずだ。だとしたら……。

「何で怒ってるのにお味噌汁の具について呟《つぶや》いてるの！　あとお麩《ふ》もいれてね？」

お麩か、お吸い物のイメージだったけど有りだな？　いや、無いから探してるんだけど、麩菓子って言うのも捨てがたくは有るんだよ？

「違うの！　お吸い物も置いといて王様の話だったよね!!」「何で国王のお話でお説教されながら、お味噌汁の具で悩んでいるの！」「ああ、忘れてた？　うん、何かそんな話を昔聞いた覚えがある様な無い様な、どうでも良いな？　でも、味噌汁に素麺《そうめん》って邪道じゃない？」「「「お味噌汁の具は忘れて！」」」「そして、王の事ちょっとは思い出してくれるかい？」

まあ、王に戻るか退位させるか、ボコるか焼くかは後で考えれば良い。焼くけど？　確かに王女っ娘のお父さんなんだから見捨てるのは可哀想《かわいそう》だ……灼《や》くけど？

そう、ムカつくハーレムチャラ王で、奥さん五人も引き連れたおっさんとか超ムカつくんだけど、それでも王女っ娘はメイドっ子まで連れて、それはもう良い太腿《ふともも》と素敵な背中と魅惑の胸元で楽しませてくれた良い王女だった。だから、あげぽよの1匹や2匹助けるのも吝《やぶさ》かではないが、ムカつかないとは言っていない。うん、回復させてから焼こう。

「ありがとうございます……なのでしょうか？」「「「うん、焼こうとしたらボコるから安心してね」」」

でも、まだ駄目だ。今は駄目だ。まだ、それは早い。身体《からだ》を悪化させないように治癒用毒消しポーション、そして体力が戻る為《ため》の茸《きのこ》ポーション、あとは毒無効に回復（弱）の茸だけ渡しておく。

だって未《ま》だ商国は傷が浅い。ここで終わっても次がある。だから次なんて無いくらいに、深い深い致命傷よりも深い傷を刻んであげる必要がある。商国と屑《くず》貴族から有り金は吐き出させて、俺のお小遣いまで毟《むし》り取って、俺がお大尽様で王都の素敵な夜のお店で男子高校生の夢と希望と冒険をキャッキャウフフと大冒険で大活劇希な男子高校生的な欲望渦巻く夜の王都でお大尽様するまでは早い？　うん、お大尽様になろう？

まあ、ぼったくれば間違いない。いつだってぼったくりは正義。そう、それこそが商国への攻撃《メッセージ》なんだよ。

寧ろひきこもりなのに居場所のお家がほったらかしで帰れない。

67日目　獣人国　森

獣共の汚ねえ村に火をかけて焼き払う。そして、炎から逃げ惑う獣たちを捕まえる。これが簡単単純な獣狩りの基本だ。

「殺してもいいが逃がすなよ」「ああ、騒ぐなよ獣共が！」

そんで、餓鬼か牝《めす》の1匹でも攫《さら》えば、狂暴な雄は勝手に罠《わな》に掛かって行き死に絶える。

人族の真似《まね》をしたところで所詮は獣だ。馬鹿みたいに罠に突っ込んで来て勝手に死ぬ。

どうせ大人の雄なんて大した金にはなりゃしない、勝手に死んどけ。

「武器を捨てろ、逃げれば餓鬼を1匹ずつ殺すぞ」「自分でそこの首輪を着けろ。着けた奴は殺さねえが、後は皆殺しだからな。さっさとしろ！」

ったく、狸《たぬき》族の次は猪《いのしし》族かよ。安物ばっかりだ。まったく、こんな獣臭い森まで獣人狩りに来て、目玉商品の一つも無いなんて割に合わねえ。

「お前ら他の村知ってるんだろう？　言えよ、兎《うさぎ》か狼《おおかみ》か狐《きつね》の村の場所を言ったら、一つに付き1匹逃がしてやるぞ」

だんまりか。これだから獣人なんて名乗っても、役にも立たねえクズだ。まともな知性も無い獣には損得の計算も出来ねえんだからよ。

「他の獣の村でも3つ言えば1匹放してやる。さっさと言った者から逃げられるんだぞ」

使えねーな。まあ、売るまで生かしておくだけだ。痕が残らない様に痛めつければ、いつかは吐くのに馬鹿な獣だ。逃がしてやるなんて嘘《うそ》だから、どのみち売るだけだしな。

「なあ、人が少なくなってないか。まさか獣なんかにやられてねえだろうな？」

「あ～ん？　あ～、雌《メス》連れて行って遊んでんだろ。あいつら好きだからな」

「何だ、抜け駆けかよ。くそっ、こっちは餓鬼ばっかだって言うのによ」

危ない狼や熊には獣人狩りの部隊が行ってるんだろうが、こっちは外ればっかだ。これじゃ金にならねえ、兎か狐が見つかれば暫《しばら》くの間は豪遊できるが、狸はともかく、猪って殺しても惜しくない程度だ。まったくツイてねえな。

「何で偵察も帰って来ねえんだ？」「おいおい、まさかあいつ等《ら》まで雌を見付けて遊んでんのか」「さっさと狩らねえと、こんなじゃ金になりゃしねーぞ」

　王国が動かない今が稼ぎ時なのに……さっさとしねえと教会が動き出せば、また奴隷どもの奪い合いだ。

「これじゃ数集めるしかねえが、邪魔くせえな」「増えたら安いの間引けばいいさ」「まあ、猪じゃあな」

　こんなんじゃ、借金払ったら遊ぶ金は残らねえんじゃねえかよ、ったく。

「獣集めて閉じ込めとけ。帰りに回収するんだから見張りも遊びすぎんなよ」

ばらけて探して、見付けるしかないんだが……何か気持ち悪いんだよ。森が静かな気がする。なんか嫌な感じだ。

　まあ、その分獣が騒ぐわ泣き喚《わめ》くわで喧《やかま》しい。火魔法で火を掛けてやったら、やっと大人しくなりやがった。ったく火傷《やけど》でもさせると安くなるんだから騒ぐなよ、臭え馬鹿動物たちが。

「おい、散りすぎんなよ。それに『伝心の鈴』持ってるやつからはぐれんなよ」「ういっす」「心配し過ぎだろう、獣人軍の本隊はこっちには来られねえよ」

　ちっ、もうちょとマシな魔道具がありゃ良いんだろうが、教会の奴等が独占してやがるから俺ら商人は苦労するんだよ。しかし——やっぱ、なんか静かすぎねえか？

そして森の中に……餓鬼だ、いや大人か。若いが、雄みたいだから金にはならなさそうだ……何族だ、フードが邪魔で耳が見えねえ。

「動くなよ、逃げたら殺すぞ」

「逃げないよ、ここまで来て逃げないよ……ずっと異世界を目指してたんだから。やっとここに来たんだ。だから、もう逃げない」

キチガイか――人間の言葉が分かってねえのかよ。こりゃ売れねえな……殺そう。

「おい、お前の仲間や村はどこだ。言えば助けて逃がしてやるぞ」

「仲間は森に散らばっているし、村には行かせられないし、行けないよ。もう……行く所なんてどこにも残ってないよ」

キチガイだな言葉が通じてねえわ、ついてねえ。さっさと殺して次に行くか。

剣を構えて近付いても動きもしねえ、ビビって固まっちまったか。その剣を喉に突き刺す、突き刺す……えっ？

「あの獣人たちは戦っていたよ。罠だと分かっていても、それでも助けて守りたかったんだ」

えっ。（ブチッ）

※

化け物だ。獣狩りでちょっと遊んでいたら突然に仲間が殺された。突如として見えない何かに身体がバラバラにされた。

「な、なんなんだ！」

次々に身体の中に何かを突っ込まれたかのように震え、内側から千切り取られてバラバラにされて行く。くそっ、あの雌が暴れて騒ぐからこんな事になったんだよ、さっさと殺《や》っとけば。

「ぐうわあああっ、があああっ！」「あ、脚が、ぐがあがあああっ!!」

獣人狩りの部隊は全員スキル装備を身に着けているのに、片っ端から殺られていく。元A級冒険者あがりの護衛までもが、ばらばらに千切られていく。これは戦闘技術とか関係が無い化け物だ。

「おい、何なんだよ。一体、俺が何したって言うんだ！　何で俺らが殺されなきゃいけねえんだよこの人殺しがあああっ!!」

くそっ、獣奴隷の在庫が足りなくて、買うよりは安いし役得《おたのしみ》も有るからと、こんな所まで来たばっかりに。

「おい、ふざけんなよ。お、お、お前人族だろう。何獣の味方してんだ！　お、俺は人間だぞ。何で俺が殺されなきゃいけないんだ、ふざけんな！」

「ああ、僕は人間だけど僕が嫌いなのもみんな人間だったよ。獣人さんに恨みは無いけど人間にはたくさんあるよ。それじゃあ……死んでね」

があぁっ、何で、何で俺が、身体が……なにか侵入《はい》ってくる……！

「苦しめて、傷つけて、殺すのが楽しかったんでしょ？　楽しんでよ。苦しめて、傷つけて殺してあげるから」

なんで……（グチャッ）

※

こいつは人族だ。だが王国は分裂して内乱状態。まさか、もう教国の妨害部隊が出て来やがったのか！

「俺達《たち》は商業連合の者だ、後続部隊もいるし本隊も来てる。俺らに手を出せば敵対行為だからな。国に喧嘩《けんか》を売る気か！」

「はーーっ。もう、とっくに後続もいないし、本隊もいないんじゃないかな。喧嘩なんてした事が無かったんだ……だから売ってみようかなって思ってね」

どっから来やがった。気配も無いし周りには商国の獣人狩り部隊が展開しているのに、何で……どうやってこんな所に現れやがった。

そして――姿が消えた！

「待て待て待て、わかった、獣人の半分をそっちに渡す。手打ちだ。その代わり狩り終わるまで邪魔は無しだぞ」

消えて現れる。その度に仲間が殺されている、逃げるにしても味方はどこだ!? 腰から効果付きの剣を抜く。必ず刺せる必中の武器を。

「固まれ、ばらけんな」

返事が無い?

「だからもう誰もいないよ。さようなら」

後ろから声がした瞬間に斬りかかる。奥の手の『必中』の効果付き……いない? あっ。

(グサッ)

※

集合して情報共有。僕らは無敵じゃない、僕らは強者にはなれない。だから情報を押さえ、状況を確認して行く。

「A-2~C-5までは殺した。逃がしたのはいないよ……村2つは何も無し」「こっちでD-3まで潰したから、向こうの4つの村は大丈夫だったけど……A-6は間に合わなかった。殺されて焼かれてた」「さっきE-7で狸族は保護して解放したよ。でも猪族の村も駄目だった……あとのEの3つは無事」「こっちはGまで全解放だけど、あっちから奥に傭兵《ようへい》部隊がいる。あれが獣人国の守備隊狙いの部隊なんだろうね」

目標は全て解放した。間に合った村は全て助けた。殺せる敵は……全部殺した。みんなで人を殺した。まあ、思っていたよりは全然平気だった。だって僕らが憎いのは人間だから、きっと獣人を殺す方がよっぽど心が痛むんだと思う。

「案外、平気なもんなんだね」「ああ……僕らはとっくに壊れてるさ」

でも遥《はるか》君は違う。遥君だけは違う。その遥君は、僕達やみんなの為《ため》に殺し続けて来た……そして全然平気なんかじゃなかった。

だから殺してみたけど何も感じなかった。ただ殺された獣人たちの死体を蹴るのを見て、怒りのままに殺し尽くしただけだった。

遥君は柿崎《かきざき》君達はこっちだと言っていたけど、どうやら僕らもこっちみたいだ。でも女子さん達はあっちなのに、こっちに来てしまっただけ。そして遥君もだ。殺す事しか出来ない遥君はこっちではなかったのに殺し続けた……異世界《こっち》なら当たり前でも、遥君は誰よりも人殺しが大っ嫌いな——殺戮《さつりく》者だった。

「柿崎君達に合流しようか」「まあ、あっちは応援なんていらないと思うから、逃げるのを狩る方が良いのかな」

商国の傭兵部隊はもう全滅しているだろう。商国有数の歴戦の傭兵達、その危険な傭兵団はもう暴虐に巻き込まれて千切れてしまっている。

学校どころか全国レベルで有名人のアスリートたちの本当の姿は、遥君の言う通りの戦闘集団《バーサーカー》だったから。

海賊戦でも接舷した瞬間に何もかも終わっていた。戦闘も命も一瞬で蹴散らした。商国の船団は商業船と言いつつ、自衛のためと言って武装していて実際は自分達が非武装の船を襲っていた。要は商人兼海賊だった。その武装船に乗った海上戦の専門家の傭兵達が瞬く間に破壊されて行った、人体を瞬間的に的確に壊され、手際よく効率的に殲滅《せんめつ》されていた。

あの五人は、敵が人間ならば五人だけの方が強いのかも知れない。集団戦ならともかく森の中での遭遇戦なら、僕たちだけでなく委員長さん達ですらついて行けないだろう。だから、行っても邪魔になる。

そして……もう傭兵達のいた方向からの気配が殆《ほとん》ど残っていない。きっと、もう狩り尽くされ殲滅されている。

「うん、とにかく助けられるだけでも助けよう」「「「わかった」」」

音が消えている——戦闘集団《バーサーカー》、命懸けで全力を尽くし戦う事こそが喜びで、闘うために意味も意義も理由すらも要らない戦う事が生きがいの集団。戦いの無い世界で燻《くすぶ》っていた戦闘集団《バーサーカー》が異世界の森に放たれ、傭兵達はそれに出遭ってしまった……だから気配が消え去った。残りが本隊、商国の正規兵……軍隊だ。

「一番問題の、獣人の戦士や獣人軍を殺す為の本隊は？」「戦い殺す為の魔法とスキルと魔具を集めた殺戮部隊。あれだけは本気で危ないけど、スライムさんに任せてしまっていいのかな？」「「「あれこそ心配ないと思うよ！」」」

確かにその通りだ。ぽよぽよと可愛《かわい》いスライムさんは、遥君やアンジェリカさんと言う化け物と一緒にいても何ら遜色の無い程の化け物なんだから……可愛いけど。

※

森が静かすぎた。最初は最弱の魔物のスライム1匹だった。弱すぎる魔物で逆に見かけることのない、生まれてはすぐ喰《く》われるという最弱の魔物。おそらくはこれがスライム。たしかに珍しいが、態々《わざわざ》狩る意味も価値も無いし無視して進んだ。

「またかよ、なんか多いな」

大量発生したのか、至るところにスライムがいる。だが集まった所でスライム程度なら危険はないし先を急いだ。だが、どこまでもスライムたちが見渡す限りに広がっていた。異常過ぎる。

「大襲撃《スタンピード》が起ってるのか。魔法で焼き払うぞ」「集めて一気に処分しよう、周りから囲もう」

無視できない程の大群だった。一斉に来ればスライムと言えども流石《さすが》に危険。大襲撃《スタンピード》だったとしてもスライムだけならと行動を始めた瞬間《とき》に現れた森一面のスライム。森の木が見えなくなるくらいのスライムの海。

この本隊は戦闘中隊が6隊に、小グループが参加した大部隊だ。なのに分散した3千を超える大部隊が包囲されている。

「守れ！　防御陣、魔法部隊で掃討して先《ま》ずは数を減らすんだ」「毒を撒《ま》け、風下だけで良い。とにかく減らせ」「う、動きだしました。魔法壁が喰われてる？」「魔物殺しの武器も駄目だ、炎も喰われてる！」

魔法部隊の攻撃が効いていないし、矢も槍《やり》も効いていない。最弱すぎて幻とも言われる、無力な魔物なはずが……そしてもう囲まれて逃げ場がない。おい、生まれても喰われるだけの最弱の魔物じゃなかったのか!?

「どの魔道具でも効果なし。毒も駄目だ、効いていない」「くそっ、特殊個体の群れかよ。とにかく突破して逃げよう。あの数だと喰われるぞ」

商業連合の軍人や冒険者の精鋭が集められている。対獣人軍との戦闘を想定した最強部隊。その部隊の兵士達が次々にスライムに喰われて行く。これはもう見捨てて逃げるしかないな。

助けてはやれないが俺なら逃げ切れる。今迄《まで》、地獄を生き抜き化け物を倒して来た。今では似合わない軍の指揮官なんてやってても、元はS級の冒険者だ。そして俺は他とは装備から違う。

しかし数が多いうえに逃げると……誘導されている？　後ろはもう気配がない、あっと言う間に全滅かよ。そして——その先に1匹のスライム。

1匹だけだ。

だが違う。これでも元はS級まで行った冒険者だ。身を崩し軍に拾われたが、そこで殺人技術も身に付け、あくどく稼いだ金で特殊スキル装備まで手に入れた。明けても暮れても戦ってきた経験が告げている……強い。

「はっ、魔物が怖いと思ったのはこれで二度目だな」

あの迷宮王以来だ。あれで仲間をみんな失い、俺の冒険は終わった。だが、まさかあれよりもヤバい魔物がいるなんてな。まあ、これも自業自得で後戻りはもうできないか。酒に溺れて身を持ち崩し、借金だらけで軍に入り今迄随分と殺して犯して焼いて来たんだ。

「殺すしか路《みち》が無いみたいだな」

(プルプル)

これは死ぬな。

なら最後の手段だ。襟の裏のあるポケットに仕込んである薬を取り出して……飲み込む。寿命を縮め、下手すると一生副作用が付き纏《まと》うと言う曰《いわ》く付きの薬だが、その代わりに一時的にステータスは爆発的に伸びる。短い時間だが、その効果は数十倍だとも言われている……一気に行って、殺すか逃げる。

「ふうぅぅ————喰らえ！　ちっ」

剣に生きて来た——仲間を失って狂った一生だったが、それでも目指して来たのは剣。

「なのに……最期はスライム相手か」

天罰だな。迷宮王を倒し英雄と祭り上げられた。ずっと一緒だった仲間は守れず、皆死んでしまったのに英雄扱いだった。あれから狂い、見失ったまま生きて来たが……終わりが来た。やっと終わりだ。もう俺の魂は仲間の下へはいけないほど汚れてしまった、俺には最初から最後まで剣しかなかった。後のものは全部あの時に無くしちまった。

ゆっくりと剣を構える。

丸くポンポンと跳ねていたスライムが揺れ出し、大きく縦に伸びて行く。あれは……四肢なのか……擬人化している？

「人、これは人なのか……」

人の形になっていくが、人と言うには——美し過ぎる。

（……）

剣！　剣が振られた、俺の最期は剣だった。ああ、塵芥《ちりあくた》みたいな生涯の最期に見たものは、絶世の美女が振るう剣の極みに在る神技の一刀だった。何もかもを見失う前まで、ずっと目指して憧れていた……夢見ていた一刀だった。

※

全員集合して範囲索敵する。敵の気配は無いし、獣人さんたちも警戒して出て来ない……ケモミミ。

だから、獣人の死者の軀《からだ》を集めて、穴を掘り、後は埋葬するだけにしてある。墓石も石だけ置いて来た。きっと人間に埋められるのも、墓を刻まれるのも嫌だと思う。きっと人間には憎しみしかないはずだから。

ただ手を合わせて頭を下げる。尊敬の念を込めてただ冥福を祈る。これで商国の戦力は削れたと思う。あの本隊の強さは主力部隊だったんじゃないだろうか。それに傭兵部隊も統率が取れていた。

僕たちが掃討した村狩りの部隊ですら、装備がスキル付きで高Ｌｖの護衛も付いていた。それが壊滅すれば戦力は充分に削れたんじゃないだろうか……総勢５千は超えていたはずだから、大打撃は与えられたはず。

「間に合わなかったね」「河で増援潰すのに手間取ったばかりに」

そう、獣人の戦士たちが命を捨てて守り、戦い続けたから村は残り、奴隷も連れ去られずに済んだ。そして……敵《かたき》だけはとれた。そして――これで、もう獣人国には安易に攻めて来られない。

（ポヨポヨ）

だから、もうここに人族がいちゃいけない。今も恐れて警戒している、遠巻きに見張っている。村を焼かれて仲間を殺されて、今更人間が友好的に近付いても信用なんてできるはずがない。僕らは遅すぎたんだ。

うん、異世界までやって来たけれど……ケモミミは無理みたいだ。帰ろう。

「柿崎君達《たち》も撤収で良い？」「「「おおう」」」

もう一度手を合わせてから王国を目指して歩き始める。村を焼かれ、逆らった戦士は殺されても、捕まった女子供を助けようとして男達は罠《わな》に飛び込んで殺されて行った。

　ずっと脅《おび》えて逃げて隠れていた、諦めていた僕たらとは違う。死ぬ気で守ろうとし戦った獣人の戦士たち。あれが勇気だ、僕らには無い物だ。無謀だ、無意味だ、逆効果だと言い訳して、僕らが出来なかった事だ。

　それを殺して笑っていた。命がけの勇気すら馬鹿にして嘲笑《あざわら》っていた。だから……キレた。だから怒り、恐怖心とか罪悪感とかどうでも良くなった。ただ許せなくて憎かった。そして殺した。殺し尽くした。

　そして、やっと分かった。怖いから守るスキルを得たと思ってた。弱いからチートスキルで守られたと思っていた。

　怒っていたからだったんだ、憎かったからだったんだ、悔しくて、虚《むな》しくて、悲しくて……惨めだったからだったんだ。これは守るスキルじゃなかった、これは……怒りをぶつける為のスキル。

　帰ろう。だって異世界に来たことに意味が在るんなら、このスキルが必要なんだ。そして、そこでみんなが待っている。

（プルプル）

　異世界に転移して来たら、ずっと何処《どこ》にも居場所が無かった僕たちに……帰る場所《ところ》が出来ていたんだから。

便りが無いのが良い知らせで便りが有ったら不幸の手紙なら ぼっちはずっと良い知らせ？

67日目　昼　御土産屋　孤児院支店

御土産屋さんの作業部屋の中、所狭しと商品達が複雑な螺旋《らせん》を描いて渦巻き、ぐるぐると廻《まわ》りながら作られて完成品置き場に積まれて行く。

古くからリバウンドを節制する者はダイエットを制するとも言われているが、お饅頭《まんじゅう》を幾ら作っても作っても足りないと思ったら半分は女子達が買っていた。うん、孤児っ子達の栄養補給にお饅頭を配給していたから、食べてるところを見て欲しくなったんだろう。

「まあ、流石に子供たちから取り上げられないから、ご購入ってリバウンドを制御出来なくてビリー隊長がアリウープでワンモアセットなリバウンダーさん達の様だった。毎度あーり？」「お兄ちゃーん、『ペナント残り僅か、茸型《きのこ》はいらない』です」

伝令孤児っ娘《こ》だ。頭を撫《な》でて、ありがとうって言うと笑いながら店に戻って行った。やはり「辺♥境」シリーズが断トツだが、思いの外ペナントも売れている。そう、御土産の定番だけは有ったのだ！　でも茸型だけ売れていないな？

「まあ、ペナントって三角旗の事だから茸型は邪道だったりはするんだよ？」

うん、何か作ってみた時から何となく邪道感は覚えてたんだよ……何でだろう？　しかし、貴族と商国から有り金を巻き上げ、延々と商国から補給させて大損させる計画だったのに……何故《なぜ》か一般販売がめちゃ忙しい！

「ワンピ、ロングスカート売り切れよ！」「靴、鞄《かばん》とも在庫僅か!!」「鍋、フライパン売り切れ、早く作って！」

孤児っ子達の制服に続き、女子にも制服を支給したところ、王都で「女性服ブーム」が起きたみたいだ。どれも大量生産が簡単な平面裁断のシンプルなワンピにロングスカート、ブラウスにベストとジャケット。更に辺境では今一だったボレロが爆売れだ。

スカートもさっきボレロに合わせてバルーン型も販売したら追加注文が引っ切り無しだ。王都はお金も物も持っている、なのに商品が提供されていなかった。だから作っただけ売れる。

現在はビッチ達も王都の奥様《おばちゃん》向けの新デザインを描きおろしてはデッサンを持ってきてくれてるけど、新作を出しても出してもみんな買われて行く。超高速生産と奥様《おばちゃん》パワーにビッチ達のデザインが追い付かない。

「ベルト、ベルト早く！」「バケツと箒《ほうき》もね！」「辺♥境キャップ完売です!!」「右の棚キーホルダー足りないよ、何やってんの！」

そして辺境とは違い男性客も頑張っている。そう、沢山服を持ってレジを目指し、男性服の会計《レジ》には長蛇の列……うん、女子の制服がアンナミラーズに似ている様な気がするのは気のせいな気が気が気じゃ無いんだよ？

　そして貴族達にもスーパーぼったくり価格で、すぐ駄目になるけど豪華に見えるドレスをオークションでぼんぼん買わせているから破産は近いだろう。こいつらは見栄《みえ》の為《ため》にワザと値段を吊《つ》り上げて買っているくらい馬鹿だった。服に下着にアクセサリー、家具に美術品に宝飾類と、見栄えのする過剰な装飾品ほど狂ったように売れていく。

　その超ぼったくり価格の服1枚の値段で、孤児っ子たちは優に1ヶ月くらいは美味《おい》しい物が食べられていただろう。その超ぼったくり価格のけばけばしい美術品一つの金額で、全員分の暖かい毛布だって買えてただろう……それが飛ぶように売れていく。だから、ぼったくって返してもらおう。そう、奪った全てを１００倍返しのハイパー利息で孤児っ子達に返して貰《もら》う返還事業なんだよ。

「うん、孤児っ子たちの苦しみ分が超高金利で利息加算乗算のハイパーぼったくりインフレーションさんだから、あの貴族達《クズ》からは毟《むし》り取ってね」「「「了解！」」」

　まあ、煽《あお》るまでもなく他の貴族が買えば、自分も買わないと負けになると信じて買い続ける。

　一つでも多く、少しでも高い物を買う事で偉くなれると信じている。だから宝飾品もぼったくり価格で、高ければ高いほどよく売れる。うん、試しに近所に落ちてた石っころを拾って研磨して「賢者《けんじょ》の石」って超高値で限定販売したら即売した。うん、これって嫌がらせしなくても勝手に滅びるんじゃないかな？

「仕入れに行って来るから。在庫は積んでおいたから、馬車馬の如《ごと》くワンモアセットの気持ちで働くんだよ？　うん、レオタードも有るんだけど、レオタードで接客業って怪しさ満点で風営法がヘイへ○ホーって与作ってるから、ちょっと行ってくるよ？　まあ王宮の道も覚えたし寄り道して遊んできてもすぐ帰るから捜さないで下さい？　みたいな？」

「「「良いから早く行って！」」」「そして、すぐ帰って来て！」「忙しいの、商品足りないの！ヘイへ○ホーとか言ってる場合じゃないの!!」「「「ハリー！」」」

ハリー？　ハリーぼったくる？　まあ急いでぼったくる事に異存は無いんだけど、魔法の異世界でハリーぼったくるがヘイへ○ホーとか言ってるのって……何かが問題な気がして気が気じゃない気もするんだよ？　でも、なんか睨《にら》まれてるから行ってこよう。もう何十回と仕入れてるのに、延々と買って持って帰っちゃうんだよ？

そして、王宮の地下倉庫に仕入れに行くと……配置が変わっている。今度は何番倉庫なんだろう？

「もう、また倉庫の場所変えてるんだよ？　まったく変えるなら買う時に一言教えてくれると仕入れる苦労が減るんだけど、全く気が利かないぼったくられな人達なんだよ。でも、また船から荷が下ろされてるし、目標額まであと一歩？　ぼったの道も一歩からで、ぼったぼったと歩き回ると煩《うるさ》そうだけど儲《もう》かるからまあ良いや？」（ウンウン）

しかし、何で甲冑《かっちゅう》を着てないのに、お返事がスライムさん仕様なのだろう？

「えっと小麦に油……あっ、ほうれん草が入荷されてる！　それに比べて俺の報連相さんは何処で何してるんだろうね？　うん、今まで一度も報告も連絡も相談すらも無いんだけど？」

せっせとアイテム袋に商品をしまい込んでいく。この世界は完全な戸籍制度が確立されていないらしくて正確な人口が分からないけど、王都はどう見積もっても数万単位の人口はあるだろう。つまり最低でも毎日10万食分以上の食糧は送って来られている。つまり、それだけ落ちている。これに軍の装備や魔石買い付けの為の現金まで送って来ていて、俺が貰っているんだから、良い加減馬鹿にならない被害額のはずだ。だから手を打つはず。何もしない訳が無い。

「うーん、でも何にもない？　何をして来るんだろうね？」

罠は『トラップリング』の効果で発動しないから、有るかどうかすら分からない。見回りは王国の『究極の錠前《プロテクション》』のせいで中に入れない。そうなると良い加減フラグを立て続けた美人女暗殺者さんが現れても良いと思うんだけど……また居ない？　うん、地道にコツコツと仕入れをして、地味にいそいそと帰る。

「あっ、魚に麻痺《まひ》毒が入れてある？　これで捕まえる気なのかな……よし、哀れな貴族さん達に施してあげよう？」（ウンウン）

——貴族街が大騒ぎ。

「ただいま。大量入荷で今日はほうれん草と豚っぽい何かの肉のパスタさんが晩御飯で、ほうれん草のお浸しも絶賛研究中？　うん、でもほうれん草って言うと缶詰で助けてぱいぽぱいぽぱいぽのしゅーりんがん？　って言うかしゅーりんがんのぐーりんだい的にぐーりんだいのぽんぽこぴーのぽんぽこなーの？　みたいな？　ちょうきゅうめいのちょうすけを仕入れた？　感じだったんよ？」「「長いよ！」」「なんか、途中から寿限無《じゅげむ》さんが異世界召喚されてなかった!?」「ほうれん草は食べるけど、せめてパイポパイポで止めてくれないと、それはポ○イだって突っ込めないから!!」

寿限無さんのフルネームの下半分だけなのに駄目らしい。うん、人の名前の大切さがわかっていないようだからお説教しようかと思ったら……滅茶睨まれてるから止《や》めておこう。うん、何で怒ってるんだろう？

「はっ、JK的に寿限無さんと複雑な人間関係なトラブルで、きっと携帯に名前が登録しきれなくてトラブったんだ。ああー、登録件数より文字数制限こそを見直さないと全国の寿限無さんもきっとさぞお困りの事なんだよ？」「「『なんであれが覚えられて私達の名前は覚えられてないの!?」」「まあ、でもポ○イさん忘れて、寿限無さんの名前だけはフルネームで覚えてるって何なの？」「「って言うか、寿限無さん1件分の脳内メモリーで、私達全員の名前登録できるでしょ!!」」

やはり女子さん達には寿限無さんの名前が登録しきれない問題は重要だったようで、メーカーの怠慢で異世界まで通話不能で基地局問題に発展してるんだよ。まあ、スマホどころか携帯も持ってなかったから知らないけど？　いや、ぼっちだし？

「大丈夫だったの？」「なんか、延々と倉庫の位置を変えて来てたから、多分罠が仕掛けられていたんじゃないかな？　知らないけど？」「宝具だった『千古不易の罠』に掛からないで持って帰られた時点で、罠に掛からないって気付きそうなものなのにね？」

それでも魔法の掛かっていない物理トラップなら危ない。でも、その場合は『罠探知』スキルで気付くんだよ？

だけど、きっときっと仕掛けて来る。その取って置きが魔道具か、切り札クラスの戦力なのだろう。まあ、取って置きの魔道具が落ちてたら拾っちゃうし、切り札クラスが出て来たら斬っちゃうし、美人女暗殺者さんならアンアンだ！　うん、対策は万全だ。

そう、最後の手は美人女暗殺者さんしか無いはず。それ以外は許さない。うん、倉庫一杯の美人女暗殺者さん達《たち》に組《く》んず解《ほぐ》れずに襲われる危険な大人のトラップ発動で、襲い襲われ脱ぎ脱がせて戦慄《わなな》く様に罠に掛かっちゃうに違いない！　違ったら許さない!!　もう1回行ってみようかなー、まだかな？

「遥様《はるか》。第二師団の師団長のテリーセルから連絡で、商国の懐刀と言われる魔剣士ヴィズムレグゼロが王宮に入ったようです。どうかお気を付け下さいとの伝言です」「な、なんだってー……って、えっとマッケンジーが美人レロレロなマッケンジーは事案で通報した方が良いのかなー？　それとも痴漢で通報した方が良いのかな？」「「「どうして、寿限無さん以外の名前覚える気が全く無いの!?」」」

でも第二師団に通報しようにも、第二師団から通報されてるんだけど。確かに美人レロレロはマッケンジーさん如きに後れを取る気は無いんだけど、その為にもまず美人を用意してくれないと俺のレロレロ力が発揮される機会が失われて久しいんだよ？

まあ、遂《つい》に商国が動いた。だが、こちらも美人レロレロで引けを取る訳にはいかない！

「ふっ、こんな事も有ろうかと昨晩も毎晩甲冑委員長さんのシュミーズから透ける艶《あで》やかな生肌を、それはもう美しい滑らかな肌を余すところ無く舐《な》め舐めし、レロレロと爪先から上を目指し、震える太腿《ふともも》さんを舐めあげて遂に辿《たど》り着いた桃源郷《パラダイス》に舌を……」

お顔が真っ赤なオコの甲冑委員長さんと明けの明星。わかりやすく言うとモーニングスターが連撃中!?

「ちょ、だからモーニングスター禁止って張り紙したよね……えっ、鎖鎌!?」

まさかの大鎖鎌だった！

「って、それどうしたの……えっ、貴族が売りに来たの！」（ウンウン！）

何で王国の貴族が鎖鎌持って騎士してるのだろう？

「えっ、スキル付きなのに安値で買い叩《たた》いたの？　ふっふっふ、お主も悪よのう……って言うか、なんで買い取って装備してるの！　いや、はい、すみません!!」

だってレロレロだったんだよ、レロレロレロレロでヨロレイヒー？　的なヨーデルマスターに俺はなる？　いや、ならないんだけど負けられない戦いが、あそこにあんな風に有るらしいんだよ？

「そのマッケンジーさんはどこから出て来たんですか！」「何で商国の懐刀がレロレロ対決にやって来ちゃうのよ！」「マッケンジーと無関係な魔剣士です。ヴィズムレグゼロで、美人レロレロじゃなくて商国のきってての化け物ですよ」

被害を止めるために送り込んで来たのだから、探知系のスキル持ちだろうか。そして魔剣使い――何本もの魔剣を使いこなす魔剣士、その名もマッケンジー！

「「「違うって言ってるでしょ!!」」」「うん、趣味が美人レロレロと高尚なご趣味で気が合いそうだけど、おっさんと仲良くなる気は無いんだよ？」「「「まったく聞いてない!?」」」

だって美人レロレロするおっさんなんて最優先で焼くべきだろう。うん、美人さんへのレロレロは決して譲れない。だって、俺のなんだよ！

そして必ず出会うのだろう――だって、そろそろ仕入れの時間だし？　うん、また小麦が売り切れそうなんだよ……持ってきたばっかりなのに、また買って持って帰っちゃったんだよ？

真面目な仕入れ担当お大尽様なのに言い掛かられた。

67日目　夕方　ディオレール王国　王都　王宮

たった一人で待っている。向こうもこっちに気付いている。商業連合に切り札、商国の懐刀と呼ばれる魔剣使い。何本もの魔剣を使いこなす魔剣士で……マッケンジーだったっけ？　うん、趣味が美人レロレロって言うのだけは覚えてる。

そう、人と人が争う理由なんて美人レロレロだけで充分で、だって美人さんにレロレロするおっさんに良い奴《やつ》はいない！　だって良いおっさんなんて存在し得るはずが無い。だっておっさんだもの？　みたを？

「やっと泥棒さんのお出ましかい。泥棒されちゃうと困るんだよねえ。盗《と》ったものを返してくれるのなら見逃せるかもよ。減刑くらいは口添えしよう。どう？」

身ごなしに余裕がある。力みも無く弛《たる》みも無い。これは強い。

「ああ、マッケンジーさん？　って、真面目にコツコツ働く仕入れ担当運送業で再加工担当の生産者で滅茶働いてる労働者に泥棒扱いとか、美人さんにレロレロする変態おっさんに言われる筋合いは無いんだよ？　レロいな？」

まったく泥棒なんて人聞きの悪い。一体何を言っているんだ？

「あれ、子供？」

「ま、まさか美人女怪盗さんが現れるの？　そしてその美人女怪盗さんを捕まえてレロレロしようと待ち構えている所なの!?　ちょ、俺の美人女怪盗さんにレロレロしようとは許しがたいおっさんだ。俺がレロレロしたいんだから俺のなんだよ！」

「いや……僕はマッケンジーさんじゃないんだけど、仕入れ担当の人だったのかい？　ごめんよ、てっきり泥棒さんかと思って待っていたんだ。ごめんごめん」

どうやら泥棒が出るらしい。治安が悪いな？

「まあ、分かれば良いんだけど、その美人女怪盗さんも仕入れて帰ってレロりたいんだけ

ど？　うん、おっさんのレロレロ済みとか嫌だから、美人女怪盗さんをレロレロしないで欲しいんだよ。まったくこれだから近頃のマッケンジーさんと来たら困ったものだ？」

さっさと仕入れを済ませて、美人女怪盗さんのお出迎えの準備をしないといけないんだけど、問題は美人女怪盗さんを仕入れるべきなのか、美人女怪盗さんに盗まれちゃって持って帰られるべきなのかが問題と言えば問題なんだけど……回答は怪盗さんと相談すればいいのだろうか？　うん、まだかな？

「っ、ちょおっ！　それ駄目だよ。それを盗まれないように守ってるのに、何で仕入れちゃうの!!　それと、そのマッケンジーって誰、違うから」

「もう、またなのおっさん？　人聞きが悪いなあ、落ちてるんだから俺のだよ？　うん、もう拾ったんだよ。いっぱい落ちてるから、態々《わざわざ》ここまで仕入れに来てるんだから邪魔したら美人女怪盗さんにご迷惑なんだよ？　って言うか仕入れながらも、ずっと心は美人女怪盗さんをお待ち申し上げてるんだけど来ないじゃん！　さっさと仕入れて広々とさせないと大量の美人女怪盗さんが入荷されないんだよ？　だけど狭いのも素敵かも!?」

まったく非常識なおっさんだ。万有引力に引かれ地に落ちた有りとあらゆる落とし物は俺の物って、落ちた林檎《りんご》をパクってた万有引力の人も言っていたはずなんだよ。そう、物理学でも落として許されるのは3秒以内だけなんだよ？

「なるほど……って泥棒じゃねえかよ！　こら、何で堂々と拾って帰るんだ、落ちてないから！　何で倉庫に荷物が並んで落ちてるんだよ、置いてあるんだよな!!」

「置いてるって、落ちてるじゃん！　これが浮いてるの？　これって飛んでるの？　違うよ絶対落ちてるんだよ！　落ちてるから拾いに来たのに、泥棒扱いとか失礼千万で千尋の谷に突き落とされて上から隕石《メテオ》だよ。誰がどう見たって物理的に落ちてる落とし物で、どうしてこれが落ちてないと思うの？　まったくレロレロばっかりしてないでちゃんと常識って言うものを考えて欲しいものだよ」

褐色のマントで身体《からだ》の動きも武器も隠しているけど、これ見よがしに手には何も持たず滑る様にゆっくりと近付いて来る。背の高い痩せ気味の体軀《たいく》に見えるけど、引き締まった隙の無い身ごなしのおっさんだ。そして、おっさんの姿を描写しても全く楽しくないからさっさと帰りたい！

「落ちてる……のか？　って、待て待て待て、落ちてないって、置いてるんだからな！　それは倉庫に仕舞ってあるんだ……はあああっ、お前が泥棒君か」

「一体どう説明したら分かるのかな？　ここに入れるって言う事は閉まってなくて開いてるんだよ？　つまり、仕舞ってないから落とし物に決まってるじゃん？」

何も持っていなかった筈《はず》の両の手に二振りの色も形も違う剣……あれが魔剣。

「わるいね、捕まえさせてもらうけど抵抗しなければ怪我《けが》はさせないし、素直に盗んだものを返してくれれば悪いようにしない……とは言えないのが辛《つら》い所ではあるけど、善処だけは約束しよう」

左手の魔剣をするりと持ち上げて、ゆっくりと剣先をこちらに向ける。

「捕らえろ『拘束《バインド》』、封じ込めろ『停止《ストップ》』だ!」

あっ……これは大麦だよ。あとは野菜は増えてるけどお肉が少ないし、卵が全然入ってこないんだけど何してるの商国は?

「まったく気が利かない商国だよ、葱《ねぎ》と来たら卵だよ? 何で葱ときて次の箱が玉葱《たまねぎ》なの? おっ大豆と小豆も落ちてるよ」

これはワンモアセットだな。お饅頭《まんじゅう》の再生産が出来そうだけど、砂糖が入ってない。マジ気が利かないし使えない。そう、お饅頭に続きクレープのセンセーショナルな異世界デビューで砂糖も供給が追い付かないから、もっとじゃんじゃん送ってくれないと拾えないんだよ? 商国にお手紙出すべきなんだろうか。砂糖送れ? 砂糖をくれ?

「なんで盗んじゃうんだよ、ってなんで動けるんだい。って、僕が一人で『バインド!』とか『ストップ!!』とか言って剣構えてるのが悲しいだろ」

来た——戦う気は無かったみたいだけど、見逃す気も無いらしい。左を意識させながら、右の魔剣がこっちに向けられる。

「脚だぞ、貫け『刺突《スピア》』、逃がさないよ」

左の魔剣を放ちながら、無言で右の魔剣から魔力……厄介だ。俺のLvだとレジスト出来ないから、魔剣の効果を左手で『矛盾のガントレット』で無効化するか、右手の『世界樹《ユグドラシル》の杖《つえ》』で吸収しなければならないのに……普通に剣士としても強い。更に魔剣の使い方が絶妙に巧《うま》く、しかもおっさんだから近付きたくない!

「……無言で撃っても駄目なのかい……たったLv21なのに何で効かないかな。自信が無くなって来たよ」

わざと剣を向けて技名を声に出していた、それはもう見せ付ける様に。つまり無言で撃つための伏線、そして本命は剣を向けずに放ったこれだろう……うりゃ？

しかも、こっそり左手の剣が掏《す》り替わっている。つまり、また別の効果を持った魔剣。まあ、視《み》たらわかるんだけど？

じわじわと間合いを詰めて来るけど、焦りはなく、淀《よど》みも無い。自然体が崩れない。

「よし仕入れ完了。うん、俺は忙しいから後は独りで頑張っててね？　魔剣（笑）格好良いよね——『貫け！』（笑）とか？」

まあ、俺も若かりし中2の頃によくやってたんだけど、この前ブラフでやってみたら本当に隠れてたミストルティンが騙《だま》されて出て来て、貫いちゃって大騒ぎで吃驚《びっくり》だった……あっ、あの迷宮ほったらかしたまんまだよ？

「っていう訳だから、いくつになっても案外やってみたら出る事も有るみたいだから、夢を追い求めて一人で頑張ってね？　じゃあね？」

「待て待て……って待て！　それを持って帰られたら困るんだよ。本当にどうしても捕まってくれないのかな……それは持って行かれちゃ不味《まず》いし、逃がせないんだって」

物わかりが悪い。

「もう物わかりが悪い選手権開催で、莫迦達《ばかたち》と王弟のおっさんとゴブ達と一緒に競技でもして協議し合っててくれないかな？　どうせ永遠に話し合っても意味が分からないし、一部言葉も通じてるか怪しいトリオで？　うん、でもコボだと案外分かり合えそうなんだよ？　ビッチ問題の協議とか？」「おーい、話聞いてるかい。お願いしちゃうから捕まってくれないかい？」「逆に質問返しちゃうんだけど、何で仕入れに来たのに邪魔するのかな？　だって、どうせここに戻って来るんだよ？　うん、拾っても拾っても買われて、ここに戻って来るんだよ……はっ、もうここで販売した方が早い気がして来たんだけど!?」もう、いっそここにも支店出そうか？　王宮倉庫支店、買えば即王宮倉庫に配送無料で、置いた瞬間即仕入れだ！

「売ってるの!?　って、戻って来るって……売りつけてんの？　はあーっ、犯人確定か」目が変わった。表情が消え、気配も無くなり、息遣いまで感じられなくなった。うん、ついでにおっさんもやめればいいのに？

そして輝き始める金色の魔剣。あれが王女っ娘《こ》の言っていた伝説級の魔剣、『剣殺しの剣』。相手の剣や槍《やり》の効果《スキル》を一定時間殺して、武器の能力を無効化する。更に一定時間、敵の武器の能力をコピーする伝説の黄金の剣……でも鉄球なんだよ？

（ドゴオオーン！）「お帰りー、何か良い物でもあったのかな？　おおーっ、食料に金貨だ、お大尽様だ！　それは布……麻か……それだと帽子なら作れそうだけどゴワゴワだよ？　いるの？　まあ良いんだけど、通気性は良いんだし、涼し気な感じになるんだよ。あと、染めにくかったんじゃないかなー？　ナチュラル系でも良い？」（ウンウン♪）

良いらしい。ついにモーニングスターで暗殺事件が発生したけど。

そう、おっさんは一生懸命喋《しゃべ》ってたけど、ずっとその後ろで音も気配も空気の揺れすらも無いままに、巨大な鉄球が凄《すさ》まじい勢いで回転していたんだよ？　うん、見てて冷や冷やしてたんだよ。

「剣殺しの剣より、モーニングスター殺しのモーニングスターな魔モーニングスターが必要不可欠だけど、大鎖鎌も持ってるから気を付けてね？　まあ、俺も気は付けてるんだけど回避不能で、気を付けてても当たるんだけど気を付けてないと痛いんだよ？　目が×《バッテン》だから手遅れだけど？」

麻の帽子くらいならすぐ出来る。まあ、それは良いんだけど……このおっさんどうしよう？　強かったから置いて行っても不味そうだけど、最後まで殺気が無かったし腕や足ばかり狙っていたんだけど……どうしたもんだろう？

「うん、だって……また、おっさんなんだよ？」

持って帰っても何の楽しみも無いおっさんだ。楽しかったら問題だ！　いらないって言うか余ってる。おっさんが必要なら貧民街の地底にうじゃうじゃといるんだよ？

もうじき地底にもおっさんが大繁殖しそうで、きっと王都の地底人さん達もおっさん達に大迷惑している事だろう。うん、苦情が来そうだ！

仕入れ商品におっさん混入な異物混入事件で妹さんが可哀想だ。

67日目　夜　御土産屋　孤児院支店

どうやら仕入れに問題が発生したそうだ。

「なんか王城からの仕入れ商品に、おっさん混入したんだって」「「「な、なんだってー!?」」」

異物混入事件は聞いた事あったんだけど……おっさんは混入しないでね？　特にお饅頭とかには混ぜないでね？　まあ、それで持って帰って来ちゃったらしい。

「いや違うんだって、仕入れに行ったら仕入れの邪魔なおっさん混入で、美人女怪盗さんをお待ちしてたのに泥棒呼ばわりで剣を殺す剣で鉄球直撃だったんだよ？　うん、剣じゃなくて鉄球だったんだけど、粛とした静寂の中で音も気配も無く静謐《せいひつ》に鉄球が乱舞して、こっそり暗殺だったんだよ？　けど、まだ生きてる生おっさんなんだよ？　うん、おっさん仕入れても売れないけどどうしよう？」「「「それは一体何が起きちゃったの!?」」」

まあ、あの仕入れ自体が問題で、あれで今まで問題がなかったのが問題なんだけど……これが商国の？

「だって美人女怪盗さんじゃないんだよ？　でも、魔剣の落とし物をたくさん貰《もら》ったし、頭焼くのだけは許してあげたから捨てても良いかな？　でも、おっさんって放置すると増えそうだし、これ以上増えたら困るって地底人さんもお困りらしいし、深刻なおっさん増加問題で異世界が中年男性限定人口問題にまで発展中だと街で噂《うわさ》の大問題でおっさん限定人口爆発？　みたいな？」「「「うん、もう説明は諦めたから黙ってて！」」」

　聞けば聞く程訳は分からないけど、商国の懐刀と言われる大陸の伝説魔剣士ヴィズムレグゼロさんが転がってる。

　お目目が見事な×《バッテン》だから犯人はあの人だ！　そう、ついに歴史上初のモーニングスターでの暗殺事件が発生したみたいなの。うん、極めちゃってるね？

「でもマッケンジーさんはどこから来たの？」「そしてヴィズムレグゼロはどこに行ったの？」

　そこに転がっているからね？　どうせ名前は覚えられてないけど……うん、寿限無《じゅげむ》さんだけズルい！

「誰も勝てなかった魔剣の使い手さんだったんじゃなかった？」「うん、商国の取って置きだって」「だって……アンジェリカさんの鉄球の舞いは無理じゃない、剣って？」「「「あー、魔剣とかスキルとか無関係な質量兵器だもんね」」」

　なにせ、日々魔纏《まてん》で転移まで纏《まと》い、瞬間連続移動中の遥《はるか》君を追い掛けて、ちゃんと連檄《れんげき》でボコっているの。うん、消えててもボコるの？

「この男が、あの魔剣のヴィズムレグゼロ」「商国の七剣の一人……まあ、六人しかいないんですけど」「「「何で六人で七剣って名乗っちゃったの！」」」「「「って言うか、あと一人くらい居なかったの!?」」

　何処《どこ》も深刻な人材不足らしい。因《ちな》みに剣を使うのは四人らしくて、一不二武四剣とかだと駄目だったのかな？

「なんだか噂は凄《すご》そうだったのに」「「うん、急に有り難みが無くなったね！」」「六人しかいないけど七剣で、でも二人は剣じゃないって……ただの六人組ユニット？」「でも強いんですよ。今まで他国から商国上層部に送り込まれた暗殺者も突入部隊も全滅させられています。噂では教国軍の導師すら殺《や》られているんですよ」

　教国軍の導師クラスはS級の冒険者と同等以上で、効果《スキル》付き武具満載のエリートさんらしい。それすらも倒すほどの力。それ……どれ程なんだろう？　うん、全くわからないの？

「だって、私達もギルドではS級扱いなんでしょ？」「チート付きで、効果《スキル》満載豪華武装に、オーダーメイドのブラ付きだし？」

　うん、ブラはともかく、そんな娘がゴロゴロいて、それが皆まとめて毎日ボコられてお目目が×《バッテン》なの？　そう、よりにもよって、その連続目×《バッテン》製造犯の犯人さんに出遭ったら、それはもう目は×《バッテン》だと思うの？

「うーん、強いんだけど、剣技も多分凄いんだろうけど上手《うま》いんだよ？　でも、バレバレだから無意味にうだうだやってるから、後方不注意で鉄球に衝突で魔剣出血大放出？」

「「何で背後からモーニングスターで落とし物にしちゃうのよ！」」「いや、だって落ちてたし？　うん、拾ったから俺のなんだよ、だって手を離して3秒以上たったからアウトだよ！　もう、全部俺のなんだよ？　だって俺のアイテム袋に収納されてるって言う事は、それはもう俺のものだって言う事の証明なんだよ、だって3秒以上入ってるし？」

鉄球に衝突でって、後ろから殴っちゃったんだよね？　それって、さっぱり全然事故じゃないし、そもそも後ろから鉄球で殴って落としちゃったからって、その武器を取り上げて拾ったって……物凄く悪い強盗さんでも、そこまで悪逆非道な酷《ひど》い証言はしないと思うよ？

「まったく、こんなに苦労して仕入れたっていうのに、またお城に買って帰られたよ」

「「「うん、売る度に物凄い罪悪感だけが残ってるけどね!!」」」

鍵を掛けていれば入って拾ってくる。手に持ってれば殴り倒して拾ってくる。迷宮に行けばボコって魔石を拾い、迷宮皇さんとか迷宮王さんまでぽんぽん拾ってくる。

きっと、その内この大陸とか惑星も、落ちてたから俺のだよって言いだしそうだ——物凄く言いそうだ！

「あとの五剣の人も来るのかな？」「来ちゃったら可哀想《かわいそう》だよ」「うん、可哀想に健気《けなげ》に剣を持って戦う気でやって来るんだ？」「まさか背後からボコられて終わりとも知らずに、一生懸命に武器を持ってくるんだね……拾われるのに」「しかも、ボコられた挙句に、落ちてたから拾ったって剣を強制的に拾われちゃうって……」「「「うん、いっそ強盗さんのほうが優しそうだった!!」」」

どうしていつも敵さんの事を思うと、こんなにも心が痛むんだろう。いつもいつも可哀想な想像をするんだけれど、現実はいつももっと過酷。だって……きっと剣だけじゃなく、身包《みぐる》み全部剝がされるの！

そして、みんなが悩んでいるのに遥君は子供達と遊んでる。って言うか遥君を見付けた子供達が雪崩《なだれ》込むように大挙して押し寄せ、群がられて詰め寄られて埋まっている。そして子供たちの中心で高速回転を始めて、ぐるぐると子供たちを吹き飛ばしてるけど……子供たちはすぐさまハリケーンに再突入で、飛び込まれては抱き着かれて、群がられて、みるみる埋まっていく。

「お兄ちゃんごはんは！」「お兄ちゃん、お腹空《なかす》いたよ」「今日は何かな？」「昨日のお芋美味《おい》しかったの！」「お肉また食べられるかな？」「おむすび！」「今日もご飯食べられるの？」「うん、いっぱいお仕事したよ？」「ご飯、ご飯！」「美味しいは正義！」「私オムライスが良い」「クレープの開発はどうなっているの！　急いでよ、お兄ちゃん！」「お兄ちゃ〜ん、私〜、新しいバッグが欲しいな〜」「晩御飯は何々！」「お兄ちゃんリュックの追加注文も！」「遥君……お兄ちゃん麺類が良いんだけど」「お兄ちゃんミュールも欲しいよ！」「兄貴、かつ丼一丁！」「兄兄《にいにい》、寄せて上げる奴《やつ》も！」「お兄様、新作Tバックはまだかしら？」「「「お兄ちゃん、盾っ娘ちゃんだけエアー入りはズルいよ！」」」

よく見たら子供じゃない娘も大量に交じって、どさくさに紛れて注文している。全く、みんなもう……………お兄ちゃん栗饅頭《くりまんじゆう》も食べたいな？

そして子供たちの目がキラキラと輝く。旋回しながらゆっくりと宙を舞い、回りながら焼き上がって行く薄焼き卵がお皿の上に舞い降り、ケチャップライスを包み込んでいく。そしてケチャップさんで描かれる文字は「オム？」――うん、自分で作ってるのに一体何が疑問なんだろう？

そして、ジュウジュウとカツもあがっていく。熱々の揚げたてのカツが丼に降り注ぎ、合わせ汁と卵がトロトロと掛けられていく。カツとじ!?

「「「美味しそう……（ゴクリッ！）」」」

子供たちが純真な目で、夢見る様に眺めている。不純な娘達《たち》は大きいカツをぎらつく目で狙っている。ヴィズムレグゼロさんは……まだ×《バッテン》で隅っこで転がっている。

そして大鍋からはシチューーさんまで現れて、みんなの熱狂《ヴォルテール》が興奮の坩堝《るつぼ》に包まれ、歓喜の《の》狂乱に呑み込まれて、お腹の音も盛大に合唱と輪唱で鳴り響くの！

「出来たんだよー？」って言うか、かつ丼とオムライスの食べ比べに、謎鳥のシチュー添えで、茸《きのこ》のサラダは胡麻《ごま》ドレッシングさんです。うん、召し上がりやがれ？　みたいなって、見てないで食べようね？　みたいなー!!」「「「いただきま――す！」」」

茸のサラダは新製品の胡麻ドレッシング、子供たちの身体《からだ》の回復の為《ため》に毎食茸が付くから飽きない様にこっそり開発したんだろう。そう、「懐くなー！」とか「鬱陶しいー!!」とか言って逃げ回って、振り飛ばしてるくせに……甘々なの。今もこっそりお芋を蒸《ふ》かしてるし？

「美味しいよ、今日も美味しいよ」「食べて良いの？　これも食べても良いの？　本当に？」「美味しいね、パンてこんなに美味しかったんだ」「全部食べちゃったら、明日からのご飯どうしよう？」

まだ子供達はお御馳走《ごちそう》を食べる度に泣いちゃって、お腹いっぱいになるまで泣きながら食べている。まだ、きっと夢なら覚めないで欲しいって願いながら食べている。

毎日毎日食べるものも僅かな貧しい食事、それを今迄《まで》ずっと何ヶ月も何年も当たり前のように飢えながら暮らしていた、暮らさせられていた。

だから遥君は御飯を作りまくって、並べ立てて大盤振る舞い。それは今までの分も奪い返せって、これまでの分全部取り返して美味しい物をお腹いっぱい食べろっていうようにテーブルから零《こぼ》れる程に次々とメニューが追加されて行く。

まだ足りない、もっともっと食べろ。涙が止まるまで全部食べちゃえって、子供達が笑顔で引っ繰り返るまでずっと続くお御馳走。そう、その余波の津波でぽっこり娘達も引っ繰り返ってるけど……どうしよう？　うん、わんもあせっとで足りるかな？

「美味しかった……苦しいけど悔いはない」「「「うん、食い倒れだけどね」」」

そして大豆が倉庫に沢山落ちてたって、ああだこうだと研究中。狙いは豆腐？　まさかのお味噌《みそ》？

そうして――ようやく気が付いたみたい。

ヴィズムレグゼロさん。完全におっさん扱いだけど、20代半ばくらいに見えるエルフさんで、細く背の高い体軀《たいく》の美形の剣士さん。その様子だけで一目で強いのが分かる。まあ、さっきまでお目々×《バッテン》で気絶《ノビ》てたから分からなかったんだけど。

「はああぁー、俺って捕まっちゃったのかよ。まったく……捕まえる為に王国にまで出向いて来たのに大失敗だね」

　周りをのんびりと見回しながらため息をつく——でも一部の隙も無い自然体、無駄のない身ごなし。まあ、隙はなくても、武器も無いけどね……パクられてるから。

「おひさー、なマッケンジーのおっさんだっけ？　うん、捕まえた訳じゃなくて仕入れのついでに混入されて運ばれてきちゃったんだけど、売れないからいらないんだよ？　だってておっさんだもの？　どうしよう、地下に捨ててこようか？　地底人さんに許可とった方が良いかな？」「「「話くらいは聞いてあげて——!?」」」「あとマッケンジーって誰！」

　そして……お莫迦《ばか》さんだった。だって唯一の肉親である病気の妹さんの為に、薬を分けて貰う必要に迫られて商国のために働いていたらしい。それはもうベタベタな上に、救いのないお莫迦さんだった。

　だって王国こそがその茸《くすり》の原産地で、辺境こそが供給元なのに……それを独占して、流通させないようにしている商国のために働いていたらしいの。うん、だから薬が手に入らないのに？

「「「妹さんが可哀想だ！」」」「ええ、唯一の肉親の兄が莫迦って可哀想過ぎますね」「「「あまりにも妹さんが可哀想」」」

物凄く凹《へこ》んでるヴィズムレグゼロさん。

「そうだよ。病気で苦しいのに、兄が莫迦で莫迦な事してるって、とっても妹さんが可哀想」「しかも辺境で噂の『茸の伝道師』を襲って、挙句に鉄球喰《く》らってるくらいの大莫迦さんだから妹さんが可哀想!!」「それだけの腕があるんなら、辺境に茸採りに来たら解決なのに……莫迦だから莫迦な事してる兄を持って妹さんが可哀想です」

うん、かなり深く落ち込んでるところに容赦ない追撃。

「大体、唯一の肉親の妹さんが病気なのに。守らなきゃ駄目なのに……遥君《あれ》に喧嘩《けんか》売るって莫迦過ぎ!」「「「うん、凄《すさ》まじく妹さんが可哀想!?」」」「「「このお兄ちゃん莫迦なの？可哀想」」」

滅茶へこんでる。怒濤《どとう》の莫迦扱いと、妹さんが可哀想コールの波状攻撃でもう涙目だったのに、そこへ純真なお目目で憐《あわ》れむ孤児っ子ちゃん達が止《とど》めを刺していく。

それでも、お莫迦さん過ぎる……だってそれは妹さんだけじゃない、全ての病気の人を苦しめる行為だから。そして、それに加担して来た、頼る相手が正反対で、助けようにも敵対しているって、あんまりにも盛大にお莫迦過ぎて本気で妹さんが可哀想。

だって、こんなに襤褸《ぼろ》襤褸《ぼろ》になって、手を汚してまで妹さんを助けようとしてたお兄さんに対して、その妹さんがどんな気持ちで居たのかわかっていないの……まあ、襤褸襤褸にしたのはアンジェリカさんだけどね？

「知らなかったじゃ済まないが……知らなかったんだ。茸の事も、辺境の事も全く知らなかったよ。薬は商国にしか無いって思ってた。本当に馬鹿だね……全く妹に合わせる顔も無いし、あの世でも両親に合わせる顔が無いよ。ただ頼めた義理じゃないんだが魔剣は全て譲るから妹に茸を分けてやってくれないか、金も妹に預けてあるから頼むよ——お願いします！」

やっぱり莫迦だった。だって殺される気。

本気で腹が立つくらいに凄く馬鹿だ。唯一の肉親の兄が命を諦めれば、病気の妹さんはどうなるかなんて分からないのに。頼んだって確認が取れないし、信用できるわけもないのに。ましてや病気が治ってもたった一人になってしまう——自分で届けるのを諦めれば、それは諦めたのと同じ。だからね……怒られてね？

「ああ……それだったら、とっても助かるんだよ。うん、久しぶりに物わかりの良いレロレロ趣味の人と出会えて超感激だよ。いやいや、最近は諦めの悪い人達ばかりで超大変だったんだよ。だって、みんな自分の身を捨てて突っ込んでいって、それが出来ないと自分の首を持って辺境までうろつくし、村人ですら助かるかどうかも分からないのに家族の為に鍬《くわ》持って魔物の海に飛び込んじゃうし、本当にもう散々だったけど、やっと物分かりが良くて諦めの良い人に会えて……とっても嬉《うれ》しいよ。何とかさん」

遥《はるか》君が笑う。

「良いも悪いも捕まって、しかも馬鹿だから薬貰《もら》うどころか、薬が出回る邪魔してたんだ。

もう言い訳も言い分も何もない。ああ、俺が全部駄目にしちまったんだ」

笑ってる。もう駄目だ——だって、もう誰も声が出せない。だって、遥君が笑ってる。

「これが治療茸。普通1本で余裕で万が一な末期でも2本あったら完全回復でお釣りがくるのに、なんと3本もあれば死に掛かってても治った瞬間ダッシュで走り回れるよ？　うん、それとおまけにHP茸と体力茸でサクッと完治するんだよ。まあ、でも諦めたんだよね？　もう良いんだよね、妹さん死ぬけどしょうがないよね？　だって諦めたんだから？　さようなら、妹さん」

ヴィズムレグゼロさんの縄を斬り、取りあげていた魔剣を投げる。

「……」

「何その目？　諦めた人には何にも手に入らないよ、当たり前だよ諦めたんだから？　みんなどうしようもなくても、それでも諦められなくて這《は》い回って足掻《あが》いてるんだよ。手を伸ばさないで下ろしちゃった奴に手が届く訳なんて無いんだよ。だから……妹さんは死ぬんだよ」

殺気。狂気を孕《はら》んだ狂暴な殺気。

「うるせえ……それをよこせ！」

魔剣が踊る。濃密な殺意と魔力が渦巻き剣閃《けんせん》に変わる。

「要らないって言ったじゃん、もう諦めた癖に何言ってるのかな？」

顔が違う、声が違う——もう、喋《しゃべ》り方《かた》から雰囲気まで違う。ちゃんとできるんじゃない

の……うん、遥君はお兄ちゃんには厳しいの。

「……よこせよ！」

「奪えば？　でも、諦めちゃったら楽で良いよ？」

狂気に満ちた狂暴な殺気が爆発する。狂気が魔力と共に膨れ上がる——ただ、それだけ。

だって遥君が笑ってるの——狂気？　狂暴な殺気？　魔剣？　足りないの、そんなんじゃ全然足りないの。

だって一度でも諦めちゃった人の狂気なんかで届く訳が無いから……あの何もかも諦めず、苦しみながら手を伸ばして足掻き続け、ずっと抗《あらが》い続けてる現役強欲強奪者の現行犯に……届く訳が無いの。

「ちゃんと強いじゃないのよ」「全く、お兄ちゃん失格だね」

青光に魔剣が煌《きら》めく。突き出された魔剣が分裂しながら斬りかかり、逆手の剣から見えない斬撃を飛ばす。その魔剣を振った勢いで急激に身体を反転させ、身体で隠した陰から別の魔剣が伸びて——貫く。

でも、躱《かわ》されて無様に殴り倒される。

「まったく、自分のためにお兄ちゃんが死んじゃう妹さんの気持ちもわからないほど莫迦なんだから」「「「本当だよ！」」」

這いながら魔剣を地に突き立て、一斉に岩の槍《やり》を生やす。そして即座に飛び上がり、逆手に持った魔剣で焔《ほのお》を纏《まと》いながら薙《な》ぎ払い、もう1本の魔剣が巧妙に死角から飛び込む。

だけど、無残に殴り落とされる。

「よこ……せ。それをよこせ……よ」

震える膝で両手の魔剣を杖《つえ》にして立ち上がり、脚を引き摺《ず》るように前に出る。もう、歩こうにも足はまともに動かない。もう、体重を支える事も出来ていない。それでも前に出て行き、殴り倒される。

「あ……ぁ、ぐうぅ……」

魔剣を突き立てて地面を掻《か》き毟《むし》るように這い進む。這いずり、這い寄り、前へ前へと這う。這い進んで、爪も剝がれた血塗《ちまみ》れの手で魔剣を翳《かざ》し、何かの魔技を発動させるけど……その魔技ごと殴り飛ばされる。

「ぐぁ……っ！」

何度でも何度でも殴り倒され、何度も何度も蹲《うずくま》りながらも這い寄る。倒れながらも這い進み、這いずって前へと躙《にじ》り寄る。そして握りしめた魔剣を体ごと叩《たた》き付けて……殴り倒される。

ただ茸《きのこ》を目指して這う。もう魔剣も手に残っていないし、握る力も残ってないから……もう、ただ這うだけ。そして這って行けば……殴り飛ばされる。

それでも這う。

もう目も見えていない。方向も見失い、気配を探して這って進む。

鎧《よろい》も服も、肌も肉も擦り切れて、それでも這って行く。

馬鹿は死んでも直らないらしいけど、莫迦《ばか》は死んでも這ってでも諦めないみたい。うん、それが正しい莫迦だよ。だって、やっと遥君が普通に笑ってる……殴ってるけど?

絶妙な合いの手と見せ掛けて実は好感度さん暗殺な邪悪なお手々だった!

67日目　夜　御土産屋　孤児院支店

これは異世界制服問題と言っても過言ではないだろう。女子さん達《たち》に制服を支給したら、有ろうことか王女っ娘《こ》もメイドっ娘も制服を着てしまって、露出さんがお隠れあそばして会えない寂しさに震えてるんだよ?

「「「おおー、お揃《そろ》いだね」」」「可愛《かわい》いですね」

どうも制服が珍しくて、着てみたくて仕方なかったらしい。まあ、あのままのエロい格好は孤児っ子達への悪影響が懸念されて教育に宜《よろ》しくないとの意見も有ったんだけど、俺がとっても楽しくないいんだよ?

「メイドっ娘? って、最近では御土産屋従業員で売り娘なメイドっ娘? うん、下っ端要らない? おっさんだから格安販売の投げ売りで投げ飛ばしたいんだよ、だって茸払いでおっさん買い取っちゃったけど、おっさんだから要らないんだよ。仕事させようにも莫迦だしおっさんだし、剣しか能がない使えないボコボコおっさんだから使い捨てな下っ端の雑用係にでも要らないかな？」

「要らないかって……大陸のどの国で在ろうとも、魔剣士ヴィズムレグゼロに味方して戴《いただ》けるならば財を積み上げますよ。ありがたい限りですが……散々ボコボコにしておいてボコボコおっさんって鬼ですか！　護衛としてヴィズムレグゼロは大陸最強の者、商国でも懐刀とまで呼ばれていた剣士ですよ。宜しいのですか」

あれは万能型だけど、特に人斬りに強いタイプだ。正統派や対人専門に滅法強い殺し屋殺し。つまり護衛向き。

「えっ、ダメもとで『おっさんいりませんか？』って売って回ってみてたけど、マジで売れるの!?」

恐らく商国はもうじき手を引く。莫大《ばくだい》な投資をして、更に膨大な利権を得ようとしていたのに利益なし。損失が膨大に膨れ続けて、手を引くまで負債だけが増加し続ける。もうこの情報が商国上層部に届く筈《はず》、賢ければ即損切りに移る。少なくとも商人なら必ずそうする。

「如何《いか》なる王侯貴族であれ金貨を積み上げ、味方に求める伝説の魔剣士を売り歩かないでください！　その、『おっさん、拾ってください』って箱に入れるのは可哀想《かわいそう》ですからやめてあげてー!!　あと、その『マッケンジー？』って誰!?」

だけれど商人ぶった政治家や役人なら手を引けない。商業連合が分裂して崩れれば、商国なんて幻想は存在しなくなるのだから。そうなれば政治家や役人なんて必要がなくなり、政治で儲《もう》けていた政治屋の偽商人達は滅びるしかなくなる。そして……手を引けなければ、あとは搦《から》め手《て》。暗殺か誘拐か……だけど誘拐ならこっちが先手。でも、おっさんとかいらないんだよ？

「今、尾行っ娘一族がおっさん引き摺って妹さん攫《さら》いに行ってるから、攫ってきてから正式契約だけど、引き摺って帰って来ても多分おっさんなんだよ？　それに御土産屋さんにはおっさんの居場所とか無いから地下に落とすしかないんだけど、そろそろ王都の地底人さん達から苦情が出て来てるかも？　うん、地底人さんは亜人なのかな、魔物なのか、迷宮なのか？　って寧《むし》ろ、おっさんこそが魔物なの？」

って言う事は、やっぱりおっさんは滅ぼして良いのだろう。まあ、おっさんは置いといて、メイドっ娘は王女っ娘に付きっ切りだから王宮に影の護衛が誰もいない。人手不足？

「チャラ王ってほったらかし？　まあチャラいしおっさんだからどうでも良いんだけど」

妹さんは超高速移動用改造型豪華絢爛《けんらん》馬車「美人女騎士さん歓迎号」で、甲冑《かっちゅう》委員長さんの豪華護衛付きで迎えに行ったからすぐ帰って来るだろう。なんか盗賊とか轢《ひ》いて踏み潰して回って遊んでたら、まさかのお馬さんLvアップで更に速くて強い超高速馬車DXになってしまったんだよ？　うん、あの可愛かったお馬さんがなんか世紀末の覇者が乗っちゃいそうなお馬さんになってててちょっと悲しかったけど、お馬さんが喜んでいたから良いのだろう。

「王家付きの腕のたつ護衛や影は、みな第一王子と第二王子について行ってしまい人材難なのです。あと、王はチャラく……チャラ王ではありませんからね!!」

目下、最大の問題である商国の存亡の最大の危機は、護衛が甲冑委員長さんなことだろう。うん、無事に発見されずに帰って来ると思うんだけど、あれを発見しちゃうと商国が滅びちゃうかもしれないから、こっそりと攫える事を祈ろう。そう、世の中には見なくて良い事や知らなくて良い事がある。きっと看板娘一家だって、宿に迷宮皇さんと迷宮王さんが常泊してて宿代とってたとか知りたくないだろう。うん、教えたら家族で踊り出しそうだな？

「あれ、再雇用はしないの？」

まあ、あれは辺境の街の門番のおっさんが「良いぞ」って言ったから、俺は悪くないんだよ？　うん、良いって言ったから全責任は門番のおっさんだ。だってスライムさんも撫《な》でてたし？

「王子達を捕らえても、諸勢力に付いた影など今更信用が置けません。ですが魔剣士ヴィズムレグゼロの名はそれだけで脅威。それが王国にいるという事実だけで数十人分の影よりも力になります。王宮にいるだけで最恐の防衛力です。ですが本当に良いのですか、傍《そば》に置けば最強の護衛ですよ？」

マッケンジーのおっさんに護衛させるって……この御土産屋を何から守れって言うんだろう？

うん、だってお出かけ中だけど、普段から元迷宮皇さんが鎖鎌で遊んでいて、元迷宮王さんがぽよぽよしちゃう御土産屋さんだよ？　しかし、何で孤児っ子たちも喜んで鎖鎌を習ってるのだろう？　うん、あの孤児っ子たちは一体何を目指してるの!?　なんか甲冑委員長さんにも超懐いてたけど、あの人を目指すと……割と簡単に大陸が滅びるんだよ？　うん、あれは世界の平和的に、間違っても量産したら駄目なんだよ？　うん、迷宮皇クラスの孤児っ子達が大量生産って……王国はもう駄目かも知れない。

「だって最強の護衛って弱くてボコられてるから役に立たないし、それに剣殺しの剣とか格好付けてるけど、今時代は鎖鎌なんだよ！　うん、流行の最先端で最先鋭で飛んで来るからまじヤバくて、日々ポロリを夢見る純真な男子高校生の首がポロリしそうで危険な時代なんだよ？」「どこで流行《はや》っちゃってるんですか、それ!?」

うん、お外に出るとモーニングスターさんまで復活しちゃってまあ大変？

「まあ、なんと言う事でしょうみたいな巧みな技でボコられる、悲劇的なアフターがお待ちかねだから、おっさんの護衛とか何の役にも立たないよね？　みたいな？」

しかし、どうして俺がおっさんの就職の面倒を見ないといけないのだろう。だって俺が無職なんだよ？　うん、他人の心配してる前に、俺の就職氷河期の氷山の一角を破砕してかき氷作ったら売れそうだけど、異世界って夏は来るんだろうか？　季節とか有るの？　って言うか四季有るのかな……夏が来なかったら水着の作り損！　ちょ、あんなに頑張ったのに——儲かったけど？　うん、夜も勿論《もちろん》頑張ったけど？

「王宮を取り戻しても、防備が無力化された状態でどうしようかと思っていましたが……よく考えれば防衛設備を崩壊させて、挙句に国宝の護《まも》りの要『千古不易の罠《わな》』を盗んだ張本人が目の前にいるんですが……王家の秘宝を落ちてたって持って帰って来るなんて、果てしなく不敬です！　それ以前に普通に当たり前に窃盗罪です!!　よく考えると王宮に気軽に忍び込んでおきながら、実は忍んですらいないなんて無礼千万で打ち首で晒《さら》し首で縛り首で轆轤《ろくろ》首です！　……（以下説教）」

いや、ろくろ首さんはあんまり縛り首に出来ないんじゃないかな？　だって伸びるんだし？

「って言うか異世界に轆轤首さんいるの!?　まさか魔物さん？」

まさかの、ろくろ首さん異世界召喚だったらどうしよう？　もしかして同級生にいたんだろうか？　いたかな……流石《さすが》に首が伸びてたら、見たら気付きそうなんだけど？

「報告します」

尾行っ娘一族のお姉さんだ。でも、毎回報告が済むと一瞬でいなくなっちゃうお姉さんだ。顔にも布を巻いてて素顔が見えないけど、美人さんな期待は大きい。だって、お胸も大きいんだよ！

「現在、貴族街は破産間近で、家来や雇われの執事やメイドが逃げ出し始めています。既に現金は枯渇して家宝の武具を売りさばき始めており、某御土産屋さんが買い叩いて大儲け中です。それに伴い新たにモーニングスターが3個御土産屋さんに配備されました」

貴族さん達は勝手に終わったみたいだ。家宝の武具や装備を売って、それでも豪奢《ごうしゃ》な宝石やドレスを買っているらしい。もう武家としての誇りも実力も無い。ならば後は自力で生きて行けるだけの知恵と知性があるかどうか。なければ野垂れ死ぬ——孤児っ子たちは生きてみせた、助け合って生き延びて来た。だからやってみれば良いんだよ。うん、出来なければ死ねばいいだけだし。

「なんか、苛《いじ》め回して地獄を見せてやろうかと思ったけど、勝手に今から自分達で選んだ生温《なまぬる》い地獄が始まる様だから笑って見ていてあげようかな？」

うん、頑張って地獄で苦しんで、這《は》い上がって来たら……その時に改めて真の地獄に突き落として地獄巡りをさせてあげれば良いだろう。まあ、まずは孤児っ子たちの味わった貧困生活体験ツアーからだな？

だって許すことなんてできないんだから。そう、奴《やつ》らのせいでモーニングスターを3個も女子達が手に入れてしまった！　お説教がパワーアップ（物理）決定だ!!　やはり最悪なのは貴族共だ、赦《ゆる》すまじ!!

まあ、でも今晩も貴族街は地獄だろう。既に麻痺《まひ》トラップのお魚で病人続出で寝込んでるところに、図書委員たち文化部組の『悪夢』に『幻覚』に『幻痛』に『混乱』に『錯乱』なんかの精神攻撃の追い打ち中だ。あの『波及の首飾り』はレジスト出来ないから、今晩もずっと生き地獄決定。うん、特に『痛痒《全身が超痒い》』がツラたん？

だが地獄は俺の所にも来るらしい。だって今日は、その図書委員と美術部っ娘のブラらしい！　いや、なんか怖いんだよ……しかもTバックだし？

「普段のブラに合わせてTバックとヒップアップショーツでお願いします。日常生活や戦闘ではTバックが快適なのですが垂れるのは嫌です。就寝用はヒップアップショーツでお願いします、レースは蝶柄《ちょう》にして下さい」

入ってきた瞬間にこれだ。しかも女子高生が蝶柄レースのTバックって……思わず大量に作っちゃいそうだ！

「やっぱりTバックが快適なんだー……って目隠しするまで脱がないでくれないかな!?だって、目隠し係さんが留守なんだよ。うん、あとTバックは快適なのかも知れないけど、Tバック穿いてるかもって思いながらも、さり気なく気にしてない振りをして戦闘してる純真で純情な男子高校生的な感情は快適じゃない何かで大変なんだよ！　うん、普段からヒップアップショーツでお願いします？　だから脱ぐなって！」

どうしてお部屋に入るなり脱ぎだすの!?　うん、何でいきなり目隠しもしてないのに脱いじゃうの！　やっぱり痴女JK疑惑発動なの？

「目隠しされていても、本気で見たいのだったら『羅神眼』で見られるでしょう？　その瞳の前で隠しても何の意味も無いんですから、脱いでも一緒でしょう。まして測るのですし」「いや、見たくても見ないのが大変な苦悩で煩悩がOh！No！って宣《のたま》ってて、男子高校生心がのたうち回ってても我慢してるんだから……脱ぐな！　ましてやTバックなんだから危険度が山盛りいっぱいで『ブラの中は？』そう、ブラの中は山盛りおっぱ……って、言わせんな――!!」

なに、さり気なく話題《あいのて》を振って、俺の好感度さんに止《とど》めさそうとしてるの! 暗殺者《アサシン》なの? 今マジで俺の好感度さんに致命傷が届きかけてたよね!?

「それ、どんな合いの手なの!? うん、タイミング絶妙過ぎて思わず乗っちゃったよ!!」

やはりこいつはヤバい! そして甲冑委員長さんも、スライムさんも居ないから何となく空気が重い。だって男子高校生の一人部屋で女子高生二人が服を脱いでいく……うん、犯罪の臭いがして来る流れだ。

しかも、その女子高生の内の一人はTバックです。うん、犯罪だった! もう犯罪過ぎるよ。そもそもの前提が怪しい雰囲気なのにTバックが致命的にアウトなんだよ! この状況で無罪を勝ち取るのってかなり難しいと思うのに、俺が作ったTバックっていうのが好感度さんに致命傷《クリティカル》過ぎなんだよ?

「えっと、Tバックの痴女っ娘《こ》は置いといて、美術部っ娘は普通で良いんだよね? ま、まさか文化部でTバックお揃《そろ》い計画が特務機関によって決定されてたり!? だから俺が『やったか』って言っても誰も『ああ』って答えてくれないTバック保管計画? いや、保管せずにちゃんと穿こうよ、せっかく作るんだし?」

「普通でお願いするけど保管用もTバックも作ってくれたら嬉《うれ》しいですよ? 圧倒的に数が足りてないんです。洗い替えが危機的状況で、最近ではブラの洗濯のタイミングが女子会最大の懸案事項で乙女の秘密なんですから」

2枚じゃ駄目なの？　別個にスポーツブラも有るし、そもそも魔法で即乾燥も出来るし……雨だって少ないよね？

「ほらほら、どうせ作るようになるんですから、無意味に目なんか隠してる暇が有ったらチャッチャとパパッと作りましょう。その目隠しを作ってる間にもっとTバックが作れるはずですよ。寧ろTバックを作って目隠しすれば一石二鳥ですね」

「男子高校生がTバックで目隠ししてたら、一石が投じられた瞬間に俺と俺の好感度さんが二つ同時に墜落死決定だよね！　しかもTバックって目隠しするだけの布面積すら無いんだよ！　だいたい男子高校生が被《かぶ》ったTバックどうするの、それこそ無駄じゃ『穿《は》きますよ？』ああー、穿くんなら無駄じゃない……って、穿くの!?」

もう嫌だ。延々と突っ込みながら、全体を計測して調整し補正して行く。しかし盲点だった。文化部系は中衛職でオールラウンドだが後衛に近い。だから戦闘中はローブを纏《まと》っているし、私服も上着を着たりして、しっかりしていることが多いので目立っていなかったが……実は大きい組だったようだ。

うん、比較的動きが少ないから後回しになっていたけど上位入りは確実だったらしい。しかも、未《ま》だ文化部最大であろう三つ編みっ娘が待っている！　恐るべし文化部系!!

しかしエロい会話してる方がエロい感じがしないって言うのも不思議なものだけど、ツッコミに疲れるんだけどサクサク進む。

「どう？　違和感が無いか動いて確かめてみてね。擦れやズレがあったら申告してね？

あと『ポロリも』有るよ——、って無いよ！　今、一生懸命にそれが無いように補正してるのにポロリが有ってどうするの⁉　何で男子高校生が真面目に作ってるブラに女子高生がポロリを求めてるの？　そして、何でその絶妙なタイミングで台詞《せりふ》被せちゃうの‼　うん、補正してるんだからポロリは自重しようよ‼」

まったく、これで出来が決まるという締めの作業だというのに……うん、揺らして動かさないと分からないんだから……戦闘職には特に重要な作業なんだよ。大きいな？

「補正しなければならないのなら、揉《も》んで確かめれば良いじゃないの——頭文字《イニシャル》M？」

「それマリーさんですら言ってないよ！って峠をドリフトしながら怒鳴り込んでくるくらいの暴言だよね！　って言うか、それ言ってたらマリーさんが痴女扱いで歴史が変わって男子高校生が全員フランス史の勉強始めて大人気受講中で受験戦争勃発だよ！　もうベルばらも発禁コースでR18指定間違い無しだよ‼」

疲れた。だから図書委員は苦手なんだけど、でもようやく静かになった。そう、下《ショーツ》の採寸では喋《しゃべ》る余裕すらも無かった様だ……二人とも茹《ゆ》で上がってるし？

だって普通のショーツでも無言で痙攣《けいれん》してたのに、どう考えたってTバックの採寸は危険過ぎる無謀な挑戦だと言わざるを得ないだろう。でも今晩は甲冑《かっちゅう》委員長さんがいないから、男子高校生的にとっても挑戦が挑発的で超お困りなんだよ……如何《いかが》したものか。こんな時こそ未だ見ぬ我が魂の夜のお店《フロンティア》は何処《どこ》に在るんだろう？

「そして……二人もどうやって運ぼう？　うん誰もいないと静寂な空気が痛いな？」（ビ

クン、ビクン♥））

うん……密室で静かすぎて危うく夜想曲《ノクターン》の調べが聞こえてくるところだったよ！

新たなマリーさんが異世界召喚で商品の危機で子供の教育に悪い！

68日目　朝　御土産屋　孤児院支店

尾行っ娘一族っていったい何人いるんだろう。顔を隠して現れるんだけど、ちょいちょい違う人が出て来る気がする？　うん、渡してある仮社員証（偽迷宮用）は100枚で足りているんだろうか。うん、今度聞いてみよう……美人なお姉さんの時に！　だっておっさんなんだよ？

「報告します。旧第一王子軍偽迷宮到着は恐らく明日の夜。そしてもう一つの方は動きは有りませんが、やはり迷宮を調査している形跡は有るとの事です。確認された数は5。以上です」

ついに来たって言うか、遅いって言うか、異世界って移動速度の差が酷《ひど》過ぎる。あっちが軍を蜂起して王都を出て、やっと辺境に辿《たど》り着こうとしている……長い長い行軍で、ようやく最果ての辺境の入口にまで来たんだろう。

「うん、その間にこっちは第一王子を潰して、王都まで来て王都前支店作って営業でぼったくって、孤児院をのっとって孤児院支店に引っ越して王都まで入り込んで、合間に獣人国にもお使い出しつつ、マッケンジーのおっさん捕まえて妹さんを攫《さら》いに行って、そうして今日も1日頑張ってぼったくって、明日は辺境に帰省して先回り？」

これって、はたして辺境防衛戦って言えるんだろうか？　そして先に本拠地《王都》を押さえても引き返さないって……完全に教会の傀儡《かいらい》決定。つまり、最悪が有り得る。

「続報です、現在第三師団は半減し、代わりに地方の貴族軍と傭兵《ようへい》が加わり、確認できている数は2万6千。商国側は現在変わりなし。以上です」

旗頭の第一王子が捕まったのだから、もっと崩れるかと思ったけど所詮ただのお飾りだった様だ。まあ、豚さんだったし？　しかし何で豚さんを王子にして、豚頭を旗頭にしてしまったんだろう？　ちなみに王都はお猿さんらしい？

「ここって、わくわくな動物王国だったの？　チャラ王は大丈夫なのかな？」

きっと、異世界に来て様々な人生経験を積んで大人になった今なら、もう領主がオークぐらいでは驚かないだろう。うん、何か慣れて来たよ？

「お兄ちゃん店長ー、お姉ちゃん達《たち》が『朝御飯が出ないなら商品のお饅頭《まんじゅう》を食べちゃえば良いじゃないの！』って騒いでるよ？」

しまった、また新たなマリーさんが異世界召喚で、摩利支天さんも吃驚《びっくり》仰天でマリア様だって目をそらす謎理論でマリっているらしい。うん、早く朝御飯にしよう、商品が壊滅しちゃう!!

それに孤児っ子たちには山ほど食べさせないと、山の様に食料を寄付していった王都の奥様《おばちゃん》達に怒られる。現在、王都は配給制で食料は不足している。今も物資が売るほど有るのはこの御土産屋さんだけだというのに、ここで買ってその中から孤児の分と言って寄付して行く。どうやら奥様《おばちゃん》というものには辺境も王都も無いらしい。

「「「卵サンド様じゃ、卵サンド様が降臨されたのじゃー‼」」」「「「ありがたや～、ありがたや～」」」「サンドイッチさんは降臨してないんだよ。寧《むし》ろ謎の宗教が降臨しそうだけど俺が作ってるんだよ？　うん、だって作らないとお饅頭食べちゃうんじゃん！　お饅頭作り直すくらいなら卵サンド作る方が早いんだから、ちょっとくらい待とうよ！」

だけど初お目見えで大喜びで、謎の宗教まで巻き起こっている卵サンドさん。うん、やっと卵が順調に確保でき始めてる。

「まあ、爺崇拝《かみ》なんて特殊性癖《フェチ》集団よりは、卵サンドに礼拝する方が正しくて健全かも？　だって食べられるし？」

実際柔らかいパンが出来るまでが長かった。異世界のパンは固くてパサパサが普通で、甘みも無いから菓子パンやサンドイッチが作れなかった。だからなのか、ずっと以前からサンドイッチの要望は多かったけど、でも最大の要望がチョコパンって、チョコが無いのにどうしろと⁉　うん、チョコレート無いのにチョコパンが開発されたら、寧ろそのチョコを疑おうよ！　どうやら異世界でカカオまで探さないといけないらしい……普通は元の世界への帰還方法を探さないかかな？

「ちゃんと茸《きのこ》サラダサンドも食べるんだよ。あと、爺《かみ》には要らないけど奥様達《おばちゃん》にはいただきますするんだよー？　召し上がれ？　みたいな？」「「「いただきまーす♪」」」

孤児っ子達も見違えて血色が良くなってきた。みんなほっぺがピンク色になっている。流石《さすが》は茸ドーピング、結構ヤバい健康状態だったのに一気に治して、無理矢理立て直したようだ。だけど影で頑張り過ぎたのか、影のお母さんな副委員長Bさんはお疲れの様だな……あとで差し入れしてあげよう。きっと、あれからずっと一睡もしないで、一晩中『治療』と『回復』をかけ続けていたんだろう。

うん、静かだと思ったらよく居眠りしてコクコクと舟をこぎ、その下でぽよんぽよんと舟どころか豪華客船が大海原で大航海時代が幕開けしちゃって、もう新大陸さんも揺れちゃうくらいに揺れてる……しまった！　モーニングスターが増えている!?

「な、なんだって——、って鎖鎌まで買い取っちゃったの？」「「「うん、何処を見てるのかな（目の笑っていない笑顔）」」」

何でこの王国の貴族達はモーニングスターと鎖鎌をいっぱい持ってるの!?　何で騎士が剣で戦わないの!!　いや、だって鎖鎌持った騎士とか、鎖鎌で戦う貴族って聞いた事無いんだけど、この国斬新すぎない？

「だから、いつだって俺は無実で、お疲れだから魔力ポーションでも差し入れようかと思いながら船が大海原に出航するのを眺めて、遠い水平線に思いを馳《は》せてただけの浪漫《ロマン》な男子高校生に罪は無いんだよ？　うん、あとスライムさん達元気かなーとか想《おも》いを乗せて見守っていただけだよ？　ほら、やっぱり俺は悪くないじゃん！」

「スライムさん『達』って、スライムさん的なものが2匹なのに想いを乗せて、ガン見して見守ってたからギルティーだからね！」「うん、それ浪漫にポルノが付いて18禁だから、お説教決定です!!」

怒られた。もれなくお説教も付いて来た！　だって甲冑委員長さん居ないから男子高校生的に下着作製時の蓄積された行き場の無い想いのエントロピーが、不可逆的な一歩通行に男子高校生の思いを乗せて熱力学の第二法則な高校2年生の熱量が孤立系の中で漲《みなぎ》って大変なんだよ？　そうして食事も済み、お説教もクレープで切り上げて開店準備だ。孤児っ子たちは掃除を始め、女子っ娘達は商品を並べて営業体制へと移行する。

外は長蛇の列。商国の援助が切れれば、王都の食料を支えられるのはここしかない。そして、この貧民街《ぼったくり》は落とさせないし、ひもじい思いもさせない。その為《ため》のぼったくり、だからこその貧民街《ぼったくり》なんだから。

まあ、それも今日までか……まあ、まだ暫《しばら》くは女子さん達もいるし、王都の奥様《おばちゃん》たちなら大丈夫だろう。うん、棍棒《こんぼう》も配ったし？

そして第二師団の偉いおっさんは、王家に仕える者として必ず民を守ると盟約して行った。王国でただ一つの守備専門部隊な王都守護の第二師団が、民を守ると言うならば大丈夫なんだろう。きっと孤児っ子達も、王都も何もかも。

商国さえ退けば、後は教国。どうせ第一王子軍は囮《おとり》兼使い捨ての偵察用、本命は別。商国は大損害で内部分裂でも国家崩壊で済むかもしれないけど、教会はそれどころではない。だって魔石が無ければ教会は衰退するしかないのだから最初から本気度が違う。

そして過去教会と揉めた国の多くは滅亡し、教会はそれを天罰と呼んでいる。なんて随分と都合の良い天罰なんだろう。そんなに都合よく災害が起きる訳が無いし、軍を派遣して天罰なんか有る訳が無い。ましてや張本人の爺《かみ》が干渉できないと言ってたのに、その敬《けい》虔《けん》な教徒さん達は爺《かみ》の戯言《たわごと》すら真面目に聞く気が全く無いらしい。

だが、だからこそ手が読める。

そして、読めれば対策が出来る。

この世界は本屋が無いのが気にくわないが、それでも本は役に立つ。それが言い伝えだって、昔話だって、噂《うわさ》話だって、名も無き誰かの日記だって情報だ。だから対策が出来て、やれる対策はやった。それしか手が無くても、打てるだけの手は打てた。

足りたかどうかは分からないが、全部やった。やれる事はやったから足りない分はどうにかしよう。きっと明日から前哨《ぜんしょう》戦が始まって、囮が騒いでいるうちに事を起こす気なんだろう。

色々考えたって殺すだけだ。だって結局それしか出来ないままだ。守れる人達には守って貰《もら》わなきゃいけないから、殺すしか出来ない者は殺して回ればいい。

どうせ最後は殺し合い、どうせ異世界なんてそんなものだ——だから辺境に帰る。

そして王都はまだ終わっていない。だから、終わるまでは俺一人で行く。甲冑委員長さんが来てくれれば二人。スライムさんは間に合わないだろうけど、本番《あれ》までに帰って来てくれるだろうか？　3であって欲しかったけど、数は5だと報告が来た。出来れば委員長さん達は置いて行きたかったのに。

間に合わなければ負けだし、足りなくても負け。だが5なら間に合い、足りれば辛うじて戦える。手札《カード》が足りないこっちは全部出すしかない。そして間に合ったとしても、今度は王都ががら空きになる。だからこそ、あのマッケンジーのおっさんは拾い物だった。おっさんだから拾いたくはなかったんだけど、拾った価値はあったって言うか投げ売ったら儲《もう》かった？

商国はもう小細工しか出来ない筈《はず》だし、王宮にマッケンジーのおっさんがいれば迂闊《うかつ》には手を出せない。

あのおっさんは商国の懐刀だった。だから敵対していた教国は勿論《もちろん》、商国の暗部の情報も知悉《ちしつ》していて、対策できるほどに手の内も知っていた。だから、もう商国も教国も安易には暗部を送り込めない。だって、あれが護身特化者《ふところがたな》だから。

「「「いらっしゃいませー♪」」」

店が開くと、今日も今日とて朝から大行列の大賑《にぎ》わいな大儲け。盛大にぼったくりのお大尽様で大盛況で大絶叫だ。貴族用入り口の方は徐々に客足が減っているけど、一般用は今日も大賑わい。

「バーガー7、ポテト4です」「「「はーい♪」」」

貴族街の貴族《ばか》は伝来の武具装備まで売り払って、豪奢《ごうしゃ》な衣装や宝飾品を買い漁《あさ》っていたけど、一般用入口から買いに来る質素な身なりの貴族もいる。貴族《ばか》とは逆に、僅かな宝飾品や絵画を持ち込み、装飾も無い武骨な武具や装備を購入していく。第一王子にも第二王子にもつかず、教会や商国の利権にも靡《なび》かなかった、ほんの一部の本物の貴族たち。

だからわざわざ豪華な貴族《ばか》用の入り口から入って来た貴族《ばか》からはぼったくるけど、一般用入口から並んで入って来た貴族には適正価格販売におまけ付きだ。

孤児院の惨状を見て憤り、救おうとしたが為に大貴族に睨《にら》まれ、貴族街からも追い出され貴族の主流派から外され没落していった貴族達。その貴族達だけはちゃんと武具を買いに来た。王の剣《きぞく》が準備してるんなら、その王《チャラ》も叩《たた》き起こさなきゃいけないかな？

壊す事も殺す事も簡単だ。だけど作る事も、作り直し維持する事も簡単な事じゃない。そして、それを続けることこそが何よりも難しい。王家だけ有ったって何の意味も価値も無い。その意味と価値を認めて王家に集う民と支える貴族が必要で、その3つのどれが欠けても意味なんてないんだよ。

孤児っ子達は元気いっぱいに走り回って働き、奥様《おばちゃん》に捕まっては抱きしめられてお菓子やお小遣いを貰っている。ちゃんと笑顔でお礼が言えるようになったみたいだ。

初日は抱きしめられては脅《おび》え、お菓子やお小遣いを貰っては困って怖がっていたのに、今はちゃんと笑顔になっている。うん、奥様《おばちゃん》たちにも「奥様《おねえさん》」って言えてるから完璧だ。

子供あざとい！

そう、笑って駆け回って元気に働いている。

だから今日までだ。笑えるようになったから、ずっと笑えるようにしに行こう。そして笑えないくらいに、とてもとても笑えない者たちは笑いながら死に逝って貰おう。

たった数日の王都だったのに。今までの経験から鑑みて、どうせおっさんしかいないから焼き払おうかとか思ってた王都なのに……焼く前に確認しといて良かったよ！

食用だから口に入れないで目に入れると治療なのに傷害事件が発生だ。

68日目　夕方　御土産屋　孤児院支店

ついに商国からの荷が止まった。また鉄の海賊船が現れて積み荷は全て強奪され、船は片っ端から沈められて――そうして遂《つい》に諦めたらしい。

って言うよりも被害額の大きさに内輪揉《も》めの真っ最中に、海賊に止《とど》めを刺されて船まで大量に沈められては、諦めきれなくてもどうしようもないんだろう。だって、もう送る手段も物資も無い。

そうして商業連合は分裂して内政で精一杯で、当分の間はお外に悪さは出来ないだろう。

利益は無く、莫大《ばくだい》な損害を出して損失を埋める事も出来なくなれば……確実に商国の上層部は権力を失う。そうして政治力の無くなった政治屋なんて、何の力も残らない。

「だけど、商国の港まで行って船を沈めて回るとか……オタ達《たち》がキレている？」

まさか、間に合わなかったのだろうか。まさか手遅れだったんだろうか。また俺は失敗したんだろうか。俺はまた駄目だったんだろうか……分からないけど、考えてももうどうしようもない。それでも……辺境だけでも守る。駄目でも、失敗してても、無駄でも無意味でも、守れなくて全部失うかも知れないとしても……何か一つだけでも守れるかもしれないから、だから守る為に殺しに行く。

「うん、もう仕入れも入ってこないから在庫販売に切り替えるよ。まあ、商国からぼったくった分だけでも王都で3か月は『れっつぱ～り～』とかチャラ王がやらかして大盤振舞い続けてても余裕なくらいは在庫が増えてるし、元々の備蓄はその数倍あったし？」

うん、全部拾ったからいっぱい有るんだよ？　まあ、そこまでは持たない。

「配給が止まった時点で門は開くんだよ、敵から王都を守る王家の秘宝『究極の錠前《プロテクション》』も、中の民達から門を開かれれば意味が無くなるんだから」

だって、第二王子と共に戦いたい民がいるとは思えない。だから配給しなければ落ちる。城門前支店《こっち》に買いに来るしかないんだよ。

「だから全部毟《むし》り取ってぼったくる？　だって奪ったんだから、奪い返されても文句なんて受け付けないし？」「一番奪って強奪していた犯人さんだよね！」「普通に供述してるよ、まるで反省していないよ！」「まるで良い事の様に強盗して、素晴らしい事の様に盗み出して、立派な事のように詐欺にかけて、何もかもを毟り取った凶悪犯罪者さんが反省もせずに再犯予告中だ！」

だって、軍が動くっていう事は、その背後に必ず落とし物があるんだよ！

「貴族達が次々に破産して、屋敷を手放した瞬間に乗っ取って、豪華な貧民街《ぼつたくり》が広がって行ってるよねー？」「しかも嫌がらせの為に建てられていく五重塔達が何気に酷《ひど》いよね？」「ああ、五重塔から『人がゴミのようだ？』とか『下々《しもじも》さんこんにちは？』とか、『低層の人立ち入り禁止』とか垂れ幕下がってたね？」「」「ええ、貴族さん達がオコで泡吹いて倒れてましたね」」」

未《ま》だムカつくから、煽《あお》りも入れて現在も貴族苛《いじ》めを拡大中だ。だって、見下される事をして来たんだから、見下ろされて見下されていればいい。

「でも、貴族さん達って生きて行けるのかな。破産して家まで無くなって」

商国が手を切れば破産する。王国の利権と国自体を売っていたのだから、売る相手がいなくなればもう収入は無い。

有っても潰すし、ぼったくる。そして国を売った貴族なんて、もう貴族ではない。だから財産を食いつぶせば、あとは自分の力で稼いで生きて行くしかない。それは小さな孤児っ子達がやっていた事で、やって来た事。ずっとずっと誰からも助けて貰えずに、搾取されながら頑張って助け合って生きてきていた。だから……やれ？　出来ないなら死ね。

「この街を、この子達を見ていて、何も思わず何もしなかった人達ですよ。人かどうかも怪しいものですね」

まあ勝手に生きるか死ぬかするのだろう。全く以《もっ》て知ったこっちゃない。寧《むし》ろこっちが問題で、そして問題は明日からのご飯だろう。うん、作るだけなら料理部っ娘《こ》もいるんだけど、スキルの弊害なのか難しい料理は壊滅で、簡単なものすら100人分作るだけで1時間以上軽くかかってしまう？　そして固いパンと野菜くずのスープしか作った事の無い孤児っ子達に料理を仕込むのは、もっと時間が掛かる。

「作り置きで1週間は回せるとして、その後をどうする？」

冷凍保存なら1か月程度は保《も》つけど在庫がない。そして何故《なぜ》だか俺の異世界クッキングは誰も覚えられなかったし、誰も『魔手』や『至考』や『掌握』を取れていないからしょうがないと言えばしょうがないけど、幾ら作ってみても『料理』とか付かないらしい？

まあ、俺にも付かないんだけど、何で出来るのかは実は俺にも良く分かっていない？　うん、ただ出来るんだよ、料理だし？　そして話は戻る。

「ねえ、王国のごたごたなんて終わらせたら、辺境に孤児院造って『御土産屋　迷宮本店みたいな？』で働いて貰えば良いんだから連れて行こうよ」「うん、辺境の方が働き口だって多いし、人手不足だし……」「置いて行って、そのままじゃ可哀想《かわいそう》だよ」「やっと笑えるようになったんだから。もう、この子たちは泣かしちゃいけないの、もう、今まで一杯泣いてきたんだから、これからはもう一生泣かしちゃ駄目なんだから」

まあ辺境の方が安心と言えば安心？　あれ、たしか最果ての大陸最高危険地帯じゃなかったっけ？　だけど、魔物は危険でも人はみんな優しいし、食べ物も豊富になったし、物だって辺境の方が沢山有る。街だって……街の人が全員高ランクの棍棒《こんぼう》を装備した安全地帯というか、むしろ危険地帯と言うか、修羅の街だけど魔物さんは皆殺しで安全だ？　まあ、あの街はもう魔の森の大襲撃《スタンピード》くらいじゃ落ちないだろう。浅ければ迷宮の大氾濫《スタンピード》ですら食い止められそうだ。

「辺境もまだまだ森も迷宮も残ってるから安全じゃないんだよ？　それに、あそこは魔素が濃いし、そのせいで潰しきってもまたポコポコ迷宮が増えてるし？　うん、何より危険なのは――オタ達帰って来たら、孤児っ娘と幼児っ娘たちがリアルに危ない！」「「「そんな事………変な服プレゼントしそうだね！」」」

　そう、オタ達には看板娘にミニスカ縞《しま》ニーソプレゼント事件の前科がある。女子には内緒だが縞パンがセットだった！　うん、俺が注文受けたから間違いない。凄《すさ》まじいぼったくり価格にも拘《かか》わらず、毎日毎日ダンジョンに通いミニスカ縞ニーソ縞パンセットを購入して行った。しかも水色×白だったのだ！

　そして奴《やつ》らは過去に封印されし、旧《ふる》き亡霊の復活を企《たくら》む邪教集団だ。そう、奴らは現代社会が弾圧し、滅亡させ殲滅《せんめつ》した旧時代の亡霊の、異世界での復活を目論《もくろ》んでいる危険な邪教崇拝者にして異端の使徒。あいつ等《ら》は歴史の狭間《はざま》に幽する、あの禁断体操服《ブルマ》の復活を信奉する邪教集団《ブルセラずき》なのだ！　うん、幼児っ娘たちの危機だ！

「でも、だって……」「うん、だけど危ないよね。小さな子に辺境は」

まあ、既にバレー部っ娘達と甲冑《かっちゅう》委員長さんに禁断体操服《ブルマ》が復活して、裸族っ娘とギョギョっ娘と甲冑委員長さんは禁断水着《スクみず》もこっそりと異世界で再臨を果たしているんだけど、今は内緒にしておこう。だってニーソの時も延々と1週間縞ニーソ縞ニーソ縞ニーソ縞ニーソ縞ニーソってオタクハザードな感じで延々と群がられてウザかった！　うん、バレたらウザい!!　そして幼児っ娘たちがとっても危険だ!?

「だって、だって……」

そう、全くバレー部っ娘や裸族っ娘やギョギョっ娘の思い出の詰まった部活着《ユニフォーム》を如何《いか》わしい不純な目で見るなんて困った奴等だ。

勿論、俺は純粋な感情のままに甲冑委員長さんに着せて、男子高校生的な純情さで見たり触ったり撫《な》でたり脱がしたり、純真な眼《め》でガン見で禁断体操服《ブルマ》な禁断水着《スクみず》の部活巡り体験を神羅万象まで巡ったんだけど、超純粋な想《おも》いだったからきっと問題はない。うん。

「だって、みんないなくなったら、また泣いちゃうよ！」

でも、小動物っ娘も孤児っ子達と離れたくないのだろう。大きさ的に馴染《なじ》んでるし？

「ずっと子供たちだけで支え合ってきたんだよ。きっと頼るものくらい欲しいよ……まだ、ちっちゃいんだよ」「いや大きさはあんまり変わりが無いような……いえ、何でもありません。って、何も言ってないし、決して孤児っ子達に一部胸部が追い付かれそうどころか追い抜かれそうなんて思ってはいるけど大きくなれよーって感じの、丈比べが樋口一葉《ひぐちいちよう》な育成的気持ちで縦で負けるなら横で勝負だよ！　うん、横なら成長期は無限大の可能性が秘められてるんだけど、はみ出すとヒップアップじゃ支え切れないと思うくらいの、巨大な未来が君を待っている？　みたいな？」

小動物さんが威嚇中だった！　これは優しく「怖くないよ」とか言って手を出しても齧《かじ》り付く気の瞳だ！　しかも、噛《か》み千切るまで、ずっと齧ってるタイプの小動物だ!?

「今から成長期で、セクシーダイナマイトなバディーに成長中なの！　大きくなるんだけど横《デブ》は嫌っ！」「それは成長じゃ無理だから、『変身』とか『変形』とか『変態』とかの効果《スキル》とった方が良いんじゃな……いや、ほらあれだよせっかく異世界なんだし？　きっと『変形』は異世界的意味での成長期で、大きくなったら合体変形可能な要塞艦目指して私の歌を聞け～♪　的な？」

齧られた。どうもスキル『変態』が嫌みたいだ。まあ俺も嫌なんだけど？　だってステータスに『変態』まで書かれた上に、人族が変態しちゃったら違う種族がこんにちはで、ただでさえ疑われている俺の種族問題が大炎上で、炎上騒ぎから好感度さんまで逃げ出しちゃって好感訪ねて3千世界が放映されちゃうくらいの危機なんだよ。そして、やっとお帰りだ。

「甲冑委員長さん、お帰り。ちゃんとレロレロおっさんの妹さんと商国は無事？　うん、無事でよかったよ、発見されちゃったら妹さんが危険な上に、経済攻撃で分裂させた商国がモーニングスター攻撃で壊滅の危機で経済戦争の無意味さを心配していたんだよ？　主に商国の滅亡を？」「ただいま……連れて……来た。帰りました」

昨日の夜を超えるのが辛《つら》かったので、すぐにでも甲冑委員長さんの甲冑をパージしてあられもないお姿でお部屋にダイブでイントゥザ甲冑委員長さんにディープしたいんだけど、今は妹さんの治療が先なんだそうだ？

「うん、ちゃんとするから首根っこ摑《つか》まないでね？　俺は可愛《かわい》く愛らしくても子猫さんじゃないいんだよ？」

まあ、迷子の迷子の好感度さんなら首根っこ摑んで持ってきてくれると嬉《うれ》しいけど、捜索中《ウォンテッド》なんだけど、みんなで睨《にら》んで急《せ》かさなくても女の子のお口に茸《きのこ》を入れるだけの簡単なお仕事だから俺じゃなくても良いんじゃないかな？

「寧ろ男子高校生が病気で寝たきりの女の子のお口に茸を入れる方が問題に感じるんだけど……気のせいなのだろうか？　入れるんだけど。

「初めまして、遥《はるか》さんですね。ヴィズムレグゼロの妹のイレイリーアって言います。お話は伺いました、兄が莫迦《ばか》ですみませんでした。私、何も知らなくて、迷惑ばっかりかけてたら兄まで大迷惑で……ごめんなさい」「俺、頑張ったんだけどなあ（泣）」

美人さんだった。病気のせいか窶《やつ》れて儚《はかな》い感じだけど、目鼻立ちがはっきりとした美人顔で、レロレロおっさんとはきっと血が一滴も繫《つな》がっていないに違いないってそう決めたって言うくらいに知的な雰囲気。

そしてレロレロおっさんはおっさんだから気にもしていなかったけど、妹さん美人だと思ったらエルフさんだよ？　うん、お耳が尖《とが》ってるし？　いや、だっておっさんのお耳なんて見てないんだよ？　見えたらちょん切るよ？　だって、おっさんにお耳とか存在とか生命とか必要じゃないし需要も無いんだよ？

「ああ、莫迦が迷惑な大問題については日々複数形で苦労してるから慣れたくはないけど莫迦迷惑問題が日常化して慣れてるから、妹さんが気にしなくて良いんだよ？　うん、美人レロレロな兄おっさんは、茸代と迷惑料にぼったくりも付けてメイドっ娘に身売りして儲《もう》かったからまさかのおっさん販売の成功にお大尽様も吃驚《びっくり》なんだけど、地下に貯蔵されている大量のおっさんたちは売れ残ってるんだよ？　みたいな？」「「「売っちゃったの！」」」「そして最初からヴィズムレグゼロさんの名前覚えてなかったのに、ついに自分で勝手に名付けたマッケンジーまで忘れてるよ！」

だって、おっさんだもの？

「もう美人レロレロしか覚えてないんだけど、何でヴィズムレグゼロさんが美人レロレロに聞こえるのかな？」「遥君の場合お耳が心配って言うか、頭が心配って言うか、人間として心配って言うか……人間かが心配？」

何か最後の方が只《ただ》の誹謗《ひぼう》中傷になってるんだけど、何で病人の治療するのに俺の種族問題にまで発展して疑問が提題されているんだろう？　まあ、治療が先だ。

見る。視《み》れば診られる便利な『羅神眼』さんで観察して診察する。勿論《もちろん》だが薄着の寝間着な美人エルフさんだから、いつもより多く見回しております？　まあ診断する。って言うか診た瞬間から実は分かってたんだけど、せっかく見て良いよって言われて美人さんが薄着で素敵でエルフでエロフなんだから超見回して見つめて見入っていたら……なんだか『索敵』反応で敵に囲まれて窮地に陥ってるようだから治療しよう！　うん、一体この御土産屋さんには、どんだけモーニングスターがあるの!?

「やっぱりかー……これって辺境の病と同じ奴だよ。うん、多分茸でしか治らない魔素絡みの病気なんだと思うんだけど、でも辺境の傍《そば》にいないのに何で患っちゃったのかな？ま、まさか兄がおっさんだから加齢臭と言う名の魔素を放出していて、流行病《パンデミック》な香りを撒《ま》き散らしている！　よし、やっぱりおっさんは駆除して熱炎消毒しよう。きっと灰まで焼き尽くせば加齢臭と言う名の魔素もおっさんとともに消滅して世界が平和になるって決めた、根絶治療だ！」「臭くないし魔素も放出してないからね！　妹を助けてくれるなら何でもするし、売られたって何だって良いけど、非《あら》ぬ理由で灰まで焼き尽くさないでくれるかな!!」

　放出していないらしい？　それだと焼く理由をまた探さねばならない様だ。うん、焼いてから考えれば良い考えが浮かびそうなんだけど駄目らしい？

「まあ、これなら茸で治るんだから俺が嫌って言うほど持ってる茸で直《す》ぐ美味《おい》しく簡単に治療できるんだよ？　はいイレイレーイヤ～ンさん？　あ～ん、ってお口を開けて、僕の茸をお食べー？　うん、入れちゃうよー、お口に茸が入っちゃうから、ちゃんとお口であむあむするんだよー？　みたいな？」「「「間違ってないんだけど、如何わしいから黙って

治療して！」」」「うん、青白かったはずなのに、妹さんの顔が真っ赤だね」「「「って言うか、乙女に丸ごと1本咥《くわ》えさせちゃ駄目なの！」」」

即効性が有るし体力回復に血行促進効果も有るんだから、顔に赤みがさすのは治療成功の証拠なはずなのに……何故か怒られた？　向き？

「いや？　向きって茸に食べさせて良い向きと悪い向きが有るの？　横は咥えきれないと思うし、普通に下側を持って食べさせるんだから向きに問題は無いはずなんだよ？　えっ、だって俺の茸だから僕の茸で間違ってないよね？」

寧ろ他人の茸食べさせてたら盗難事件発生で共謀罪が適用の茸無銭飲食食べ放題問題だけど？

「それに食用なんだからお口に入れないでどうするの！　お耳とかお目目に入れたらそっちの方が大問題で、治療なのに傷害事件が大発生だよ!?　って言うか目に茸突っ込んだらとっても痛いんだよ？　耳は試した事無いけど、多分あんまり病気には効かない気がするんだけど一体みんなは何処《どこ》に茸さんを入れちゃうって言うの？　何処なのかなー？」

何故か妹さんの治療をしたのに、全員の顔が赤いのは何故なんだろう？　血色が良くなって良い事なんだろうか……まさか流行病《パンデミック》！

「やっぱりレロレロな加齢臭が感染源!?」「「「今、感動的な場面だから黙ってて！」」」

まあ、兄妹が泣きながら抱き合っている。俺も妹さん限定でならぜひ抱き合いたいんだけれど、鎖鎌が回転する風切り音が室内で鳴り響いているから参加は見合わせよう。うん、一体鎖鎌を何個仕入れたの？　そして何で販売しないで、みんな標準装備しちゃってるのだろう？　うん、そしてやはり甲冑委員長さんの大鎖鎌だけが無音で怖い！

さて晩御飯にしよう。たっぷり作ってどっさり作りだめて行こう。孤児っ子達《たち》も妹さんも栄養不足で体重不足だ。余ってわんもあせっとの人達は……はっ、殺気！

「違うんだよ！　何が違うかは分からないんだけど、取り敢《あ》えずみんなモーニングスターと鎖鎌は仕舞おうよ？　だって……いえ、見てません！　きっとお腹《なか》なんて見ていないんだよ！　そうだよ、そんな昨日は甲冑委員長さんがお留守でわんもあせっとが不足中で燃焼不能なカロリーさんがたっぷりとポッコリなんて誰も思っても言ってないんだから、お腹ぽんぽこりんとか聞こえてる筈《はず》がな……（ドゴーン！　グサッ！　ゴガンッ！　ザクッ！）」

晩御飯だ……俺は生き延びる事が出来るか。みんなも晩御飯ゲットだぜ？　みたいな？

入れ挿れイヤーンってアピられても茸を挿れないと良くならないのに怒られた？

68日目　夕方　御土産屋　孤児院支店

ずっと寒かった身体《からだ》が温かくて、ずっと痛かった苦しみが消えていく。そして消えそうだった魔力が巡り……温かい。そして真っ黒な瞳が微笑《ほほえ》む。

急に攫《さら》われて自害も覚悟しながらも抗《あらが》う力もなく、だけど助け出してくれた騎士様は絶世の美女で、星灯りの下で煌《きら》めく金色の髪と美貌に見惚《みと》れていたら――大丈夫。辿々《たどたど》しい声で、だけれど心から信用させるような、強い信頼の滲《にじ》み出る美しい声でした。

「御主人様《ますたあ》、絶対、救けて……くれる。絶対です」

そう言って笑う顔を見て、他人を信じられなかった私が、兄様しか信じるもののいなかった私が……信じてみたくなった。

それは美しい夢のようで、御伽噺《おとぎばなし》のように駆け抜ける世界。もう、夢見ることなんて無いと思っていたのに……きっともう長くない私のために誇りを失い、その手を汚してまで薬を用意してくれている兄様のことだけが心残り。

「イレイリーア！」

騎士様に抱き抱えられたまま、満天の星空を背景に泣いてる兄様の顔。ボロボロと涙が降り注ぐ、その顔は……襤褸襤褸《ぼろぼろ》のボコボコ？

「兄様……どうして」

「取り敢えずこれを飲め、話はそれからだ」

見たことのない薬。私のためにまた兄様は無理をして、こんなに襤褸襤褸に……なんで騎士様は目を逸《そ》らされてるのでしょう？

そしてエルフの私でも感知できない気配、女の子。

「偽装は完璧です、朝までは気付かれないはずですし、万が一踏み込めば……大爆発？」「爆発すんのか!?」「えっと、遥さんは足止めに吃驚させる火と煙が出る道具だと言い張っていましたが爆発します。経験上、大体どんな説明を聞いても全部最終的には爆発します！」「そのポーション大丈夫なんだろうな!?」

身体が軽く楽になり、息が苦しくない。痛みも遠のいていく……どんなに薬を飲んだって、全然変わらなかった身体が……温かい。

「逃走兵器とか攪乱《かくらん》装備とか脱出用が怪しいですが、他はわりと大丈夫……ではないんですが爆発はしないです？」「大丈夫じゃないのかよ!?」「いえ、大丈夫なんですが……気軽にポイポイ絞ってましたけど、あれ全部霊芝《エリクサー》です。わりと金額的に全く大丈夫ではないですけど、効能は絶対に大丈夫です。だって遥さんが作ったんですから」

この子も騎士様と一緒。その人の事を心から信じている強い瞳、その感情が純粋すぎて言葉にはならない強い想《おも》い。


「兄様……大丈夫です。すごく楽に」

「イレイリーア……苦しくはないか！」

「はい、それで一体何が」

兄様がいてくれて、身体から痛みが消えて、空は満天の星で、何もかもが夢のよう。

「それについては悲しい話が……」「はい、覚悟はできています」

残り僅かな命、それが急に治るなんて夢物語が有るわけがない。有るとしても、そんなのは手の届かない奇跡。

「実は――――」「えっ！」

私が治らないように、兄様の枷《かせ》で有り続けるように。

「つまり……」「はい、お兄様は残念ながら……残念な方でした」「済まない、騙《だま》されてた……多分薬も粗悪品か、最悪偽物だった」

それでも、そうだとしても、もう私の身体は薬で治せるようなものではなかった。

「だいじょうぶ」「はい、大丈夫です」

だけど、信じてみたくなる。だってこの二人の瞳は満天の星より輝いていて、曇り一つ無い信頼に溢《あふ》れているから。

「大丈夫なのか、本当に」「薬は劇薬ほど毒にも薬にもなります。だけど大丈夫なんです。だから遥《はるか》さんは茸《きのこ》の伝道師なんです。それに、あのポーションですら気休めの万能薬ってポイってくれたでしょ」

まるで何もかもが夢みたいな話、まるで夢の中の世界のよう。そう、私はそれが夢の始まりだとは知らなかったから。

そして……お口に茸を突っ込まれました。凄《すご》く太くて大きかった。

小動物が子狸変化で少女をやめて猩々に変態で物の怪だ。

68日目　夜　御土産屋　孤児院支店

泣いている、やっと笑えるようになったのに大泣きだ。笑っているからって大丈夫だとは限らないし、笑えているからって傷が癒えた訳じゃない。だから泣いてしまっている。涙を溢《こぼ》し、嗚咽《おえつ》しながら小さな手で必死にしがみ付いて、叫ぶように訴える——息も絶え絶えに全身全霊で泣き喚《わめ》きながら。

「やだ、付いて行くよっ」「絶対に一緒が良いよ」「一生懸命働くから置いて行かないで！」「僕も働く、ちゃんとお仕事できるから！」「ぼくもすぐ大きくなって、大きい物も運べるようになるから」「お兄ちゃんも、お姉ちゃんも行っちゃいやだよ～、私も一緒に行くの」

女子さん達も孤児っ子達を抱きしめながら泣き崩れてる。もう誰の嗚咽かわからないほどの鳴き声の合唱。

「やだよ……置いてかないで……もう、ご飯いっぱい食べないから、ちょっとだけで我慢できるから」「良い子にするよ。ちゃんとお利口さんに良い子にするの、だから……だから……」「「「うわゃああああんっ、行っちゃダメだよ……置いて行かないで。ちゃんといっぱい働くし、ご飯もいらないから……」」」

阿鼻叫喚《あびきょうかん》。マジ泣き孤児っ子の大泣き地獄だった。しがみ付いて離れない、小さな身体を震わせてマジ泣きだからマジ喧《やかま》しいんだよ？　うん、だって耳元で絶叫で号泣がサラウンドで立体音響で体感サウンド実演中だ！

「大丈夫だよ、お兄ちゃんちょっとお出掛けするけどすぐに会えるからね？」「うん、ちょっとだけ、とってもとっても大事なお仕事が有るの。だから絶対大丈夫だからね？」

委員長達がなだめて回ってるけど、火が付いたように泣き喚いて話を全く聞いていないから事態が収拾されない。理屈ではなく、感情が恐怖に怯《おび》えているから泣き止まない。

「ほんとに？」「うん、私達はまだいるからね。大丈夫だよ」

明日、俺が辺境に戻る事を話したようだ。遅れて女子さん達も出るようになる。まあ、流石《さすが》に孤児っ子達連れて軍隊に突撃は不味《まず》いだろう？　いや、旧第一王子軍くらいなら行けそうな気もするけど……子連れで戦争とか、アットホームな突撃戦になりそうだな？

「「「遥君！」」」

軽く考え過ぎていたのかも知れない。王都は普通の都民も奥様《おばちゃん》も結構いい人たちばかりで、貴族《ばか》や商国商人《くず》さえいなければ孤児っ子たちに優しかった。だから置いて行っても大丈夫だと考えてしまっていた。

うん、大丈夫な訳が無いのに。絶望しながら死にかけながら、辛うじて生きていただけだった。家が綺麗《きれい》になって、助けてくれる人達が増えて、ご飯も沢山食べられるようになって、仕事もちゃんとお金が貰《もら》えるようになった……ただそれだけだ。

誰も助けてくれなかった街に置いて行かれるのが怖くない訳が無かった。そして人懐っこくて元気いっぱいになったからって、家族を失った孤児っ子達が置いて行かれる事を恐怖しない訳が無かったんだよ。それは理屈ではなく感情が恐怖に怯えているのに、全く全然「大丈夫」なんて言葉に意味が在る訳が無かった。

「うん」

元気いっぱいに笑っていても、それまで充分過ぎるくらいに傷つき、苦しみ悲しみ虐げられてきたんだから。全然全くさっぱりと一欠片《ひとかけら》も大丈夫なんかじゃなかったのに、ちょっと考えれば大丈夫な筈がないなんて当たり前すぎて当然なのに。王都の方が安全だろうと置いて行った後の事ばかり手配して、孤児っ子達の事を、孤児っ子達の気持ちを全然考えてやれていなかった。だから、大泣きされてしがみ付かれて、耳元で大声で泣き叫ばれても言い返す言葉も無い。でも、耳元で左右からステレオ号泣は勘弁していただけないでしょうか？

「うん、わかったよ」

そう、小動物が正しかった。最近では食べ過ぎて子狸《こだぬき》化しているけど、孤児っ子達と一緒に遊び回って幼児化していた子狸こそが、誰よりも孤児っ子達の気持ちをちゃんと感じ取っていた。だって異世界《こんなところ》に連れて来られて、一番泣いて一番悲しんでいた。家族と引き離されて苦しんだ。だからこそ分かってあげていた……俺は何にも分かっていなかった。

「本当に？」

子狸が涙目で見上げる。王都の方が安全なんて魔物だけの話で、王都だからこそ心が怖がっていた。もう大丈夫なんて言われて、たった数日だけ幸せで、孤児っ子達はもう……この街を心から信じる事は出来ないんだろう。それだけ深く傷付いた、傷付きながら生きて来た。綺麗な家も、暖かい布団も、美味《おい》しいご飯も孤児っ子達にはただのオマケだったんだ。やっと安心して笑えるようになったって言うのに、置いて行ったら駄目なんだよ……だって、置いて行かれる事こそが怖いんだから。誰かがいなくなって独りぼっちになるのが怖かった。だから必死に助け合って生きて来た。だから置いて行っちゃ駄目なんだよ。そう、これだけは全面的に一部平面的な子《こ》狸が正しかった、お腹がぽんぽこりんになっていても、実は孤児っ娘と離れたくないのは子狸の方だとしても、その動物の本能こそが正しかった。

「うん、わかってる」

辺境に連れて行こう。全部終わらせて、みんな辺境に連れて帰ればいい。だから——全部終わらせに行こう。

ここの防衛システムは完璧以上だし、あとはレロレロのおっさん次第だ。あとで魔剣と装備もミスリル化して渡すし、中身は強制パワーアップで強化する。って言うか……内側《なかみ》は現在強制強化訓練と言う名のボコボコな修練で、肉体と魂がまとめて鍛練で何かアレな物に錬成中？　まあ用心棒だから、きっと強いに越した事は無く訓練《ボコ》でもう1段上に行けるはずだ。駄目だともっと天上《うえ》に逝く可能性は否定できないと、よく逝きかけてる経験者が遠いお空を眺めながら語ってみる。うん、変な属性が芽生えて逝っちゃったら地下に埋めよう。

「剣筋が……変わったね」「ええ、心の支《つか》えが取れたんでしょうね」

しかし、あのおっさんは強いんだけど……なまじ上手《うま》いから戦い方に外連味《けれんみ》が有り過ぎる。隙を作って誘うのは技だけど、待ち構えていたって隙は隙なんだよ？　うん、自分で作っていようと、罠《わな》を張って待ち構えていようと、それは隙——まあ、ボコ？　うん、ダイエット効果も高いらしいから身も心も引き締まっている事だろう……ずっとずっと、おっさんの悲鳴が聞こえてくる——煩《うるさ》いな？

「って言うかマジ煩いから黙ってボコられようよ？　おっさんの叫び声とか需要無いどころか、ご近所からも地底人さん達《たち》からも苦情が来るんだよ？　ご近所より前に御土産屋から苦情殺到なんだよ？」

うん、俺は甲冑《かっちゅう》委員長さんを叫ばせて、喘《あえ》がせて、息も絶え絶えにするのは大好きで得意なんだけど、ボコボコおっさんの息も絶え絶えな叫びとかいらないから息も絶え絶えなじゃなくて、息絶えてくれないかな？　うん、静かそうだし？

「ぜーぜーぜー……息が……絶えたら……それ、死んでる……からね。しかし……相手が剣なら、勝てなくても負けないくらいの自信が有ったのに…………相手にすらなってないって」

おっさんの身体能力は数字上だけなら甲冑委員長さんより上だ。既にＬｖ１００も超えている。確かにレロレロしている割に、このおっさんは技術も高く経験も深く、独自の戦い方を持ちつつ、相手に合わせた戦い方も出来る。

　強く、速く、鋭く、柔らかく、的確に剣を振るい身体《からだ》を使う。だけど、一撃で決める技を持たない。不可能を破壊する術《すべ》を持たない。不可避は回避しきれない。異端な剣技で変幻な使い手だけど——それは常識《ふつう》の中の最強なんだよ。

「おっさんは莫迦《ばか》なのに考え過ぎなんだよ。もっと莫迦らしくしないと？　だって莫迦なんだよって言うか、莫迦なのに考えるから追い付けないんだよ。考える前に動いて、動きながら考えれば良いんだよ。小技に頼らずに流れで見ないと追い付けないし、大まかに見られないと読み合いで置いて行かれるんだよ？　うん、妹っ娘の為《ため》に茸を奪おうとした時のあれで良いんだよ。うん、あれが超莫迦っぽかったし正しい莫迦だった？」

　きっと一度だって自分の為に戦った事が無い、あれは俺にはできない守るための剣。だから無意識に安全な受けに回る……薬の為に、仲間の為に、護衛の為、目的の為に。それは全て妹の為だ。だからボッコボコにボコられた方が良い。

「だって俺もボコられてるんだから、みんなもっと平等にボコられるべきなんだよ！　うん、ちゃんと平等院も造ったんだよ!!」「「「あれって、そんな理由だったの!?」」」

　そう、ボコられて悔しくなれば、勝ちたいと欲を持てばそれは自分の剣。自分が望んだ剣じゃない剣になんて、どれだけ巧《うま》くても命なんて懸けられない。まあ、命懸けで頑張ってるのに剣戟《けんげき》がどっか飛んで行って、望んでもない予想外の攻撃しか出来ない苦労人だっているんだから、自分の剣くらい自分で何とかして貰おう。まあ、無理だけど。うん、迷宮皇さんだし？

さあ、さっさと晩御飯にしよう。妹さんにも孤児っ子達にも栄養を付けさせなきゃいけないし、栄養を付け過ぎちゃった人達も今日は甲冑委員長さんがいるから、栄養燃焼戦闘訓練《わんもあせっと》が無限再開《わんもあたいむ》で忙しいだろう。俺も男子高校生的素敵時間《にゃんにゃんもんもんたいむ》で大変に忙しくなる御予定だし、さっさと晩御飯にしよう。だって、おっさんボコボコなんて見てても楽しくないんだよ？

作り置きもいるんだし大忙しだ。だけど、ちゃんと笑ってお留守番できるくらい美味しい物を山盛り作っておこう。

「「「うわ――」」」「何だか料理が一番ファンタジー感があるよね？」

一部大狸に「変化《せいちょう》」して猩々《しょうじょう》っ娘になりそうな、ぽっこり小動物が心配だけど、食べきれないくらい沢山作っておけば御飯の心配で泣く事だけは無いだろう。

「こんな事なら魔法で『冷凍《フリーズ》』と『乾燥《ドライ》』製法を確立しておくべきだったんだよ」

でも、まだラーメンが作れないからフリーズドライのありがたみが無くて、後回しにしていたけど孤児っ子達は料理は大丈夫だろうか？　念の為、火災予防にスプリンクラーも設置しておこう。あとは……留守中のヘルパーさんを頼んでおこう。よし、保存食もだ！

「「「お御馳走《ごちそう》が山の様だ――！」」」「「「美味しそう!?」」」

作り過ぎただろうか？　食堂が狭い、お御馳走も崩れ落ちそうだ？　うん、平等院って作ってみてから気が付いたんだけど……小さかったんだよ。だから奥は普通の木造2階建ての建物で、そこも別段巨大には作っていなかったけど、それでも結構広々してたんだけど……御飯でいっぱい。うん、作り過ぎだったかな？

「ああ――……スライムさんと莫迦たちがいないんだったよ。あれ込みで1日分を計算したから、1週間分で山になったんだよ。そうそう、あのバケツで食べる生物たちは未《ま》だ海賊中だったな？」

帰りもこっちには寄らずに、直接辺境に向かうはずだし……まあ、多過ぎたけど貧民街だから余ったら配れば良いか。うん、多いに越した事は無い。だってずっと食べるものが無いのが不安だったのなら、食べきれない程あれば安心なはずだ！　それで子狸が大狸に変化してもそれは自業自得だ。

「うん、朝には出るから王女っ娘とメリ父さん達が入って来て、第二王子《さる》が捕獲されるまでは御土産屋さんの営業を頼むんだよ。甲冑委員長さんは先に出ちゃうんだけど、そっちも終わったら順次辺境に向かってね？　指示は尾行っ娘一族が回してくれるから。こっちはそれまでは足止めしながら奈落の底まで足を引っ張って、時間を稼ぎながら財布の底までぼったくって、あとお小遣いも稼ぐからこっちは大丈夫だからね？」「「「心底心配してるのに、何でだか凄《すご》く大丈夫そうだね!?」」」

会議も恙《つつが》なく進み、食事も山がぐんぐん切り崩されて行く。もう巨大狸っ娘の発生は止められない様だ！　そろそろ副委員長Cさん専用My御茶碗も必要そうだ。ぽんぽこりんだな？

目隠しとは対極の概念なお手々目隠しを極めた逆目隠しって何か隠しているんだろうか？

68日目　夜　御土産屋　孤児院支店

やはり前からおかしいと思っていたけれど、案の定とはこの事だろう。そう、俺の『羅神眼』なら僅かな誤差すら見極められる、質量変化すら計測できる。だからこそ異変に気付く事が出来た――また、巨大化している！

「三つ編みっ娘、何だか間違いなく前服作った時よりも一部分だけ肥大化してるんだけど、一部限定型の栄養過多による肥大現象で脂肪がビッグバンなの？」「肥大って言わないでー！」

手芸部っ娘な三つ編みっ娘に服飾部っ娘と料理部っ娘は背が低い方のグループだ。まあ小動物《こだぬき》ほど極端ではないが、女子はやたら背の高い子が多いから全体でみるとちんまい。なのに大きかったのにまた肥大化している。

「サイズは普通なんです、でも使ってたブラのカップが何だか……縮んだ？」

16歳と言えばまだまだ成長期が続いている、だが胸限定の成長なんだろうか？　背は伸びていないし、太ってもいない。

「ああ、アンダーが引き締まって、トップが成長で、カップがビッグバン？」

そう、胸の大きさだけで言えば特別大きくはない。だけれど１５０㎝台の小柄で細身の体軀《たいく》に……何故《なぜ》だか胸だけ大変ご立派だから妙に目立つようだ。

「「くう、一人だけズルい！」」「胸大きいと服作り難いの！」

そして異世界に来た時に着けていたブラが食い込み始めている。これなら優先して貰《もら》えただろうに恥ずかしくて後に回っていたら……その間も成長してしまった様だ。これは副委員長Bさんとは全く別の設計が必要そうだ。あっちのは超巨大質量兵器の重量問題だったけど、こっちは容積比率の問題が大きい。身体と体重に対しての比率が極端すぎて、このアンバランスのバランスをとって整合させる必要があるんだろう？　うん、どうして男子高校生が女子高生のアンバランスな球体の重心点《バランス》を、身体に整合させる思案をする必要があるのかは永遠の謎だなんだけど、これでは確かに動きにくいかも知れない。

だから今日中にと出発を朝に延ばされた。最悪の場合、戦闘中に命に係《かか》わるからと。

そう、過酷な異世界ではブラに生命が懸かっていて、その責任が男子高校生に背負わされるらしい！　うん、俺の知ってる異世界転移なお話と違うよ!!

「って、異世界物って、そんなにブラが大命題だった記憶が無いんだけど？」

未《いま》だ嘗《かつ》て異世界に転移して、命を預かりながらブラを作製する主人公って読んだ覚えが無いって言うか、異世界に転移しなくてもそんなお話は無かった様な気がするのは何故なんだろう？　うん、今度異世界転移ラノベ専門家のオタ達に聞いてみよう？

「ああっ、何かさわさわが」「んん、あうん！」「解説しないでね？　この後ろで目隠ししている目隠し係さんは、目隠しとは対極の概念なお手々目隠しを極めた、逆目隠し委員長さんなんだからね？」

そう、さすがは剣神の称号を持つ者。最初の「ああっ」で、もう指が全開に広げられている！　そう、完全に先を読み切り、気配だけで次の展開を理解している――うん、それは戦闘に使おうね？　それって絶対に目隠しに求められる能力じゃないと思うんだよ？　って言うか目隠し係って先の展開を見切るも何も、見えないようにするんだよ!!

「ううぅ、あはぁ」「あうぅぅ」「んふぅ、ううぅ」

そして採寸面積が広い。通常の半球形に対して、こっちは何か全球形により近くて身体への接合面積割合が少ない分、球形面積が多い。つまり採寸が服飾部っ娘と料理部っ娘より多くかかる、当然『魔手』さんも多くなる。そして採寸しながら動かしてみるとやはり……重心点が前過ぎる。これが猫背気味な原因だ。

「服飾部っ娘と料理部っ娘はノーマルタイプでいけそうだから、この形状のまま調整に入るよ？　でも三つ編みっ娘の場合、猫背になって胸に身体を引っ張られない様にする為には胸を持ち上げるしかないみたいなんだよ？　うん、持ち上げて身体に寄せるから、見た感じは余計に胸が強調されちゃうんだけど、このままじゃ姿勢が崩れて健康に悪いからセクシー路線な三つ編みっ娘で、文化部系なエロっ娘を目指しちゃうみたいなんだよ？」

持ち上げて身体に寄せると谷間が強調されるし、顔の下に胸が突き出す形になるから必然的に胸の大きさが目立ってしまう。多分それが嫌で合わないブラをして、おかしな着け方をしていたのだろう。そして、いつの間にか俺は異世界で一目でブラの合う合わないが分かってしまう違いの分かるブラのソムリエが出来るようになっていたんだろう？

「ううぅぅ……目立たないようには？」

うん、それは男子高校生に全く必要とされない技能で、寧《むし》ろ有ったら好感度的に駄目なんじゃないだろうか？　うん、持っている事こそが大問題な気がする。だって称号に「女性下着ソムリエ」ってついた男子高校生って、もうステータス永久封印ものなんだよ？うん、一生誰にも見せられないだろう！

「無理？　これを下げて押さえると余計猫背になるし、動いた時にバランスが悪くなるんだよ。って言うか今迄《まで》強調しない様に胸の位置を低く抑え気味にしてたんだよね？　それが猫背の原因なんだよ。戦闘をしないなら其《そ》れ用にも作れるけど、戦うんだったら持ち上げて身体に寄せる方向でしか作れないんだよ。どうする？」

身体の姿勢《バランス》が悪いのはたとえ後衛でも危険だ。まして三つ編みっ娘はオールラウンド型の中衛で、槍《やり》や長剣を使い近接までこなすのだから姿勢《バランス》の悪さは致命的。

「……戦います。作って下さい！」「うん、まあ出来るだけ自然なラインになるようにはしてみるよ？」「お願いします」

ごく普通な感じで自分で言っておいて、こう言うのもあれなんだけどさ……ブラで自然な身体の曲線《ライン》になるように出来る男子高校生って、もう駄目なのかも知れない。うん、色々と。

「あれ、軽い！」

やはり三つ編みっ娘のだけはバックベルトが太くて大きい、やや矯正型になってしまった。だから後ろはやや野暮ったいけど、ともかく前からがエロい！ いや、見てないよ!!

でも、見てなくても形状を確認しながら作っているから分かる。だって大きな胸を寄せながら、下から抱え上げる様に顎に向かって持ち上げて上向かせてる状態なんだよ？ うん、エロいに決まってる。これはきっと戦闘用ではない方の夜の戦い用の下着作製が一気に進化してしまっただろう。この、新たなる新技術が技術革新で超高等技術だったのだ！

「ちょっと三人とも動いてみてね？ 違和感や問題が無かったら、段々動きを激しくしてね？ 何かあったらすぐに言ってね、補正段階だからまだ変更できるんだから早めに言ってね……みたいなんじゃなくて、見てないからね？」「ううう、動きやすくて軽くなったけど、なんか凄い事に……」「うん、エロいね！」

うん、エロいんだよ？ なんて言うかロケットが発射されそうな感じって言うか、ミサイル入ってそうって言うか、モーニングスター2個セットって言うくらいには強そうだ。寧ろそのロケットにダイブしそうで危ないけど、ミサイルが発射されるなら是非見学に行きたくなるような素晴らしい破壊兵器をお持ちでございました？ 見たいよ？

「いや、マジで指開かないでね？ 今の口に出してなかったよね!?」

ちょ、何で俺の考えを読んでドンピシャなタイミングで指を開いちゃうかな!!

「って言うか何気に指で無理矢理瞼《まぶた》を開こうとするのは止《や》めようね？　もう、それ絶対に事故とか間違いじゃなくて、強制的に物理的に目を開かせようとしてるよね!?」

かつて、こんなにも隠す気どころか、無理矢理見せようとする気合しか無い目隠し係が存在し得ただろうか！

「うん、だいたい何で昨日図書委員達《たち》の時に使った新作目隠しが、お目目の所に穴が空けられてたの？　眼鏡じゃないんだからよく見える目隠しってもう目隠しさんのレーゾンデトゥール全否定だよ！」（イヤイヤ！）

目隠し係を懸けた負けられない戦いか何かが、そこには有るんだろうか。だったら先《ま》ず目を隠そうよ!?　そしてブラが済んで下の番。ここからが注文が多いんだよ、だってこの三人は伝説のユニット「ヒップアップショーツ持ち上げて！」の結成メンバーにして、最大の推進派。

「だって体育会系の子達と違って、文化部はお尻が垂れやすいんです！」「「そーだー、そーだー！」」

まあ、女子さんは全員入会してたから、全員の分作ってるんだけどね？

「そして私達だって引き締まったお尻になりたいんです！」「「賛成だー、賛成だー！」」

お尻の位置の高さは蹴り出しと膝上げが基本で、大殿筋と中殿筋を鍛えつつ広背筋で引っ張り上げるのが良いとされる。特に中殿筋を鍛えるとお尻の位置が高くなって、自然に全体が持ち上げられて美尻効果が高いと言われている。そして中殿筋はキックバック、脚を伸ばしたまま後ろに蹴りだすか持ち上げると効果的に鍛えられる。つまり——

「運動しろよ！　何で自分のお尻の引き締めを男子高校生に頼っちゃうの!?　って言うか異世界で運動しまくってLvまで上がってるから、ちょっとやそっとじゃ垂れないよ！　寧ろ体が引き締まっててマッチョな危機の方が心配なくらいだよ？　もうそろそろ腹筋割れ始めてるに違いないくらい、毎日ブートにキャンプインで参加中じゃん！」

「「「やだー！　持ち上げてくれないと心配なのー!!」」」

他力本願な駄々っ娘だった！　まあ美人クラスと呼ばれたクラスの中で、文化部系は少ないから体形がコンプレックスだったのかも知れない。さっきから後ろで甲冑《かっちゅう》委員長さんもウンウンしているけど、きっと全世界で甲冑委員長さんが最も体形コンプレックスから遠い存在だと思うんだよ。まあ、昔は骸骨だったけど？

「「「強化型ヒップアップガードルも絶賛追加注文中です！」」」

確かに筋肉と骨を締め付けて、正しく形を矯正しながら形作るならガードル型の方が効率的だ。唯一の問題点は何で全く自分で頑張らずに、その熱意と情熱と知識と発想を全部丸っと男子高校生に投げちゃうの！　異世界で日々絶え間なく戦い、毎日訓練を課し、それでも自分で努力しない！　見上げた運動嫌い、まさに文化部の中の文化部だった！

「でも、ガードルって……どうデザインしてもババくさいよ？」「「ババくさくないのにして！」」「そう、黒スパッツ風にしてください!!」

なるほど、黒スパッツなら複層化で誤魔化せるから確かにババくささはなく、却《かえ》ってスポーティーにはなるけど……ついに異世界に黒スパッツさんが現れるのか。

うん、これで異世界でもスパッツは下着かアウターかの激烈な血で血を洗う激論な論争が激しく巻き起こるらしい。うむ、美尻とは罪深いものだ。よし、甲冑委員長さんにも罪深い黒スパッツを作ってあげて罪深く愛してみよう。そう、スパッツは下着かアウターかなんて不毛だ、黒スパッツは愛《め》でるものなのだー！　脱がすけど？

さて、作ろう。

まあ結果は分かっていた。昨日のTバックは布面積の無さによる局地的場所《ピンポイント》が大問題だったけど、今回は逆に面積が広大。ガードルって言うか、スパッツって着用範囲が広く、太腿《ふともも》って言うか内腿《うちもも》って言うか、ムチムチって言うか色々包んでて広いんだよ。その広範囲なエリアが『魔手』さんによって接触採寸されながら、『掌握』さんで揉《も》み調整されれば――結末なんて考えるまでもない事だろう。

「「「ひぃいいいいぃぃぃ！」」」「ん、あっ…………んいぃぃぃぃ！」「あっ――ん！」

注文通り胸もお尻も上がったんだけど、魂も天高く昇天した様だ。なんだかやり遂げた感じでお顔がヤバい笑顔で気絶中だけど、全部俺に丸投げだったよね？　お返事はなさそうだ。壊れたお顔だけど……壊れてたらどうしよう？　やはり、お口に回復茸《きのこ》を咥《くわ》えさせておくべきなんだろうか？

さて、これで全員分が一巡した……一巡で終わるという保証は無いって言うか、既に追加注文が来てるけど終わった。そして――茸咥えさせたら絵面がさらに危険になったのは何故なんだろう？　うん、自然食品《ヘルシー》なんだよ？　不思議だな？

貧民街の貧民さんよりお金持ってない自称お大尽様って可哀想だ！

69日目　朝　御土産屋　孤児院支店

そして朝が来てしまった。ちょっとだけだけど、また遥《はるか》君がいなくなる。そして過去から今に至る迄たったの一度だって、遥君が一人になって危ない事をしていなかった事が無いって言う確信的な不安100％の実績の持ち主なのが問題なの。

「行ってくるけど、あっちはすぐすぐ問題は起きないから、焦らなくて良いからね？　でもお呼びが掛かったら駆け付けて欲しいんだけど、ちゃんと本気の完全武装の臨戦態勢が用意できてから来てね？　多分呼ぶ時はそう言う事だから、呼ばない時はどうでも良いって事なんだよ？　って言う訳で準備だけはしててね」

どうして3万を超える軍隊の前に、たった独りで立ちはだかるのが問題無くて、その後が問題なのかは分からないけど……これは本気で言っている。

「大丈夫、こっちは任せて」「絶対に今度こそ駆け付ける。だから、いつでも呼んで」「その為《ため》にずっと私達は準備して来たの。遥君に守られるんじゃなくって一緒に戦えるように」「だから準備も覚悟もこっちは大丈夫だから」「行ってらっしゃい。それでも絶対本気で真面目に気を付けてね！」「行ってきます？　って言うかよく考えてみると、家は辺境だから寧ろ実家に帰らせて頂きます？　みたいな？」

なんで、たった一人で戦争に向かう最後の言葉が「実家に帰らせて頂きます？」なの？　それ、夫婦喧嘩《げんか》は犬も食わないからって軍隊に八つ当たりしに行く狂暴な奥様みたいに聞こえるからね？　でも、その奥様《おばちゃん》なら軍隊も逃げちゃうかも。

「「「行ってらっしゃ〜い」」」「「「お兄ちゃん約束だよー！」」」

遥君は朝ご飯の時に子供達全員と一人一人お話しして、希望者は辺境に連れて行くと約束して指切りしていた。指を切っても『再生』する人の指きりの信憑《しんぴょう》性《せい》はともかくとして、その人の人間性もともかくとして……ちゃんと約束して行った。だから、子供たちもちゃんと笑ってお見送りできた。

ここで子供たちと、王都の食料供給の要であるこの御土産屋さんを守らなきゃいけない。そして王都に住む沢山の人達が無事に解放されるまで、守らなければならない。だから私達は残らなきゃいけない。もどかしい、ちゃんと頭でわかっていて、みんなで話し合って納得していたってもどかしい。だって、またたった一人で行ってしまったから。

「行っちゃったね」「「「うん、お仕事、お仕事！」」」「「「だね！」」」

またアンジェリカさんもスライムさんもいない、たった一人で——何度も見て来たように、相変わらずにふらりと消えて行った。「だって王都の人達は守らなきゃいけないんだから、守れる女子達《ゆうしゃ》が必要なんだよ？　ムリムリ城は殺すだけだから俺で良いんだよ、適材適所な適時適当でよく考えたら良い考えに聞こえてくるっていう素晴らしい計画に思えて来たから、なんか気分的に大丈夫な気分？」と言い残して。

それが計画らしい。でも計画に思えて来たって言う事は適当に思い付いただけで、実は全く計画されていないのは気にしたら負けなんだろう。

「さあ、お店の開店準備をしよう」「ちゃんとぼったくって、大儲《おおもう》けしないと自称お大尽様な貧民街の貧民さんよりお金持ってない人に怒られちゃうよ」「「「了解！」」」

第三師団は瓦解して数千しか残っていないけど、地方の貴族軍が集結し、更に傭兵《ようへい》団がかき集められているらしい。それに、ならず者まで加わり数は3万1千……それが、まだ増えている。

でも数はどうでも良い、危険なのは教国からの支援。魔道具、そして偽迷宮を越えるだけの準備とムリムリ城を落とせる力。その自信があるから来る。まあ、きっと過信だけど何かは用意してる。相手に手がある様に、遥君は更に上の手を用意する。

まったく遥君相手に嫌がらせ合戦を挑むなんて、それはもう暴挙ですらなく暴虐志願者なんだけどね。だって、もし王国や教国に遥君と同じレベルで相手に嫌がらせしたり、罠《わな》に嵌《は》めたり、騙《だま》したり、ぼったくれる人がいるのなら、とっくに異世界は統一されているか……滅びているはずだから。

外国なんかでは謝ったり、下手《したて》に出たりしたら負けという文化の方が多いらしいけど、遥君相手に高圧的に挑むなんて高圧縮率で潰されるに決まっているの。ただ謝り、魔石を買いにくれば何も問題は起きなかった。寧《むし》ろ遥君はそれこそを目指して、ずっとこっそり働き続けていた。なのに戦争になった。

そのせいで遥君が一人戦場に立ち、そして殺さなきゃいけない。戦争にならない様に最も働き続けて、手を尽くしたのに……ずっとずっと最後まで話し合いが出来る場を用意して、待ち続けていたのに。その何も彼もが無駄だった。そう、無駄にされた。

戦争しなくて良い様に努力して、戦乱の回避に身を粉にして、其処《そこ》までしても駄目だった。教会や神様が許さないと言うのなら、そんなものは許してくれなくて良い。遥君だけが平和に幸せに楽しく暮らせる未来を造ろうと足掻《あが》き続けているのに、それすらしない神様になんて許されたくもないし、認められたくも褒められたくもないの。そんな神様の教えならこっちから熨斗《のし》にリボン付きでラッピングしてラインストーンでデコってネオンにイルミネーションとミラーボールまで付けて着払いで叩《たた》き返してやろう！

だって、ただ辺境の幸せを夢見ただけだった。

ただ、みんな笑えるようにしたかっただけだった。

たった……たったそれだけの思いすら認めない神様なんて存在する意味も無い。

それを願えない神様なんて存在しちゃいけないし、寧ろこっちが許せない！

神様が正義でそれに逆らう遥君が悪だというのなら――私達は悪で良い。そんな正義なんて欲しくもないの。幸せを夢見てみんな笑えるようにするのが神に逆らう悪だって言うなら、もうお話し合いや交渉なんて必要ない。そんな教えも何もかも聞いてあげる気も無いし、こっちが許す気も無いの。

私達は本当に怒ってるの。だって遥君が作ろうとしたちっちゃな平和すら認められなかった。あの辺境が幸せになるのがどんなに大変だったかも知りもしないで。

私達は本当に怒ってるの。あの幸せな辺境がどんなに貴重で素晴らしくて、美しくて奇跡的なのかを知っているから。遥君がどれだけ戦ってきたか知ってるから。

私達《たち》は本当に怒り狂ってるの。辺境を守り戦争も起こさず、誰も死なない結末だけをこっそりと目指していた。素知らぬ顔をしながら、すっごく頑張っていたの。

なのに全部無駄にされてぐちゃぐちゃにされて、挙句に辺境に攻め込もうとしてる。これが怒られずにいられる訳が無い、こんな事が許せる訳が無い！　だって、たった一人でハッピーエンドだけを信じてたお人好《ひとよ》しさんの気持ちを、土足で踏みにじったんだから。

遥君は、ただのちっぽけな辺境《ハッピーエンド》の幸せだけの為に戦っていたの。遥君は人の為に怒り、人の為に苦しみ、人の為に泣き、人の為に戦う。どんなに偽悪主義で偽ってみても、結局誰かの幸せのために大騒ぎしてるだけ。自分の事なんて気にもかけずにほったらかしで、命ですらぽいぽい放り投げちゃうの。

人の為に怒り泣き自分の為には何もしてあげない。だから私達が怒ってあげる。遥君が人の事でしか怒らないなら私達が怒る。それはもう怒り狂ってあげちゃうんだから。だってそんなのは酷《ひど》過ぎるし――そんなの可哀想《かわいそう》過ぎるから。

だから、私達は本当に怒り狂ってるの。遥君は最後まで私達を危険に晒《さら》す事を気に病んでいる、私達を争いに巻き込むことを悔やんでいる。

でもね、これはもうとっくに私達の戦いなの。

だって私達は本当に怒り狂ってるんだから。そして私達が遥君の為に遥君の分まで怒ってあげる。それはもう私たちの怒りなの！　これはもう私たちの戦い、巻き込まれるんでもなく無関係でもなく私たち自身が怒り狂う戦い。だって絶対に許せない！

遥君の気持ちを、遥君の想《おも》いを、遥君が願ったたちっちゃな幸せを。ただ守りたいってそれだけの夢を踏みにじり侮辱した。だから絶対に許せない！　だから絶対に許してあげない!!

これこそが女子会の総意で女子会の真意だから。だから王都はこれで終わらせる。そして私達は辺境に行く。今日は2店舗プラス行商で大忙し、この御土産屋さん攻勢で王都を落としきる。それで——王都は落ちる。

もう結末までの筋書きは書かれていて、舞台も役者も用意済み。きっと絶対に上手《うま》くいく、いかせてみせる。だってこんな悪辣な台本《シナリオ》は見た事が無いんだから。

これならば絶対に落ちる、持ち堪《こた》えられる筈《はず》が無い。

難攻不落にして鉄壁と謳《うた》われた王都は、これから落とされる。これはもう、そういう決定事項《エンディング》なの。

恐ろしい子とまで呼ばれてたのに、舞台と台本も用意したのに、何故か出演は禁止された。

69日目　昼　御土産屋　孤児院支店

ついに商国が手を引いた。未《ま》だ商業連合からの通達は無いようだが、鼻の利く商国の商人達は挙《こぞ》って王都から逃げ出そうとして、すでに幾人もが捕縛されている。

「商人たちは捕らえておりますが、一部で貴族達まで王都から逃げ出しております」

捕まえた商国商人から得た情報では、どうも手を引いたのではなく商船が次々に沈んでいるとの噂《うわさ》も有る。どちらにせよ、これでもう商国から王都への補給が入って来る事はないだろう。

「王子から目を離すなよ」「はっ」

これで王都は門を開き食糧を調達するしかなくなった。つまり第二王子の謀反《クーデター》は失敗し、少なくとも王位継承権は剝奪され、二度と表舞台に立つ事は無くなるだろう。たった1軒の御土産屋が、雁字《がんじ》搦《がら》めだった商国の支配から王都を奪還してしまった。

だが、未だ門は開かれない――それは未だ商国からの助けを待っているのか、ただ事実が受け入れられないのか。

「王の御身さえ確保できれば我が手で縊《くび》り殺してやりたいがな」

見苦しく悪足掻《わるあが》きしてくるのだろうが、見せられる方はいい迷惑だ。しかも言うに事欠いて、あの御土産屋から食料を接収して来いと言い出す始末。頭が悪いのは良く知っていたが、どうやら諦めまで悪いらしい。

「あの御土産屋から強奪などすれば、それ以降永久に王都に外部から食料を仕入れできる者はいなくなりますよ。まさか、強奪された御土産屋が王都の為にまた仕入れてくれるとでもお考えですか」「ぐっ……ならば緊急の税として徴収すればいいだろう！」

目先しか見えないから、最後の命綱にまで手を掛けようとする。だが、その命綱はどちらにせよ貴族たちの首を絞める絞首刑に用意された綱だ。

「我等《ら》は税務官ではありません。まして辺境領の特別自治区と認めた以上は、王都の税はかけられません。そして我等第二師団は如何《いか》なる御指示であろうとも、民には手をかけません。あなた方が民を害せば……契約は破棄し、あなた方を捕らえます。そう言う契約でしたね」

我ら第二師団に御土産屋の食糧強奪を持ちかける前に、とっくに憲兵隊が襲いに行ったという情報は届いている。そして……皆消え去ったのも、もう誰もが知っている。

「ならば、どうするのだ！」「門を開けば王国には食料はありますよ」

もはや第二王子派や商国派の貴族達を守る憲兵隊は壊滅に近い。ここまで来て、未だ負けたと分からない貴族たちの頭の中には一体何が入っているのか……一度開いて確認した方が良いだろうに。

「巫山戯《ふざけ》るな、門を開くことは許さぬぞ！」

以前に兵舎まで訪れて下さったかの少年は、貴族達について仰《おつしや》っていた、「頭の中に夢と希望が詰まってて、お目目を閉じて空想と妄想の中にいるんだから何をしたって言ったって無駄なんだよ？　だって自分達の嫌な事実も現実も見ないんだから？　うん、話せばわかるような相手って、話さなくても分かってるもんなんだよ。誤解や間違いじゃなく、真実を認めない自分に都合のいい夢と希望が詰まったおっさんなんて話すだけ無駄って言うか、おっさんだから無駄？」と。

まだ現実を見ないで、王国を乗っ取る夢を見ているのか。事実を認めずに、頑《かたく》なに商国との密約と言う言葉だけの希望に縋《すが》りついている。今も何もせずに、ただ自分達に都合のいい未来を夢見て探し回っている。

「配給が途絶えれば王都の民は門を開きますよ。自ら門を開くか、御土産屋で仕入れ続けて都民に配給し続けるかしか在りませんね」

民を虐げ、民から搾取し続けて来た貴族達が、民への配給の為《ため》にその蓄えて来た富を吐き出し続ける。私財を投げ売らなければ門を開かれて、自らが死罪になるのだから必死で媚《こ》びている。何と素敵で狡猾《こうかつ》で悪辣な罠《わな》なのだろう。貴族達に自らの首に縄を巻かせて、締めあげさせようというのだから。

元々、王都封鎖で配給制になり民の不満は高まっていた。もし御土産屋が出店されていなければ、王都内で小競り合いくらいは起きていただろう。だが最後まで誰一人血を流さぬまま商国の富と貴族の蓄財だけを毟《むし》り取り、剣を交える事すら無く謀反は終わるのだろう。憲兵隊まで消えた今、身分以外何も持たない貴族に何が出来ようか。

最後の悪足掻きまで無謀極まりなかった、たった数千程度の、軍人ですらない憲兵たちであの御土産屋を攻めて落とせる訳が無い。あの御土産屋は我ら第二師団ですら落とせない、あの貧民街に攻め入れば必ず負ける。もし辿《たど》り着けたとしても、剣の王女と同格の美《び》姫《き》達が数十名が守っている御土産屋なんて落とせる訳が無い。

そして、それこそが我ら第二師団に決して裏切らせないという少年からの宣言《メッセージ》なのだろう。既に貧民街の民までが武装し、一命を賭してあの御土産屋を守る気だ。貧民街に暮らす人々を皆救われぬ貧困から救い、子供たちの笑い声が聞こえる街にしてくれたあの御土産屋の盾になり、戦ってでも守る気だ。

だが、決して手出しはさせない。我等が命を懸けて守る。そして、王国の恩人達に刃を向ける事は決して無い。

「正念場だな」

何故《なぜ》ならば我ら第二師団は民を守る王の為の盾だ。防衛を任され盾の紋章を与えられし我らが民に手を上げれば、歴々の第二師団の誇りまで捨てる事になる。そして、それは王国と王家の意義すら失われる。

「様子はどうだった」

御土産屋には手練《てだ》れの手勢に警備はさせてある。無駄で出番も無いだろうが見守る事くらいは許されるだろう。

「通常営業ですよ、子供や御婦人方の笑い声が絶えない賑《にぎ》やかなお店でした。我らが目指し守りたかったものが全て、あそこに在りました」

民が幸せに暮らす、それを国が守る。たったそれだけの理由で出来た王国が出来なかった事、失いかけたものが全てあの店には有る。

ましてや我らの犠牲となり続け、戦い守り続ける辺境の名を冠する店。あれを攻められるような奴《やつ》は貴族でも軍人でもない強盗だ、あれを見て守りたいと思えない者は軍には不要。少なくとも我が第二師団には要らぬ。

「これほどまでに鮮やかに……たった一滴の血も流さずに民に犠牲も無く、一国の王都が落とせるとはな」「しかも商国にも向かう事も無く大打撃を与え、王国へ手出しできないまでの大被害を与えるとは……いやはや恐ろしいですな」

そう、これは軍では勝てない。これは軍事や政治より、もう一つ上の戦いだった。だが、今も無為に貴重な時間が零《こぼ》れ落ちていく。その価値も知らずに見苦しい悪足掻きが続く。

「ですが……我らは救われましたが、辺境が……また、辺境が犠牲に……」

第一王子は捕らえられたが貴族軍は止められなかった。第一王子等《など》所詮はお飾りで、その実態は教会派貴族軍が頭だったと言う事。そして辺境の兵力も王国軍もこの王都にいる、王都を助けたが為に無防備となった辺境が犠牲になる。第三師団の兵は貴族軍から離脱しているが、第三師団上層部と中核の貴族の子弟は残り。そこに地方の貴族軍も勝ち戦と見たか挙って貴族軍に加わっている。

「時間が惜しいな。間に合わないのは分かっているが、辺境が襲われている時に、こんな茶番にオムイ様を付合わせてしまうとは……いっそ第二王子の首を……」

「速報です！　門が開きました。シャリセレス将軍と旗下の近衛《このえ》師団、辺境伯オムイ様と辺境軍が王都に入られました！」「すぐに出る。貴族と憲兵の残党の動きに気を付けろ」

王都の民が門を開いたのか？　それにしては早過ぎる、未だ配給は滞るまでには至っていない筈。

「御土産屋王都前店です！　大量の食糧に衣類や生活用品を満載にして王都門前で格安セールを始めた模様。それに呼応して都民が門を開いたようです」

「っくっ……最後の最後までか。結局、最初から最後まで王都は御土産屋に制圧されたのか」

笑うしかない、格が違いすぎる、役者が違う。それなら我等王都の盾に出番は無い様だ。

「シャリセレス様とオムイ様をお出迎えするぞ、全員整列して待機させろ。お待たせするなよ」「はっ！」

舞台に役者は揃《そろ》った様だ、あとは茶番《しまつ》だけ。御土産屋に用意して貰《もら》った舞台の上で、この醜悪なお芝居はようやく笑いと共に終幕を迎える様だ。望外の最高の結末だというのに、いざ終わりが見えればあの少年によって書き記された幸せな御芝居が見られなくなるのかと些《いささ》か残念にすら思えて来る。

最高の台本とは心の奥底から気持ち良く笑える話だったのだから。貧民街に見下ろされ、ゴミを投げかけられて、怒り怒鳴りながら泡を吹き倒れて行く貴族共。その貴族共が財を毟り取られて破産して行き流浪していく、なけなしの富も配給で搾取し続けた民に配られて無一文になって行く。そうして自らが虐げ罵っていた貧民になって終幕《フィナーレ》だ。

王女にして姫将軍であられるシャリセレス様が王国の精鋭の近衛師団を引き連れて入城する。更には王国の生ける伝説、辺境伯オムイ様が王国最強の辺境軍を率いて王都に入って来られたのだ。王都は割れんばかりの喝采に沸き、口々にお二人の名を大声で連呼している。

まさに役者が違う。民が最も愛する真の貴人で在られるお二人と、第二王子《さる》と貴族《ばか》では考える余地も無ければ、見比べる気すら起きない。

王都が沸く、英雄が王都を解放したのだと。

皆が剣を置く。敵で在れ味方で在れ近衛と辺境軍に剣など向けられる訳が無い。一滴の血も流されずに降《くだ》るしかない。

「お帰りなさいませシャリセレス王女殿下、王宮まで先導させて頂きます。オムイ様もこの度はありがとうございました」

オムイ様には詫《わ》びて済む事ではない。我らが謀反など許してしまったばかりに辺境が……もっとも救われるべき辺境の民達が……。

「久しいなテリーセル。だが笑え、民が見ておるぞ。悲痛な顔など必要ない、笑え。私は辺境を心配していないいし、勿論《もちろん》諦めてもいない。これは我らの為にあの少年が用意してくれた見せ場だ、だから笑え。少年が何とかすると言ったのだ、ならば我らはただ笑えばいい——だから笑え」

王国中の兵力は王都と国境に在り、後には敵に回った貴族軍だけだ。もう、辺境に兵などいない。

無理矢理笑顔を作りながら王宮へと進む。もう手向かう者はおろか止めようとする者もいない。

「王の下へ」

だが、辺境を何とか出来る訳が無い。いかに少年が神算鬼謀の戦略を用意しても、戦える兵がいない。なのに、たったお一人で供も連れず徒手空拳の身で辺境に向かわれたという。なのに……それでも笑うしかない。それが、かの少年から与えられた私の役割ならば、歯を砕き、唇を噛《か》み破ってでも笑ってみせよう。

それからはただのお芝居だった。第二王子や貴族達《たち》が項垂《うなだ》れ、膝をつく中、シャリセレス王女とオムイ伯が颯爽《さっそう》と通り抜けて王の下へ向かう。そして王の下を訪れ辺境で取れたと言う秘薬を恭しく献上する。すると瞬く間に回復されて意識を取り戻した王の下に、誰にも気づかれずにちゃんと居た王弟が国璽と代王の名を返上する。

大団円。皆が待ち望んだ王の復権だ。

王の名において王子と貴族達は捕らえられ、王都の民へ布告されると民は喝采を上げ王都は更に沸き立つ。

そして王とオムイ様の名で大量の御馳走《ごちそう》と酒が振舞われ、王都がお祭り騒ぎに変わる。それは作られた王国復活の祭《フェスティバル》だった。王宮のテラスから手を振る国王と王女。そしてオムイ様と恐れ多くも私まで呼ばれて笑顔で手を振って立っている。

役者は舞台に揃い、王都の民は最高潮《クライマックス》に盛り上がる。

舞台の邪魔者達には既に御退場いただき、王と真の貴族のみが立つ舞台。市井に埋もれても貴族《王国の剣》であろうとして、御土産屋になけなしの全財産を握りしめて剣を買いに行ったという。その落ちぶれた貴族達は皆、「これサービス」と言われて、剣や甲冑《かっちゅう》の他に立派な礼服を渡されていたらしい。

かつて貧民街を救おうとして大貴族たちと反目し、追放され落ちぶれた名だけの貴族達こそが、この場に立つことを少年に認められた本物の貴族達だったのだ。

英雄譚《たん》のお芝居のように、壇上に立つ王や王女やオムイ様に喝采が止《や》まぬまま、王都が熱気に包まれている。英雄たちの祝賀の舞台、そこに黒髪黒目の少年の姿はない。

王都が揺れる程の歓声が沸きたち、群衆が祝い歌い踊る。ようやく終わったのだ。

「テリーセル。迷惑をかけた。そして我の代わりに民を守ってくれた事、礼を言うぞ」

「我が王……有り難く……」

だが、此処《ここ》には本当に礼を言われるべき方々がいない。最も民から称賛されるべき少年達はいらっしゃらない。あの方達は辺境に向かわれた。そして真の王都の解放者は辺境をたった一人で守護しに行かれた。

「王よ、私も辺境に戻るぞ。此処は王の治める地、我は我が領地でする事がある」

「すまん、メロトーサム。結局、我等《ら》ディオレールはオムイに助けられ、オムイに救われ、そして迷惑をかけるのだな。私の代で終わらせる気だったのに、この始末だ。すまぬメロトーサム」

王が頭を下げる。民の前でなければ膝すら突きかねない程の謝罪。家臣として、友として万感の思いを込めて頭を下げる。辺境の領主が辺境の危機に辺境を離れて王を助けに来た、その意味を噛み締めながら頭を下げる。

「頭を下げるなディアル。お前は王国の王、頭を上げ民の為に笑え。たとえ王で在ってもこの舞台を汚す事だけは許さん。皆が笑い喜べる結末を用意され、舞台まで作って貰ったのだ――――だから笑え」

オムイ様は鬼気迫る笑顔で民に応え手を振っておられる。誰よりも辺境に戻りたい、一刻でも早く駆け付けたいオムイ様が笑顔を作り、王都民たちの喝采に応えていらっしゃる。

だから私の様な大根役者はただ笑うしか出来ない。舞台の上で与えられた役割を演じ、笑顔を作る。だが皆の心は此処ではない遠い辺境の地に思いを馳《は》せている。

そこで、たった御一人で数万の敵と対している少年を想《おも》いながら。

あとがき

一体何が起きているか6巻にもなると大体お察しかと思いますが、催眠術だとか超スピードとかそんなチャチなもんじゃない「頁《ページ》余っちゃった（テヘペロ）」という編集Y田さん（中年男性）の片鱗《へんりん》と言うか、変態というか、おまわりさんこの編集者ですというか。そう、6巻連続で原稿を詰めに詰めたら頁が余るという恐るべき偉業が達成されました（どんどんぱふぱふ♪）

はい、謝辞を書くべきか辞世の句を詠ませるべきか悩ましいですが、そんな編集者さんと共に皆様のおかげ様で6巻を出すことができました。もう皆々様への感謝と、担当編集者様への殺意……ゲフンゲフン、謝意でいっぱいです。特にこのあとがきページを言うに事欠いて「4頁も余っちゃった（テヘペロ）」とご用意してくださった担当編集者Y田様には、それはもう「どんな感謝してやろうか（物理！）」とお礼（参り）を今度ゆっくり。

当初1巻では「爆死間違いなしだから綺麗《きれい》に終わろう」と（Fin）と書いてたら消されちゃいましたがきっちり終わらせ、まさかの2巻で「だけど2巻では表紙美人局《つつもたせ》詐欺作戦は無理だから」と、また頑張って切りよく終わらせて（Fin）と書いてたらまた消され……ついに前巻では「こうなったら5巻は引きで終わっておきながら打ち切りの逆展開！」

とか言ってたんですが……なんと6巻まで出させて頂けました。
実は3巻以降が6巻まで続かないと「王国編」なのでキリが悪いと思い悩みつつ、いざ6巻を校正してみると……7巻までキリが悪かったことが発覚しました（汗）。はい、（Fin）はなしです。

そして、いつも素敵な絵をありがとうございますと、榎丸《えのまる》さく先生に感謝御礼を。「こんなお話に、こんな凄《すご》い画を付けて貰《もら》って良いの!?」と編集さんに訊《たず》ねたら、素で「まさか受けて貰えるとは」と返されて早4巻、いつも素晴らしい画をありがとうございます。（よくよく考えてみると1、2巻のぶーた先生や、コミカライズのびび先生のときも同じことを聞いたら同じ答えだった記憶が!?）
そんなわけでコミカライズと同時発売となりますが、びび先生とガルド編集へび様にもありがとうございますを。ＳＮＳしないんですが、ちゃんとTwitterは拝読させていただいております（笑）
そしてお買い上げくださった方々にお礼を。そしてそしてＷＥＢ版をお読み頂き、沢山の御感想と言うか誤字報告をありがとうございます。あれだけ直して頂いても校正ではちゃんと誤字が山のように有るのが不思議なんですが、それでも刷るとちゃんと誤字が有る摩訶不思議《まかふしぎ》が……はい、鷗来堂《おうらいどう》様にもすいませんとありがとうございますを……はい、マジすいません（汗）

もう毎巻々ありがとうございますばかり書いている気もしますが、大体毎巻「これで最後だろうから」と思うとやはり謝辞になってしまうんですが、「次こそは頁ぴったりかも」とは欠片《かけら》も思った事さえないのが……。

そして——ようやく王都です（笑）
王道売れ線展開として「主人公が旅をして、世界を回り成長していく」というテンプレがありまして……「それなら、すぐ帰ってきて引き籠もる主人公を」という碌《ろく》でもない理由で、旅しても何しても帰ってくる成長してるかも怪しい主人公さんです。まあ、今巻では帰らないけど引き籠もります。引き籠もってる割にはじっとしてませんが、王都まで行っても相変わらずですｗ
当然、沢山の新しい人と出会うんですが……ほぼ主人公が覚えず語らないんで、登場人物はたいして増えません。普通だと「新しいヒロインが！」と盛り上がりそうですが放置です（笑）
そう、表紙まで飾りながら放置系ヒロインにｗｗｗ
そんな訳でファンタジー作品らしく、ついに鉄板でエルフさん登場なんですが……スルーでノーリアクションという、良いのかこんなの書籍化してと思うのも６回目だなと感慨深いなと。

今巻も相変わらず内容はダラダラしながら字面は詰め詰めという毎度の感じですが、元々ＷＥＢ版が「書籍化するわけじゃなしダラダラと」とダラダラで、しかも文字数制限ないんでグダグダなうえに改行でスカスカだったりなので、そのまま本にすると凄《すさ》まじく怒られそうなのでせめて詰めて詰めて押し込んでみたんですが……はい、相変わらずでした。ダラダラのまま詰め込んじゃうんで怪文書とも呼ばれておりますが、この罰ゲームにも使えそうな怪文書に６巻もお付き合い頂きありがとうございますと、やっぱりまたまた感謝を（笑）

五示《ごじ》正司《しょうじ》

作品のご感想、
ファンレターをお待ちしています

あて先

〒141-0031
東京都品川区西五反田 8-1-5 五反田光和ビル４階
ライトノベル編集部
「五示正司」先生係／「榎丸さく」先生係

OVERLAP

ひとりぼっちの異世界攻略 life.6
御土産屋孤児院支店の王都奪還

発　　行　2021年1月25日　初版第一刷発行
　　　　　2024年9月1日　　　第三刷発行

著　　者　五示正司

発 行 者　永田勝治

発 行 所　株式会社オーバーラップ
〒141-0031　東京都品川区西五反田 8-1-5

校正・DTP　株式会社鷗来堂

印刷・製本　大日本印刷株式会社

Printed in Japan　ISBN 978-4-86554-824-2 C0193

マンガでも貫く
俺のぼっち道。
ひとりぼっちの
異世界攻略
LONELY ATTACK ON THE DIFFERENT WORLD
漫画 びび 原作 五示正司
コミックス①～以下続刊 好評発売中!!
COMIC GARDO
コミックガルド
オーバーラップ発
WEBコミック誌
連載はこちら